रोक सको तो रोक लो
अनस्टॉपेबल

निक वुईचिक

वॉव पब्लिशिंग्स द्वारा प्रकाशित श्रेष्ठ पुस्तकें

१. इन पुस्तकों द्वारा आध्यात्मिक विकास करें

- **निःशब्द संवाद का जादू** – जीवन की १११ जिज्ञासाओं का समाधान
- **विचार नियम** – आपकी कामयाबी का रहस्य
- **ध्यान नियम** – ध्यान योग नाइन्टी
- **कर्मयोग नाइन्टी** – हर एक की गीता अलग है
- The **मन** – कैसे बने मन : नमन, सुमन, अमन और अकंप
- **कैसे लें ईश्वर से मार्गदर्शन** – जो कर हँसकर कर
- **अभिमान से मुक्ति** – नम्रता की शक्ति
- **ए टू ज़ेड २६ सबक** – 26 Lessons of life
- **पहले राम फिर काम** – भक्ति शक्ति रामायण पथ

२. इन पुस्तकों द्वारा स्वमदद करें

- **मोह, अहंकार और बोरडम से मुक्ति** – सूक्ष्म विकारों पर विजय
- **समय नियोजन के नियम** – टाईम मैनेजमेंट
- **समग्र लोकव्यवहार** – मित्रता और रिश्ते निभाने की कला
- **विकास नियम** – आत्मविकास द्वारा संतुष्टि पाने का राज़
- **भय, चिंता और क्रोध से मुक्ति** – स्थूल विकारों से मुक्ति
- **नींव नाइन्टी** – नैतिक मूल्यों की संपत्ति
- **स्वसंवाद का जादू** – अपना रिमोट कंट्रोल कैसे प्राप्त करें
- **संपूर्ण लक्ष्य** – संपूर्ण विकास कैसे करें
- **संपूर्ण सफलता का लक्ष्य**
- **निर्णय और ज़िम्मेदारी** – वचनबद्ध निर्णय और जिम्मेदारी कैसे लें
- **आलस्य से मुक्ति के ७ कदम**

३. इन पुस्तकों द्वारा हर समस्या का समाधान पाएँ

- **प्रार्थना–बीज** – एक अद्‌भुत शक्ति
- **स्वास्थ्य त्रिकोण** – स्वास्थ्य संपन्न
- **सुनहरा नियम** – रिश्तों में नई सुगंध
- **स्वीकार का जादू** – तुरंत खुशी कैसे पाएँ

४. इन आध्यात्मिक उपन्यासों द्वारा जीवन के गहरे सत्य जानें

- मृत्यु का महासत्य **मृत्युंजय**
- **स्वयं का सामना** – हरक्युलिस की आंतरिक खोज

रोक सको तो रोक लो

अनस्टॉपेबल

अगर मैं कर सकता हूँ
तो आप भी कर सकते हो

निक वुईचिक

Hindi translation of the bestseller *'Unstoppable'*

रोक सको तो रोक लो

Unstopable **इस अंग्रेजी पुस्तक का हिंदी अनुवाद**

© Copyright by Nicolas James Vujicic
All Rights Reserved 2017
This edition is licenced by WOW Publishings Pvt. Ltd.

सर्वाधिकार सुरक्षित

वॉव पब्लिशिंग्ज् प्रा.लि. द्वारा प्रकाशित यह पुस्तक इस शर्त पर विक्रय की जा रही है कि प्रकाशक की लिखित पूर्वानुमति के बिना इसे व्यावसायिक अथवा अन्य किसी भी रूप में उपयोग नहीं किया जा सकता। इसे पुनः प्रकाशित कर बेचा या किराए पर नहीं दिया जा सकता तथा जिल्दबंद या खुले किसी भी अन्य रूप में पाठकों के मध्य इसका परिचालन नहीं किया जा सकता। ये सभी शर्तें पुस्तक के खरीददार पर भी लागू होंगी। इस संदर्भ में सभी प्रकाशनाधिकार सुरक्षित हैं। इस पुस्तक का आंशिक रूप में पुनः प्रकाशन या पुनः प्रकाशनार्थ अपने रिकॉर्ड में सुरक्षित रखने, इसे पुनः प्रस्तुत करने की प्रति अपनाने, इसका अनूदित रूप तैयार करने अथवा इलेक्ट्रॉनिक, मैकेनिकल, फोटोकॉपी और रिकॉर्डिंग आदि किसी भी पद्धति से इसका उपयोग करने हेतु समस्त प्रकाशनाधिकार रखनेवाले अधिकारी तथा पुस्तक के प्रकाशक की पूर्वानुमति लेना अनिवार्य है।

प्रकाशक	:	वॉव पब्लिशिंग्ज् प्रा. लि. पुणे
प्रथम आवृत्ति	:	जनवरी 2017
पुनर्मुद्रण	:	जुलाई 2018, जुलाई 2019
अनुवादक	:	**रचना भोला 'यामिनी'**

Rok Sako To Rok Lo
by Nick Vujicic

✸ समर्पित ✸

प्रिय ससुरजी की पुण्य स्मृति में,
जिनसे मेरी भेंट स्वर्ग में होगी,
कियोशी मियाहारा।

✸

मैं यह पुस्तक अपनी पत्नी,
कानाए लोइडा वुईचिक-मियाहारा को
समर्पित करता हूँ
जो मेरे लिए जीवन का सबसे बड़ा उपहार व आनंद है,
मोक्ष के बाद।

विषय सूची

	परिचय	09
01	विश्वास का साकार रूप	13
02	गिरकर उठें हम	37
03	दिल की बात	59
04	जुनून और उद्देश्य से भरपूर जीवन	89
05	दुर्बल शरीर, सशक्त आत्मा	113
06	भीतर के संघर्षों से उबरना	139
07	अन्याय से जंग	161
08	शिखर तक जाने के लिए	189
09	नेकी का बीज बोएँ	209
10	संतुलन के साथ जीना	233
	आभार	249
	लेखक के विषय में	251
	तेजज्ञान फाउण्डेशन की जानकारी	253-256

परिचय

मेरा नाम निक वुईचिक है। मेरी दूसरी पुस्तक के पाठकों का स्वागत है। अगर आपने मेरी पहली पुस्तक 'लाइफ विदाउट लिमिट्स' नहीं पढ़ी है तो कम से कम आपने मेरे वीडियो यू ट्यूब वेबसाइट पर देखे ही होंगे या दुनियाभर में एक प्रेरक वक्ता या ईसाई मत के प्रचारक के तौर पर किए जानेवाले दौरों के दौरान आपने मुझे कभी न कभी सुना होगा।

जैसा कि आप जानते ही होंगे या फिर आप मेरी किताब के कवर को देखकर यह अनुमान लगा सकते हैं कि मेरा जन्म हाथों व पैरों के बिना हुआ था। साथ ही आपने यह महसूस किया होगा कि इन अंगों की कमी भी मुझे नई-नई रोमांचक चीज़ों का आनंद उठाने, एक भरपूर और सार्थक करियर बनाने और स्नेही संबंध बनाने से रोक नहीं सकी। इस पुस्तक में, मेरा लक्ष्य यही है कि आपको फेथ इन एक्शन यानी कर्म की अटूट शक्ति पर विश्वास करने के बारे में बताऊँ। जो मेरी अपंगता के बावजूद, मेरे अपने हास्यास्पद किस्म के जीवन को रचने में सहायक रहा है।

कर्म पर विश्वास करने का अर्थ है कि आप किसी पर भरोसा करने और किसी का भरोसा जीतने में विश्वास रखते हैं। आप स्वयं पर, अपनी प्रतिभा पर, अपने उद्देश्य पर, ईश्वर के प्रति प्रेम पर और सबसे अधिक अपने जीवन की दैवीय योजना पर भरोसा रखते हैं।

यह पुस्तक, दुनियाभर के, हर उम्र के लोगों से प्रेरित है, जिन्होंने मुझसे उनके

अपने जीवन में आनेवाली विशेष चुनौतियों का सामना करने के लिए परामर्श और मार्गदर्शन चाहा है। वे मेरे व्याख्यानों के चलते यह जानते हैं कि अपनी युवावस्था में मैं अपने अंदर उठनेवाले आत्महत्या के विचारों, अपने को सहारा देने की सोच से जुड़ी चिंता अपने जीवन के प्यार, बुरे लोगों के साथ मेरे अनुभवों व दूसरी समस्याओं व असुरक्षाओं से उबरते हुए अपने लिए रास्ता बनाने में सफल रहा हूँ।

यहाँ उन प्रश्नों व चुनौतियों को ही अध्यायों का विषय बनाया गया है, जो लोगों द्वारा मुझसे भेंट होने पर पूछे जाते हैं। इनमें से कुछ उल्लेखनीय विषय हैं :

– निजी संकट

– संबंधों से जुड़ी समस्याएँ

– करियर और नौकरी से जुड़ी चुनौतियाँ

– स्वास्थ्य व विकलांगता से जुड़ी चिंताएँ

– आत्म-विनाशक विचार, भाव व लतें

– दूसरों को दबाना, उत्पीड़न, निर्दयता व असहनशीलता

– ऐसी समस्याओं का सामना करना जो हमारे वश में नहीं हैं

– शरीर, मन, हृदय व आत्मा का संतुलन पाना।

आशा करता हूँ कि मेरी और उन सब लोगों की कहानियाँ, जो अपनी कष्टों व पीड़ाओं से उबरने में सफल रहे हैं और जिनके दुःख मेरे कष्टों से भी कहीं बढ़कर थे, वे आपको चुनौतियों का सामना करने और प्रेरणा देने में सहायक होंगी। इसमें कोई संदेह नहीं कि मेरे पास हर सवाल का जवाब नहीं हैं लेकिन मुझे अनेक बुद्धिमान लोगों के परामर्श तथा मेरे स्वर्गीय पिता के स्नेह और आशीर्वाद से लाभ हुआ है।

मेरा मानना है कि इस पुस्तक से मिला मार्गदर्शन आपके लिए प्रेरक होने के साथ-साथ व्यावहारिक भी होगा। जब भी आप इसे पढ़ें तो हमेशा याद रखें कि आप अकेले नहीं हैं। आपको सदा अपने मित्रों, परिवार के सदस्यों, अध्यापकों, सलाहाकारों व आम लोगों से सहायता मिल सकती है। यह कभी न सोचें कि आपको अकेले ही अपने बोझ से मुक्त होना होगा।

याद रहे, आपके जैसे दूसरे लोग भी होंगे, जो उन कष्टों व दुःखों का सामना कर

चुके हैं, जिनसे आप गुज़र रहे हैं। यह पुस्तक उन सभी लोगों की कहानियाँ आप तक पहुँचाएगी जिन्होंने अपने अनुभव बाँटने के लिए मुझे अपनी आपबीती लिखकर भेजी। कुछ मामलों में मैंने गोपनीयता के लिहाज़ से उनके नाम बदल दिए हैं लेकिन कहानियाँ पूरी तरह से प्रामाणिक हैं और भीतर छिपे साहस, विश्वास तथा धैर्य के कारण प्रेरणा की स्रोत हैं।

जब मैं अपनी किशोर अवस्था में अपनी विकलांगता से जूझ रहा था तो मैं यह मानने की भूल कर बैठा था कि मेरी समस्याओं का कहीं कोई अंत नहीं है। मैंने सोचा कि 'मेरे शरीर पर सारे अंगों का न होना इस बात का गवाह है कि ईश्वर को मुझसे कोई लगाव नहीं है और न ही मेरे जीवन का कोई उद्देश्य है।' मुझे यह भी लगा कि मैं अपने बोझ को किसी से बाँट नहीं सकता – यहाँ तक कि यह बोझ उनसे भी बाँटा नहीं जा सकता था, जो मेरे अपने थे और मेरी बहुत परवाह करते थे।

मैं इन सभी बातों के बारे में गलत सोच रखता था। हालाँकि कष्ट सहनेवाला मैं कोई इकलौता इंसान नहीं था, बहुत से लोगों ने जीवन में इतने कष्ट सहे हैं जिनके आगे मेरे दुःख तो कुछ भी नहीं हैं। ईश्वर को न केवल मुझसे प्रेम है बल्कि उन्होंने मेरे लिए जीवन का एक उद्देश्य भी रचा है, जो शायद उस समय मेरी समझ से बाहर था। उन्होंने मेरे लिए ऐसे रास्ते चुने जो आज भी निरंतर मेरे लिए आश्चर्य और विस्मय का कारण हैं।

यह जान लें कि जब तक आप इस धरती पर हैं, आपके लिए भी एक उद्देश्य और योजना है। परमात्मा को आपसे स्नेह है और आपके आसपास ऐसे बहुत से लोग हैं – आपके प्रियजन और पेशेवर लोग – जो इन चुनौतियों का सामना करने में आपकी मदद करना चाहते हैं। भले ही आपको अपना बोझ बहुत भारी लगे पर जब आप इस पुस्तक के आगे के पन्ने पढ़ेंगे तो जान सकेंगे कि विश्वास की अटूट शक्ति वास्तव में अद्भुत होती है।

इन बातों को समझने के लिए सदा याद रखें कि यह व्यक्ति अपने हाथों और पैरों के बिना भी पूर संसार में घूमता है, लाखों लोगों तक अपनी पहुँच रखता है और इसका जीवन सबके असीम स्नेह और आशीर्वाद से भरपूर है। मैं भी दूसरे ही लोगों की तरह अधूरा हूँ। मेरे जीवन में भी अच्छे और बुरे दौर आते हैं। कई बार ऐसी चुनौतियाँ सामने आती हैं जिनके आगे मुझे मुँह की खानी पड़ती है। फिर भी मैं जानता हूँ कि जहाँ मैं कमज़ोर हूँ वहाँ परमात्मा मेरी शक्ति है और जब हम उस पर अटूट विश्वास

रखते हैं और उसे साकार रूप देते हैं तो हमारे रास्ते में कोई भी बाधा या रुकावट नहीं आ सकती।

निक वुईचिक

1
विश्वास का साकार रूप

सन 2011 की बात है, मैं अपने व्याख्यानों के लिए मैक्सिको के दौरे पर था। मैक्सिको शहर में यू.एस. दूतावास से एक अधिकारी (Embassy officer) का फोन आया और उसने बताया कि राष्ट्रीय सुरक्षा की जाँच-पड़ताल के कारण मेरे यू.एस. वर्क वीसा को कुछ दिनों के लिए रोक लिया गया है।

मैं यू.एस. में उसी वीसा पर रहता हूँ क्योंकि मैं ऑस्ट्रेलिया का नागरिक हूँ। मैं उस वीसा के बिना अपने कैलीफोर्नियावाले घर नहीं लौट सकता था। मेरे स्टाफ ने यू.एस. में कई स्थानों पर मेरे लिए व्याख्यान सत्रों के समय तय कर रखे थे। इसलिए वीसा का रोक लिया जाना यह एक गंभीर समस्या थी।

मैं अगली सुबह, अपने सहायक रिची के साथ यू.एस. दूतावास पहुँचा ताकि पता लगाया जा सके कि मेरे वीसा का राष्ट्रीय सुरक्षा से क्या लेना-देना हो सकता है। जब हम वहाँ पहुँचे तो हमने पाया कि वहाँ स्वागत कक्ष में लोगों की भारी भीड़ थी, जो अपनी-अपनी समस्याओं से जूझ रहे थे। हमें भी उसी तरह अपने लिए नंबर लेना पड़ा जैसे किसी बेकरी में लेते हैं। यह इंतज़ार इतना लंबा हो गया कि अधिकारी से मुलाकात से पहले मैंने एक छोटी सी झपकी भी ले ली।

जब मैं घबरा जाता हूँ तो थोड़ा ज़्यादा ही मज़ाकिया व्यवहार करने लगता हूँ। वैसे यह उपाय हमेशा काम नहीं आता। मैंने मज़ाक किया, 'क्या वीसा पर मेरी उँगलियों के निशानों से संबंधित कोई परेशानी है?' दूतावास अधिकारी ने मुझे घूरा। फिर उसने

अपने सुपरवाइज़र को बुलवाया। (हो सकता है कि मेरा हास्यबोध, उन्हें अमरिकी सुरक्षा के लिए खतरा लग रहा हो?)

सुपरवाइज़र आया, वह भी रोनी सूरत बनाए हुए था। मेरी आँखों के आगे जेल की सलाखों का दृश्य कौंध गया।

'आपका नाम जाँच-पड़ताल होनेवाले नामों की सूची में आया है', अधिकारी ने मशीनी ढंग से जवाब दिया। 'आप यह कार्यवाही पूरी होने से पहले यू.एस. नहीं जा सकते और इस काम में एक महीना लग जाएगा।'

मेरा सारा शरीर ठंडा पड़ गया। 'ऐसा नहीं हो सकता!!!'

रिची वहीं ज़मीन पर ढेर हो गया। पहले तो लगा कि वह बेसुध हो गया है लेकिन वास्तव में वह दो सौ लोगों की मौजूदगी के बावजूद वहीं घुटनों के बल बैठ गया था। जी हाँ, वह मेरी अच्छी देखरेख करनेवाला सहायक है। उसने बाँहें और हाथ ऊपर उठाए और परमात्मा से किसी चमत्कार की उम्मीद करने लगा ताकि हम अपने घर जा सकें।

मेरे आसपास के सभी लोग एक साथ तेज़ और धीमी गति से चलते दिखाई देने लगे। जब मेरा सिर चकरा रहा था तो उसी समय अधिकारी ने दूसरा गोला दागा, उसने कहा कि 'शायद मेरा नाम इसलिए सूची में शामिल किया गया था क्योंकि मैं सारी दुनिया में बहुत घूमता फिर रहा था।'

'क्या उन्हें शक था कि मैं कोई अंतर्राष्ट्रीय आतंकवादी हूँ? एक ऐसा आर्म्स डीलर (हथियारों की सौदेबाज़ी करनेवाला) जिसके पास आर्म्स (बाज़ुएँ) ही नहीं हैं? ईमानदारी से कहता हूँ, मैंने आज तक किसी पर अपना हाथ नहीं आज़माया।' (देखा, जब मैं घबरा जाता हूँ तो जाने क्या ऊटपटाँग बोलने लगता हूँ, 'अरे भाई! कोई तो रोको मुझे!')

'अरे! आप भी अजीब बात करते हैं, इसमें इतने खतरेवाली क्या बात है? मैं कल थ्री किंग्स डे पार्टी के लिए मैक्सिको के प्रेसीडेंट और उनकी पत्नी से भेंट करने जा रहा हूँ, उन्हें तो मुझसे कोई खतरा नज़र नहीं आ रहा है', मैंने दूतावास अधिकारी से कहा।

वह टस से मस नहीं हुआ। 'आप प्रेसीडेंट ओबामा से भी भेंट कर रहे हों तो

भी मुझे कोई फर्क नहीं पड़ता, आप यह छानबीन पूरी हुए बिना यू.एस. में कदम नहीं रख सकते', उसने कहा।

अगर मुझे यू.एस. में कई जगह व्याख्यान देने न जाना होता तो ये हालात मज़ेदार बनाए जा सकते थे पर अब तो मेरे लिए किसी भी हाल में घर पहुँचना ज़रूरी था।

मैं बैठकर इंतज़ार नहीं कर सकता था कि पहले अमरिकी लोग यह सुनिश्चित कर लें कि उन्हें अपने घर में मुझसे कोई खतरा नहीं है, उसके बाद जाकर मैं कुछ करूँ। मैंने दूतावास अधिकारी से कुछ देर तक और विनती की, अपनी ज़िम्मेदारियों और कामों का हवाला दिया, खास लोगों के नाम लिए, इस बात पर बल दिया कि वहाँ मेरे कर्मचारी तथा मुझसे आस लगाए बैठे अनाथ मेरी राह देख रहे हैं।

उसने फोन पर अपने किसी उच्च अधिकारी से बात करके कहा, वे आपके लिए केवल इतना कर सकते हैं कि इस प्रक्रिया को थोड़ा तेज़ी से पूरा कर दिया जाए। फिर भी मंज़ूरी आने में पंद्रह दिन का समय लग सकता है।

उन दो सप्ताहों के दौरान ही मुझे दर्जनों जगह लोगों से मिलने और भाषण देने जाना था पर दूतावास अधिकारी के मन में कोई सहानुभूति नहीं थी। इस स्थिति में हम केवल इतना ही कर सकते थे कि अपने होटल वापस आ जाएँ। वहाँ आकर मैं दीवानों की तरह अपनी जान-पहचान के लोगों को फोन करने लगा ताकि वे हमारे लिए प्रार्थना करें कि हमें कोई मदद मिल सके।

मैं विश्वास की अटूट शक्ति को अपने लिए प्रयोग में लाने का प्रयत्न कर रहा था। सरल शब्दों में कहें तो किसी चीज़ में, 'मुझे विश्वास है' कहना ही काफी नहीं होता। अगर आप इस दुनिया पर अपना प्रभाव छोड़ना चाहते हैं तो आपको अपने विश्वास पर कार्य भी करना होगा। उसे सच मानते हुए उसके अनुसार चलना होगा। मैंने अपनी गैर-लाभकारी टीम एल.डब्ल्यू.एल. (लाइफ विदाउट लिम्बस) को फोन किया। वे लोग कैलीफोर्निया में थे, मैंने कहा कि वे मेरे लिए प्रार्थना की श्रृंखला बनाएँ। मैंने उनसे कहा, 'हम अपनी ओर से कोशिश कर रहे हैं, तुम लोग भी कोशिश करो!'

मेरी संस्था के स्टाफ ने अपनी ओर से कुछ ही समय में हर जगह फोन, ई-मेल, ट्वीट और संदेश भेज दिए। एक ही घंटे के भीतर लगभग डेढ़ सौ लोग यह प्रार्थना कर रहे थे कि मेरे वीसा की समस्या का तुरंत समाधान हो जाए। मैंने भी उन साथियों और जानकारों को फोन लगाए, जो अपने संबंधियों, मित्रों या यू.एस. स्टेट विभाग में

कार्यरत पुराने सहपाठियों के माध्यम से मेरा काम करवा सकते थे।

तीन घंटे बाद, किसी ने मैक्सिको दूतावास से फोन करके कहा, 'जाँच पूरी हो गई है। आपका नया वीसा तैयार है, कल सुबह आकर ले जाएँ।'

तो दोस्तों, इसे कहते हैं 'विश्वास की शक्ति' यह पहाड़ों को भी हिला सकती है और यह मुझे मैक्सिको से बाहर आने में भी मदद कर सकती है।

पूरी निष्ठा से कार्य करना

दुनियाभर के दौरे के दौरान चुनौतियों का सामना करनेवाले लोग अकसर मुझसे सलाह माँगते हैं और चाहते हैं कि मैं उनके लिए प्रार्थना करूँ। प्राय: वे जानते हैं कि उन्हें करना क्या है, पर वे किसी भी तरह की मदद लेने या ईश्वर से सहायता माँगने और बदलाव लाने से डरते हैं। हो सकता है कि आप भी चुनौतियों का सामना कर रहे हों और असहाय, भयभीत, जड़, अनिश्चित और स्वयं को काम करने में नाकाम महसूस कर रहे हों। मैं समझ सकता हूँ। मैंने भी वह सब सहा है। जब किशोर और वयस्क मुझे आकर बताते हैं कि उन्हें अत्याचार का सामना करना पड़ा और वे स्वयं को गुमनाम व अकेला महसूस करते हैं, वे स्वयं को अपनी अयोग्यता, विकलांगता या आत्म-विनाशक सोच के कारण डरा हुआ महसूस करते हैं, तब मुझे अच्छी तरह पता होता है कि वे क्या कहना चाह रहे हैं।

मेरी भौतिक चुनौतियों को आसानी से देखा जा सकता है। जबकि मुझसे कुछ देर बात करनेवाले या थोड़ी देर के लिए मुझे सुननेवाले यह देख सकते हैं कि मैं अपनी शारीरिक कमी के बावजूद कितना खुश दिखता हूँ। वे मुझसे अकसर पूछते हैं कि मैं इतना सकारात्मक कैसे महसूस करता हूँ या मुझे अपनी अपंगता से पार पाने का साहस कहाँ से मिलता है? मेरा जवाब सदा यही होता है कि 'मैं ईश्वर से मदद के लिए प्रार्थना करता हूँ और फिर अपने विश्वास के अनुसार ही कदम उठाता हूँ। मेरे पास विश्वास है, आस्था है। मैं कुछ ऐसी चीज़ों पर भरोसा रखता हूँ, जिनका मेरे पास कोई वास्तविक प्रमाण नहीं है – मैं उन्हें देख, सुन, सूँघ, चख या महसूस नहीं कर सकता। इससे भी बड़ी बात यह है कि मैं ईश्वर पर विश्वास रखता हूँ। हालाँकि मैं न तो उसे देख सकता हूँ और न ही छू सकता हूँ। मेरा मानना है कि उसने मुझे किसी उद्देश्य को पूरा करने के लिए बनाया है। जब मैं अपने विश्वास एवं निष्ठा को कार्यरूप में ला पाऊँगा तब मैं खुद को ऐसी अवस्था में ले आऊँगा कि मुझे ईश्वर का आशीर्वाद मिल सके।'

निक वुईचिक - 17

क्या मुझे हमेशा वह मिलेगा, जो मैं पाना चाहता हूँ- नहीं! पर मुझे हमेशा वही मिलेगा, जो ईश्वर चाहता है। यह बात आप पर भी उतनी ही लागू होती है जितनी मुझ पर। चाहे आप ईसाई हों या न हों, आपको केवल यही नहीं सोचना चाहिए कि बस ईश्वर पर भरोसा रखना ही काफी होगा। आप अपने सपनों पर भरोसा रख सकते हैं पर उन्हें पूरा करने के लिए आपको कर्म तो करना ही होगा। आप अपनी प्रतिभा और योग्यताओं पर विश्वास रख सकते हैं लेकिन यदि आपने उन्हें विकसित नहीं किया और उन्हें प्रयोग में नहीं लाया तो वे आपके किसी काम की नहीं हैं। आप यह भरोसा रख सकते हैं कि आप बहुत अच्छे और दूसरों की परवाह करनेवाले इंसान हैं, पर अगर आप दूसरों के साथ अच्छी तरह पेश नहीं आते या उनकी देखरेख नहीं करते तो इस बात का क्या सबूत दिया जा सकता है कि आप बहुत अच्छे इंसान हैं?

आपके पास एक चुनाव है– या तो आप विश्वास कर सकते हैं या नहीं। अगर आप विश्वास रखते हैं तो आपका जो भी विश्वास है, आपको उस पर काम भी करना होगा, अन्यथा उस विश्वास का क्या लाभ! हो सकता है कि आपको करियर, संबंधों, सेहत आदि से जुड़े चुनाव करने पड़ रहे हों... हो सकता है कि आपके साथ बुरा बर्ताव हुआ हो... आपका शोषण हुआ हो... या आपके साथ भेदभाव किया गया हो...। आप स्वयं को परिभाषित करने के काम में असफल रहे या आपके साथ जो भी हुआ वह आपको और आपके जीवन को परिभाषित करता है। आपको अपने विश्वास को साकार रूप देना ही होगा। आप विश्वास कर सकते हैं कि आपके मन में दूसरों के लिए प्रेम की भावना है। आप यह मान सकते हैं कि आप अपने रोग या अपंगता से उबर सकते हैं। लेकिन केवल यह विश्वास आपके जीवन में सकारात्मक परिवर्तन नहीं ला सकता। आपको अपने विश्वास पर काम करना ही होगा।

अगर आपको विश्वास है कि आप अपने जीवन में बेहतरी के लिए परिवर्तन ला सकते हैं या अपने शहर, राज्य या अपनी दुनिया को बदल सकते हैं तो अपने विश्वास पर काम करें। अगर आपको लगता है कि अपना काम शुरू करने का विचार बढ़िया हो सकता है तो आपको अपने समय, धन और प्रतिभा का निवेश करना चाहिए ताकि आपका व्यवसाय जम सके। अन्यथा केवल ऐसी सोच रखने से क्या लाभ? अगर आपको कोई ऐसा इंसान मिल गया है जिसके साथ आप अपना जीवन बिताना चाहते हैं तो अपने विश्वास पर काम क्यों न किया जाए? आपके पास खोने के लिए क्या है? आपकी कोई हानि नहीं होगी।

आस्था पर काम करने का पुरस्कार

आपके जीवन में निष्ठा, विश्वास और संकल्प का होना बहुत मायने रखता है लेकिन यदि आप उनके अनुसार कर्म नहीं करते तो उनका होना न होना कोई मायने नहीं रखता। आप उन सभी बातों के आसपास अपना जीवन रच सकते हैं जिन पर आपको भरोसा है। मैंने भी अपने आसपास इस विश्वास और भरोसे को मज़बूती दी है कि 'मैं उन लोगों के जीवन में प्रेरणा व आशा का संचार कर सकता हूँ, जो अपने जीवन में चुनौतियों से जूझ रहे हैं।' यह विश्वास, ईश्वर के प्रति मेरी निष्ठा का ही एक अंश है। मुझे पूरा भरोसा है कि उसने मुझे इस धरती पर दूसरों को प्यार, प्रेरणा देने और प्रोत्साहित करने भेजा है। इसके साथ ही मुझे उन सबकी सहायता करने भेजा है, जो जीज़स क्राइस्ट को अपना प्रभु और मुक्तिदाता स्वीकार करना चाहते हैं। मेरा मानना है कि मैं स्वर्ग की ओर जाने की राह अर्जित नहीं कर सकता और उसी विश्वास के बल पर मैं जीज़स के माध्यम से पापों की क्षमा का उपहार पाता हूँ। इसके बावजूद भी मेरे पास पाने के लिए बहुत कुछ है। मैं यह देख सकता हूँ कि दूसरों के जीवन में पवित्र आत्मा की शक्ति से क्या बदलाव आ रहा है। मैं आजीवन जीज़स के साथ आत्मीय संबंध बनाए रख सकता हूँ और फिर स्वर्ग में इसके लिए पुरस्कार पा सकता हूँ।

मेरा जन्म हाथों और पैरों के बिना हुआ और अब मैं यह बात जानता हूँ कि इस तरह प्रभु मुझे दंड नहीं देना चाहते थे। मुझे एहसास हो गया है कि इस 'अपंगता' के बल पर ही एक वक्ता और धर्मप्रचारक के रूप में उसके उद्देश्य को पूरा करने की मेरी योग्यता में बढ़ोतरी हुई है। हो सकता है कि आप सोच रहे हों कि मैं कुछ ज़्यादा ही लंबी उड़ान भर रहा हूँ, क्योंकि अधिकतर लोगों को मेरी विकलांगता बहुत बड़ी चीज़ लगती है। मेरे लिए अंगों का अभाव विकलांगता नहीं है। इसकी वजह से ही दूसरे विकलांग और अपाहिज लोग मेरे पास आते हैं ताकि मैं उन्हें आशा, विश्वास और प्रेम के संदेश के साथ खुशी से जीवन जीने के लिए प्रेरित कर सकूँ।

बाइबिल में जेम्स ने कहा है, 'हमारे विश्वास का सबूत हमारे कर्म होते हैं, न कि हमारे शब्द।' जेम्स ने 2:18 में लिखा है, 'इस पर कोई यह तर्क कर सकता है कि कुछ लोगों के पास आस्था होती है; कुछ लोगों के पास नेक कर्म होते हैं।' पर मैं कहता हूँ, 'अगर आपके पास नेक कर्म नहीं हैं तो आप अपने विश्वास या आस्था को मुझे कैसे दिखा सकते हैं?' मैं अपने नेक कर्मों से ही अपना विश्वास और आस्था आपको दिखाऊँगा।

मैंने सुना है कि हमारे कर्मों का विश्वास से वही नाता है, जो हमारे शरीर का हमारी आत्मा से होता है। आपका शरीर आपकी आत्मा को अपने भीतर रखता है, जो इसके अस्तित्त्व का सबूत है। उसी तरह आपके कर्म भी आपकी श्रद्धा और विश्वास का प्रतीक हैं। आपने सुना भी होगा कि हम जो कहते हैं, उस पर अमल भी करना आना चाहिए। आपका परिवार, अध्यापक, बॉस, सहकर्मी, ग्राहक, आदि सभी आपसे यही अपेक्षा रखते हैं कि आप उन्हीं विश्वासों और मान्यताओं के आधार पर चलें, जिनकी आप हिमायत करते हैं। अगर आप ऐसा नहीं करते तो वे आप पर उँगली उठा सकते हैं।

हमारे साथी हमें हमारी बातों से नहीं बल्कि हमारी करनी से परखते हैं। अगर आप एक अच्छी पत्नी और माँ होने का दावा करती हैं तो कई बार आपको अपने परिवार के हितों को अपने से ऊपर भी रखना पड़ सकता है। अगर आपको लगता है कि संसार के साथ अपनी रचनात्मक प्रतिभा बाँटना ही आपके जीवन का उद्देश्य है तो आपको आपके कामों से परखा जाएगा। आपको अपनी कही बात पर स्वयं चलकर दिखाना होगा अन्यथा आप दूसरों के सामने अपनी विश्वसनीयता खो देंगे या आपका स्वयं पर ही भरोसा नहीं रहेगा क्योंकि आप स्वयं भी तो यही चाहेंगे कि आप जो कहते हैं, वही करें। अगर आप ऐसा न कर सके तो आप कभी सार्थक और तालमेलभरा जीवन नहीं जी सकेंगे।

एक ईसाई होने के नाते, मेरा मानना है कि हमने कैसा जीवन जिया है, यह सिर्फ ईश्वर ही तय कर सकता है। बाइबिल हमें सिखाती है कि उसका निर्णय हमारे शब्दों के नहीं, कर्मों के अनुसार होता है। बाइबिल के 20:12 प्रकटीकरण में लिखा है, 'और मैंने छोटे व महान लोगों को मृतक अवस्था में ईश्वर के आगे खड़े देखा; खाते खोले गए; एक और पुस्तक खोली गई, जो जीवन की किताब थी : फिर मृतकों को किताब में लिखी गई बातों के अनुसार परखा गया, इसके साथ ही उनके कर्मों को भी देखा गया।' मैं सारी दुनिया में चक्कर काटते हुए, लोगों को प्रेरित करता हूँ कि वे एक-दूसरे से तथा ईश्वर से प्रेम करें, यही मेरा विश्वास है। मैं अपने इस उद्देश्य के साथ संपन्न महसूस करता हूँ। मेरा सच्चे दिल से मानना है कि मेरा जन्म सिर्फ इसी के लिए हुआ था। जब आप अपने विश्वास के अनुसार काम करेंगे तो आप भी इसी एहसास को महसूस कर सकेंगे। यह सोचकर अपना दिल छोटा न करें कि आपके जीवन का उद्देश्य बहुत बड़ा नहीं है, आप उसके बारे में आश्वस्त नहीं हैं या आप उसके अनुसार काम नहीं कर पा रहे। मैंने भी संघर्ष किया है। मैं आज भी संघर्ष ही कर रहा हूँ और आप भी

वही करेंगे। मैं असफल रहा और अब भी संपूर्ण नहीं हूँ, पर कर्म तो मात्र फल हैं, जो सत्य के प्रति सच्चे विश्वास की गहराई का नतीजा है। हमें हमारा उद्देश्य नहीं बल्कि सत्य मुक्त करता है। मैंने अपना उद्देश्य पा लिया क्योंकि मैं सत्य की खोज में था।

कठिन हालात में अच्छाई या उद्देश्य की तलाश करना आसान नहीं होता, पर यही तो यात्रा है। ज़रा सोचें कि इसे एक यात्रा ही क्यों होना था? ऐसा क्यों नहीं होता कि एक हैलीकॉप्टर आपको उठाकर ले जाए और इस दौड़ की समाप्ति-रेखा के पास छोड़ दे? ऐसा इसीलिए होता है क्योंकि कठिन समय के दौरान ही आप ज़्यादा से ज़्यादा सीखेंगे, अपने विश्वास के साथ बढ़ेंगे, ईश्वर से अधिक प्रेम करेंगे और अपने पड़ोसी से ज़्यादा लगाव रखेंगे। निष्ठा से भरपूर यह यात्रा प्रेम से आरंभ होकर प्रेम पर ही समाप्त होती है।

अमरिकी दास से एक सामाजिक कार्यकर्ता के रूप में सामने आनेवाले, फ्रेडरिक डगलस के अनुसार संघर्ष नहीं होगा तो प्रगति भी नहीं होगी। **आपका चरित्र उन्हीं चुनौतियों से बनता है, जिनका आप सामना करते हैं और पार उतरते हैं।** जब आप अपने भय का सामना करते हैं तो आपके साहस में बढ़ोतरी होती है। इसके साथ ही आपकी ताकत और विश्वास में बढ़ोतरी तब होती है जब आपके जीवन के अनुभवों के दौरान उन्हें कसौटी पर कसा जाता है।

अपने विश्वास के अनुसार कर्म करें

मैंने अकसर यह पाया कि ईश्वर से मदद की गुहार लगाने के बाद जब हम अपना कर्म करते हैं और मन ही मन यह जानते हैं कि उसकी नज़र हम पर है तो भयभीत होने का सवाल ही पैदा नहीं होता। मेरे माता-पिता ने मुझे यही सिखाया था और वे इसी तरह जीते हैं। मैंने आज तक उनके जैसे लोग नहीं देखे जिन्हें विश्वास के अनुसार कर्म करने की जीती-जागती मिसाल माना जा सके।

हालाँकि मैं इस धरती पर पूरा नहीं आया, माँ के शब्दों में, 'मैं कुछ टुकड़ों में आया था।' पर मैं कई मायनों में बहुत ही खुशकिस्मत हूँ। मुझे सदा मेरे माता-पिता का सहयोग मिला है। उन्होंने मुझे लाड-प्यार से बिगाड़ा नहीं, ज़रूरत पड़ने पर मुझे अनुशासित किया और मुझे मेरी भूलें सुधारने का पूरा मौका भी मिला। वे मेरे लिए बहुत बढ़िया रोल मॉडल रहे।

मैं उनकी पहली संतान था और निश्चित तौर पर किसी सरप्राइज़ पैकेज से कम

नहीं था। आम तौर पर गर्भावस्था में होनेवाले सारे टेस्ट्स के बावजूद मेरी माँ के डॉक्टर ने उन्हें ऐसा कोई संकेत नहीं दिया कि मैं इस संसार में अपने हाथों और पैरों के बिना जन्म लेनेवाला हूँ। मेरी माँ स्वयं एक अनुभवी नर्स थीं, जिन्होंने सैंकड़ों प्रसव करवाने में मदद की थी, उन्होंने अपनी ओर से गर्भावस्था में पूरी सावधानी बरती थी।

जब मैं अंगों के बिना जन्मा तो मेरे माता-पिता भौंचक्के रह गए थे। वे पक्के ईसाई हैं। दरअसल मेरे पिता तो एक पादरी थे। जब मैं जन्म के कई दिन बाद तक कई तरह के टेस्ट्स की प्रक्रिया से गुज़रता रहा तो मेरे माता-पिता मार्गदर्शन पाने के लिए प्रार्थना करते रहे।

सारे शिशुओं की तरह, मैं भी किसी निर्देश पुस्तिका के साथ नहीं आया था, पर मेरे माता-पिता को निश्चित रूप से मार्गदर्शन की ज़रूरत रही होगी। वे किसी ऐसे माता-पिता को नहीं जानते थे जिन्होंने ऐसे नवजात बच्चे को पाला-पोसा हो, जिसके शरीर पर हाथ-पैर ही न हों।

किसी भी दूसरे माता-पिता की तरह, पहले-पहल तो वे बहुत ही मायूस हो गए। गुस्सा, शर्म, ग्लानि, भय और अवसाद - पहले सप्ताह के दौरान उनके भाव निरंतर बदलते रहे। बहुत सारे आँसू बहाए गए। उन्होंने उस अजन्मे नवजात के लिए खेद जताया, जो उनकी कल्पना के दायरे में बिलकुल स्वस्थ और सबल था, पर उन्हें मिला नहीं। उन्हें इस बात का दुःख भी था कि बढ़ती उम्र के साथ मेरा जीवन बहुत कठिन होनेवाला है।

मेरे माता-पिता सोच भी नहीं सके कि ऐसे लड़के के लिए ईश्वर के पास क्या योजना हो सकती थी। अपने प्रारंभिक सदमे से बाहर आने के बाद, उन्होंने परमात्मा के प्रति अपने विश्वास को मज़बूती देते हुए, उस पर भरोसा करते हुए, कदम उठाने का निर्णय लिया। उन्होंने इस बात को समझने के प्रयास छोड़ दिए कि ईश्वर ने उनके घर ऐसी संतान को क्यों भेजा? उन्होंने प्रभु की इच्छा के आगे घुटने टेक दिए और फिर अपनी ओर से पूरे जतन के साथ मुझे पालने लगे। उन्होंने मुझे अपना प्यार देने में कोई कोर-कसर नहीं रखी।

किसी खास उद्‌देश्य के लिए

जब मेरे माता-पिता ऑस्ट्रेलिया में अपने सारे चिकित्सा संसाधन आज़मा चुके तो उन्होंने मेरे लिए कनाडा, अमेरिका और दुनिया के दूसरे स्थानों पर खोजबीन आरंभ

की ताकि मेरे लिए थोड़ी आशा और सहयोग पा सकें। हालाँकि बहुत सारे कारण पेश किए गए पर उन्होंने कभी मेरी इस दशा का पूरा खुलासा नहीं किया। कुछ सालों बाद, हमारे परिवार में मेरे भाई, आरोन और बहन मिशेल का जन्म हुआ, वे स्वस्थ अंगों के साथ जन्मे इसलिए किसी भी प्रकार के जेनेटिक दोष का सवाल ही पैदा नहीं होता था।

कुछ समय बाद, मेरे माता-पिता के लिए यह सवाल इतना महत्वपूर्ण नहीं रहा कि मैं 'क्यों' पैदा हुआ। वे इस बात को लेकर सजग रहने लगे कि मुझे जीवित 'कैसे' रखा जाए... यह लड़का टाँगों के बिना चलना कैसे सीखेगा... यह अपना ध्यान कैसे रखेगा... स्कूल कैसे जाएगा... एक वयस्क के तौर पर स्वयं को सहारा कैसे देगा...। एक शिशु होने के नाते, इनमें से किसी भी बात से मेरा कोई लेना-देना नहीं था। मुझे थोड़े ही पता था कि मेरा शरीर आम मापदंडों पर खरा नहीं उतरता है। मैंने सोचा कि लोग मुझे इसलिए घूरते हैं क्योंकि मैं बहुत सलोना दिखता हूँ। मैंने भी सदा यही माना कि न तो मुझे कोई मार सकता है और न ही मेरे रास्ते में बाधा बन सकता है। जब मैं अकसर किसी इंसानी बीनबैग (आराम कुरसी) की तरह खुद को काउच से नीचे, धड़ाम से गिरा देता, कार की सीट से उछल जाता और बरामदे में रेंगता फिरता तो मेरे बेचारे माता-पिता के भय का अंत न रहता।

आप उस वक्त उनकी चिंता की कल्पना कर सकते हैं, जब उन्होंने मुझे एक स्केटबोर्ड पर सवार, तीखी ढलाने से नीचे आते देखा होगा। न जाने उन पर क्या बीती होगी। 'देखो, मम्मा, मेरे हाथ भी नहीं हैं!' मुझे पहियाकुर्सी तथा दूसरे साधन आदि दिलवाने में उनकी ओर से किए जा रहे स्नेही प्रयासों में कभी कमी नहीं आई पर इसके बावजूद, मैंने अपनी गतिशीलता के लिए, पूरी ढिठाई के साथ स्वयं ही उपाय तलाश लिए थे। मेरे माथे की चमड़ी उतनी ही सख्त हो गई, जितना अकसर पाँव की एड़ी होती है क्योंकि मैं अकसर यही आग्रह करता कि मुझे लेटी हुई स्थिति से उठाया न जाए। मैं दीवार, फर्नीचर या किसी स्थिर वस्तु का सहारा लेकर, लड़खड़ाते हुए अपने आप ही उठने की कोशिश करता।

मुझे देखनेवाले मासूम दर्शक आँखें फाड़े देखते रह जाते। मैंने पाया कि मैं अपने नाममात्र के छोटे से पैर की मदद से तैर भी सकता था। इसके बाद मैं बड़े मज़े से स्विमिंग पूल और झीलों में घुस जाता। मेरे शरीर का वह पैरनुमा अंग बहुत काम आया। उसे एक छोटे से ऑपरेशन से दो हिस्सों में बाँट दिया गया और इस तरह मेरी तैरने की

गति भी तेज़ हो गई। फोन, नोटबुक और कंप्यूटर आने के बाद मैं अपने पैर से टाइप करके संदेश भेज सकता था, इस तरह वह मेरे लिए एक वरदान साबित हुआ।

धीरे-धीरे मैंने समस्याओं के स्थान पर समाधानों पर केंद्रित होना सीख लिया। मैंने बातों को रटने के बजाय काम करना सीख लिया। मैंने पाया कि जब मैं किसी जगह लुढ़कता तो उससे प्रभाव स्नोबॉल जैसा होता। मेरी गति बढ़ जाती और इस तरह समस्या हल करने के तरीके में भी सुधार होने लगा। कहते हैं कि ब्रह्माण्ड ऐसे कार्यों के लिए आपको पुरस्कार देता है। मेरे लिए तो यह सच ही रहा है।

दिन-ब-दिन, ईश्वर मेरे लिए अपनी नई-नई योजनाओं को सामने लाता गया। अगर आप भी स्वयं को उसके भरोसे सौंप देंगे और उसकी रज़ा पर चलेंगे तो आपके सारे भय और संदेह भी छू-मंतर हो जाएँगे। जब आप केवल समाधानों पर नज़र रखेंगे तो स्वयं ईश्वर आपको राह दिखाएगा। तब भी आप चुनौतियों और संघर्षों का सामना करेंगे क्योंकि वे तो जीवन का एक अंग हैं। जब आप अपने भरोसे और विश्वास को कायम रखते हुए कोई काम करते हैं तब आपको कोई बाधा रोक नहीं सकती, उस समय वे बाधाएँ भी आपके लिए आगे बढ़ने और कुछ सीखने के अवसरों में बदल जाती हैं। ईमानदारी से कहूँ तो मैंने भी सदा चुनौतियों का स्वागत नहीं किया था। मैं भी अकसर ईश्वर से पूछता, 'क्या अभी मुझे और भी कष्ट मिलने बाकी हैं?' पर समय बीतने के साथ-साथ मैंने सब कुछ धीरज के साथ सहन करना सीख लिया और अपने अनुभवों से मिली सीख को जीवन पर लागू करने लगा।

मैंने तो सीखने के बहुत सारे अवसर पाए हैं। उस हिसाब से तो मुझे अब तक ब्रह्माण्ड का स्वामी बन जाना चाहिए। जैसा कि आप कल्पना कर सकते हैं, मेरे लिए संघर्ष का समय किशोरावस्था में आया जब हम सभी जीवन में यह जानने की कोशिश में रहते हैं कि हम कौन हैं और इस दुनिया के अनुकूल हैं भी या नहीं?

हालाँकि मेरे पास दोस्तों की कमी नहीं थी और मैं स्कूल में भी जाना जाता था, पर बहुत सारे दुष्ट बच्चे सताते भी थे। अकसर मुझे तीखे और भद्दे मज़ाकों का सामना करना पड़ता। अपने आशावादी और सहज भाव से डटे रहनेवाले स्वभाव के बावजूद, मुझे इस बात का एहसास होने लगा था कि मैं कभी दूसरों की तरह नहीं दिखूँगा, न ही मैं वह सब कर सकूँगा, जो आम तौर पर सामान्य लोग कर सकते हैं।

भले ही मैं अपनी अंगहीनता का कितना भी उपहास क्यों न करता, पर धीरे-धीरे

यह सोच भी हावी होने लगी थी कि मैं आजीवन अपने ही प्रिय लोगों के लिए बोझ बना रहूँगा क्योंकि मैं खुद अपना सहारा नहीं बन सकूँगा। मेरे मन के दूसरे डर भी थे कि मैं कभी विवाह नहीं कर सकूँगा और न ही मेरा कोई परिवार होगा। क्योंकि कोई भी युवती, किसी ऐसे युवक को अपना पति नहीं बनाना चाहेगी, जो उसे बाँहों में न भर सके, उसकी रक्षा न कर सके या बच्चों को न सँभाल सके।

किशोर वय के दौरान, मैं लगातार यही बातें सोचता रहता और इस तरह धीरे-धीरे मेरी सोच नकारात्मक होती चली गई। मैं कल्पना तक नहीं कर पा रहा था कि ईश्वर ने मुझे यह अपंगता और अकेलापन क्यों दिया? मैं सोचता था कि शायद उन्होंने मुझे सज़ा दी थी या शायद उन्हें मेरे अस्तित्त्व का भान तक नहीं था। क्या मैं एक भूल हूँ? अपनी सारी संतानों को इतना प्रेम करनेवाला ईश्वर ऐसा निर्दयी कैसे हो सकता है?

आठ से दस वर्ष की आयु के बीच, उस नकारात्मक सोच ने मेरे भीतर मायूसी से भरी विनाशक प्रवृत्ति को जन्म दे दिया। मैं मन ही मन आत्महत्या के बारे में विचार करने लगा। मैं अकसर कल्पना में ऐसी योजना बनाता कि मैं किसी ऊँची जगह से कूद रहा हूँ या मैंने बाथटब के पानी में खुद को डुबो दिया है। वैसे भी, पानी के आसपास मेरे माता-पिता को मुझे अकेला छोड़ने में कोई डर नहीं था क्योंकि मैंने तैरना सीख लिया था।

अंततः, दस वर्ष की आयु में, मैंने खुद को बाथटब में डुबोकर मारने का प्रयास किया। मैंने दो बार पलटी मारी और अपने मुँह को पानी के अंदर रखना चाहा, पर मैं ऐसा नहीं कर सका। मैं लगातार यही सोचता रहा कि अगर मैंने खुदकुशी कर ली तो मेरे माता-पिता को आजीवन कितनी शर्मिंदगी और दुःख सहन करना पड़ेगा। मैं उनके साथ ऐसा नहीं कर सकता था।

उस नकारात्मक सोच के दौरान मैं यह नहीं देख सका कि मेरे जीवन का एक लक्ष्य था। अगर मैं अपने-आपको सँभाल नहीं सकता था या मैं किसी युवती का प्यार पाने के लायक नहीं था तो मैं किस काम का था? मेरा भय यही था कि मुझे अपना जीवन अकेले ही बिताना होगा और मैं अपने परिवार पर बोझ बना रहूँगा। दरअसल मुझे खुद पर और अपने उद्देश्य पर भरोसा नहीं था। मैं उस परमात्मा पर भी विश्वास नहीं कर रहा था, जिसने मुझे बनाया था। मैं अपना रास्ता नहीं देख पा रहा था इसलिए मेरे लिए यह विश्वास करना भी कठिन था कि मेरे पास भी कोई सार्थक

या भरपूर जीवन हो सकता है। ईश्वर ने मेरी वह प्रार्थना पूरी नहीं की, जिसमें मैं उनसे अपने हाथ-पैर उगने के किसी करिश्मे की उम्मीद कर रहा था, यही वजह थी कि मैं उसमें विश्वास खो बैठा था।

हो सकता है कि आपके साथ भी ऐसा ही अनुभव हुआ हो। हो सकता है कि आप इस समय भी किसी चुनौती का सामना कर रहे हों। अगर ऐसा है तो कृपया यह समझने की कोशिश करें कि मैं कितना गलत था और ईश्वर पर विश्वास न होने के कारण मेरी सोच कितनी सीमित हो गई थी। मैं भूल गया था कि ईश्वर कभी गलती नहीं करता। उसके पास सदा हमारे लिए कोई न कोई योजना होती है।

आगे आनेवाले वर्षों के दौरान धीरे-धीरे उसकी योजना मेरे सामने प्रकट होने लगी और मेरा जीवन इस तरह सामने आया जिसके बारे में मैंने कभी सपने में भी नहीं सोचा था। मेरे माता-पिता ने मुझे मेरे सहपाठियों के बीच जाने के लिए प्रोत्साहित किया और कहा कि मैं भरोसा रखूँ, उनमें से अधिकतर मुझे अपना लेंगे। जब मैंने ऐसा किया तो पाया कि वे तो सही मायनों में मेरी कद्र करते हैं। उन्हें मेरी कहानी से प्रेरणा मिलती थी कि मैं किस तरह अपनी अपंगता के बावजूद ज़िंदगी का सामना कर रहा हूँ। हालाँकि कुछ का यही मानना था कि मैं दिखने में अजीब था। उनकी स्वीकृति ने मुझे छात्र संगठनों व चर्च ग्रुप्स में बोलने का हौंसला दिया। मेरे भाषणों पर मिलनेवाली सकारात्मक प्रतिक्रिया ने मेरी आँखें खोल दीं। समय के साथ-साथ मुझे एहसास हुआ कि मेरे उद्देश्यों में से एक उद्देश्य यह भी है कि मैं लोगों को उनकी चुनौतियों से उबरने में मदद करूँ और अगर वे चाहें तो उन्हें ईश्वर के करीब लाने में मदद करूँ।

अब मुझे अपना ही मोल समझ में आने लगा। ईश्वर के प्रति मेरा विश्वास और गहरा होता चला गया, जिससे जीवन मेरे लिए सहज होने लगा। जब मैंने अपने विश्वास को कायम रखते हुए कदम बढ़ाया तो मेरे सामने अंतर्राष्ट्रीय वक्ता और धर्म प्रचारक के तौर पर करियर का विकल्प आ गया। मुझे बहुत ही प्यारे, आनंदमय और उल्लेखनीय जीवन का उपहार मिला, जो मुझे सारी दुनिया में ले गया और लाखों लोगों से और अब आपसे भेंट करवाने का माध्यम बना!

प्रमाण की आवश्यकता नहीं

मैं और आप यह नहीं देख सकते कि ईश्वर ने हमारे लिए क्या रच रखा है। यही कारण है कि आपको यह कभी नहीं मानना चाहिए कि आपका भय ही आपकी किस्मत हैं या आप एक बार गिरने के बाद दोबारा कभी उठ नहीं सकते। आपको खुद

पर, अपने उद्देश्य पर और अपने जीवन के लिए ईश्वर की योजना पर भरोसा रखना चाहिए। आपको अपने भय और असुरक्षा से परे जाकर, यह भरोसा रखना चाहिए कि आखिरकार आप अपना रास्ता पा ही लेंगे। हो सकता है कि आपको आनेवाले पल का अनुमान तक न हो, पर बेहतर होगा कि आप जीवन के वश में आने के बजाय, उस पर काम करें।

अगर आपके पास विश्वास है तो आपको किसी प्रमाण की आवश्यकता नहीं, आप इसके साथ जीते हैं। आपको सही उत्तरों की नहीं, केवल सही प्रश्नों की ज़रूरत है। कोई नहीं जानता कि भविष्य में क्या छिपा है। ईश्वर की योजना अधिकतर हमारी सोच और कल्पना से भी परे होती है। एक दस वर्षीय लड़के के रूप में, मैं कभी मान नहीं सकता था कि आनेवाले दस साल के भीतर ईश्वर मुझे यह अवसर देंगे कि मैं दुनियाभर के लाखों लोगों को प्रेरित कर सकूँ, उन्हें जीज़स तक आने की राह दिखा सकूँ। मैंने तो यह कभी सोचा तक नहीं था कि जिस तरह मेरा परिवार मुझसे प्रेम करता है, उसी तरह कोई समझदार, आध्यात्मिक, निडर और सुंदर युवती मुझे चाहने लगेगी और सबसे ज़्यादा प्यार करेगी, जो हाल ही में मेरी पत्नी बनी है। वह लड़का जो अपने भविष्य के बारे में सोचकर मायूस हो जाता था, वह अब एक वयस्क के रूप में बहुत सुख-चैन से अपनी ज़िंदगी जी रहा है। मैं जानता हूँ कि मैं कौन हूँ और ईश्वर हर समय मेरे साथ है। मैं एक बार में एक कदम उठाता हूँ। मेरा जीवन उद्देश्य तथा प्रेम से भरपूर है। लेकिन क्या मेरा जीवन चिंताओं से रहित है? क्या हर दिन को सूरज की किरणों और फूलों का उपहार मिलता है? नहीं, हम सब जानते हैं कि जीवन ऐसे नहीं चलता। पर मैं हर पल उस परमात्मा को धन्यवाद देता हूँ, जो मुझे मेरे लिए बनाए गए पथ पर चलने की अनुमति दे रहा है। आप और मैं पृथ्वी पर एक उद्देश्य की पूर्ति के लिए हैं। मैंने अपना उद्देश्य पा लिया है। आपको मेरी कहानी को इस तसल्ली की तरह लेना चाहिए कि आपका रास्ता भी आपकी प्रतीक्षा में है।

विश्वास करें और हासिल कर लें

जब आप पूरे विश्वास और श्रद्धा भाव के साथ यह मान लेते हैं कि आप अपना उद्देश्य पा लेंगे तो आप खुद को खोजने के पथ पर कदम-दर-कदम आगे बढ़ते हैं। आप पाएँगे कि ईश्वर ने आपके जीवन के लिए जो सोच रखा है, उसकी तो आपने कभी कल्पना तक नहीं की थी। मिसाल के लिए, हो सकता है कि मेरे जीवन में शरीर पर हाथ और पैर उगने का चमत्कार कभी न हो, पर मैंने कई बार देखा है कि मैं दूसरे

के लिए चमत्कार बन सकता हूँ। मेरे अनुभवों तथा मेरी निराशा और आत्महत्या से जुड़ी घटना, इनकी वजह से मैं दूसरों की पीड़ा को गहराई से महसूस कर सकता हूँ।

मैं एक ऐसा चमत्कार बन सकता हूँ जो आपकी आँखें खोल दे, आपके हृदय में चेतना का संचार करे, आपको यकीन दिलाए कि आप सबके स्नेह के पात्र हैं और आपको आपके उद्देश्य या ध्येय के और पास ले जाए।

प्रेम का विश्वास से गहरा नाता

जब आप सबसे प्रेम करते हैं तो आपके लिए अपने विश्वास को कायम रखते हुए काम करना और भी आसान हो जाता है। मैं आपसे इतना प्रेम करता हूँ कि 'मुझे आपकी परवाह है, मैं आपकी बात सुनना चाहता हूँ, आपका हौसला और साहस बढ़ाना चाहता हूँ।' यह सब प्रेम की वजह से ही होता है। हमारे पास असीम प्रेम करने की क्षमता होती है। हमें उस प्रेम भाव को सक्रिय करना होगा। यह केवल अपने ध्येय को पूरा करने के लिए नहीं होगा, इसके साथ ही हमें इस मुहिम में भी अपना योगदान देना होगा कि सारी दुनिया शांति और संतोष के साथ जी सके। अगर आपका जीवन प्रेम से ही आरंभ होकर, इसी में समाप्त होता है तो मैं ईश्वर की ओर से मिले प्रेमरूपी उपहार को आप तक लाने का माध्यम बनना चाहूँगा ताकि आप आगे बढ़ सकें।

ईश्वर दूत पॉल के शब्दों में, 'अगर मैं इंसानों या देवदूतों की बोली बोलता हूँ, पर मेरे पास प्रेम नहीं है तो मैं किसी बड़े घंटे से निकल रही तेज़ आवाज़ से ज़्यादा कुछ नहीं। अगर मेरे पास पहाड़ों को भी हिला देनेवाला विश्वास है लेकिन प्रेम नहीं है तो मैं कुछ नहीं हूँ।'

यह संसार अकसर बहुत ही ज़ालिम और स्वार्थी नज़र आता है और हम यह भूल जाते हैं कि ईश्वर को हमसे कितना प्रेम है। उसने अपने पुत्र को हमारे पास भेजा ताकि वह हमारे पापों का मोल चुकाते हुए अपने प्राण बलिदान कर दे। वह सदा हमारे साथ है। जब आप ईश्वर की ताकत को जान लेते हैं तो केवल यही चाहते हैं कि उसे और उसके बनाए हर जीव से आप प्रेम कर सकें। हो सकता है कि आप कभी-कभी इस बात को भूल जाएँ। मैं भी भूल गया था। पर फिर भी मैंने पाया कि जब मैं अपने लिए ईश्वर की योजना के बारे में भ्रमित हुआ या जब मैं इस दुविधा से गुज़रा कि ईश्वर का ध्येय पूरा करने के लिए मुझे क्या करना चाहिए तो वह सदा मेरे सामने ऐसी परिस्थितियाँ पैदा कर देगा, जिससे वह उद्देश्य और काम प्रकट होगा। इसके साथ ही

मेरी कसौटी होगी कि क्या मैं अपने कहे पर अमल भी कर सकता हूँ या नहीं? अगर मैं फेलिप कैमिरोआगा का नाम लूँ तो उसे इस बात का सबसे ताज़ा उदाहरण माना जा सकता है।

फेलिप कई सालों तक चिली के एक ऐसे टी.वी. टॉक शो का सहमेज़बान रहा, जो यू.एस. के ओपरा विनफ्रे के शो की तरह ही लोकप्रिय था। वह कैरोलिना डि मोरास के साथ 'ब्यूनोस डिआस ए टोडास' नामक शो चलाता था, जिसका अंग्रेजी में अर्थ है, 'गुड मार्निंग, एवरीवन'। वह शो, चिली के स्टेट टी.वी. नेटवर्क में सबसे ऊँची रेटिंग पर बने रहने के लिए जाना जाता था। मुझे सितंबर 2011 में अपने दूसरे चिली दौरे के दौरान उस शो में हिस्सा लेने के लिए न्यौता मिला। वह इंटरव्यू लगभग बीस मिनट का होनेवाला था, अकसर शो में आनेवाले मेहमानों को बोलने के लिए इतना समय ही दिया जाता था। खास तौर पर ऐसे मेहमान के लिए जिसके साथ बात करने के लिए दुभाषिए की ज़रूरत हो। लेकिन फेलिप और कैरोलिना के साथ मेरी बातचीत चालीस मिनट तक चली, जो उस शो के लिए एक अनूठी चीज़ थी। मेरे लिहाज़ से तो यह तथ्य और भी बेहतर था कि मेज़बानों ने मुझे यह बोलने का पूरा अवसर दिया कि मेरे अनुसार ईश्वर के प्रति विश्वास के क्या मायने थे और एक वक्ता एवं धर्म प्रचारक के तौर पर सारी दुनिया में घूमते हुए मैं उस उद्देश्य को कैसे पूरा कर रहा था। फेलिप मेरी बात को बहुत गौर से सुन रहा था, जो मेरे लिए आश्चर्यजनक था।

मैं उसे अच्छी तरह नहीं जानता था, पर यह तो पता ही था कि वह चिली में ऐसे कुवाँरों की सूची में आता था, जिस पर सबकी नज़रें बनी रहती हैं – एक ऐसा इंसान जिसकी निज़ी ज़िंदगी और प्रेम प्रसंग, मीडिया के लिए कौतूहल का विषय रहे हों। लोग तो फेलिप को एक हस्ती ही मानते थे पर उसने हमारी मुलाकात के दौरान कई तरह के गंभीर आध्यात्मिक सवाल पूछे।

मिसाल के लिए, उसने मुझसे पूछा कि 'मैंने ईश्वर को कैसे जाना?' मैंने कहा कि 'इसके लिए विश्वास और आस्था चाहिए। जिसका मतलब है कि आप किसी ऐसी चीज़ पर भरोसा कर रहे हैं, जिसके बारे में आपके पास कोई भौतिक सबूत नहीं है।' मैंने अपने विश्वास और आस्था के बारे में बताते हुए कहा कि 'जीज़स ही स्वर्ग की ओर तथा शाश्वत जीवन की ओर ले जानेवाली राह है।' मैंने फेलिप, कैरोलिना और उनके टी.वी. दर्शकों के सामने इस बात को भी स्वीकार किया कि मैं बहुत ही लालची इंसान हूँ। इस धरती पर नब्बे वर्ष का समय भी मेरे लिए कम ही होगा। मैं हमेशा स्वर्ग

में रहना चाहता हूँ, पर उससे भी बेहतर बात यह है कि अकेले स्वर्ग जाने के बजाय मैं कम से कम एक व्यक्ति को अपने साथ चलने की प्रेरणा देना चाहता हूँ। यही कारण है कि मेरे पास ताकत है। मैं अपनी अलमारी में जूतों का एक जोड़ा रखता हूँ क्योंकि मैं करिश्मों पर भरोसा रखता हूँ लेकिन किसी को ईश्वर के निकट आते देखने से बड़ा कोई और चमत्कार नहीं होता। इसलिए ईश्वर के प्रति आस्था और विश्वास पाने के लिए प्रार्थना करें। मुझे विश्वास है कि एक दिन ईश्वर आपकी सहायता अवश्य करेगा।

यह बात कहते-कहते मैं आभार की भावना से भावविभोर हो उठा। मैं ईश्वर का एहसानमंद था कि उन्होंने मुझे फेलिप के शो में अपने मन की बात कहने का अवसर दिया। अपने विचारों को दर्शकों तक पहुँचाने का यह अवसर मेरे लिए बहुत मायने रखता था। मैंने यह भी देखा कि फेलिप पर भी मेरे शब्दों का भावानात्मक प्रभाव पड़ा था। कैरोलिना भी हर बात को बहुत गौर से सुन रही थी।

मैं एक धर्म प्रचारक हूँ इसलिए मैंने उनकी दिलचस्पी को बोलने का लाइसेंस मानते हुए, बोलना जारी रखा। जब उन्होंने पूछा कि 'क्या मेरी आस्था की कोई सीमाएँ हैं?' तो मैंने जवाब दिया कि 'मैं यह तो नहीं कह सकता कि सब कुछ संभव है। मेरे भीतर बसे आनंद और सुख की कोई सीमा नहीं है, भले ही मुझे कुछ भी क्यों न हो जाए।' काश, मैं लोगों को बता सकता कि अगर वे ईश्वर पर भरोसा रखना सीख लेंगे तो जीवन में सब ठीक हो जाएगा। सच तो यह है कि लोग अब भी कष्टों और कठिनाइयों का सामना करते हैं। उन्हें रोग, वित्तिय समस्याओं, टूटे संबंधों और प्रियजनों से वियोग की पीड़ा को झेलना पड़ता है। हर किसी के जीवन में बुरा समय आता है लेकिन मेरा मानना है कि बुरा समय हमें सीख देने के लिए आता है। मेरी आशा यही है कि जब दुःखी लोग मेरे आनंद से भरपूर जीवन को देखेंगे तो वे सोचेंगे कि 'अगर निक अपने शरीर पर हाथ और पैर न होने के बावजूद ईश्वर के प्रति आभार प्रकट करता है तो मुझे भी आज के लिए ईश्वर को धन्यवाद देना चाहिए और मैं अपनी ओर से भरपूर कोशिश करूँगा।'

मैंने कैरोलिना और फेलिप को बताया कि मैं कुछ माह पहले ही बहुत कठिन दौर से गुज़रा था। (जिसके बारे में मैं आपको अगले अध्याय में बताऊँगा।) मुझे हमेशा से ईश्वर की मौजूदगी का एहसास रहा है, पर वह अब भी मुझे कभी-कभी उलझन में डाल देता है। जब आप जीवन के बुरे दौर में हों तो यह सब समझना थोड़ा मुश्किल हो जाता है। मैंने उनसे कहा कि 'बस यह याद रखें कि मैं इस बुरे वक्त से वह सबक

सीखने जा रहा हूँ, जो मुझे सामान्य जीवन से नहीं मिल सकता था और मैं आज जो भी हूँ, वह अपने कष्टों की ही देन हूँ।'

आप लोग भी अकसर अपने कठिन और दुःख से भरे पलों के बीच ईश्वर द्वारा रची योजना के बारे में उलझन में पड़ जाते होंगे। आपको भी यह समझ में नहीं आता होगा कि ईश्वर आपके साथ ऐसा क्यों कर रहा है। जैसा कि मैंने उस दिन अपने टी. वी. शो के मेज़बानों से कहा, **'अगर आपके भीतर आस्था और विश्वास होगा तो अंधकार के बीच भी एक-एक कदम कर आगे बढ़ा जा सकता है।'** आपको हर दिन, हर पल और हर साँस के साथ यह याद रखना चाहिए कि **यह जीवन ईश्वर की ओर से मिला एक उपहार है और आपको इसके लिए ईश्वर का आभारी होना है।** आगे मैंने कहा कि **'सबसे बड़ा खतरा तो वह है जब आपको लगने लगे कि आपको परमात्मा की ज़रूरत ही नहीं है।'**

मैं जितनी देर बोलता रहा, मुझे यह देखकर हैरानी होती रही कि मेरी बात को समाप्त करने के लिए किसी ओर से कोई संकेत नहीं आया। तभी फेलिप एक सॉकर बॉल ले आया और कहा कि मैं उसके दर्शकों को अपने विश्वस्तरीय कौशल का परिचय दूँ। आप भी अंदाज़ा लगा सकते हैं कि मेरा कौशल, सिर से मारे जानेवाले शॉट्स और छोटे पैंतरों से ज़्यादा नहीं है।

मुझे यह देखकर बड़ा आश्चर्य हुआ कि उस शो में मेरा पूरा म्यूज़िक वीडियो बजाया गया, जो हाल ही में रिलीज़ हुआ था। आखिर में, जब शो खत्म होने का समय हुआ तो मैं वास्तव में बहुत भावुक हो उठा और मैंने पूरे पाँच मिनट का समय लेकर फेलिप, कैरोलिना और उनके दर्शकों का आभार प्रकट करता रहा कि उन लोगों ने मेरी बात को सुनने के लिए अपना समय दिया। इसके बाद मैंने उनके लिए प्रार्थना करते हुए, पवित्र आत्मा को नीचे आने और उनके हृदयों को छूने का आग्रह किया ताकि उन्हें शांति, शक्ति व धैर्य के साथ-साथ, यह जानने का सुकून भी मिल सके कि ईश्वर उनसे प्रेम करता है, उसके पास उनके लिए एक दिव्य योजना है और वह सदा उनके साथ रहेगा। मैंने जीज़स से यह प्रार्थना भी की कि हम उन पर अपना विश्वास बनाए रख सकें, इसके लिए वे हमारी सहायता करें।

इसके बाद मैं प्रतीक्षा करने लगा कि अभी कोई स्टेज पर आएगा और मुझे वहाँ से घसीटकर उतार दिया जाएगा, पर ऐसा नहीं हुआ। सचमुच, उस दिन मुझे टी. वी. शो पर इतना समय दिया गया कि मैं हैरान रह गया, ऐसा लग रहा था मानो, मेरे

माता-पिता, भाइयों और दूसरे समर्थकों ने चोरी-छिपे स्टूडियो पर धावा बोलकर, डायरेक्टर को निर्देश देने शुरू कर दिए हैं और कैमरों का सारा नियंत्रण भी अपने हाथों में ले लिया है। इसके बाद मुझे पता चला कि शो का डायरेक्टर एक पक्का ईसाई और मेरा बहुत बड़ा प्रशंसक था, उसने अपनी टीम को कह दिया था कि वे शो को जारी रखें। बाद में जब वह मुझे तहेदिल से शुक्रिया कहने आया तो उसकी आँखें नम थीं। उन्होंने हमें बताया कि उन्हें पहले कभी कॉल्स के माध्यम से इतना तत्काल और सकारात्मक फीडबैक नहीं मिला था, दर्शक टी.वी.एन. को इस बात के लिए धन्यवाद दे रहे थे कि उन्होंने मेरी कहानी को सब तक पहुँचाया।

विश्वास के सहारे

सुबह के शो में फेलिप और कैरोलिना के साथ हुआ अनुभव बहुत ही बेहतरीन था, दोपहर तक मैं उसी के प्रभाव में मग्न रहा। हम सुस्ताने के लिए होटल आ गए। मैं संगीत सुनते हुए, नेट सर्फिंग कर रहा था। तभी होटल का फोन बजा। शो से मेरी दुभाषिया बोल रही थी। उसने बताया कि अभी-अभी एक दुर्घटना हो गई थी और मुझे अपना टी.वी. चालू करना चाहिए। टी.वी. पर अचानक एक खबर दिखी। फेलिप की तसवीर के साथ वह जगह दिखाई जा रही थी, जहाँ उसका विमान दुर्घटनाग्रस्त हो गया था। मुझे इतनी स्पेनिश तो समझ में आती ही थी, जिससे पता चला कि किसी सुदूर द्वीप पर एक विमान दुर्घटना का शिकार हो गया था और उस पर सवार इक्कीस यात्रियों में से एक फेलिप भी था। उसके अलावा टी.वी.एन. के कई अन्य कर्मचारी भी उस विमान में सवार थे।

बचाव और खोजी दलों को रवाना कर दिया गया था। यह दुर्घटना जुआन फर्नांडीज द्वीप पर हुई, जो चिली तट से हज़ारों मील की दूरी पर था इसलिए ठीक से पूरी रिपोर्ट नहीं मिल पा रही थी। अभी तक तो यह भी नहीं पता था कि कोई जीवित बचा है या नहीं। फेलिप उन पाँच लोगों में शामिल था जो एक द्वीप पर फरवरी 2010 में आई सुनामी और भूकंप के बाद हुए निर्माण कार्यों का जायज़ा लेने जा रहा थे। समाचार वाचक ने बताया कि वे चिली वायुसेना के जिस विमान में सवार थे, उसने खराब मौसम के चलते दुर्घटना से पहले विमान को दो बार लैंड करवाने का असफल प्रयास भी किया। द्वीप की विमान पट्टी के पास सागर में ही लोगों का सामान और विमान का कचरा मिल चुका था।

विमान दुर्घटना और बचाव व खोजी दलों के बारे में सुनते-सुनते मेरा दिल बैठने

लगा। अभी फेलिप से कुछ घंटों का ही तो परिचय था, फिर भी मैं कह सकता था कि उस पर हमारी विश्वास व आस्था से जुड़ी चर्चा का गहरा असर हुआ था। मुझे याद है, जब मैंने कहा कि 'मैं इस धरती पर लंबी आयु पाने के बजाय अनंत आयु पाने की इच्छा रखता हूँ तो मेरी यह बात सुनकर वह भावुक हो उठा था। उसके सवालों की प्रकृति, उसके चेहरे के भाव और भावनात्मक प्रतिक्रिया को देखकर मैं अनुमान लगा सकता था कि वह व्यक्ति और अधिक आध्यात्मिक जीवन में प्रवेश करने का मार्ग तलाश रहा था।' मेरे दिमाग में फेलिप और अन्य सहयात्रियों के परिवारों की पीड़ा घूम रही थी। मैं उनके लिए लगातार प्रार्थना करता रहा। उस समय किसी भी दूसरी चीज़ पर केंद्रित रहना कठिन था, पर मैंने महीनों पहले से अगली रात एक सत्र में भाग लेने की अनुमति दी हुई थी। मुझे इस त्रासदी को सहने के साथ-साथ उस व्याख्यान की तैयारी भी करनी थी।

मीडिया ने मेरे शो को फेलिप के आखिरी शो के रूप में दिखाया। सारे स्टेशन बचाव व खोजी दलों के समाचारों के बीच बार-बार उसी शो की झलकियाँ दिखा रहे थे। घंटों बीत गए और किसी के भी बचने का समाचार नहीं मिला। पहले उन्हें विमान का कचरा मिला और फिर एक-एक कर शव मिलने लगे, जिनमें से कोई भी पहचान करने के लायक नहीं रह गया था।

उसी दिन टी.वी.एन. के एक कर्मचारी ने मुझसे संपर्क किया और पूछा कि 'क्या मैं टी.वी.एन. के स्टेशन आकर, विमान दुर्घटना का शिकार हुए लोगों के लिए प्रार्थना का सीधा प्रसारण कर सकता हूँ ताकि उनके परिवारों, मित्रों और सहकर्मियों को दिलासा मिल सके।' मैंने हामी तो भर दी पर यह नहीं समझ पा रहा था कि इस दुःखद घड़ी में उन्हें दिलासा कैसे दे सकूँगा। हमें अभी तक पता भी नहीं चला था कि कोई यात्री जीवित बचा है या नहीं। टी.वी.एन. पर प्रार्थना के सीधे प्रसारण के दौरान, मैंने कहा, 'जब मैंने पहली बार टी.वी. पर इस दुर्घटना के बारे में देखा तो किसी से कहा, भगवान का शुक्र है कि स्वर्ग है।' 'मुझे उस दुर्घटना में मारे गए या घायल हुए लोगों के लिए दुःख तो था, पर साथ ही यह दिलासा भी था कि उन्हें अगले जन्म में ईश्वर का प्रेम और शांति मिलेगी। स्वर्ग का अस्तित्त्व है, ईश्वर का भी अस्तित्त्व है इसलिए हमें भी यह कोशिश करनी चाहिए कि हम उसके साथ कदम से कदम मिलाकर चल सकें', मैंने अपने संदेश में कहा। हम इस संकट से उसी तरह उबर जाएँगे, जिस तरह मेरे माता-पिता ने मुझे जीना सिखाया : एक दिन में एक बार; जीज़स को अपने साथ लेकर!

निक वुईचिक - 33

उसकी योजना प्रकट हुई

जब मैंने कैमरे के आगे प्रसारण पूरा किया तो स्टेशनवालों ने आग्रह किया कि मैं उनके तीन सौ कर्मचारियों को भी संबोधित करूँ, जो इस दुर्घटना से बुरी तरह से बिखरा हुआ महसूस कर रहे थे। मुझे अपनी सारी संकल्प शक्ति को बटोरना था ताकि उन लोगों को सांत्वना दे सकूँ, जो इस आशंका के बीच थे कि उनके सहकर्मियों में से कोई भी जीवित नहीं बचा है। जब शो के दौरान दुभाषिया बनी महिला मेरे कंधे से लगकर रोने लगी तो मेरे लिए भी खुद को सँभालना कठिन हो गया। वह फेलिप को अपना रोल मॉडल मानती थी और उसकी बड़ी प्रशंसिका थी। वह इस खबर को सुनकर बहुत व्याकुल हो गई थी।

जब मैंने उसे दिलासा देने के बाद उसके साथ प्रार्थना की तो टी.वी.एन. के डायरेक्टर मुझे एक ओर खींचकर ले गए और बोले, 'निक, मैं आपको बताना चाहता हूँ कि कल आपके शो के बाद फेलिप के साथ क्या हुआ।' मैं ऐसे गंभीर माहौल के बीच उनके रोमांचभरे सुर को सुनकर चौंका, पर जब मुझे उनकी सारी बात पता चली तो मैं जान सका कि उनकी वह खुशी नाजायज़ नहीं थी। ये वही ईसाई सज्जन थे, जिन्होंने उस दिन मेरे शो को आमतौर पर दिखाए जानेवाले शो से लगभग दुगना समय दिया था। उन्होंने बताया कि 'मैंने उस दिन फेलिप के बारे में जो अनुमान लगाया था, वह गलत नहीं था। टी.वी. की जानी-मानी हस्तियों में से एक फेलिप, बहुत समय से आध्यात्मिक जिज्ञासा के बीच था और ईश्वर तक जाने के मार्ग की तलाश में था।'

डायरेक्टर ने बताया कि वे अकसर फेलिप से इस बारे में लंबी चर्चाएँ किया करते थे ताकि उसे किसी तरह ईश्वर के साथ जोड़ सकें। फेलिप मन ही मन जीज़स को दिल से स्वीकार करने की राह पर तो था, पर अब भी उसने सच्चे दिल से सब कुछ नहीं माना था। डायरेक्टर को फेलिप ने बहुत पहले ही बता दिया था कि वह आगे चलकर धर्म प्रचारक बनना चाहेगा ताकि चिली के ज़रूरतमंदों की मदद कर सके। उस दिन मेरे शो में आने के बाद फेलिप ने कहा कि 'अब उसे समझ में आ गया है कि उसके लिए करियर का वह बदलाव कितना सार्थक होगा।'

डायरेक्टर ने कहा कि 'शायद मैंने विमान दुर्घटना से कुछ घंटे पहले, फेलिप को ईश्वर के और निकट जाने में सहायता की हो।' यह सुनकर, मैंने एक बार फिर ईश्वर को धन्यवाद दिया कि उन्होंने अपनी योजना को मेरे सामने प्रकट किया। यह सोच ही मुझे और भी विनम्र बना देती है कि मैं ईश्वर का माध्यम बनकर दूसरों को लाभ

पहुँचा सकता हूँ।

अवसर का लाभ

उसी रात, मैं सैंटियागो के मूवीस्टार एरीना में पाँच हज़ार लोगों के सामने अपना सत्र आरंभ करने ही वाला था कि एक युवती स्टेज पर आई और मेरे कान में बोली, 'सरकार ने औपचारिक तौर पर घोषणा कर दी है कि फेलिपवाले विमान में सवार सभी यात्री मारे गए हैं।'

इस तरह की घड़ियाँ हमारे विश्वास को बुरी तरह से झकझोर देती हैं। जब भी आप अपने किसी प्रियजन या मित्र की मृत्यु, रोग, टूटे संबंधों तथा वित्तीय संकट का बोझ ढो रहे हों तो उस समय ईश्वर को इसके लिए दोषी नहीं ठहराना चाहिए। उस समय आपको ईश्वर में अपने विश्वास और आस्था को बनाए रखना चाहिए। आपको पता होना चाहिए कि ईश्वर ही आपको आनंद, शक्ति, शांति व प्रेम का मरहम लगा सकता है।

मैंने मृतकों को अपनी ओर से श्रद्धांजलि अर्पित की, उनके परिजन के प्रति खेद प्रकट किया। फिर भी मैं इस बात के लिए ईश्वर का आभारी था कि शायद उस दिन साक्षात्कार के दौरान फेलिप द्वारा पूछे गए सवालों के जवाबों और मेरी ओर से मिले साक्ष्यों ने उसे अनंत मुक्ति के पथ तक जाने में मदद की होगी।

जब यह पता चला कि विमान दुर्घटना में किसी के भी जीवित न बचने की पुष्टि हो गई है तो मैं एक क्षण के लिए रुका और फिर यह समाचार अपने श्रोताओं को दिया। हर कोई एक-दूसरे को दिलासा देने लगा। कई लोग एक-दूसरे के कंधों पर सिर रखकर सुबक रहे थे। मैंने उन लोगों से कहा कि वे मेरे साथ दुर्घटनाग्रस्त लोगों के परिवारों, मित्रों, टी.वी.एन. से जुड़े लोगों तथा चिलीवासियों के लिए प्रार्थना करें, जो हाल ही में अन्य विमान दुर्घटनाओं, भूकंपों या खदान दुर्घटनाओं आदि में मारे गए हैं। जब मैं पिछले साल चिली नामक इस खूबसूरत देश में आया था तो उन दिनों एक खदान में तैंतीस खदानकर्मी फँसकर मारे गए थे। इसके बाद मैंने अपने श्रोताओं को एक दिन पहले, फेलिप और कैरोलिना के साथ हुए अद्भुत साक्षात्कार के बारे में याद दिलाया। मैंने उन्हें बताया कि 'किस तरह टी.वी.एन. ने साक्षात्कार की अवधि बीस से चालीस मिनट कर दी थी।' और मैंने उन्हें कहा, 'मैं नहीं जानता था कि फेलिप से मेरी पहली मुलाकात ही हमारी आखिरी मुलाकात साबित होगी।'

यह सच में बड़ी अजीब सी सोच थी। इसमें हलकी सी कड़वाहट इस बात की थी कि उस दिन फेलिप से मिलने के बाद मैंने सोचा था कि मैं किसी दिन उससे अपनी आस्था के बारे में विस्तार से चर्चा करूँगा लेकिन अब यह संभव नहीं था। इसमें हलकी सी मिठास यह थी कि मैंने फेलिप के साथ हुई उस अहम मुलाकात का पूरा लाभ उठाया था। मैं एक आस्थावान व्यक्ति हूँ और उस दिन फेलिप ने जो भी सवाल किए, मैंने अपने विश्वास और आस्था के अनुसार ही उनके जवाब दिए थे। मैं एक पल के लिए भी नहीं हिचकिचाया था। मेरा मानना है कि अपनी ओर से यथासंभव आत्माओं को ईश्वर की ओर ले जाना ही मेरे जीवन का उद्देश्य है और मैं हमेशा इसी बात को ध्यान में रखता हूँ।

मैंने इस बात के लिए खेद प्रकट किया कि फेलिप और विमान में सवार अन्य व्यक्ति अब हमारे बीच नहीं रहे पर मुझे अपने टी.वी. मेज़बानों के साथ उस दिन हुई भेंट के बारे में कोई खेद नहीं था। दरअसल, मैं तो सौभाग्यशाली था कि ईश्वर ने मुझे उनके साथ अपनी आस्था और विश्वास को बाँटने का अवसर दिया।

आपको भी अपना विश्वास और आस्था दूसरों तक पहुँचाने के एक भी अवसर की उपेक्षा नहीं करनी चाहिए। हो सकता है कि आप किसी के लिए उसे प्रभावित करनेवाले, साहस या प्रेरणा देनेवाले आखिरी व्यक्ति हों। हममें से कोई नहीं जानता कि कब हमें इस जीवन को त्यागकर अगले जीवन में जाना होगा। यही कारण है कि आपके पास जीवन में अपना एक निश्चित उद्देश्य होना चाहिए। तथ्यों के आधार पर आप जो जानते हों या विश्वास के आधार पर आप जो मानते हों, उसके अनुसार ही अपना निर्णय लें। इसके बाद अपनी उन धारणाओं के अनुसार अपने उद्देश्य को पूरा करने में जुट जाएँ। इसके बाद आपको उस तरह जीने में कभी पछतावा नहीं होगा।

मैंने उस दिन फेलिप, कैरोलिना और लाखों दर्शकों के सामने अपने विश्वास और आस्था को प्रकट किया। मैंने उनके साथ वह सब बाँटा जो मैं सही मायनों में महसूस करता हूँ और जिस कारण से महसूस करता हूँ। मैंने कबूल किया कि 'मेरा विश्वास हमेशा इतना मज़बूत नहीं रहता, कभी-कभी मेरे मन में भी शंका आती है या मैं उलझन महसूस करता हूँ। हालाँकि मेरे विश्वास की मज़बूती बनी रहती है पर कई बार यह देखना मुश्किल हो जाता है कि ईश्वर ने हमारे लिए सब कुछ पहले से ही कितनी अच्छी तरह रच रखा है।' मैं दूसरों को यही बात कहकर प्रेरित करने की कोशिश करता हूँ कि वे जैसे भी हालात से गुज़र रहे हों, उसे दिल से स्वीकार कर लें

और यह न भूलें कि इस यात्रा में वे अकेले नहीं हैं।

मुझे अपने विश्वास और आस्था के बारे में बात करने का कोई पछतावा नहीं है। आप जिस भी उद्देश्य के साथ सेवा कर रहे हों, आपको वही करना चाहिए। जब आप अपने विश्वास और आस्था को कार्यरूप देंगे तो आप उस जीवन को पा लेंगे, जिसके लिए आपको रचा गया है।

2

गिरकर उठें हम

मेरी आयु अभी तीस वर्ष भी नहीं है, पर फिर भी मैं एक सार्थक और भरपूर जीवन जीने में सफल रहा हूँ। अपने गैर-लाभकारी धर्म प्रचारक संगठन (लाइफ विदआउट लिम्ब्स) और व्याख्यान व प्रेरक डी.वी.डी. व्यवसाय (एटीट्यूड इज़ एल्टीट्यूड) के चलते मुझे दुनिया के कोने-कोने में जाने का अवसर मिला, जहाँ मैं दूसरों की मदद कर सका। पिछले सात वर्षों के दौरान, मैंने चार मिलियन से भी ज़्यादा लोगों को संबोधित किया है। मैंने दुनियाभर का चक्कर काटते हुए, तैंतालिस देशों में अपनी उपस्थिति दर्ज की और एक साल में लगभग दो सौ सत्तर बार व्याख्यान सत्रों का आयोजन किया। लेकिन दिसंबर 2011 का समय मेरे लिए बहुत ही बुरा रहा।

कई बार जब जिंदगी आपकी ओर बहती हुई नज़र आती है और आप उसके साथ पूरी गति से भागते हैं तो अचानक आपके रास्ते में बड़ा अवरोध उत्पन्न हो जाता है और आपकी जिंदगी रुक जाती है। ऐसे कठिन समय में जब आप अपने आसपास देखते हैं तो अपने दोस्तों और परिवारवालों को अपने साथ खड़ा हुआ पाते हैं। वे आपके नज़दिक बैठकर प्यार से आपके बालों में हाथ फैरते हैं, पीठ थपथपाते हैं और कहते हैं, 'चिंता मत करो, सब ठीक हो जाएगा।'

क्या आपके साथ भी कभी ऐसा हुआ है? हो सकता है कि आप अब भी उन्हीं हालात से गुज़र रहे हों, अपनी पीठ के बल लेटे, वही महसूस कर रहे हों, जो कि एक पुराने गीत में भी कहा गया है, 'बीन डाउन सो लांग इट लुक्स लाइक अप टू मी।'

मैं भी इस एहसास को बहुत अच्छी तरह जानता हूँ। दरअसल, मैं अपनी बातचीत के दौरान श्रोताओं को अकसर हौसला बँधाता हूँ कि 'जिस तरह मैंने अपने हाथों और पैरों के अभाव में भी हर संकट को सहा और विजेता बनकर सामने आया, उन्हें भी उसी तरह अपने जीवन के हर कष्ट और चुनौती का सामना करना चाहिए।' मैं अपने पेट के बल लेट जाता हूँ और फिर अपने माथे पर बने गूमड़ के सहारे धीरे-धीरे रेंगते हुए, खड़ा हो जाता हूँ। फिर मैं अपने श्रोताओं से कहता हूँ कि भले ही कोई राह न दिख रही हो, पर फिर भी कोई न कोई राह तो होती ही है। वर्षों से इसी अभ्यास के कारण मेरी गर्दन, कंधे और छाती की माँसपेशियाँ मज़बूत हो गई हैं क्योंकि मैं इसी तरह उठने का अभ्यास लगातार करता आ रहा हूँ।

कई बार ऐसे भी दौर आए, जब मुझे भी अपनी परेशानी से उबरने के लिए संघर्ष करना पड़ा। कोई गंभीर वित्तीय समस्या, नौकरी का खोना, टूटा हुआ संबंध या किसी प्रियजन से वियोग आदि ऐसी ही समस्याएँ हो सकती हैं, जिनसे पार पाना कठिन हो सकता है। अगर आप पहले से ही टूटे या बिखरे हुए हों तो ऐसे में कोई छोटी परेशानी भी मुसीबतों के पहाड़ जैसी दिखने लगती है। अगर आप भी स्वयं को चुनौती से घिरा पा रहे हैं तो मैं आपसे सिफारिश करूँगा कि खुद को सँभालने के लिए उन लोगों की सहायता लें, जो आपकी परवाह करते हैं। आप अपनी कोमल भावनाओं को आहत न होने दें और अपनी तरफ से हकीकत बनाम अपने जीवन के लिए भावात्मक मास्टर प्लान को समझने की कोशिश करें। यह न भूलें कि आपके मूल्य, उद्देश्य तथा भाग्य, आपके साथ घटी घटनाओं से प्रभावित नहीं होते बल्कि उन घटनाओं पर आप जैसी प्रतिक्रिया देते हैं, वही इन्हें तय करता है।

शक्ति की मदद लें

मैंने परेशानियों और कड़ी चुनौतियों के बीच, अपने विश्वास और आस्था पर काम करने की पहल को तीन चरणों में बाँट रखा है। पहला, आपको अपने भीतर कुछ समझौते करने होंगे ताकि आपकी भावनाएँ आपको अपने वश में न कर सकें। इस तरह आप अपने जीवन को काबू में रखते हुए, सोच-समझकर, एक बार में एक कदम उठा सकेंगे। दूसरा, स्वयं को याद दिलाएँ कि आप अतीत में अपने कष्टों से ऊपर कैसे उठे और कैसे पूरी मज़बूती और ताकत के साथ अनुभव प्राप्त किए। तीसरा, अपने विश्वास पर काम करने के लिए बाहरी सहायता लें, आपको न केवल दूसरों से मदद और सहयोग की अपेक्षा रखनी है बल्कि उन्हें भी मदद और हौसला देना है। इस आदान और प्रदान के बीच ही आरोग्य की चमत्कारिक शक्ति छिपी होती है।

हाल ही में, मेरे साथ जो भी घटा, वह लंबे समय तक मेरे जीवन को प्रभावित करने में सफल रहा। इसी अनुभव ने मुझे याद दिलाया कि केवल विश्वास या आस्था रखना ही पर्याप्त नहीं होता: आपको प्रतिदिन, अपने विश्वास पर काम करते हुए इसे जीवन में उतारना भी होता है।

मैं अपने जीवन को आपके सामने प्रकट करने जा रहा हूँ, किसी कठिन परिस्थिति के लिए मेरी शुरुआती प्रतिक्रिया एक बुरे उदाहरण की अच्छी मिसाल है। मैं आपके साथ अपनी पीड़ा बाँटूँगा ताकि आपको ऐसे कष्ट का सामना न करना पड़े। पर आपको मुझसे वादा करना होगा कि आप इस सबक को अपने दिल से याद रखेंगे क्योंकि इन बातों को लिखना इतना आसान नहीं होता! ठीक है न, मेरे दोस्तों!

हालाँकि मैं कभी नहीं चाहूँगा कि कभी किसी के जीवन में बुरा दौर आए पर ये बुरे दौर जीवन का एक अंग हैं। मुझे यह भरोसा रखना अच्छा लगता है कि जीवन के बुरे दौर मुझे मेरे बारे में बहुत ही अहम सबक देने आते हैं, जैसे मेरे चरित्र की मज़बूती और मेरे विश्वास की गहराई। आपको भी अपने जीवन में ऐसे उतार-चढ़ाव का अनुभव होगा और मुझे पूरा यकीन है कि वह दौर आपको भी कोई न कोई सीख अवश्य देकर गया होगा। निजी, करियर या वित्तीय संकट आना आम बात है। इनसे अकसर भावात्मक तौर पर छुटकारा पाना कठिन हो जाता है। पर अगर आप इस कठिन समय को अपने लिए कुछ सीखने और आगे बढ़ने के अवसर के तौर पर लेते हैं तो आप और अधिक मज़बूती और तेज़ी के साथ वापस लौट सकेंगे। अगर आपकी मायूसी कुछ समय तक नहीं टूटती या आप लंबे समय तक निराश रहते हैं तो मेहरबानी करके किसी अपने की या किसी सलाहकार की मदद लें। कई बार भावात्मक चोट को भरने के लिए किसी अनुभवी की मदद लेना ज़रूरी हो जाता है। वैसे भी, किसी विशेषज्ञ की सलाह लेने में कैसी शर्म! लाखों लोगों ने इसी तरह अपने घोर अवसाद से मुक्ति पाई है।

बुरे दौर या संकट के कारण जड़ बना देनेवाली उदासी, निराशा और दुःख किसी को भी अपनी चपेट में ले सकते हैं। अनपेक्षित तौर पर सामने आनेवाली तनावपूर्ण घटनाएँ हमें भावुक बनाते हुए, भावात्मक रूप से छलनी कर सकती हैं और हम स्वयं को भीतर से बुरी तरह से टूटा व बिखरा हुआ महसूस करने लगते हैं। बेहतर होगा कि उस समय आप स्वयं को अकेले रहने से बचाएँ। अपने परिवार व मित्रों को यह मौका दें कि वे आपको दिलासा दे सकें। अपने और उनके साथ ज़रा धीरज से पेश आएँ।

आरोग्य प्राप्त करने में समय लगता है। कुछ लोग इससे एक झटके में उबर जाते हैं लेकिन आप अपने साथ ऐसा ही घटने की उम्मीद न रखें। आपको पता होना चाहिए कि आपको यह आरोग्य पाने के लिए काम करना होगा। यह कोई निष्क्रिय प्रक्रिया नहीं है। आपको अपने भीतर की सारी ताकत बटोरनी होगी और साथ ही अपनी संकल्प शक्ति और विश्वास की शक्ति को भी संग लेकर चलना होगा।

पुराने ज़ख्म भरना

जब भी आप बहुत गहरे तनाव में हों, बहुत भावुक हों या किसी घटना के कारण कुछ भी कर पाने में असमर्थ महसूस कर रहे हों तो बेहतर होगा कि आपके साथ जो भी हुआ उसे अपने भीतर चल रहे भावों से अलग कर दें। हम अपने सारे पिछले अनुभवों से मिले भावात्मक ज़ख्मों को साथ लिए फिरते हैं। कई बार वे घाव पूरी तरह से भरे नहीं होते इसलिए जब भी आप पर कोई विपत्ति आती है तो वे पुराने घाव भी हरे हो जाते हैं। आप जो भी कष्ट महसूस कर रहे हों, वह उस पुरानी ठेस और असुरक्षा के भाव के साथ और भी गहरा हो जाता है। अगर आपको समझ में आ जाए कि आप एक बुरे हालात पर ज़रूरत से ज़्यादा प्रतिक्रिया दे रहे हैं या आपको लगे कि आपसे यह भावात्मक बिखराव संभाला नहीं जा रहा तो आपको खुद से पूछना चाहिए कि 'यह वक्त मुझ पर इतनी बुरी चोट क्यों कर रहा है? क्या मैं इसलिए इस तरह पेश आ रहा हूँ क्योंकि मैं हाल ही में घटी घटना के प्रभाव में हूँ या मेरी यह प्रतिक्रिया पहले कभी लगी किसी ठेस का नतीजा है?'

मुझे 2010 के आखिर में इस बात का एहसास हुआ कि भावनाओं के विश्लेषण के क्या मायने हैं और ये किस तरह मेरे काम को प्रभावित कर सकती हैं! आज पीछे मुड़कर देखता हूँ तो जान सकता हूँ कि मेरे जीवन में जो भी बुरा दौर आया, वह कोई बड़ा संकट नहीं था। उस समय ऐसा इसलिए लगा क्योंकि मैं लगातार काम करने और यात्रा करने की वजह से आध्यात्मिक, मानसिक और भावात्मक रूप से थक चुका था। वह पहला मौका था, जब मुझे अपने काम में गंभीर वित्तीय चुनौतियों का सामना करना पड़ा। यह वित्तीय हानि मेरी कंपनी 'एटीट्यूड इज़ ऑल्टीट्यूड' से जुड़ी हुई थी, यह कंपनी मेरे प्रेरक व प्रोत्साहित करनेवाले व्याख्यानों तथा डी.वी.डी. का काम संभालती है। यह व्यवसाय मंदी के दौर में भी बहुत अच्छी तरह से चल रहा था इसलिए मैंने और अधिक लोगों को काम पर रखा और अपने काम का दायरा काफी बढ़ा दिया। मुझे लगा था कि कंपनी बहुत अच्छी तरह से चल रही है, पर जब मेरे स्टाफ ने बताया कि

उन्हें बिलों और वेतन के भुगतान में भी परेशानी हो रही है तो मैं अचंभे में पड़ गया। हम तो बुरी अर्थव्यवस्था के बावजूद इतना बढ़िया काम कर रहे थे, पर अचानक हमारे बड़े ग्राहक, जो हमें हमारे व्याख्यानों और डी.वी.डी. के लिए उधार चुकानेवाले थे, उनकी ओर से आनेवाले भुगतानों में कमी आ गई या उनमें से कई लोगों ने भुगतान देना ही बंद कर दिया। हम जिस पैसे के आने की आस लगाए हुए थे, वह हम तक नहीं आया और यही हमारी समस्या की जड़ थी।

यह निक नामक सिरफिरा, दूसरी सबसे बड़ी वजह थी। मैं अपने व्यवसाय में बहुत समय से एक ईसाई म्यूज़िक वीडियो बनाना चाह रहा था, जिसे एक प्रेरक वीडियो की तरह लोगों तक पहुँचाया जा सके। जब हमारा काम बहुत अच्छा चल रहा था और मेरी पहली किताब सारी दुनिया में बेस्टसेलर किताबों की सूची में गिनी जा रही थी तो मैं अपने भविष्य को लेकर बहुत उत्साहित और आशावान था। मैंने तय किया कि अपनी कंपनी के उत्पाद के तौर पर उस म्यूज़िक वीडियो को तैयार किया जाए। नकद के प्रवाह तथा म्यूज़िक वीडियो पर मेरी उम्मीद से कहीं ज़्यादा खर्च होने के कारण हम पचास हज़ार डॉलर के कर्ज़ में आ गए। यह कुछ ऐसा ही था कि हम लोग 150 कि.मी. प्रति घंटे की गति से भाग रहे हों और अचानक मुझे ब्रेक लगाने पड़ जाएँ। ऐसा नहीं है कि मैं इस बात को बढ़ा-चढ़ाकर पेश कर रहा हूँ। हमारी सत्रह परियोजनाएँ अधूरी थीं और मैं उनमें से लगभग सभी को रद्द या विलंबित कर चुका था। मैंने स्टाफ से कहा कि हम खुद को बचाने की प्रक्रिया शुरू करनेवाले हैं। जब सारी अर्थव्यवस्था मंदी के दौर से गुज़र रही हो तो अकसर तेज़ी से बढ़ रही कंपनियाँ ऐसी समस्याओं की चपेट में आ जाती हैं। फिर भी ये सारे हालात देखकर मैं आश्चर्य में था। मेरे मन में अपराध बोध उमड़ने लगा। मैं दुनियाभर में अपने संदेश और धर्म प्रचार के कार्य को पहुँचाने के लिए इतना उत्साहित था कि शायद इसी वजह से मैंने हर काम की अति कर दी थी। मेरे पास एक अच्छा विचार और संसाधन थे लेकिन इस बात का यह मतलब नहीं था कि उसे लागू करने का यह सही समय था। मैं ईश्वर के तय किए गए समय के बजाय अपनी ओर से तय किए गए समय के अनुसार चलने की कोशिश कर रहा था।

जब मुझे एहसास हुआ कि हमारी कंपनी उधार के चक्र में उलझ गई है तो मुझे ऐसा लगने लगा कि मैंने उन सब लोगों को नीचा दिखाया है, जो मेरे लिए काम करते हैं और जिन लोगों ने मुझ पर भरोसा किया है। मेरी मायूसी ने देखते ही देखते समस्या को कई गुना बड़ा और भयंकर बना दिया। मेरे लिए कोई भी काम करना मुश्किल हो गया और यह किस्सा केवल एकाध दिन का नहीं था।

मेरी यह मायूसी और निराशा, एक माह से भी अधिक समय तक बनी रही और मुझे खुद को निराशा के इस भँवर से पूरी तरह निकालने में और दो माह का समय लगा। मैंने खुद पर विश्वास खो दिया और बड़े खेद से कहना पड़ता है कि कुल मिलाकर मैं पूरी तरह से बिखर गया था। मैंने अपने भीतर उस सदमे और कुंठा को विश्वास का स्थान लेने दिया।

मैं एक बार फिर से वही असुरक्षित और नाज़ुक किस्म के लड़के में बदल गया, जैसा मैं अपनी किशोरावस्था में हुआ करता था। मैं खुद को नकारात्मक सोच से दूर नहीं रख पा रहा था। क्या मैं ईश्वर की ओर से मेरे लिए बनी योजना से दूर हो गया था? मैं सारी दुनिया के लोगों के बीच सलाह, प्रेरणा और आध्यात्मिक मार्गदर्शन देनेवाला कौन होता था? अगर मैं एक वक्ता और धर्म प्रचारक नहीं था तो मैं क्या हो सकता था? तब मेरा मोल ही क्या था? मैं बार-बार अपने बचपन की उन असुरक्षाओं की ओर झाँकने लगा। केवल कुछ समय के लिए नकद के प्रवाह से जुड़ी वित्तीय समस्याएँ मेरे उस पुराने भय को जगाने में सफल रहीं, जिनकी वजह से मुझे लगता था कि मैं अपने माता-पिता और भाई-बहनों पर एक बोझ हूँ।

जैसा कि आप अंदाज़ा लगा सकते हैं, जब मैं चौबीस साल की आयु में, पहली बार खुद यू.एस. आया तो मेरे माता-पिता और भाई-बहनों की चिंता का ठिकाना नहीं था। मैं अपनी आज़ादी को साबित करना चाहता था और अपने सपने को पूरा करना चाहता था, जिसमें मैं स्वयं को एक वक्ता और अंतर्राष्ट्रीय धर्मप्रचारक के तौर पर देखता था। तब से मैं अपने सपनों को पूरा करने की दिशा में बहुत आगे आ गया हूँ और अपनी आज़ादी भी हासिल कर ली है। दरअसल, मेरे माता-पिता ने भी तय कर लिया था कि वे भी मेरे पास यू.एस. आ जाएँगे, मेरे पिता पेशे से एक अकाउंटैंट हैं और वे मेरी कंपनी के बही-खाते संभालने की योजना के साथ आना चाह रहे थे।

जब मुझे कंपनी में चल रही वित्तीय समस्या के बारे में पता चला तो मेरे लिए अपने पिता को फोन पर इस बारे में बताना आसान नहीं था। मुझे उन्हें बताना था कि वे जिस कंपनी का हिस्सा बनना चाह रहे थे, वह तो पहले ही उधार के दलदल में उलझ गई है। उन्होंने तो यू.एस. आने का निर्णय भी ले लिया था जबकि उन्हें अंदाज़ा तक नहीं था कि यहाँ क्या हो रहा था। मैं बहुत शर्मिंदा था। मुझे लगा कि मैंने उन्हें नीचा दिखाया है और उन्हें निराश कर दिया है।

मुझे हमेशा से ही सपनों में जीने की आदत रही है और मैं अपने व्यावहारिक

और तर्कसंगत बुद्धि रखनेवाले पिता की तुलना में बहुत ही अधीर किस्म का व्यक्ति हूँ। जब मैं यू.एस. आ रहा था तो उन्होंने और माँ ने मुझे चेताया था कि मुझे अपने रुपए-पैसों के मामले में बहुत सावधानी बरतनी होगी। और अब, जब वे मेरे पास रहने आ रहे थे तो मैंने ठीक उसी समय सब गड़बड़ कर दी थी। मुझे इस बात का भी डर था कि लोग कहेंगे कि मेरे माता-पिता इस बुरे दौर में मेरी मदद करने आ रहे हैं। वे अपने ऐसे बेटे को बचाने आ रहे थे, जिसके हाथ और पैर नहीं हैं और अब वह अपने सारे पैसे भी गँवा चुका है!

इससे भी बदतर बात यह थी कि मैंने अपने रिश्ते के एक भाई को अपनी कंपनी में काम सीखने के लिए बुला लिया था और अब मुझे उसे लेकर डर लग रहा था। मुझे लग रहा था कि कहीं कंपनी की इस असफलता को वह अपनी नाकामयाबी न मान ले।

मेरे लिए अपनी इस सोच से पार पाना बहुत कठिन हो गया था। जिस तरह गुस्सैले कीड़ों की फौज हमला कर देती है, उसी तरह असुरक्षा और भय से जुड़े पुराने भावों ने मुझे घेर लिया था। मैं अपनी पहली किताब की रिलीज़ के बाद इतनी कड़ी मेहनत करता आ रहा था कि मुझे सुरंग के दूसरे छोर पर रोशनी की किरण दिखाई देने लगी थी लेकिन फिर अचानक वह रोशनी दिखाई देनी बंद हो गई!

अंधकार ही अंधकार

अवसाद ने मेरे भीतर जड़ें जमा लीं। मैं अपने बिस्तर से उठना ही नहीं चाहता था। हालाँकि ऐसा लगने लगा था कि अब मैं किसी को भी प्रेरणा या प्रोत्साहन देने की मनोदशा में नहीं था पर मुझे अपने बहुत सारे व्याख्यान सत्रों को पूरा करना था। मैं उन व्याख्यानों को कभी नहीं भुला सकता जिन्हें मैं परम पिता परमात्मा की असीम अनुकंपा, अनुग्रह और सहायता के बल पर ही पूरा कर सका। एक प्रेरक सेमीनार से ठीक पहले मैं दो घंटों तक लगातार रोता रहा। उस दौरान एक दोस्त मेरे साथ था और उसके बाद उसने मेरा भाषण भी सुना। उसने कहा कि वह मेरा सबसे बेहतर भाषण था। बाद में जब तक मैंने उस भाषण की रिकॉर्डिंग नहीं देख ली, मैं उसकी बात का यकीन नहीं कर सका। मैं अपनी शक्ति के बल पर नहीं बोल रहा था; उस रात वह सारी मेहनत ईश्वर की ओर से थी!

मैंने उस दिन बहुत अच्छा प्रदर्शन दिया पर अगले ही दिन मैं एक बार फिर से अवसाद और निराशा में डूब गया। मैं कुछ खा-पी नहीं पा रहा था। मैं सो नहीं पा रहा

था। सारा दिन सारी रात तरह-तरह की चिंताएँ मुझे सताती रहती थीं। सच कहूँ तो मेरा दिमाग पगला गया था। मेरे साथ अजीब-अजीब बातें हो रही थीं। जब मैं छोटा था तो अकसर घबराहट के कारण अपने होंठ काट लिया करता था। मैं फिर से वैसा ही करने लगा! वह सब क्या था! मैं सारी रात करवटें बदलता और जब सुबह उठता तो मेरे होठ सूजन के मारे दुखते और मेरे पेट और छाती में गाँठें सी महसूस होतीं।

इनसे भी अजीब बात यह हुई, पूरे चार या पाँच दिन तक मैं प्रार्थना करने के बारे में सोच तक नहीं सका, जबकि मैं रोज़ प्रार्थना करनेवाले लोगों में से हूँ। प्रार्थना न कर पाने की इस स्थिति ने मुझे बुरी तरह से डरा दिया। जब कई दिनों तक मेरे होठों से प्रार्थना का एक भी शब्द नहीं निकला तो मुझे अपनी आत्मा और अपनी चेतना को लेकर चिंता होने लगी। क्या मैं विक्षिप्त होता जा रहा था?

मेरे लिए इस मानसिक विकलांगता की वजह से छोटे से छोटा निर्णय लेना भी कठिन होता जा रहा था। पहले तो मैं सारा दिन अपनी दिनचर्या, योजनाओं और व्यवसाय से जुड़े सैंकड़ों निर्णय झट से ले लिया करता था। इस कठिन समय में मेरे लिए यह तय करना भी मुश्किल हो रहा था कि क्या मुझे बिस्तर से उठना चाहिए या कुछ खाने की कोशिश करनी चाहिए।

मेरे आलस की सीमा नहीं थी, मानो मैं कोई और ही इंसान बन गया था। एक दिन मेरी कंपनी के कुछ कर्मचारी और ठेकेदार मेरे घर जमा हुए और मैंने उन्हें अपने जीवन में आए इस बदलाव के बारे में बताने की कोशिश की।

'बड़े-बड़े ख्वाब देखनेवाला, बड़ी-बड़ी उपलब्धियाँ हासिल करनेवाला निक, जिसे आप सब जानते थे, वह अब नहीं रहा,' मैंने उन्हें अपने आँसुओं के बीच कहा, 'वह अब खत्म हो गया है। आप सब मुझे माफ करें। मैंने आप सबको नीचा दिखाया।' मेरे अपने, मेरे माता-पिता, मेरे भाई और बहनें, मेरे दोस्त और मेरे सलाहकारों ने अपनी ओर से मुझे दिलासा देने की भरपूर कोशिश की। लेकिन फिर भी जब मेरी मायूसी नहीं घटी तो उन्होंने मुझे निराशा के भँवर से निकालने के लिए मेरे आसपास जैसे घेरा सा डाल दिया। उन्होंने मुझे थामा, मुझे गले से लगाया और मेरे मन को भरोसा दिलाया कि सब ठीक होता जाएगा। मेरे मिनिस्ट्री स्टाफ सदस्यों ने पूरी उदारता के साथ मुझे मेरा समय दिया। वे मुझे चुटकुले सुनाते रहे, मुझे देखकर मुस्कराए, गले से लगाया और मेरा हौसला बढ़ाया।' उन्होंने मेरी कही बातों को मुझे ही सुनाना आरंभ कर दिया, 'निक, तुम हमेशा कहते हो कि जब तक तुम ऊपर देख सकते हो, तब तक

तुम उठ भी सकते हो। अपनी डी.वी.डी. और वीडियो देखो, खुद को वह सब याद दिलाओ जो तुम पहले से जानते हो। इस घटना में भी एक सबक छिपा है। एक दिन तुम इससे उबर ही जाओगे और पहले से भी कहीं अधिक मज़बूती के साथ सामने आओगे। ईश्वर के पास हर चीज़ की कोई न कोई वजह होती है', उन्होंने समझाया।

यह कैसी अचरज की बात थी कि मुझे मेरे ही कहे शब्दों से दिलासा दिया जा रहा था। हालाँकि वे गलत नहीं कह रहे थे। मुझे केवल वे बातें ही खुद को याद दिलानी थीं, जो मैं दूसरों से कहता आ रहा था। मैं किसी ऐसे व्यक्ति के लिए पोस्टर में दिखनेवाले बच्चे की तरह था, जो अपनी आस्था के अनुसार चलना भूल गया हो। व्यवसाय में नकद के अभाव को लेकर उपजी शर्मिंदगी और अपराध बोध ने मेरे मूल्य, मेरे उद्देश्य और मेरे मार्ग पर ही सवालिया निशान लगा दिया था। मुझे ईश्वर की पूर्णता पर संदेह नहीं था। बस अपनी निराशा की वजह से अपने विश्वास तक जाना कठिन हो रहा था।

ऐसे में डलास के मेरे एक मित्र, रेमंड किंग ने मेरी बहुत मदद की। वे एक वकील होने के साथ-साथ एक डॉक्टर भी हैं। उन्होंने एक मेडिकल सेमीनार में मेरे व्याख्यान के लिए समय लिया था और मैं उन्हें निराश नहीं करना चाहता था। पर जब मैं उनके पास गया तो वे देख सकते थे कि मैं शारीरिक और भावात्मक तौर पर कितना बिखरा हुआ था।

वे बोले, 'पहले तुम्हें अपनी देखरेख करनी होगी। अगर सेहत अच्छी नहीं रही तो तुम्हारी सारी मेहनत पर पानी फिर जाएगा।' वे बहुत ही कोमलता से मुझे एक ओर ले गए और फिर मुझे सलाह दी कि मुझे किस तरह अपनी प्राथमिकताओं पर ध्यान देना चाहिए और फिर उन्होंने मेरे साथ एक प्रार्थना करने के बाद मुझे गले लगा लिया। मेरे लिए वहाँ बने रहना किसी संघर्ष से कम नहीं था पर डॉ. किंग के सांत्वनाभरे शब्दों ने वाकई कमाल कर दिया। शायद वह मेरे जीवन का सबसे प्रेरक भाषण था। उनके शब्द मेरे दिल में जा बसे क्योंकि वे सही मायनों में मेरे लिए चिंतित थे।

उनकी बातें सुनते हुए मुझे वह समय याद आ गया जब मैं छह साल का था और मेरे पिता अकसर उसी तरह मुझसे बात किया करते। मैं थोड़ा बिंदास टाइप का था और जब खुद को कहीं से धकेलने या गिराने की बात आती तो मैं किसी की परवाह नहीं करता था। आम तौर मैं अपनी पहियाकुर्सी पर रहता था। उन दिनों अचानक एक दोस्त ने मुझे केला खाने का न्यौता दिया और मैंने बिना सोचे-समझे, बंदर की तरह केला लपकने के लिए छलाँग लगा दी। उसी समय मेरी कुर्सी आगे की ओर पलट गई

और मेरे सिर पर चोट आई, जिससे मैं कुछ देर के लिए बेसुध हो गया।

मेरे पिता की चिंता वाजिब थी। मैं उनके इन शब्दों को हमेशा याद रखूँगा, 'बेटा, तुम्हें तो खाने के लिए दूसरा केला मिल सकता है पर हम दूसरा निक नहीं ला सकते इसलिए तुम्हें ज़रा सावधानी से जीना सीखना होगा।'

मेरे पिता की तरह डॉ. किंग ने भी मुझसे आग्रह किया कि मुझे अपने कामों और जीवन पर उनके प्रभावों का निरीक्षण करना चाहिए। मैं समझ रहा था कि मेरी सारी सफलता का श्रेय मेरा ही है, जबकि वास्तव में मुझे अपने ईश्वर पर भरोसा रखना चाहिए था और उसकी शक्ति, उसकी इच्छा और उसके द्वारा तय किए गए समय पर विश्वास करना चाहिए था।

मानवता और आस्था की कमी ने ही मेरे जीवन को उस बुरे दौर में धकेला और मेरा सारा आनंद छीन लिया। मैं अपने व्याख्यानों को अपने उद्‌देश्य की बजाय अपने काम या फर्ज़ की तरह देखने लगा था। मुझे डर था कि कहीं मैं वह सब देने में असमर्थ न रह जाऊँ जो उन दुःखी छात्रों को चाहिए था। मैंने एक ऐसे स्कूल में बोलने से भी इनकार कर दिया था जहाँ कुछ समय पूर्व एक छात्र ने आत्महत्या कर ली थी। मैं उस अवसर के लिए इनकार करने के बाद रोया क्योंकि प्रेरक बातें करना तो मेरा जुनून था और दूसरों की सहायता करना ही तो मेरे जीवन में आनंद का एकमात्र स्त्रोत था।

सबक सामने आए

काश मैं आपको कह सकता कि एक दिन जब मैं सोकर उठा तो मेरा मन शांत था और मेरा हौसला बुलंद हो चुका था, मैं बिस्तर से उछलकर बाहर आया और ऐलान किया, 'मैं वापसी के लिए तैयार हूँ!!!!' माफ कीजिए, मेरे साथ ऐसा कुछ नहीं हुआ और अगर आप भी कभी ऐसे बुरे दौर से गुज़रेंगे तो आपके साथ भी ऐसा कतई नहीं होगा। बस यही याद रखें कि **बुरा वक्त बीत जाएगा और बेहतर समय आनेवाला है।**

मेरी वापसी कई छोटे-छोटे चरणों में संभव हुई, दिन-ब-दिन, माह-दर-माह। आशा करता हूँ कि आपके लिए यह वापसी और भी तेज़ी से हो, पर धीरे-धीरे सही राह पर आने के भी अपने ही लाभ होते हैं। जब मायूसी की धुँध धीरे-धीरे छँटने लगी तो मैं अपनी ओर आनेवाली प्रकाश की हर किरण के प्रति आभारी होता गया। मेरे दिमाग से आत्म संदेह के विनाशक बादल छँटने लगे, मैंने उस समय को सराहा, जब मुझे अपनी ही निराशा की गर्त से बाहर आने और चिंतन-मनन करने का समय दिया गया।

यह कहना गलत न होगा कि अपनी आस्था पर काम करना कोई आवश्यक लगनेवाला व्यायाम नहीं होता। आपको पूरी सक्रियता के साथ कुछ कदम उठाने पड़ते हैं ताकि उस पथ की तलाश हो सकें, जो ईश्वर ने आपके लिए पहले से ही चुन रखा है। जब आप अपने पथ से भटक जाते हैं, जैसा कि कुछ समय के लिए मेरे साथ हुआ तो कहीं न कहीं आपको खुद से ही इस बारे में पूछना चाहिए कि 'ऐसा क्यों हुआ? मुझे अपनी आस्था और विश्वास के सहारे चलनेवाली यात्रा को फिर से आरंभ करने के लिए क्या करना होगा?'

आपके विश्वास की परीक्षा लेनेवाला बुरे से बुरा वक्त भी आपके लिए बेहतर समय हो सकता है। जिसमें आप अपने भरोसे को नए सिरे से ऊर्जान्वित करते हुए उसके अनुसार काम कर सकें। एक समझदार सॉकर कोच ने मुझसे एक बार कहा था कि वह खेल में जीतने के साथ-साथ हार को भी उतना ही महत्त्व देता है क्योंकि हार **आपकी उन कमज़ोरियों और असफलताओं को सामने लाती है जो वहाँ मौजूद होने के बावजूद आपको दिखाई नहीं दी थीं।** किसी भी टीम की दीर्घकालीन सफलता के लिए इन कमज़ोरियों को दूर करना बहुत मायने रखता है। हार भी खिलाड़ियों को प्रेरित करती है कि वे अपने उन कौशलों पर काम करें जो जीत के लिए बहुत आवश्यक माने जाते हों।

जब जीवन बहुत अच्छी तरह से चल रहा होता है तो अकसर लोग रुककर, उसका जायज़ा नहीं लेना चाहते। हममें से अधिकतर लोग अपने जीवन, अपने करियर और अपने संबंधों पर तभी ध्यान देते हैं जब मनचाहे नतीजे मिलना बंद हो जाते हैं। हर असफलता, पराजय और हार के बीच कुछ ऐसे अमूल्य सबक छिपे होते हैं, जिन्हें सीखा जाए तो वे छिपे हुए वरदान की तरह सामने आ सकते हैं। जब मेरी कंपनी उधार के दलदल में धँसी हुई थी तो मेरी मायूसी के शुरुआती दिनों में मैं उन सबकों की ओर ध्यान तक नहीं देना चाहता था। पर जल्द ही वे मेरे सामने आ गए और उनमें छिपे वरदान भी अब छिपे नहीं रहे। हालाँकि मैं उस समय के बारे में ज़्यादा सोचना पसंद नहीं करता, पर मैं खुद को विवश करता हूँ कि उस वक्त को दोहराऊँ ताकि हर बार वहाँ जाने पर कुछ और परतें उतरें और कुछ नए सबक सामने आएँ। मैं आपको प्रोत्साहित करता हूँ कि आप भी अपनी चुनौतियों में छिपे इन बिंदुओं को संभालें। हो सकता है कि आपके मन में यही बात आए कि आप उस बुरे दौर को याद तक नहीं करना चाहते। कोई भी ऐसे भावों को अपनी यादों में बसाना नहीं चाहेगा। बेशक, यह याद करना कोई मज़ाक नहीं कि मैं किस तरह फूट-फूटकर रोता था और अपनी उस

अस्थायी असफलता पर बुरी तरह से प्रतिक्रिया करता रहता था।

हालाँकि पिछले अनुभव से जुड़ी पीड़ा को दूर करने का एक उपाय यह भी हो सकता है कि आप उस पीड़ा को आभार में बदल दें। बाइबिल हमें सिखाती है कि जो लोग ईश्वर से प्रेम करते हैं, उनके लिए जो भी होता है, उनकी भलाई के लिए ही होता है, वे लोग उसकी रज़ा में राज़ी रहते हैं।

मेरे अंकल बाटा वुईचिक ने भी अपने रियल एस्टेट के काम में कई तरह की भारी चुनौतियों का सामना किया था, उन्होंने बड़ी कोमलता से अपने विश्वास मंत्र को बार-बार दोहराते हुए मेरी मदद करनी चाही : यह सब कुछ सकारात्मक है। मेरे रिश्ते के भाई ने मुझे समझाते हुए कहा कि 'दुनिया में जो भी होता है, भले के लिए ही होता है।'

अनुभूति के विपरीत सत्य

जिन दिनों मैं मानसिक दुर्बलता का शिकार हुआ, मैंने कुछ ऐसा पाया जो हो सकता है कि आपने भी अपने कठिन समय के दौरान पाया हो। तनाव ने मेरे सारे पुराने ज़ख्मों और असुरक्षाओं को हरा कर दिया था। उस समय जो भी चल रहा था, उसके लिए मेरी समझ हालात की हकीकत के मुकाबले कहीं बड़ी दिखने लगी। ऐसा लगने लगा था, जैसे दुनिया ही तबाह हो गई हो। ऐसे में लोग अकसर बढ़ा-चढ़ाकर बात करने लगते हैं जैसे :

.... यह मेरी जान ले रहा है!

.... मैं इससे कभी उभर नहीं सकूँगा!

.... मेरे साथ इससे बदतर दुर्घटना पहले कभी नहीं घटी!

.... ईश्वर को मुझसे इतनी घृणा क्यों है?

.... मेरा तो जीवन हमेशा के लिए तबाह हो गया – अधिकतर लोगों के बीच यह वाक्य ज़्यादा चलता है।

दरअसल मैंने अपनी परेशानी के दौरान ये वाक्य कभी नहीं कहे, पर अधिकतर लोग इस बात से सहमत होंगे कि उन्होंने कुछ लोगों के मुँह से ऐसे या इससे भी बदतर वाक्य सुने होंगे।

एक बार फिर मुझे यह मौका मिल रहा है कि मैं आपको अपने ही व्यवहार की

बुरी मिसाल का एक अच्छा उदाहरण पेश करूँ। इस तरह की बेहूदी भाषा का प्रयोग मेरे लिए एक चेतावनी होना चाहिए था कि मैं इस मामले में अति कर रहा हूँ और मेरी मायूसी हद से ज़्यादा बढ़ती जा रही थी।

मेरे साथ जो भी हो रहा था, उसके प्रति मेरा बोध कुछ यह था : मैं तो एक हारा हुआ इंसान हूँ! मैं दिवालिया होनेवाला हूँ! मेरे सबसे बुरे डर सच होनेवाले हैं! मैं खुद को सहारा नहीं दे सकूँगा! मैं अपने माँ-बाप पर भार बन जाऊँगा! अब मैं किसी के प्यार के लायक नहीं रहा!

जबकि हकीकत यह थी कि मेरे व्यवसाय को अस्थायी तौर पर नकद के प्रवाह का सामना इसलिए करना पड़ रहा था क्योंकि उस समय आर्थिक मंदी चल रही थी। हम पचास हज़ार डॉलर के कर्ज़ तले दबे थे और यह कोई अच्छी बात नहीं थी। पर निश्चित रूप से, हमारे उत्पाद और सेवाओं की वैश्विक माँग को देखते हुए यह कोई बहुत बड़ी चोट भी नहीं थी। मैंने कॉलेज में अकाउंटिंग और वित्तीय नियोजन के बारे में पढ़ा था और मेरे पाठ्यक्रम में अर्थशास्त्र भी शामिल था। मैं माँग और पूर्ति व नकद प्रवाह के बारे में अच्छी तरह जानता था, पर निराशा के बादलों ने मेरी सारी जानकारी को भी जैसे धुँधला कर दिया था।

हो सकता है कि आपने भी मेरी ही तरह सब कुछ तबाह हो जानेवाले इस एहसास को महसूस किया हो, जबकि वास्तव में इतनी बड़ी बात या इतने बुरे हालात न रहे हों। कई बार हमारी भावनाएँ ही हमारे नज़रिए को धुँधला कर देती हैं। निराशा के बीच सभी चीज़ों की हकीकत देख पाना कठिन होने लगता है।

अपनी दृष्टि को बनाए रखना

मैंने एक सबक यह सीखा कि जब आप निजी संकट से गुज़र रहे हों, तब भी आपको सभी चीज़ों के प्रति उचित दृष्टिकोण बनाए रखना चाहिए। भय से भय जन्मता है और चिंता, चिंता को ही पैदा करती है। कठिन समय में आप दुःख, पछतावे, अपराध बोध, गुस्से या भय की भावनाओं से बच तो नहीं सकते, पर आप उन्हें विशुद्ध भावात्मक प्रतिक्रिया के तौर पर एक पहचान ज़रूर दे सकते हैं। साथ ही उनका प्रबंधन इस तरह कर सकते हैं कि वे आपके कामों और उनके नतीजों पर हावी न हों।

अगर आपको अपनी दृष्टि या नज़रिया बनाए रखना है तो इसके लिए परिपक्वता की आवश्यकता होगी और यह परिपक्वता या समझदारी अनुभव से आती है। मैंने इससे पहले ऐसे हालात का सामना कभी नहीं किया था और चूँकि मैं अपनी यात्राओं

की वजह से शारीरिक रूप से भी थका हुआ था इसलिए मैं पूरी परिपक्वता के साथ इन परिस्थितियों पर नियंत्रण नहीं रख सका।

मेरे पिता तथा दूसरे सयाने और बुज़ुर्ग मित्रों व परिवार के सदस्यों ने यह कहते हुए मेरी मदद करनी चाही कि वे भी अपने जीवन में ऐसे ही अनुभवों से दो-चार हो चुके हैं और उन्हें वापसी करने में बहुत समय नहीं लगा था। जैसा कि मैंने बताया, मेरे अंकल बाटा रियल एस्टेट के काम से जुड़े हैं, इसके अलावा वे कैलीफोर्निया में संपत्ति प्रबंधन के काम से भी ताल्लुक रखते हैं। आप कल्पना कर सकते हैं कि वे अपने जीवन में कितने उतार-चढ़ावों से गुज़रे होंगे। उनके काम में पचास हज़ार डॉलर की ऐसी कमी किसी छोटे से बदलाव से अधिक नहीं रही होगी। उन्होंने मुझे यह समझाने का प्रयास किया कि यह मेरे लिए भी कोई बहुत बड़ा कर्ज़ नहीं है और इसे आसानी से चुकाया जा सकता है।

हालाँकि मैं हमेशा दूसरों की भूलों और सलाहों से सबक लेना पसंद करता था, पर लंबे समय तक मैं सच्चा विवेक पाने की दिशा में स्वयं ही बड़ी भूलें करता रहा। अब मैंने संकल्प लिया है कि मैं एक बेहतर छात्र बनूँगा। अगर हम किसी एक परिचित इंसान से सिर्फ एक सबक भी ले सकते तो कितने समझदार बन सकते थे? इस तरह कितने समय, प्रयास और धन की बचत संभव हो जाती!

जब हमारे प्रियजन और मित्र हमें परामर्श देते हैं तो हम उनकी बात सुनकर उस पर अमल क्यों नहीं कर सकते, उस सलाह के अनुसार आवश्यक समझौते क्यों नहीं कर सकते? जब आप सभी चीज़ों को इसी समय ठीक करने का हठ पाल लेते हैं तो आप सिर्फ अपना तनाव बढ़ा रहे होते हैं। यह सच है, कुछ संकट या हालात आपसे तत्काल क्रियाशील होने की उम्मीद रखते हैं पर आप समस्या को हल करने के लिए दिन में एक बार कदम-दर-कदम चलने की प्रक्रिया को भी शामिल कर सकते हैं। एक बार मेरे सलाहकार बोर्ड के एक सदस्य ने इस बारे में कहा था, 'निक, क्या तुम जानते हो कि अगर किसी को एक पूरा हाथी खाना हो तो उसे कौन सा उपाय अपनाना चाहिए? एक बार में सिर्फ एक कौर खाने का उपाय।'

विनम्रता का संदेश

मेरे अकाउंटैंट पिता कई वर्षों से मुझे अपने वित्तीय मामलों में सावधानी बरतने को कहते आ रहे थे। वे चाहते थे कि मैं ज़्यादा बचत करूँ और जब भी कोई नई परियोजना आरंभ करूँ तो मेरे दिमाग में उसके लिए एक तय बजट होना चाहिए।

मैंने उनकी बात को हमेशा अनसुना किया। मैं तो खतरे मोल लेने का आदी हूँ; वे कुछ ज़्यादा ही कट्टर सोच रखते हैं। हम दोनों का व्यक्तित्व एक-दूसरे से बिलकुल अलग हैं; मेरे मुताबिक यह बचत का नहीं, निवेश करने और बाज़ार में पैसा उतारने का समय है।

विनम्रता एक दिलचस्प गुण है क्योंकि अगर यह आपके पास नहीं होती तो देर-सवेर आ ही जाती है। ज़रा कल्पना करें कि मैंने किस विनम्र भाव से अपने पिता की उस पेशकश को स्वीकार किया होगा, जब उन्होंने मुझे पचास हज़ार डॉलर उधार देने का प्रस्ताव रखा ताकि मेरी कंपनी को बचाया जा सके! उससे चोट तो लगी पर वह कुल्हाड़ी तो मैंने खुद ही अपने पैर पर मारी थी। बाइबल का नीतिवचन 16:18 हमें बताता है कि विनाश से पहले गर्व और ठोकर खाने से पहले घमंड होता है। मैं पूरे यकीन से कह सकता हूँ कि अगर आप बाइबिल में इस नीतिवचनवाला पन्ना खोलें तो आपको वहाँ मेरी तसवीर दिखाई देगी।

जब मैं खुद पर आए बुरे दौर के बारे में विचार कर रहा था तो मुझे एहसास हुआ कि मेरे जीवन के बहुत से क्षेत्रों में विनम्रता का अभाव था। अगर कोई संकट की घड़ी से गुज़र रहा हो तो उसमें विनम्रता का होना इतना ज़रूरी क्यों हो जाता है? सबसे पहले, अगर आपकी परिस्थिति किसी असफलता या भूल के कारण है तो आप शर्मिंदा महसूस कर सकते हैं। दूसरे शब्दों में, आपको इसके बाद विनम्रता से याद रखना होगा कि नाराज़ होने, रोने-धोने या क्लेश करने से कुछ नहीं बदलेगा। अगर आप अपने नकारात्मक भावों की रौ में बहते रहे तो आपके हालात और भी बदतर हो सकते हैं और आपके करीबी लोग आपसे और भी दूर होते जाएँगे।

मेरी सलाह तो यही है कि आप उस विनम्रता को स्वीकार कर लें जिसे आपने हाल ही में पाया हैं। जैसे कुछ बल्लेबाज़ अपनी हार को बहुत ही गुस्से से दिखाते हुए कबूल करते हैं; वे अपने घुटनों पर मारकर बल्ला तोड़ देते हैं... पानी लानेवाले लड़के को अपना हेल्मेट उतारकर मार देते हैं... चारदीवारी में ठोकरें मारकर खड्डे बना डालते हैं... आदि। लेकिन दूसरे बल्लेबाज़ यह आसानी से स्वीकार कर लेते हैं कि उनकी हार, खेल का ही एक हिस्सा है और वे इस बात को हमेशा याद रखते हैं कि उन्हें उसी पिच पर दोबारा वही भूल नहीं करनी है। अगर आपको अपने अनुभव से सीख लेना आता है तो 'विनम्रता' को बुरा नहीं कहा जा सकता। दरअसल, बहुत से लोग तो यह भी मानते हैं कि प्रबोध की ओर जानेवाला सच्चा मार्ग, विनम्रता से होकर ही निकलता है।

जब मैं छोटा था तो मेरे मन में दूसरों से मदद माँगने के प्रति बहुत घृणा पैदा हो गई थी। यह बहुत ही साधारण सी बात है कि आप अपने आसपास के लोगों से कहते हैं कि आप उन्हें खाना खिलाने में मदद करें या वे आपको उठाकर कुर्सी पर बिठा दें या फिर शौचालय तक ले जाएँ। मुझे यह पसंद नहीं था। जब मैंने अपने लिए खुद ही तरीके ईजाद करने शुरू किए तो मुझे अपनी आज़ादी महसूस होने के अलावा कुछ और फायदे भी हुए। हालाँकि मैं यह नहीं कह रहा कि मेरा ऐसा करना ठीक नहीं था, पर दरअसल कई बार अपनी इसी आत्मनिर्भरता के चक्कर में मैं दूसरों को अपने इशारों पर नचाने लगता और कई बार तो धौंस जमाकर उनसे मदद चाहने लगता था। मैं उनसे विनम्रता से मदद माँगने के बजाय घमंड से मदद पाने की इच्छा रखता। मेरा प्यारा भाई आरोन, उसे मैंने हमेशा अपने भाई के बजाय एक देखरेख करनेवाला सहायक ही माना। 'मुझे माफ कर देना, आरोन!'

समय-समय पर ईश्वर को मेरे लिए विनम्रता को संजोना पड़ा। यह बात मेरे सामने उजागर नहीं हुई थी कि मैं कभी-कभी बहुत ही स्वार्थी, अधीर और घमंडी हो जाता हूँ। कई बार मुझे लगने लगता कि विशेष देखरेख पाना मेरा अधिकार है। हालाँकि मैं आरोन से माफी माँग चुका हूँ। एक-दूसरे से काफी दूर रहने के कारण हम बहुत जल्दी भेंट भी नहीं कर पाते। वह मेरा सबसे प्यारा दोस्त है, जिसकी मैं सबसे ज़्यादा प्रशंसा और सम्मान करता हूँ। मुझे इस बात को लेकर हैरानी होती है कि जब वह इतना बड़ा और इस लायक था कि वह मुझे किसी अलमारी में बंद करके परेशान कर सकता था तो उसने ऐसा क्यों नहीं किया। कई बार तो मेरी हरकतें ऐसी ही होती थीं कि मुझे सज़ा दी जाए।

मैं इस बुरे दौर को अपने लिए विनम्रता के उस तकाज़े के तौर पर भी देखता हूँ, जिसने मुझे सही रास्ते पर आने में सहायता की। मैं इस तरह पेश आता था, मानो सिर्फ मैं ही था, जिसे अपने कार्यों का भार अपने कंधों पर संभालना था। यह मेरा घमंड था और इससे पता चलता था कि मुझे ईश्वर और अपने आसपास के लोगों पर सच्चे दिल से भरोसा नहीं था।

महान पैगंबर और नेता, मूसा, इस धरती पर सबसे विनम्र स्वभाव के व्यक्ति थे। वे जानते थे कि अगर कोई आपके पीछे नहीं चलना चाहता या आपके साथ काम नहीं करना चाहता तो आप उनके मार्गदर्शक नहीं बन सकते। एक घमंडी इंसान कभी किसी से मदद नहीं चाहता इसलिए वह सदा असहाय रहता है। घमंडी इंसान सब कुछ जानने का दावा करता है और यही वजह है कि उसे कुछ पता नहीं होता। जबकि विनम्र

व्यक्ति बड़ी आसानी से अध्यापकों या सहायकों को अपनी ओर आकर्षित करता है।

मैंने कहीं सुना था कि एक पिता ने हाल में कॉलेज से ग्रेजुएट हुए अपने पुत्र से कहा था कि 'तुम्हें अपनी नौकरी के पहले दिन से ही सही रवैया अपनाना होगा और हर किसी के साथ अच्छी तरह पेश आना होगा, उनके सामने यह मत जताना कि तुम क्या-क्या जानते हो। इसके बजाय, यह जताना कि तुम कितना सीखना चाहते हो?'

अगर आप स्वयं को किसी बड़े संकट से घिरा हुआ पाते हैं तो आपको भी विनम्रता का भाव अपनाते हुए दूसरों से मदद माँगनी होगी और इसमें कोई बुराई नहीं है। हममें से कोई भी दूसरों की सहायता के बिना अपने सपनों को साकार नहीं कर सकता। क्या यह आपके लिए अधिक मायने नहीं रखता है कि आप अपने श्रेष्ठ और आत्मनिर्भर होने के भाव को परे रखते हुए सहायकों के समुदाय के बीच अपने सपनों को साकार रूप दें?

विनम्रता आपके भीतर प्रशंसा व आभार भाव को भी जागृत करती है, जो आरोग्य व प्रसन्नता पाने के लिए प्रेरक हो सकते हैं। कोई भी एक इंसान दूसरे की तुलना में अधिक अनमोल नहीं होता। कहीं न कहीं, मैंने इस तथ्य को भुला दिया था। मेरे पतन का कारण बननेवाले घमंड ने मेरी स्मृति और दृष्टि, दोनों को ही धुँधला दिया था। मुझे स्वयं को याद दिलाना था कि 'ईश्वर मुझसे इसलिए प्रेम नहीं करता कि मैं व्यवसाय में बहुत अच्छा लाभ कमा रहा हूँ या मैं सारी दुनिया में चक्कर लगाते हुए वर्ष में दो सौ सत्तर बार व्याख्यान सत्रों में हिस्सा ले रहा हूँ। वह तो मुझसे इसलिए प्रेम करता है क्योंकि उसने मुझे रचा है। वह मुझे मेरे लिए प्रेम करता है, वह आपको आपके लिए प्रेम करता है।'

मेरा अब भी यही मानना है कि उस कठिन समय के दौरान मुझे जिन परियोजनाओं व सपनों को अधूरा छोड़ना पड़ा, उसके लिए भी एक जायज़ वजह थी। मेरा यह मानना है कि ईश्वर ने मुझे एक स्पष्ट दृष्टि दी, बस मुझे उसके अनुसार ही चलना था। पर मुझे और अधिक प्रार्थना करनी चाहिए थी ताकि यह सुनिश्चित कर सकूँ कि मैं अपने बजाय, उसके हिसाब से चलूँ। इससे कोई अंतर नहीं पड़ता कि पौधा किसने बोया या उसे किसने सींचा। यह बात ज़्यादा मायने रखती है कि उस बीज को अंकुरित करनेवाला कोई और नहीं बल्कि ईश्वर ही था।

हो सकता है कि हम हमेशा ईश्वर के प्रति कृतज्ञ न हों लेकिन वह सदा हमारे प्रति कृतज्ञ रहता है। मैं जान-बूझकर रोज़मर्रा के जीवन में सजग भाव से अपनी

आस्था को साकार रूप नहीं दे रहा था। मैंने ऐसा करने का संकल्प लिया – यह संकल्प न केवल प्रार्थना करने का था, बल्कि यह भी था कि मैं पूरे परिदृश्य, धीरज, विनम्रता, साहस और आत्मविश्वास के साथ प्रतिदिन आगे बढ़ूँगा और यह भी याद रखूँगा कि 'जहाँ मैं कमज़ोर हूँ, वहाँ मेरी बाँह थामनेवाला ईश्वर बहुत ही ताकतवर है। मेरे जीवन में जो भी अभाव है, उसे वही पूरा करेगा।'

विश्वास को चमकने दें

भले ही आपका विश्वास खुद पर हो, अपने उद्‌देश्य पर हो या अपने ईश्वर पर हो, यह हर स्थिति में एक शक्तिशाली प्रकाश स्तंभ की तरह होता है पर आपको इसके प्रकाश को जगमगाने का मौका देना होगा। आप इसे अपनी उपेक्षा के कारण मंद नहीं कर सकते। कई बार आपको लग सकता है कि आप विश्वास रखते हैं पर फिर भी प्रकाश की कोई किरण तक नज़र नहीं आती। मुझे एहसास हुआ कि मुझे अपने विश्वास को जगमगाने का मौका देना होगा। एक अलग नज़रिए से देखें तो मेरी आस्था और विश्वास किसी ऐसी कार की तरह हो गए थे जो न्यूट्रल गीयर में हो। यानी वह मौजूद होने के बावजूद मेरे जीवन में शामिल नहीं था। खुद पर तथा अपनी योग्यताओं पर भरोसा रखना बहुत महत्त्व रखता है पर आपके भीतर इतना धीरज, विनम्रता और समझ भी होनी चाहिए कि आप दूसरों की सहायता के बिना अकेले कुछ नहीं कर सकते और अंत में सारा श्रेय ईश्वर को ही जाता है।

अगर आप किसी उद्‌देश्य के बिना जीते हैं या अपने जुनून से भटक जाते हैं तो शायद यही वह चीज़ होगी, जो आपको बड़ी तेज़ी से नीचे की ओर खींचकर ले जाएगी। यह जुनून ही तो आपके जीवन को आनंद देते हुए इसे सार्थक बनाता है। मैंने अपने उद्‌देश्य को भुला दिया, जिसके अनुसार मुझे दूसरों को प्रेरित व प्रोत्साहित करते हुए विश्वास व आस्था के संदेश को भी प्रचारित करना था। मैं अपने व्यवसाय और कल्याणकारी संस्थान को बनाने के लिए और भी बहुत सारे काम कर रहा था। जब मैं अपने सच्चे उद्‌देश्य से भटका तो कुछ ऐसा हुआ, मानो किसी ने मुझे शक्ति देनेवाले तार का प्लग निकाल दिया हो।

अगर आपको लगता है कि आप भी मायूसी की ओर जा रहे हैं, आपके भीतर ऊर्जा और विश्वास का अभाव हो रहा है तो स्वयं से पूछें, 'ऐसा क्या है, जो मेरे लिए सबसे अधिक मायने रखता है? किस बात से मुझे आनंद मिलता है? ऐसा क्या है जो मेरे जीवन को मायने देता है? मैं वह सब वापस कैसे पा सकता हूँ?'

आपको और मुझे इस धरती पर हमारे स्वार्थी हितों की पूर्ति करने के बजाय कुछ बेहतर करने के लिए भेजा गया है। जब हमारा केंद्र ईश्वर पर केंद्रित होने के बजाय अपने पर केंद्रित हो जाता है तो हम अपनी शक्ति के महानतम स्रोत को खो देते हैं। हमें ईश्वर की ओर से प्रतिभा का उपहार इसलिए दिया गया है ताकि हम दूसरों के काम आ सकें। जब हम उन्हें उस महान उद्‌देश्य के लिए प्रयोग में लाते हैं तो हम उसके हाथों बनी योजना को साकार रूप देते हैं। हम इस संसार का भला करते हैं, ताकि वह हमें दूसरे संसार में ले जाने में सहायक हो सके।

रोग के कारण बिस्तर पर जकड़े होने के बावजूद उद्‌देश्य की भावना से भरपूर

मैंने पहले भी कहा कि मेरे जीवन में वह बुरा दौर एक बुरे उदाहरण के अच्छे उदाहरण के रूप में सामने आया। आप कह सकते हैं कि मैंने कम से कम यह तो दिखाया कि जब हमारा विश्वास नाकारा हो जाता है तो उसका क्या असर होता है। अब मैं आपके साथ किसी ऐसे व्यक्ति की कहानी बाँटना चाहूँगा जो विश्वास को साकार रूप देने की अच्छी मिसाल का बहुत ही बेहतरीन उदाहरण है – मेरे सामने जितने भी ऐसे उदाहरण आए हैं, यह उनमें से सर्वोत्तम है। दरअसल, मैंने अपनी पहली पुस्तक उन्हें ही समर्पित की थी पर उनकी इस कहानी को अपनी इस पुस्तक में लिखने के लिए बचा लिया था।

जब हम ऑस्ट्रेलिया में ही रह रहे थे तो मुझे अपनी माँ के माध्यम से, कैलीफोर्निया, ला जोला के फिल टोथ के बारे में पता चला। माँ ने चर्च में फिल और उनकी ईसाई वेबसाइट के बारे में सुना था। उन्होंने मुझे फिल की वेबसाइट दिखाई और विश्वास को साकार रूप देनेवाली उनकी इस कहानी ने मुझे छू लिया। जब फिल केवल बाईस वर्ष के थे तो अचानक एक दिन सुबह उठने पर उन्हें बोलने में दिक्कत होने लगी। पहले उनके परिवार के सदस्यों को यही लगा कि वे मज़ाक कर रहे हैं क्योंकि वे अकसर सबके साथ ऐसे ही मज़ाक करते रहते थे, पर फिर उन्होंने सिर चकराने और थकान होने के बारे में भी बताया, जिसे सुनकर सारा परिवार चौंक गया। लगभग दो वर्ष तक, उनके डॉक्टरों को यह समझ में नहीं आया कि फिल के साथ हो क्या रहा है पर आखिर में उन्होंने पता लगा ही लिया कि वे amyotrophic lateral sclerosis यानी ए.एल.एस. के शिकार हो चुके थे, जिसे हम, 'लो गेरिग' रोग के नाम से भी जानते हैं।

इस रोग में दिमाग व मेरुदंड की मोटर स्नायु कोशिकाएँ नष्ट हो जाती हैं, जिसकी वजह से माँसपेशियाँ काम करना बंद कर देती हैं। इस लाइलाज रोग में रोगी केवल दो से पाँच वर्ष तक ही जीवित रह पाता है। फिल के डॉक्टर का कहना था कि उनका रोग इतनी तेज़ी से बढ़ रहा था कि डॉक्टर को आशंका थी कि शायद वे आनेवाले तीन माह से अधिक समय तक जीवित नहीं रह सकेंगे। डॉक्टर की इस बात के बावजूद फिल पाँच वर्ष तक जीवित रहे, शायद इसकी वजह यही थी कि उन्होंने स्वयं को अपने कष्ट पर केंद्रित नहीं किया। उन्होंने स्वयं को इस बात पर केंद्रित कर दिया कि वे दूसरों को प्रार्थना करने व ईश्वर पर विश्वास रखने के लिए प्रोत्साहित कर सकें। फिल ने अपने असाध्य रोग पर जीत पाने के लिए जीवन का उत्सव मनाना आरंभ किया और दूसरों की मदद करने लगे, हालाँकि वे बिस्तर पर अपने हाथ और पैर हिला तक नहीं सकते थे।

ए.एल.एस. एक बहुत ही कष्टदायक रोग है। कुछ ही वर्षों में, फिल हमेशा के लिए बिस्तर पर आ गए और वे अपने लिए कुछ भी करने की स्थिति में नहीं रहे। उनके स्नेही परिवार और मित्रों की ओर से निरंतर सहयोग मिलता रहा। हालाँकि उनकी आवाज़ भी रोग से प्रभावित हो गई थी और लोगों के लिए उसे समझना मुश्किल हो गया था।

अपने कष्ट और पीड़ा के बावजूद, फिल अपनी ईसाई आस्था के प्रति कृतज्ञ बने रहे और इससे भी परे जाकर, उन्होंने अपने विश्वास को साकार रूप देते हुए, उन लोगों को सांत्वना और प्रेरणा देना आरंभ कर दिया, जो अपने जीवन में लाइलाज और भयंकर रोगों की चपेट में आ चुके थे। ईश्वर की कृपा से, अपनी सभी शारीरिक चुनौतियों के बावजूद, फिल ने एक वेबसाइट बनाई, जिसका पता माँ को चर्च से मिला था। यहाँ उनके संदेश का एक अंश प्रकाशित किया जा रहा है, जिसमें उनके रोग व उनकी आस्था पर होनेवाले प्रभाव के बारे में बताया गया है :

मैं ईश्वर को धन्यवाद देता हूँ कि वह मुझे यहाँ तक लाया! यह मुझे ईश्वर के और भी करीब ले आया है। यदि इसने इतना ही किया होता तो मेरे लिए यह भी बहुत था। लेकिन इसने मुझे नए सिरे से जीवन का आंकलन करने का अवसर दिया और यह देखने का अवसर भी दिया कि कहीं मेरी आस्था में कमी तो नहीं आ गई है, इसके कारण मैं खुद से काफी दूर बसे भाई-बहनों का ईसा के प्रति प्रेम अनुभव कर सका। इसने मुझे सिखाया कि पूरी तरह से ईश्वर की इच्छा में जीना किसे कहते हैं। मैंने ईश्वर के संदेश के बारे में अधिक ज्ञान पाया और मेरा विश्वास पहले से भी अधिक

पुष्ट हुआ। अब मेरा परिवार और मित्र, पहले से भी कहीं निकट आ गए हैं। इसके अलावा, मैं स्वास्थ्य, पोषण आदि के बारे में अधिक जानकारी रखते हुए, अपने शरीर की देखरेख भी कर रहा हूँ। मेरी परिस्थितियों से मुझे असीम लाभ हुए हैं।

मैं अपनी माँ के आग्रह पर, सन 2002 में यू.एस. दौरे के दौरान, फिल से भेंट करने उनके घर भी गया। मेरा एक रिश्ते का भाई लाइलाज रोग से पीड़ित था और मैं भी बद से बदतर नतीजों के लिए तैयार था। पर जब मैंने फिल के कमरे में कदम रखा तो फिल ने मुझे ऐसी प्यारी और स्वागतपूर्ण मुस्कान दी, जिसने मेरा जीवन ही बदल दिया। मैं वह दिन कभी नहीं भूलूँगा। अपनी पीड़ा और कष्ट के बावजूद फिल अपनी हालत पर क्रोधित नहीं हो रहे थे। उनके साहस और शक्ति ने मुझे भावविभोर कर दिया और उनके जैसा बनने की प्रेरणा दी।

फिल और उनके परिवार ने चमत्कार की आस कभी नहीं छोड़ी, जबकि वे स्वयं को ईश्वर के साथ स्वर्ग में रहने के लिए भी तैयार कर रहे थे। जब मैं उनसे मिला तो रोग के कारण उनकी बोलने की शक्ति जाती रही। वे अपनी बात बताने के लिए अपनी पलकों से अक्षरों का संकेत देते थे। वे पूरे धीरज और गरिमा के साथ ऐसा करते थे। उन्होंने एक ऐसी लेज़र तकनीक अपना ली थी, जिसके अनुसार वे अपने कंप्यूटर पर बोलकर टाइप कर सकते थे। उसके माध्यम से उन्होंने एक ईसाई न्यूज़लैटर भी निकाला। उस वक्त, उस न्यूज़लैटर को तीन सौ से भी अधिक लोग नियमित रूप से लेते थे।

वे बिस्तर से उठ नहीं सकते थे, बोल नहीं सकते थे पर इसके बावजूद वे अपने विश्वास को साकार रूप देने के लिए दृढ़ संकल्पित थे। उनसे प्रेरणा पाकर ही, मैंने कुछ सप्ताह बाद अपने काम का शुभारंभ किया। उस दिन के बाद, जब भी मैं स्वयं को हतोत्साहित महसूस करता हूँ तो मैं फिल टोथ के बारे में सोचता हूँ। अगर वे अपनी उस दशा के बावजूद लोगों के जीवन में फर्क ला सकते हैं तो मेरे पास तो ऐसा न करने का कोई बहाना भी नहीं है। लगभग एक वर्ष बाद, जब फिल ने इस जीवन से विदा लेकर, दूसरी दुनिया में कदम रखा तो मुझे उनके बिस्तर के पास मौजूद होने का सम्मान प्राप्त हुआ। हालाँकि मुझे उनके इस संसार से जाने का खेद था लेकिन मैं विनम्रता से ईश्वर की सेना में एक सेनापति के वापस जाने के दृश्य का साक्षी बना। मैं केवल यह आस रखता हूँ कि मैं और आप भी अपने विश्वास और आस्था को बरकरार रखते हुए, उसी दृढ़ संकल्प, साहस व गरिमा का प्रदर्शन कर सकें, ताकि हम भी दूसरों के जीवन में एक वरदान बन सकें।

3

दिल की बात

मैंने अपनी प्रेमिका को पहली बार एड्रियाटिका के बैल टॉवर के इमारत पर, भारी भीड़ के बीच देखा था। वैसे तो यह दिखने में पुराने यूरोपियन गाँवों में बनी प्राचीन ढाँचों जैसी ही दिखती है, पर वास्तव में पत्थरों से बनी यह मीनार, डलास के बाहरी इलाके में स्थित टेक्सास में मैक्ने में बनी एक अनूठी इमारत है, जो एक ऑफिस है। मैं वहाँ एक व्याख्यान के सिलसिले में अप्रैल 2010 में गया था। उस दिन मैंने दुनिया की सबसे सुंदर, समझदार और तेज से भरी आँखें देखीं। जिसके बाद मेरे लिए अपनी बात तक कहना मुश्किल हो गया क्योंकि मेरा ध्यान तो उन आँखों पर था। मैंने अपने पूरे जीवन में ऐसी आँखें कभी नहीं देखी थीं।

इसे आप 'पहली नज़र का प्यार' कह सकते हैं। हालाँकि अब यह मुहावरा चलन से बाहर हो गया है, पर अगर चलन से बाहर होनेवाला मुहावरा ऐसा ही महसूस होता है तो मेरा यकीन करें, मैं तो इसी के साथ मज़े में हूँ। एक ईसाई होने के नाते, मैं बाइबिल की सीख पर अमल करता हूँ। इसे साँग ऑफ दि साँग्स से लिया गया है : मेरी प्यारी दुल्हन, तुमने मेरा दिल चुरा लिया है। तुमने अपनी एक झलक से ही इसे अपना गुलाम बना लिया है।

अगर आप मेरी वेबसाइट, ब्लॉग, ट्वीट या फेसबुक पेज को फॉलो करते हैं तो आपको पता होगा कि उस दिन मेरा दिल कानाए मियाहारा ने चुराया था। जुलाई 2010 में हमारी सगाई हुई और फरवरी 2011 में, इस पुस्तक का लेखन पूरा होने से ठीक पहले हमारा विवाह हुआ।

मैं आपके साथ यह कहानी बाँटना चाहता हूँ और आपको बताना चाहता हूँ कि मेरी और कानाए की भेंट कैसे हुई व हमारे बीच प्यार कैसे हुआ। इसके कई कारण हैं और सबसे बड़ा कारण यह है कि मेरे पास हर आयु वर्ग के लोग आते हैं, जैसे जूनियर हाई के बच्चे, किशोर, कॉलेज के छात्र, युवा, वयस्क, अधेड़ आयु के लोग, वरिष्ठ, विवाहित और अविवाहित। ये सब अपने संबंधों से जुड़ी चुनौतियों के बारे में तरह-तरह के सवाल और कहानियाँ लेकर आते हैं। उनकी कहानियाँ अपने विवरण में भले ही एक-दूसरे से अलग हों लेकिन उनका मूल विषय एक ही होता है : उनमें से हर कोई यही चाहता है कि वह प्रेम करे और उसे बदले में प्रेम मिले।

- निक, मुझे डर है कि मुझे कभी कोई प्यार नहीं करेगा।
- मैं यह कैसे जानूँ कि यह इंसान मेरे लिए सही साथी साबित होगा?
- मेरे संबंध लंबे समय तक क्यों नहीं टिकते?
- क्या मैं इस युवती पर भरोसा कर सकता हूँ?
- प्रेम में पड़कर कैसा महसूस होता है?
- मैंने प्यार में इतनी ठोकरें खाई हैं कि अब प्यार के नाम से ही डर लगता है।
- मैं अकेला ही खुश हूँ। क्या ऐसा करना बुरा है?

जब से आदम और हव्वा को अदन के बगीचे से निकाला गया तभी से दिल के मामले औरतों और मर्दों के लिए निराशा व उलझन का सबब बने हुए हैं। दिल की चाह ही मनुष्य की सभी अनिवार्य ज़रूरतों में से सबसे ताकतवर है।

जब भी हम अपने लिए प्यार की तलाश करते हैं तो दूसरे का प्यार पाने के लिए स्वयं को आगे कर देते हैं, उसके लिए हमारे दिल को ठेस पहुँचाना भी आसान हो जाता है। आपको एक निर्णय तो लेना ही होगा : या तो आप प्रेम हासिल करने की कोशिश जारी रख सकते हैं या इस मामले में मायूस बने रह सकते हैं। अगर आप मायूस बने रहे तो हो सकता है कि आपको कभी प्रेम हासिल ही न हो, जो कि एक अच्छे जीवन की बरबादी जैसा लगता है।

मैंने भी इस रास्ते पर कदम रखकर कई बार दिल पर चोट खाई। जब भी मेरे दिल को ठेस लगी मैं शर्मिंदा हुआ, गुस्सा आया और कई बार ऐसा भी लगा कि मैं कितना बड़ा बेवकूफ हूँ। पर जल्द ही मैं इन भावनाओं से उबर गया। जब भी मैंने अंतत: निर्णय लिया तो यही पाया कि मैं जो भी तलाश रहा था उसे पाने का यही तरीका था कि मैं

अपने विश्वास पर कर्म भी करूँ और अपनी ओर से कोशिश करता रहूँ।

इसी तरह आपका दिल भी कई बार टूटा होगा। हममें से बहुत कम ही लोग ऐसे होते हैं, जो ऐसे मामलों में खुद को बचा पाते हैं। जो लोग इन मामलों में नाकाम रहे हों उन्हें मेरी यही सलाह है कि वे अपने असफल प्रयासों को परीक्षाओं से अधिक न मानें : ये परिस्थितियाँ आपको उस व्यक्ति से और बेहतर तरीके से प्यार करने योग्य बना रही हैं, जो आप ही के लिए बना है। जब तक आप प्रेम के प्रति आग्रही बने रहते हैं तो प्रेम संभव हो सकता है। लेकिन अगर आप अपने दिल के आसपास चारदीवारी बना देंगे तो यह आप तक नहीं पहुँच सकेगा।

मैंने भी निश्चित तौर पर, कई वर्षों तक असुरक्षा और बेचारगी जैसे भावों के साथ संघर्ष किया है। जिस इंसान के पास किसी आकर्षक राजकुमार की तुलना में दोनों हाथ और पैर कम हों, उसके लिए तो ये डर और भी बड़ा हो जाता है। मैं हमेशा यही सोचकर मायूस हो जाता कि मुझे कभी ऐसा कोई नहीं मिलेगा जिसके साथ मिलकर मैं परिवार बनाने का अपना सपना पूरा कर सकूँ। मैंने अकसर अपनी किशोरावस्था से जुड़े भय और असुरक्षा के बारे में लिखा है कि कोई भी महिला मुझे पसंद नहीं करेगी क्योंकि मैं न तो उसका हाथ थाम सकता हूँ और न ही उसे गले से लगा सकता हूँ।

मैं भी दूसरे पुरुषों की तरह, पति की उस पारंपरिक छवि के बीच बढ़ा हूँ, जहाँ वह परिवार में पालक और संरक्षक की भूमिका निभाता है। इसलिए मैं यह कभी नहीं चाहता था कि कोई युवती मेरी जीवनसाथी या पत्नी बनकर यह सोचे कि उसे मेरी देखरेख करनी होगी।

जो लोग शारीरिक तौर पर अपंग हैं उनके लिए अपने जीवन में मिलनेवाले सच्चे प्रेम से जुड़ी यह चिंता कोई अजीब बात नहीं है। सभी के मन में संबंधों के नाम पर असुरक्षा और डर समाए होते हैं। हालाँकि मैं आपसे यही आग्रह करना चाहता हूँ कि आप प्रेम के नाम पर इतनी जल्दी हिम्मत न हारें। मुझ जैसे अधूरे पुरुष को भी एक महिला मिल गई। हम जानते हैं कि हमारे भीतर कमियाँ हैं पर हम खुद को एक संपूर्ण जोड़े के तौर पर देखते हैं। हमारे एक समझदार किस्म के दोस्त ने कहा था कि 'मुझे खुशी है कि तुम दोनों ने एक-दूसरे को पा लिया।' आखिर दो अन्य संपूर्ण लोगों के जीवन तबाह क्यों किए जाएँ?

अब, कुछ लोग ऐसे भी हैं जो अकेले ही रहना पसंद करते है और अगर आप ऐसा करने में खुश और संतुष्ट महसूस करते हैं तो इसमें भी कोई बुराई नहीं है। पर

अगर आप चाहते हैं कि आप अपना जीवन किसी दूसरे के साथ बाँटें तो मैं आपको यकीन दिलाता हूँ कि अगर आप अपने दिल की इस बात को विश्वास का वास्तविक आवरण पहनाएँगे तो वह आपको अवश्य मिलेगा, जो आपके लिए बना है। ऐसा करने के लिए, सबसे पहले आपको इन चार बुनियादी नियमों को मानना होगा।

1. आप ईश्वर की संतान हैं। उसने आपको रचा है। आप भले ही स्वयं को अधूरा जानें पर ईश्वर आपको अधूरा नहीं मानता। आपको उसकी योजना के अनुसार ही बनाया गया है। अगर आप दूसरों के साथ आदर और दयालुता से पेश आएँगे, अगर आप सही कर्म करते हुए ईश्वर की ओर से मिली प्रतिभा का सही उपयोग करेंगे तो आप उस प्रेम को पाने के अधिकारी हो जाएँगे।

2. अगर आप चाहते हैं कि दूसरे भी आपको प्रेम करें तो पहले आपको स्वयं को प्रेम करना सीखना होगा। आपके लिए यदि खुद से प्रेम करना कठिन है तो किसी के भी साथ संबंध शुरू करने से पहले आपको इस दिशा में काम करना होगा।

3. अगर आप खुद प्रेम का ही एक स्वरूप हैं तो अपने लिए प्रेम की तलाश न करें। मुक्त मन से दूसरों को प्रेम दें। वे जो कहते हैं, उनकी बात सुनें और महसूस करें। एक सच्चे, ईमानदार, देखरेख करनेवाले भरोसेमंद इंसान की तरह प्रेम दें और आप निश्चित तौर पर उतना ही प्रेम पा सकेंगे।

4. आप प्रेम के मामले में हार नहीं मान सकते। हो सकता है कि आप अपनी भावनाओं को दफन करना चाहें और अपना दिल कड़ा कर लें ताकि अपना बचाव कर सकें पर आप प्रेम का ही एक रूप हैं और यह आपकी प्राण ऊर्जा का एक अंग है। ईश्वर नहीं चाहता कि आप प्रेम को नष्ट कर दें। याद रखें कि टूटे हुए संबंध दरअसल आपको उस संबंध के लिए तैयार कर रहे हैं जो आजीवन चलेगा। इसलिए भरोसा रखें और ईश्वर के महानतम उपहार के लिए खुद को ग्रहणशील बनाएँ।

आपको प्रेम के काबिल बनाता है, ईश्वर का प्रेम

जैसा कि मैंने पहले अध्याय में भी कहा, मेरे जीवन के आरंभिक दौर में ऐसा समय भी आया जब मुझे लगता था कि अगर मैं वास्तव में ईश्वर की संतान हूँ तो शायद मैं ऐसी संतान हूँ, जिससे ईश्वर को प्रेम नहीं रहा होगा। मैं यह नहीं समझ सका कि इतना प्यार करनेवाले ईश्वर ने मुझे हाथों और पैरों के बिना धरती पर क्यों भेजा। मुझे तो यह तक लगा कि शायद मुझे सज़ा दी जा रही है या उसे मुझसे घृणा रही होगी। इसके अलावा और क्या वजह हो सकती थी कि ईश्वर ने मुझे आम इंसानों से अलग

बनाया। मैं यह भी सोचता था कि ईश्वर ऐसे इंसान को धरती पर क्यों भेजेगा जो मेरे माता-पिता जैसे नेक ईसाइयों के लिए बस एक बोझ बनकर रह जाए।

कुछ समय तक मैंने ईश्वर के लिए अपने जीवन के सारे दरवाज़े बंद कर दिए क्योंकि मैं उससे नाराज़ था। उसे मुझसे प्रेम है, इस बात को मैं तब तक स्वीकार नहीं कर सका जब तक मुझे यह एहसास नहीं हुआ कि वह जो भी करता है, उसे करने के पीछे कोई न कोई उद्देश्य छिपा होता है। मैंने बाइबिल में एक कथा पढ़ी थी जिसमें ईश्वर ने एक नेत्रहीन व्यक्ति को माध्यम बनाया ताकि दूसरों को सबक दिया जा सके। उन्होंने उसकी नेत्रहीनता दूर कर दी ताकि ईश्वर की नेकी उसके माध्यम से लोगों के सामने आ सके। बाइबिल के जॉन 9 हिस्से में इसे पढ़ने के बाद मेरे मन में भी एक बात आई। अगर ईश्वर के पास उस नेत्रहीन के लिए भी एक उद्देश्य था तो निश्चित रूप से मेरे लिए भी कोई न कोई उद्देश्य अवश्य होगा।

आनेवाले समय में मैंने उस उद्देश्य को पहचाना जिसे पूरा करने के लिए ईश्वर ने मुझे इस संसार में भेजा है। मुझे एहसास हुआ कि मैं तो ईश्वर की बहुत ही प्यारी संतान था, भले ही उन्होंने मुझे हाथ और पैर न दिए हों। आपके मामले में भी यह बात उतनी ही सच है। मेरे जीवन में कठिनाइयाँ थीं। आपके जीवन में भी होंगी। हो सकता है कि आप भी असुरक्षा और अधूरेपन से जूझ रहे हों। क्या ये चीज़ें हम सबके जीवन का हिस्सा नहीं हैं? हो सकता है कि आप समझ न पाए हों कि ईश्वर ने आपके लिए क्या रच रखा है। निश्चित तौर पर मैं भी बहुत समय तक इस बात को नहीं समझ सका था, पर जब मैंने बाइबिल में नेत्रहीन व्यक्ति की कथा पढ़ी तो मैंने अपने विश्वास को साकार रूप देने का निर्णय लिया। मैंने देखा कि ईश्वर के पास उस नेत्रहीन के लिए भी एक उद्देश्य था। मैं अपने उद्देश्य से अनजान था पर मेरे विश्वास ने मुझे इस लायक बनाया कि मैं एक दिन उस मार्ग को स्वीकार कर सका, जिसे ईश्वर ने मेरे लिए चुन रखा था।

बाइबिल कहती है कि 'जो प्रेम नहीं करता वह ईश्वर को नहीं जानता क्योंकि ईश्वर ही प्रेम है।' आपको पता होना चाहिए कि आप उसी ईश्वर की रचना हैं और वह आपसे भी उतना ही प्रेम करता है, जितना उस पर विश्वास रखनेवालों से।

भीतर-बाहर, प्रेम ही प्रेम....

एक बार जब मैंने यह स्वीकार कर लिया कि ईश्वर को मुझसे प्रेम है और उसके पास मेरे लिए एक उद्देश्य है तो मेरी आत्म-छवि में निखार आ गया। मेरा रवैया

और काम करने का तरीका भी बदल गया। ऐसा रातों-रात नहीं हुआ, पर समय के साथ-साथ मैंने स्कूल के और अपने घर के आसपास के बच्चों को नज़रअंदाज़ करना बंद कर दिया। अब मैं लंच के समय उनका सामना करने से बचने के लिए म्यूज़िक रूम में जाकर नहीं बैठता था। मैं अकसर खेल के मैदान में झाड़ियों के पीछे छिप जाया करता। मेरे माता-पिता बार-बार प्रोत्साहित करते कि मुझे आगे बढ़कर दूसरे बच्चों से बात करनी चाहिए। मुझे यह प्रतीक्षा नहीं करनी चाहिए कि वे आकर मुझसे बात करने की पहल करेंगे। आखिरकर मैं अपने खोल से बाहर आया और मैंने पाया कि जब लोग मुझे जान लेते हैं तो वे मुझे न केवल स्वीकार लेते हैं बल्कि मुझसे प्रेरित भी होते हैं। इससे भी अहम बात यह थी कि मैंने खुद को स्वीकार लिया था।

जब मैं खुद को अस्वीकृति के डर से सबसे छिपाकर रखता था तो कोई भी असली निक को जान ही नहीं पाता था। मैं खुद के लिए शर्मिंदगी महसूस करता था और दूसरे भी मेरे लिए इससे ज़्यादा कोई और भावना नहीं रख सकते थे। पर जब मैंने अपने साथ पढ़नेवाले साथियों के साथ अपनी जीत बाँटनी शुरू की तो वे उसका जश्न मनाने लगे। जब मैंने उन्हें खुलकर अपनी अपंगता के बारे में बात करने का मौका दिया और उनकी सारी जिज्ञासा दूर कर दी तो वे मुझसे खुलकर बात करने लगे। हम सब मिलकर ठहाके लगाते और वे सब मेरे दोस्त बन गए।

उनके इस सम्मान ने मेरी आत्म-छवि को सहारा दिया और मेरे भीतर सबके सामने आने का आत्मविश्वास बढ़ने लगा। मुझे एहसास हुआ कि मेरी विकलांगता उसी हद तक मुझे सीमित कर सकती है, जितनी मैं उसे अनुमति देता हूँ। बेशक, कुछ काम ऐसे थे जो मैं नहीं कर सकता था पर अकसर मैं चुनौतियों से पार पाने के ऐसे उपाय खोज लेता कि दूसरों के साथ-साथ खुद भी हैरान रह जाता। मैंने स्केटबोर्ड का प्रयोग किया, तैराकी की और कई कक्षाओं में बढ़िया प्रदर्शन दिया। खास तौर पर गणित में तो कमाल ही कर दिखाया। फिर जब भाषण देने की बारी आई तो सब दंग रह गए!

जब मैंने अपना मोल जाना तो मैं दूसरों को भी मोल देने लगा। मैं उनकी प्रशंसा करता तो वे मेरी प्रशंसा करके प्रसन्न होते। जब बाइबिल में कहा जाता है कि पड़ोसी को भी उसी तरह प्रेम करो जिस तरह तुम खुद से प्रेम करते हो तो उस संदेश का यही अर्थ होता है। अगर आप खुद को प्रेम करते हुए स्वीकार करते हैं तो आप दूसरों के लिए प्रेम और स्वीकृति के पात्र बनेंगे। आप एक ऐसा माहौल बना देंगे जिसमें दूसरों के लिए प्रेम और दोस्ती का भाव बढ़ाया जा सकता है।

आप जो भी देते हैं उसे ही अपनी ओर आकर्षित करते हैं। यदि आपके मन में अपने लिए सम्मान का भाव नहीं तो क्या आपको लगता है कि दूसरे आपका सम्मान करेंगे? यदि आप स्वयं से प्रेम नहीं करते तो क्या दूसरे आपको प्रेम कर सकते हैं? बिलकुल नहीं। पर अगर आप अपने साथ सहज रहेंगे तो दूसरे भी आपकी उपस्थिति में स्वयं को सहज अनुभव करेंगे। अगर आप अपने सकारात्मक व्यवहार, प्रोत्साहन और स्वीकृति से भरपूर व प्रेरक उपस्थिति के कारण उन्हें बेहतर महसूस करने का मौका देंगे तो मुझे पूरा यकीन है कि आपका प्रेम आपको खोज ही लेगा।

जब मैं स्कूलों और गिरजाघरों में युवा वर्ग को संबोधित करता हूँ तो उन्हें हमेशा यह बताता हूँ कि वे जो भी हैं, ईश्वर उन्हें उसी रूप में चाहता है। मैं उनसे कहता हूँ कि वे बहुत सुंदर हैं और उन्हें खुद को उसी तरह सराहना चाहिए जिस तरह ईश्वर उन्हें सराहता है। ये बड़े ही साधारण से शब्द हैं लेकिन जब भी मैं इन्हें दोहराता हूँ तो मेरी आँखों से आँसुओं की धारा बहने लगती है। क्योंकि युवा वर्ग को ऐसा लगता है कि या तो उन्हें इस संसार के अनुकूल होना चाहिए या फिर उन्हें इससे बाहर हो जाना चाहिए। अकसर उन्हें लगता है कि अगर वे दूसरों की स्वीकृति पाना चाहते हैं तो उनके पास खास तरह की छवि, कपड़े व शारीरिक लक्षण होने चाहिए, पर यह सच नहीं है। ईश्वर हमें उसी रूप में स्वीकार करता है जैसे हम हैं। आप ईश्वर की प्यारी संतान हैं। अगर हम सबके पिता ब्रह्माण्ड के रचनाकार आपसे प्रेम करते हैं तो आपको भी खुद से प्रेम करना चाहिए।

प्रेम पाना है तो प्रेम देना सीखें

हो सकता है कि आपने किसी से प्रेम किया हो, उस पर भरोसा किया हो और वही आपका दिल तोड़ गया हो। मैं जानता हूँ कि यह दिलासे से ज़्यादा कुछ नहीं, पर मुझे मिलाकर बहुत सारे लोग इस दुःखदायी अनुभव से दो-चार हो चुके हैं। लेकिन एक ब्रेकअप या किसी से मिला धोखा आपको प्रेम पाने के अयोग्य नहीं बना देता। एक असफल संबंध का अर्थ केवल इतना है कि वह संबंध आपके लिए उचित नहीं था। मैं जानता हूँ कि इस समय आपके लिए यह समझना कठिन होगा कि ऐसा क्यों हुआ, पर एक दिन आप इस बात को अवश्य समझ लेंगे। इस दौरान खुद को प्यार देने और प्यार पाने की योग्यता से दूर न करें।

एक समय था जब मुझे ईश्वर पर भरोसा नहीं था कि उन्होंने मेरे लिए भी किसी को बनाया होगा। मैं अकेला था और ज़बरन अपनी मित्रताओं को संबंधों का जामा

पहनाने की कोशिश कर रहा था, जबकि मेरा अपना दिल ऐसा करने की गवाही नहीं देता था। कानाए ने सच्चे प्यार से मेरा साक्षात्कार करवाया, जिसमें दोनों लोग समान रूप से भागीदार होते हैं। अकेलेपन के कारण शायद आप यह समझौता करने को भी राज़ी हो सकते हैं कि आप किसी ऐसे संबंध को अपना लें, जिसमें भले ही प्रेम की चिंगारी न हो, पर वह सुकूनभरा लग रहा हो। पर आपको प्रेम के मामले में किसी भी तरह का समझौता नहीं करना चाहिए। आपको इस पर विश्वास करना सीखना होगा। बाइबिल में जीज़स हमें कहते हैं कि हमें भी वैसे ही प्रेम करना चाहिए, जैसे वे प्रेम करते हैं : एक-दूसरे से प्रेम करो; जैसे मैंने तुमसे प्रेम किया है, तुम्हें भी एक-दूसरे से उसी तरह प्रेम करना चाहिए।

यह भी समझें कि बहुत से लोग अकेले रहकर भी संतुष्ट और आनंददायक जीवन जी रहे हैं। मैं ऐसे बहुत से अविवाहित लोगों को जानता हूँ जिन्होंने अपना पूरा जीवन ईश्वर के प्रति प्रेम को ही समर्पित कर दिया है। मेरे मन में इस बात की गहरी चाह थी कि मेरा विवाह हो और मेरा अपना एक परिवार हो, पर समय बीतने के साथ-साथ मैंने इस इच्छा को ईश्वर की मरज़ी पर छोड़ दिया। मैंने यह निर्णय उस पर ही छोड़ दिया ताकि वह तय कर सके कि मैं अकेला ही रहूँगा या मुझे अपने लिए जीवन में कोई साथी मिलेगा।

चलिए, मैं कबूल करता हूँ कि मैंने ईश्वर से प्रार्थना की थी कि मुझे कानाए का प्यार मिल जाए पर वह भी यही प्रार्थना कर रही थी कि मैं उससे प्यार करने लगूँ। बेशक, उस समय मुझे इस बारे में कुछ नहीं पता था। बेहतर तो यही होगा कि आप ईश्वर के आगे प्रार्थना करें कि वह आपको उसे खोजने में मदद करे जिसे उसने आपके लिए बनाया है। प्रार्थना करें : ईश्वर, अगर यह आपकी इच्छा नहीं है या वह मेरे लिए नहीं बना है तो उस व्यक्ति के लिए मेरे मन में ऐसी भावनाओं को पैदा न होने दें, कृपया हमें अपनी योजना के अनुसार ही एक-दूसरे से प्रेम करने दें।

प्रेम के मामले में मनोबल बनाए रखें

हो सकता है कि आपने पहले कोशिश की हो और आपको सफलता न मिली हो। हो सकता है कि आपके ऐसे संबंध रहे हों जो सफल नहीं हो सके। ऐसे संबंधों को असली संबंधों की तैयारी के तौर पर लें। मेरे जीवन में भी ऐसे संबंध रहे, जो सफल नहीं हो सके। जब मैंने दिल दे दिया तो पाया कि दूसरा व्यक्ति मेरे साथ रोमानी संबंध रखने के बजाय केवल दोस्ती रखना चाहता है और कई जगह तो इससे भी बदतर नतीजे

रहे – वह मेरे साथ कोई संबंध रखना ही नहीं चाहता था! भले ही ब्रेकअप और उनकी ओर से मिली अस्वीकृति मेरे लिए कितनी भी दुःखद क्यों न रही हो पर मैंने प्यार और प्यार पाने की इच्छा को मरने नहीं दिया। यह बहुत ही मायने रखता है। अगर जीवन में प्रेम न रहे तो कुछ नहीं बचता।

बाइबिल ने कुरीन्थियों 1:13 में इसे स्पष्ट किया है : 'अगर मैं इंसानों या देवदूतों की बोली बोलता हूँ पर प्रेम नहीं करता तो मैं किसी भारी घंटे की आवाज़ से ज़्यादा कुछ नहीं हूँ। अगर मेरे पास भविष्यवाणी करने की कला है और मैं सारे रहस्य और ज्ञान का स्वामी हूँ और मेरे पास ऐसा विश्वास है, जो पर्वतों को भी हिला देने की क्षमता रखता है लेकिन अगर मेरे पास प्रेम नहीं है तो मैं कुछ नहीं हूँ। अगर मैं अपना सब कुछ निर्धनों में बाँट दूँ और अपने शरीर को इतनी कड़ी यातना दूँ जिस पर मुझे गर्व हो सके लेकिन मेरे पास प्रेम न हो तो मेरे पास कुछ नहीं है।'

मैंने कई वर्षों तक ऐसी युवती को अपने जीवन में पाने के लिए निरंतर प्रार्थना की, जो सही मायनों में मुझे दिल से चाहती हो। क्या मैंने कभी खुद को निराश पाया? हाँ! क्या कभी ऐसा लगा कि मुझे हार मानकर फ्रेंच की विदेशी सेना (फॉरेन लीजन) का हिस्सा बन जाना चाहिए? (मुझे सैनिकों की वर्दियाँ तो पसंद हैं पर ये आवागमन और गोलीबारी वगैरह मेरे लिए चुनौती बन सकते थे।)

यहाँ बताने लायक अहम बिंदु यही है कि मैंने हार नहीं मानी और मैं आपको भी यही कहना चाहता हूँ कि प्रेम के मामले में अपना मनोबल हमेशा बनाए रखें। अपने विश्वास को साकार रूप प्रदान करें। ईश्वर का मार्गदर्शन पाने के लिए प्रार्थना करें, आप जितने बेहतर इंसान बन सकें उतना ही बेहतर बनने के लिए केंद्रित हों और अपने सामने आनेवाली संभावनाओं व अवसरों के लिए अपने हृदय को उन्मुक्त कर दें।

मैं कभी नहीं चाहूँगा कि कोई अकेलेपन, अस्वीकृति या टूटे हुए दिल के साथ अपना जीवन बिताए। मैं आशा करता हूँ कि प्रेम और विवाह के मामले में आपके जीवन का मार्ग मेरे मार्ग से कहीं अधिक सुगम और सहज हो। मैं समझ गया हूँ कि मैंने जो भी कष्ट सहे, वे इसीलिए थे ताकि मैं सही मायनों में जीवन का यह आनंद पा सकूँ, इससे संतोष ग्रहण कर सकूँ। ईश्वर चाहता था कि जब मैं सच्चे प्रेम को सराहने या संभालने लायक हो जाऊँ तब मुझे मेरा सच्चा प्रेम मिले।

ग्रंथ हमें सिखाते हैं कि हमारे पास तीन आध्यात्मिक उपहार हैं – आस्था, आशा व प्रेम। इन तीनों में से प्रेम को सबसे बड़ा माना जाता है। यही वह महानतम उपहार है

जिसे हम शारीरिक, भावनात्मक व आध्यात्मिक परिपक्वता के साथ दूसरे व्यक्ति के संग पूरी तरह से अनुभव कर सकते हैं। किसी भी युवक की तरह, मैं भी यही सोचता था कि मैं अपनी किशोरावस्था से ही प्रेम पाने के लिए तैयार हूँ, पर अब मैं देख सकता हूँ कि ईश्वर मुझे प्रेम देने से पहले जीवन के कुछ अनुभव देना चाहता था। उसने मुझे दुनियाभर में लाखों लोगों के बीच संबोधन देने भेजा और मुझे संसार की अद्वितीय सुंदरता, भव्यता और भावविभोर कर देनेवाली निर्धनता के दर्शन करने का अवसर दिया।

ईश्वर ने मुझे कुछ गलत कहलाए जानेवाले संबंध भी दिए ताकि मैं उस संबंध को सही मायनों में सराह सकूँ, जिसे सही मायनों में मेरे लिए बनाया गया था। उसने मेरे दिल को टूटने दिया ताकि मैं सही मायनों में प्रेम को उसकी संपूर्णता के साथ पा सकूँ। किसी एक संबंध का टूटना इतना पीड़ादायी होता है कि उसे शब्दों में नहीं बताया जा सकता और ब्रेकअप मेरे अस्वीकृति से जुड़े भय पर अपनी मुहर लगा देता था। हालाँकि मैं अपनी दुःखदायी दशा के बारे में कुछ बताना नहीं चाहता पर सच कहूँ तो ऐसे ब्रेकअप के बाद मेरी हालत किसी ऐसे कुत्ते के पिल्ले जैसी हो जाती थी, जो कहीं खो गया हो। मैंने अपने खोए हुए आत्मविश्वास को पाने में वर्षों का समय लगाया और इसके बाद कहीं जाकर स्वयं को एक संबंध के लिए तैयार कर सका। मैंने कुछ बहुत अद्भुत युवतियों के साथ दोस्ती की पर अकसर गहरी और सच्ची साझेदारी के अभाव में तरसता रहा।

हो सकता है कि आप भी इस समय ऐसे ही अकेलेपन और असहाय भाव के बीच जी रहे हों पर यह भी तो हो सकता है कि यह कष्ट आपको इसलिए दिया जा रहा हो कि आप आगे आनेवाले वरदान के लिए पूरी तरह से तैयार हो जाएँ। मैं जानता हूँ कि कुछ लोगों को मेरी ये बातें ज़रूरत से ज़्यादा आशावादी लगेंगी क्योंकि जीवन के एक दौर में मैं खुद ऐसा ही सोचता था। पर अब मेरा खाली प्याला इतना भर गया है जिसकी मैंने कभी कल्पना तक नहीं की थी। मैं अपने जीवन में विश्वास व आस्था को क्रियान्वित कर सका, इसके लिए ईश्वर का लाख-लाख धन्यवाद!

नज़र-ए-इनायत

कानाए अपनी बड़ी बहन योशी के साथ मेरा व्याख्यान सुनने आई थी जो उस दिन बैल टॉवर में होना था। वे दोनों मेरी दोस्त टैमी और उसके पति मार्क के साथ थीं। टैमी भी एक वक्ता और लेखिका है। टैमी के लिए दोनों बहनें कभी-कभी सहायिका

का काम करती थीं पर उनके बीच किसी परिवार जैसा ही प्रेम था। टैमी ने ही उन दोनों को मेरे व्याख्यान में आने का न्यौता दिया था। कानाए और योशी दिखने में बहुत अलग हैं क्योंकि उनकी माँ मैक्सिकन और पिता जापानी थे। बड़े दुःख से कहना पड़ता है कि अब उनके पिता इस दुनिया में नहीं रहे। वे दोनों ही बहुत सुंदर हैं, पर जब उस दिन अपनी बात कहते हुए मेरी नज़र कानाए पर पड़ी तो मैं उससे अपनी आँखें नहीं हटा सका। मेरे लिए अपनी बात पर ध्यान केंद्रित करना भी मुश्किल हो रहा था।

अपने व्याख्यान के बाद मैं दर्शकों से बातचीत करने लगा। कानाए और योशी भी टैमी के साथ आगे आईं ताकि मुझे हैलो कह सकें। मुझे उनसे मिलकर बेहद खुशी हुई। दरअसल, जब वे दूसरों को आगे आने का मौका देने के लिए पीछे हटीं तो मैंने उनसे कहा कि वे वहीं रहें ताकि हमें बात करने का अवसर मिल सके।

जब भी मुझे मौका मिलता तो मैं उनसे कोई न कोई बात करने की कोशिश करता। मैं कानाए से जितनी बात कर रहा था, मन में यही इच्छा घुमड़ रही थी कि इस सम्मोहक युवती को एक ओर ले जाऊँ और उसके बारे में अधिक से अधिक जानकारी लूँ। वह कितनी सहज, आत्मविश्वासी और दयालु लग रही थी।

आखिर में जब वे लोग जाने लगे तो मैंने अपनी ओर से पहल की।

'मैं आपको अपना ई-मेल एड्रेस दे देता हूँ ताकि हम लोगों का संपर्क बना रहे', मैंने कानाए से कहा।

'ओह, क्यों नहीं। मैं टैमी से ले लूँगी', उसने जवाब दिया।

मैं सचमुच उसके संपर्क में रहना चाहता था ताकि उसके बारे में सब कुछ जान सकूँ। मेरा मन चाह रहा था कि उससे विनती करूँ कि वह उसी समय मेरे हाथों ई-मेल एड्रेस ले ले। 'मैं अभी आपको अपना ई-मेल एड्रेस देना चाहता हूँ ताकि आप मुझसे संपर्क कर सकें!' मैं तो यही कहना चाहता था पर अचानक पिताजी की बात याद आ गई। उन्होंने सिखाया था कि मर्द कभी किसी के आगे गिड़गिड़ाते नहीं हैं। मैंने उनकी बात को ध्यान में रखते हुए सहज होने का दिखावा किया, जबकि उस मनमोहक युवती के लिए मेरा दिल बुरी तरह बेचैन था।

'अच्छा, ठीक है। हम लोग आपस में बातचीत करेंगे।' मैंने मि. कूल बनते हुए उसे मुस्कराकर कहा।

फिर वह और योशी, टैमी और मार्क के साथ वापस चले गए।

मैं और मेरा दोस्त अभी रास्ते में ही थे कि टैमी ने एक मैसेज किया, 'तुम्हें क्या लगता है?'

'वह तो संसार की सबसे सुंदर युवतियों में से है। मैं उसकी भीतरी और बाहरी, दोनों किस्म की सुंदरता को महसूस कर सकता हूँ। सच कहूँ, उसे देखकर तो जैसे मेरी साँसें ही थम गईं।' मैंने मैसेज का जवाब दिया।

मैंने अपनी ओर से मि. कूल बनने का काम भी कर दिया था।

यह सब रविवार के दिन हुआ। मैं सोमवार की उड़ान से कैलीफोर्निया वापस आ गया। यही आस थी कि अगले ही दिन कानाए का मेल आएगा। प्लेन से उतरते ही मैंने अपना मेल चेक किया और शायद पूरा दिन, हर दस मिनट के बाद उसे बार-बार चेक करता रहा कि शायद उसने मुझे कोई मैसेज किया हो। (क्या आपने उसे देखा है? अगर हाँ तो फिर आप मुझे इस दीवानगी के लिए दोषी नहीं ठहरा पाएँगे।)

दीवानगी

कैसा पागलपन है न, ऐसे हालात में हमारा दिमाग काम नहीं करता और हम अपने दिल की सुनने लगते हैं। आप चाहे चौदह साल के हों या फिर चौंसठ के, आपकी उम्र का इससे कोई लेन-देन नहीं है। जब प्रेम की चिंगारी भड़कती है तो प्रतिक्रिया सदा एक सी होती है, आप उस एक इंसान के अलावा अपने ध्यान को कहीं और लगा ही नहीं पाते जिसने आपके जीवन को अपनी उपस्थिति से महका दिया है। हर वक्त यही खयाल बना रहता है कि उसका साथ कैसे पाया जा सकता है।

प्यार में दीवानगी की इस अवस्था को डिज़्नी की फिल्म बाम्बी में बहुत अच्छी तरह से दर्शाया गया है जहाँ एक सयाना बूढ़ा उल्लू, बाम्बी और उसके जंगल के दोस्तों को बताता है कि बसंत का मौसम आते ही नर व मादा प्रजातियाँ एक-दूसरे की ओर आकर्षित होती हैं।

उल्लू ने कहा, 'इस बसंत के मौसम में लगभग हर कोई सम्मोहित हो उठता है। आप अपने ही काम में मगन अकेले चले जा रहे होते हैं... कि अचानक, आपकी नज़र किसी सुंदर चेहरे से टकराती है... आपके घुटने कमज़ोर होने लगते हैं... आपका सिर चकरा जाता है... और फिर आपको ऐसा लगने लगता है मानो आपका शरीर किसी पंख की तरह हलका हो गया हो, इससे पहले कि आप जान सकें, आप हवा में चलने लगते हैं। और फिर जानते हैं, क्या होता है? आप जैसे किसी जाल में उलझ जाते हैं

और आपका दिमाग पूरी तरह फिर जाता है... और यही नहीं, ऐसा किसी के भी साथ हो सकता है।'

मैं सही मायनों में कानाए का दीवाना हो गया था। मैं लगातार उसी के बारे में सोचता रहता। उसने मुझे ई-मेल नहीं किया, यह हकीकत लगातार मुझे ऐसे कष्ट दे रही थी, मानो किसी साँप ने काट लिया हो। क्या मैं गलत था? उसने भी तो मुझे उसी तरह देखा था जैसे वह भी मेरी ही तरह महसूस कर रही हो। मैं गलत नहीं हो सकता। हमारे बीच कुछ तो था। क्यों, नहीं था क्या?

दिन बीतने लगे, फिर कई सप्ताह बीत गए। कानाए की ओर से कोई मेल नहीं आया। न ही कोई खोज-खबर आई और न ही कोई ट्वीट।

ऐसा लगने लगा कि वह मुझे भूल चुकी है। जबकि मैं उसके सिवा कुछ और सोच ही नहीं पा रहा था। इससे पहले भी मेरा कई लड़कियों साथ प्रेम प्रसंग रहा, पर यहाँ बात कुछ अलग ही थी। उसकी सुंदरता को नकारा नहीं जा सकता था, पर उसके स्वभाव में इतनी आस्था और ऊष्मा थी कि मैं उसके साहसी शक्ति का कायल हो गया था। योशी के छब्बीसवें जन्मदिन पर, वह और कानाए स्काइडाइविंग करने यानी विमान से कलाइयाँ मारने गए। स्काइडाइविंग!

मुझे यकीन नहीं हो रहा था कि ईश्वर ऐसी ओजस्वी युवती को मेरे जीवन में भेजेगा, उसने मेरे भीतर प्रेम की चिंगारी भड़काई और फिर जाने कहाँ ओझल हो गई। तो मैंने ईश्वर से पूछा, 'अगर आप नहीं चाहते थे कि हम एक हों तो आपने उसे मेरे जीवन में भेजा ही क्यों? अगर उसके और मेरे बीच कुछ विशेष नहीं था तो आपने उसे मेरे काम में बाधा क्यों बनाया?'

फिर, एक और सप्ताह बीत गया, कानाए की ओर से कोई संकेत नहीं आया और मैंने अपने आपसे कड़ाई से बात की, 'निक, तुमने अपने साथ फिर वही किया। तुमने खुद ही तय कर लिया कि वह युवती भी तुम्हारे बारे में वैसा ही महसूस कर रही है जैसा तुम्हें महसूस हो रहा है, पर तुम ख्वाब देख रहे थे। तुम्हें समझ कब आएगी?'

मुझे इस बात से बहुत हैरानी हुई कि कानाए ने मुझसे कोई संपर्क क्यों नहीं किया। मुझे अपनी मूर्खता पर मायूसी होने लगी थी। एक सुंदर और सहज भाव से मिलनेवाली प्यारी सी लड़की को देखकर मैं प्यार के मारे बारह साल के लड़के की तरह पेश आ रहा था।

इसी तरह करीब तीन महीने बीत गए। मैं अकसर कानाए के बारे में सोचता पर उसकी ओर से कोई संवाद न होने की स्थिति में मैंने खुद को समझा लिया था कि हमारे बीच कुछ भी रोमानी नहीं है। मेरे पुरुष अहं को एक और धक्का लगा था। मुझे इस चीज़ को अपने दिल से निकालना था।

दिल का मुकाबला

जुलाई माह में मुझे एक व्याख्यान के लिए डलास जाना था। हमेशा की तरह मैं टैमी और मार्क के घर ठहरनेवाला था, जो वहीं पास ही में रहते थे। मैं इस तथ्य से इनकार नहीं कर सकता था कि उन दिनों भी कानाए उनके लिए बेबीसिटिंग (बच्चे की देखभाल का काम) कर रही थी। पर मैंने खुद को इस बात के लिए भी चेताया कि मुझे बहुत उम्मीदें नहीं बाँधनी चाहिए। उसने तो मुझे एक बार ई-मेल तक नहीं किया था। बेशक, उसके मन में मेरे लिए वैसी भावनाएँ नहीं थीं जैसा मैं उसके लिए महसूस करता था। मुझे पीछे रहते हुए अपने भावों को काबू में रखना था। अपने दिल को संभालो दोस्त! मि. कूल बने रहो!

अभी हमारा प्लेन लैंड भी नहीं हुआ था कि मैंने खुद को टैमी को मैसेज करते पाया। 'क्या सब वहीं हैं?' मैंने बात को घुमा-फिराकर पूछा।

'योशी और मैं तुम्हारे लिए लाज़ाने पका रहे हैं', मैसेज का जवाब आया।

'बहुत बढ़िया! कानाए कैसी है?' मैंने मि. कूल बनते हुए मैसेज किया।

सच कहूँ, मेरे स्मार्टफोन पर वे शब्द अपने आप ही टाइप हो गए थे, जो कई बार मेरे भले के लिए कुछ ज़्यादा ही स्मार्ट हो जाता है। अच्छा भई, मान लेता हूँ कि दिल के मामले में मैं थोड़ा कमज़ोर हूँ। मैं अपने आपको रोक नहीं सका। पर जवाब तो मेरी सोच से भी कहीं ज़्यादा डरावना था।

'कानाए भी यहीं हैं, पर अभी वह अपने बॉयफ्रेंड के साथ साइकलिंग करने गई हुई है', टैमी ने कहा।

मैंने यही सोचा कि शायद टैमी मज़ाक कर रही है इसलिए मैंने उसकी बात को ज़्यादा गंभीरता से नहीं लिया।

हम टैमी के घर पहुँचे, योशी और टैमी तो रसोई में ही थे। मैं वहाँ बैठकर थोड़ी देर गप्पे मारता रहा पर अचानक प्यार का मारा निक फिर से बाहर आ गया।

'अच्छा, पर कानाए कहाँ है?', मैंने हौले से टैमी से पूछा।

टैमी ने पास्ता से भरा कटोरा नीचे रख दिया। उसने और योशी ने मुझे उलझन भरी निगाहों से देखा।

'निक! वह सचमुच अपने बॉयफ्रेंड के साथ साइकलिंग करने गई हुई है', टैमी बोली।

हद हो गई! तो वह मज़ाक नहीं कर रही थी।

इसके बाद मुझे पूरी बात पता चली। जब मैं कानाए के बारे में पूछ रहा था तो टैमी उलझन में इसलिए थी क्योंकि उसने सोचा था कि मेरी दिलचस्पी योशी में है! मैंने उसे कभी नहीं बताया कि उन दोनों बहनों में से किस बहन ने मेरा दिल चुरा लिया था। वे दोनों ही सुंदर थीं और उनमें से एक अभी किसी रिश्ते में नहीं जुड़ी थी इसलिए उसे लगा कि मैं योशी की ओर आकर्षित हूँ, जो लगभग मेरी हम उम्र ही थी। यही वजह थी कि टैमी ने मुझे पहले कानाए के बॉयफ्रेंड के बारे में नहीं बताया था।

मैंने अकसर लोगों से सुना था कि दिल डूबने जैसा कोई एहसास होता है, पर उस क्षण तक मैंने उस एहसास को कभी महसूस नहीं किया था। ऐसा लगा जैसे मेरे पैरों तले ज़मीन खिसक गई हो और मैं तेज़ी से किसी गहरी खाई में गिरता जा रहा हूँ।

'हे ईश्वर! मुझे शक्ति देना ताकि मैं पूरी गरिमा के साथ इन परिस्थितियों का सामना कर सकूँ!' मैंने मन ही मन प्रार्थना की।

प्यार में दीवाना निक

कितनी डरावनी बात है, अचानक हमारी ज़िंदगी किसी टी.वी. सीरियल जैसी हो जाती है, है न? मेरे माता-पिता चाहते तो एक पूरी हिट सीरीज़ लिख सकते थे आई लव निक, पिछले सालों के दौरान मैंने जो भी दीवानेपन से भरी हरकतें की थीं, वे भी अपने आपमें क्लासिक थीं।

बेशक, मैं उस समय हँस नहीं रहा था। मैंने एक पुरस्कृत शॉर्ट फिल्म 'द बटरलाई सर्कस' में काम किया है, उसमें एक लाइन है 'संघर्ष जितना अधिक होगा, जीत उतनी ही शानदार होगी।' यह बात जीवन के कई पहलुओं के बारे में सच लगती है और कई बार तो संबंधों के मामले में भी यही सच लगने लगता है।

अगर आपको सरल व सहज भाव से स्नेह मिल रहा है तो पूरी कृतज्ञता के साथ आभार प्रकट करें। अगर आपको अपने जीवनसाथी की तलाश के लिए संघर्ष करना पड़ रहा है, जैसा कि मैंने भी किया तो निश्चित रूप से जान लें कि जीत भी शानदार

होगी, जैसा कि मेरे साथ हुआ। इस पर भरोसा रखें और मैं प्रार्थना करूँगा कि जिस तरह यह मेरे लिए कारगर रहा, उसी तरह आपके लिए भी हो। मेरे जीवन ने जिस तरह करवट ली, वह मेरे लिए बहुत ही आभार और प्रशंसा का विषय है। मैं अब यह नहीं कह सकता कि मैंने अपने जीवन में अपंगता और कठिनाइयों को झेला और उसके बावजूद एक बढ़िया जीवन पाया। बल्कि अब मुझे यह कहना है कि मेरा यह अद्भुत जीवन मेरी अपंगता और कठिनाइयों की ही देन है।

क्या आपको बात समझ में आई? मेरे कहने का मतलब यह है कि अगर मेरा जन्म हाथों और पैरों के साथ हुआ होता तो मैं अपने इस जीवन के इतना अर्थपूर्ण और जीत से भरपूर होने की कल्पना तक नहीं कर सकता था। मैं पूरी ईमानदारी से अपने जीवन की अधिक से अधिक सराहना करता हूँ क्योंकि मुझे जीवन में उन चीज़ों को पाने के लिए भी संघर्ष करना पड़ा जिन्हें पाने के बाद भी लोग उनकी कद्र नहीं करते।

ऐसा भी समय आया जब मैंने ईश्वर से प्रार्थना की कि 'काश उन्होंने मुझे हाथ व पैर और जीवन में थोड़े कम संकट दिए होते?' मैं अब भी समय-समय पर प्रभु से ऐसे वरदान पाने की प्रार्थना करता हूँ। मैं दूसरों से कोई अलग इंसान नहीं हूँ। मुझे भी कठिन रास्तों के बजाय आसान रास्तों पर चलने का लोभ हो जाता है। फिर भी मैं ईश्वर को प्रतिदिन इसी बात के लिए धन्यवाद देता हूँ कि उन्होंने मेरे जीवन में विकलांगता व चुनौतियों को शामिल करके, मेरा भला ही किया है।

मैं आपको भी यही कहना चाहता हूँ कि संबंधों तथा जीवन के दूसरे पहलुओं में अपनी चुनौतियों को संभावित आशीर्वादों के तौर पर देखें क्योंकि एक दिन वे सब आपके लिए वरदान बननेवाले हैं, भले ही अभी आपको इसका एहसास न होता हो। टैमी के काउच पर बैठे-बैठे मैं इसी बारे में सोचता रहा कि जिस युवती को पाया नहीं जा सकता था, अब उसके बारे में सोचने से मुझे क्या हासिल होनेवाला है। जब मुझे कानाए के बॉयफ्रेंड के बारे में पता चला तो ऐसा लगा मानो मेरी छाती में तेज़ जलन होने लगी हो।

उसने मुझे कितने गहरे लगाव और दिलचस्पी के साथ देखा था, उसका कोई बॉयफ्रेंड कैसे हो सकता है? क्या मैं अपने आपसे मज़ाक कर रहा था? क्या मेरा दिमाग फिर गया था?

तभी कानाए ने अपने दोस्त के साथ घर में कदम रखा, वह सीधा सीढ़ियाँ चढ़ गया और मेरी तरफ देखा तक नहीं।

टैमी ने मुझे देख लिया। उसने रसोई से जैसे ही मेरे चेहरे पर छाई मायूसी पर गौर किया और उसका चेहरा फक्क रह गया। जब उसने मुझे कानाए के उत्साह से भरे आलिंगन को बेबसी के साथ सहन करते देखा तो उसे एहसास हुआ कि मेरा दिल कहाँ डूब गया था। दरअसल मैं अपने जीवन में किसी लड़की के साथ इतने पराएपन से कभी पेश नहीं आया था। अब इस खेल में मेरे लिए मि. कूल बने रहना मुश्किल हो गया था।

'तो तुम्हारा एक पुरुष मित्र भी है? तुम दोनों कब से एक साथ हो?' मैंने कानाए से पूछा।

'लगभग एक साल हो गया', कानाए बोली।

मेरे भीतर की खाई जैसे और गहरी हो गई।

मैं अपने आप पर बुरी तरह से झल्ला उठा, जिस लड़की के मन में मेरे लिए दोस्ती से परे जाने के सिवा कोई भाव नहीं था उसके साथ मैंने कितने सपने सजा लिए थे। जी में आ रहा था कि किसी कोने में जाकर अपने माथे को हथौड़ा बनाकर, दीवार पर कीलें ठोंक दूँ, पर मेज़ पर गरमा-गरम लाज़ाने आ गया था। डिनर परोसा जा चुका था। कानाए का बॉयफ्रेंड भी हमारे पास आ बैठा और अपना परिचय दिया। वह दोस्ताना तरीके से पेश आया और सच कहूँ तो इतना बुरा भी नहीं था पर मैं बहुत ज़्यादा बातें करने के मूड में नहीं था। ईश्वर माफ करे, उसने मेरी गर्लफ्रेंड को छीनने के सिवा कोई और गुनाह नहीं किया था, जिसके ऊपर मैं ईंटों के किसी ढेर की तरह भरभराकर ढह गया था।

मैंने किसी तरह उस लड़के को अपने गुस्से से बचाते हुए, अपना खाना निबटाया। मेरा सहायक और मैं टैमी के घर में थे और योशी व कानाए भी वहीं रुके हुए थे इसलिए वह लंबी रात काटनी भारी पड़ रही थी।

मन में एक बार आया भी कि क्यों न किसी होटल में शरण ली जाए।

पर ऐसा करना अशिष्टता कहलाता और फिर मैं क्या सफाई देता। मुझे पूरी हिम्मत के साथ अपने हालात को बेहतर बनाने की कोशिश करनी थी।

मैं टैमी के बच्चों के साथ खेलने लगा और एक आरामदेह काउच पर पसर गया। कानाए भी अपने दोस्त को विदा देकर वहीं आ गई। जब टैमी और बच्चे सोने चले गए तो मैं कमरे में कानाए के साथ अकेला रह गया और पलभर के लिए मन में आया

कि क्यों न दिल का हाल खोल दूँ। फिर मैंने तय किया मुझे खुद को संभालना चाहिए और इन परिस्थितियों को पूरी मर्यादा के साथ सहन करना चाहिए।

शायद मैंने एकाध बार आह भरी होगी। शायद एकाध बार बच्चों की तरह गिड़गिड़ाया भी था। हालाँकि रोने का मन होने के बावजूद मैंने अपने पर काबू रखा। मैं अपनी ही आत्मदया के नशे में इतना मस्त था कि पता ही नहीं चला कि कानाए अपनी कुर्सी से उठकर मेरे साथ काउच पर आ बैठी। अचानक, वह काउच पर आगे की ओर झुककर बड़ी गहराई से मेरी आँखों में देखने लगी।

'तुम कितनी सुंदर हो और तुम सोच भी नहीं सकतीं कि तुम्हें देखकर मुझे क्या महसूस होता है', मैंने सोचा।

'निक, क्या मैं तुमसे कुछ बात कर सकती हूँ?' उसने पूछा।

मेरा बनावटी आवरण उसी समय उतर गया। मैं उससे दूर नहीं रह सकता था। उसके बिना तो मेरा साँस लेना भी कठिन होता जा रहा था। मैंने आत्मनियंत्रण के आखिरी कतरे को बटोरा और किसी तरह उसकी बात सुनने के लिए खुद को तैयार किया। भगवान का शुक्र है कि उस समय मेरा सहायक थोड़ी दूर बैठा आँखें बंद किए संगीत सुन रहा था।

'क्यों नहीं, बोलो क्या बात है?'

मेरे सपनों की मल्लिका ने अपना दिल मेरे सामने खोलकर रख दिया। वह अपने दोस्त के बारे में बात कर रही थी। उनका रिश्ता वैसा नहीं था, जैसा उसने सोचा था। कानाए के मन में अपने उस संबंध को लेकर कुछ संदेह और चिंताएँ थीं। उसका परिवार उस लड़के के लिए मंज़ूरी नहीं दे रहा था और वह कई माह से उसके साथ संबंध तोड़ने के बारे में सोच रही थी, यह हमारे मिलने से भी पहले की बात है। वह उसे पसंद तो करती थी पर बेशक यह वह इंसान नहीं था, जिसके साथ वह अपनी बाकी की ज़िंदगी बिताना चाहती थी, उसने मुझे बताया।

मैंने एक गंभीर श्रोता का लिबास ओढ़े रखा। चेहरे पर चिंता और परवाह के भाव थे। मेरी समझदारी और समानुभूति से भरी नज़रें उसे ताक रही थीं।

हालाँकि मन ही मन मैं खुश था कि कानाए अपने बॉयफ्रेंड से ब्रेकअप करने के बारे में सोच रही थी, पर वहाँ मेरी भूमिका एक मार्गदर्शक की थी क्योंकि कानाए ने मुझ पर पूरा भरोसा करते हुए अपने दिल की बात मुझसे की थी। मेरी हालत उस

जज की तरह हो रही थी जो कोई एक पक्ष न ले पा रहा हो। मुझे उस मामले से खुद को अलग रखते हुए निष्पक्ष फैसला करना था इसलिए मैंने उस मामले को सबसे बड़े सुप्रीम कोर्ट के हवाले कर दिया।

'मैं तुम्हारी चिंता समझ सकता हूँ। वे सब वाजिब हैं। तुम्हें परमात्मा के आगे हाथ जोड़ने चाहिए ताकि वे तुम्हें इस मामले में निर्णय लेने की शक्ति प्रदान करें', मैंने कहा।

अगर उसने मुझे मेरी सलाह के लिए धन्यवाद दिया होता और काउच से उठकर चली गई होती तो शायद हमारी कहानी वहीं खत्म हो जाती। पर ऐसा करने के बजाय, वह अपनी बड़ी और प्यार से लबरेज़ आँखें लिए मेरे और करीब आ गई।

मैंने अपने मुँह से निकले शब्दों को सुना तो यकीन नहीं आया कि यह बात मैं कह रहा था, 'तुमसे एक सवाल करना चाहता हूँ। क्या तुम मुझे बता सकती हो कि जब मैं तुम्हारे सामने ये दो शब्द, 'बैल टॉवर' दोहराता हूँ तो तुम्हारे मन में सबसे पहले क्या आता है?'

'हमारी आँखें', उसने बेझिझक जवाब दिया।

'तुम क्या कहना चाहती हो?' मैंने पूछा

'हमारी आँखें' वह फिर से बोली, 'जब उस दिन हम दोनों ने एक-दूसरे को देखा था तो मुझे कुछ महसूस हुआ था और फिर मैं डर गई क्योंकि मैंने उस दिन से पहले ऐसा कभी महसूस नहीं किया था।'

'वाह! केवल मुझे ही ऐसा नहीं लगा था', मैंने सोचा।

'निक, उसी दिन से मैं प्रार्थना कर रही हूँ और उपवास रख रही हूँ ताकि परमात्मा मुझे सही रास्ता दिखा सकें।'

'तुमने उस दिन बैल टॉवर में मुझे अपने पुरुष मित्र के बारे में क्यों नहीं बताया?'

'मैं टैमी से तुम्हारा ई-मेल लेने ही वाली थी ताकि तुम्हें सब कुछ बता दूँ, पर तभी टैमी ने मुझे बताया कि तुमने उसे मैसेज करके बताया कि किस तरह योशी को देखकर तुम दीवाने हो गए थे...'

'नहीं, नहीं, नहीं', मैंने कहा। 'मैंने टैमी को जो मैसेज किया था, वह योशी के बारे में नहीं, तुम्हारे बारे में था।'

'वह मैसेज मेरे लिए था?'

'उस दिन मैंने तुमसे ही तो सबसे ज़्यादा बात की थी। तुमसे ही तो स्पीच के दौरान हमारी नज़रें चार हुई थीं और तुम्हारे लिए ही मैंने टैमी को मैसेज किया था।'

'और मुझे लगा था कि तुम हम दोनों बहनों से दिल्लगी कर रहे थे।'

'नहीं', मैंने अपनी बात पर ज़ोर दिया।

हम दोनों एक पल के लिए चुप हो गए।

'तो अब तुम मुझे बता रही हो कि तुम मेरे लिए प्रार्थना कर रही थीं और उपवास कर रही थीं', मैंने पूछा।

'हाँ, मैं समझ नहीं पा रही थी कि क्या करूँ', कानाए बोली। 'मेरा एक बॉयफ्रेंड है पर उस दिन तुम्हें देखकर जो महसूस हुआ, ऐसा तो उसके साथ कभी महसूस नहीं हुआ था।'

'क्या तुम सच कह रही हो?' मैं हैरान था।

वह चुप हो गई।

मैं भी शांत था।

हमारे पास बोलने को शब्द ही नहीं बचे थे। दोनों ही एक-दूसरे की ओर आकर्षित थे, पर एक गलतफहमी की वजह से दोनों ही अपने आपको कष्ट दे रहे थे। हमारी आँखें एक बार फिर से चार हुई, हम जितनी देर ऐसे रहे मैं कहीं और देखना ही नहीं चाहता था।

मैं तो जैसे मंत्रमुग्ध हो गया था।

इसके बाद मैं डर गया।

मेरे मन में अचानक ही आगे झुककर उसे चूमने की इच्छा जाग उठी। भावात्मक बाधा हट चुकी थी। अब हमने अपने दिल एक-दूसरे के सामने खोलकर रख दिए थे। फिर भी उसका एक बॉयफ्रेंड था और यह बात मेरे लिए गहरी उदासी की वजह थी।

वह भाँप गई कि मेरे मन में क्या चल रहा है।

'अब हम क्या करें?' उसने पूछा।

'हम कुछ नहीं कर सकते। हमें यह सब यहीं भूलना होगा। तुम्हारा एक बॉयफ्रेंड है।'

क्या मैंने सचमुच यह कहा था, यकीन नहीं होता।

'बेहतर होगा कि तुम अब जाओ', मैंने कहा। 'क्योंकि मुझसे तुम्हारा चुंबन लिए बिना नहीं रहा जा रहा' मैंने सोचा।

मेरे भीतर डर और खुशी की मिली-जुली भावनाओं का ज्वार उमड़ रहा था। वह सुंदर युवती मुझसे लगाव रखती थी। वह मुझसे प्रेम कर सकती थी! पर अब भी उसका एक बॉयफ्रेंड था।

मुझे किसी भी तरह अपनी भावनाओं को वश में रखना था।

'अब एक बार मुझसे गले मिलो और ऊपर जाओ।' मैंने उससे कहा, 'हमें मदद के लिए परमेश्वर की प्रार्थना करनी होगी। भले ही ये भावनाएँ जो भी रही हों, हमें उससे प्रार्थना करनी होगी कि वह हमें इन भावनाओं से दूर ले जाए।'

मैं बुरी तरह से बिखर गया था और कानाए की भी यही हालत थी। हमने तय किया हम अपने रास्ते अलग कर लेंगे और यह मानकर चलेंगे कि अगर ईश्वर को हमें एक करना होगा तो वह खुद ही कोई करिश्मा दिखाएगा।

कानाए के जाने के बाद मैं काउच पर ही लगभग एक घंटे तक हाथ जोड़कर प्रार्थना करता रहा कि वह मेरे मन को शांत करे। यदि ईश्वर मुझे और कानाए को एक साथ नहीं देखना चाहते तो वे मेरी मदद करें कि मैं भी कानाए को अपने साथ देखने की कल्पना तक न करूँ। मैंने खुद को दिलासा देना चाहा कि अगर वह मेरे लिए नहीं बनी है तो मैं बड़ी आसानी से उसे छोड़कर आगे बढ़ सकता हूँ।

मैं सारी रात सपनों में कानाए को ही देखता रहा और अगली सुबह मुझे उसे अलविदा कहना था। जाने से पहले मैं कानाए के साथ रसोई में टैमी के पास पहुँचा और हमने उसे विस्तार से सब बता दिया। टैमी ने हमसे माफी माँगी क्योंकि बैल टॉवरवाली स्पीच के बाद जब मैंने उसे मैसेज किया तो उसने अपने आप ही अनुमान लगा लिया कि मैं योशी की सुंदरता के बारे में बात कर रहा था और उसने वही बात कानाए को भी बता दी थी। हमने अंजाने में की गई उसकी इस भूल को दिल से क्षमा कर दिया।

इसके बाद हमने एक-दूसरे से विदा ली।

मैं वहाँ से चल दिया। मैं नहीं जानता था कि इसके बाद कभी कानाए को दोबारा देख भी सकूँगा या नहीं, उसके साथ एक दिन बिताने के बारे में सोचना तो बहुत दूर की बात थी। मैं पिछले चौबीस घंटों के इस उतार-चढ़ाव की वजह से भावात्मक रूप

से बुरी तरह से थक गया था। बस यही हो सकता था कि इस मामले को प्रभु के हाथों सौंप दिया जाए पर इससे दिल की तड़प तो कम नहीं हो रही थी। मन को इसी बात से दिलासा था कि कानाए ने भी मेरे लिए अपने मन में उठ रही भावनाओं को स्वीकार किया था। मेरे लिए यही जानना बहुत मायने रखता था। मेरे प्रति उसके आकर्षण ने साबित कर दिया था कि यह सब मेरी ओर से कोई खयाली पुलाव नहीं था। वह भी मुझे दिल से चाहने लगी थी।

कानाए जैसी एक स्मार्ट, नेक और सुंदर युवती, मुझसे प्यार कर सकती है, यह सोच ही किसी वरदान सरीखी लग रही थी और मुझे इस महान उपहार के लिए ईश्वर के प्रति आभार प्रकट करना था। कानाए मुझे बाइबिल के नीतिवचन 31 की युवती की तरह प्रभावित कर चुकी थी एक नेक चरित्रवाली युवती या पत्नी। उसके चरित्र और ईश्वर के प्रति उसके विश्वास ने मुझे अचंभित कर दिया। अपने संबंध को उस आस्था के हवाले करना है और फिर यह विश्वास रखना है कि आपको कोई प्रेम कर सकता है। यह बात इस विश्वास से संबंधित है कि इस संसार में ऐसा भी कोई व्यक्ति है जो आपकी सारी कमियों और अधूरेपन से परे जाते हुए आपको बेइंतहा प्यार दे सकता है।

हो सकता है कि आपको मेरी इस कहानी से कोई प्रेरणा मिल जाए। यह जान लें कि अगर मेरे जीवन में यह संभव है तो आपके लिए भी संभव हो सकता है। अगर यही काफी नहीं तो अपने आसपास देखें। यह संसार ऐसे अधूरे और आम लोगों से भरा है जिन्होंने अपने सच्चे प्यार और साथ को पा लिया है। आपके लिए भी प्रेम संभव है। मैं प्रार्थना करता हूँ कि आप भी जल्द ही अपने सच्चे जीवनसाथी को पा लें। मैं यह भी प्रार्थना करता हूँ कि आपका रिश्ता, आपके सामने आनेवाली चुनौतियों से कहीं बड़ा और मज़बूत बना रहे।

और हल निकल आया

पूरे छह सप्ताह बीत गए, कानाए की ओर से कोई खोज-खबर नहीं आई। मुझे एक और सत्र के लिए डलास जाना था और मैं इस बात को लेकर दुविधा में था कि क्या मुझे उसे फोन करना चाहिए? टैमी ने खुले दिल से न्यौता दे रखा था कि जब भी मुझे डलास आना हो तो उसके घर के दरवाज़े मेरे लिए हमेशा खुले हैं पर मैं कानाए को किसी अटपटी स्थिति में नहीं डालना चाहता था। मैंने तय किया कि मैं उस शहर में रहनेवाले दूसरे दोस्त के घर रह लूँगा! पर मैं उससे पहले कॉल करके इस बारे में पूछना भूल गया कि वह घर पर होगा या नहीं। एयरपोर्ट पर उतरने से पहले कॉल किया

तो पता चला कि वह शहर से बाहर था।

मैं और मेरा सहायक इतने लंबे समय से दौरों पर थे कि होटल में एक और रात बिताने का खयाल भी सहन नहीं हुआ। मैं बुरी तरह से पस्त और निढाल था। मेरा मन और शरीर थक चुके थे और मेरी संकल्पशक्ति भी कमज़ोर पड़ चुकी थी। कानाए से मिलने और बात करने का विचार आने लगा, भले ही वह अब भी उस लड़के के साथ जुड़ी थी। अब मेरे लिए होटल में रात काटने के बारे में सोचना भी नामुमकिन सा हो गया।

मैंने टैमी को कॉल करके पूछा कि क्या हम उसके घर रात बिता सकते हैं। मार्क और बच्चे घर पर ही थे, उन्होंने खुशी से हमारा स्वागत किया। हम उनके घर की ओर चल दिए। अरे हाँ, कानाए भी वहीं थी।

एयरपोर्ट से घर जाते हुए मैंने ईश्वर से दोबारा बात की।

आप जानते हैं कि मैं थका हुआ हूँ और मैं किसी होटल में जाने के बजाय टैमी के घर जा रहा हूँ। आप जानते हैं कि वहाँ कौन है .... मैं ईश्वर के हास्यबोध पर मुस्कराया। शायद ईश्वर भी मुस्करा रहा था।

मुझे थोड़ा सजग और सचेत होना चाहिए था लेकिन मैं लगातार लंबा सफर तय करने के कारण इतना थक चुका था कि मैं अपने भावों को छिपा नहीं पा रहा था। मेरे चेहरे पर उससे मिलने की खुशी में बेवकूफाना मुस्कान खेल रही थी। जब हम भीतर जाने लगे तो मैंने अपने सहायक से कहा, 'बड़ा मज़ा आनेवाला है।'

मार्क और टैमी के बच्चे भागते हुए बाहर आ गए, हमारा स्वागत किया और हमारे बैग्ज़ थाम लिए और इस तरह हम रसोई में पहुँचे। कानाए वहीं थी और हमारी आँखें चार हुईं।

'सरप्राइज़!' मैंने कुछ शरमाते हुए कहा।

वह हँस दी। अगर मेरे पास टाँगें होतीं तो बेशक वे कमज़ोर होकर लड़खड़ा गई होतीं। ऐसा लग रहा था मानो मैं किसी एक आयामी श्वेत-श्याम दुनिया (One-dimensional, black & white world) से निकलकर त्रि-आयामी (3D) टेक्नीकलर ग्रह पर आ गया हूँ। हमारे बीच की वह कैमिस्ट्री पहले से दस गुना मज़बूत हो चुकी थी और ज्यों ही कानाए ने पास आकर, मेरे कंधे पर हाथ रखा तो बाकी बचे हुए संदेह भी जाते रहे। वह बोली, 'इतने लंबे समय तक प्रार्थना करने के बाद प्रभु

ने मेरे मन को इतनी शांति दे दी है कि मैं अपने बॉयफ्रेंड के साथ ब्रेकअप कर सकती हूँ और अब मैं किसी ऐसे इंसान के साथ रहना चाहती हूँ, जिसके साथ मैं अपना पूरा जीवन बिता सकूँ।'

'बहुत बढ़िया!!'

ईश्वर द्वारा दी गई उस जीत के एक क्षण में मेरे जीवन की सारी मायूसी, संघर्ष, असफलताएँ, भय और आँसू जैसे समाप्त होकर उसी वक्त भुला दिए गए। मेरा मन इस बात को आसानी से मान नहीं पा रहा था कि ऐसी सुंदर युवती कह रही है कि वह अपना पूरा जीवन मेरे साथ मेरी पत्नी के रूप में बिताना चाहती है।

'मेरी पत्नी!!'

कानाए ने मुझसे कहा कि वह पहली मुलाकात के बाद से ही मेरी ओर खिंचाव महसूस कर रही थी, पर इसके अलावा उसने मेरे साथ ऐसा भावात्मक लगाव महसूस किया कि वह डर सी गई। वह अपनी आयु से कहीं अधिक परिपक्व है, वह अपने भावों के बजाय अपने विश्वास के आधार पर चलना चाहती है इसलिए जब हमारी पहली भेंट हुई तो उसने खुद को पीछे हटा लिया और ईश्वर से मार्गदर्शन पाने की प्रार्थना की।

'मैंने अपने ईश्वर से प्रार्थना की कि वे मुझे यह जानने में मदद करें कि आपके प्रति मेरी भावनाएँ एक आकर्षण भर था, एक भावात्मक खिंचाव था या ईश्वर सचमुच हमें एक शाश्वत संबंध में बाँधना चाहते थे।'

'मैं अपने भावों पर ही विश्वास नहीं करना चाहती थी। मैं नहीं चाहती थी कि केवल भावों के वश में आकर अपने कदम आगे बढ़ा दूँ इसलिए मैंने प्रभु से कहा कि वे मुझे राह दिखाएँ।' दूसरे शब्दों में कानाए ने प्रभु के लिए अपनी आस्था पर अमल किया।

मेरी ओर से आप पाठकों के लिए दुआ है कि 'एक दिन जब आप इसे पाने के लिए तैयार हों तो ईश्वर आपके हृदय को संतोष से भर दे। वह आपको किसी प्रिय का साथ पाने का आशीर्वाद दे या यह आशीर्वाद दे कि आप किसी प्रिय के बिना भी अपने जीवन को भरपूर जी सकें। खुद को इस बात के लिए तैयार करें कि आप उसकी रज़ा में राज़ी रहते हुए बेहतर से बेहतर इंसान बनने की कोशिश करेंगे। आप अपनी ओर से जितना प्यार दे सकते हों, उसे जी भरकर बाँटें और बाकी सब ईश्वर स्वयं देख लेगा।

प्यार की परख

भले ही वह क्षण किसी महान रोमानी फिल्म जैसा या कम से कम मेरे द्वारा अभिनीत रोमानी फिल्म जैसा क्यों न लग रहा हो लेकिन यह कोई फिल्म नहीं थी। यह वास्तविक जीवन था और आप अच्छी तरह जानते हैं कि यह क्या-क्या कर सकता है। जब हम बिना किसी संदेह के एक-दूसरे के प्रति समर्पित हुए तो इसके बाद हमें अपने परिवारों को एक जोड़े के रूप में अपना परिचय देना था।

कानाए की माँ और बहन की ओर से तो उसी समय आशीर्वाद मिल गया। मैं उनके इस स्नेह और समझ का आभारी हूँ। जब उसने अपनी माँ यानी मेरी भावी सासू माँ को इस बारे में बताया तो वे बोलीं, 'ईश्वर महान है!'

योशी ने कई सप्ताह पहले ही अपनी माँ को मेरे और कानाए के बारे में बता दिया था और उनकी माँ ने कहा कि वे भी प्रार्थना और उपवास के माध्यम से प्रयत्न कर रही थीं कि हमारा यह संपर्क एक खूबसूरत रिश्ते में खिलकर सामने आए। मैंने एक पार्टी में मारीयाची बैंड की धुन पर थिरकते हुए, उसकी आंटियों, अंकलों, दादी और रिश्ते के भाई-बहनों का दिल जीत लिया और फिर उनसे अपने दिल की बात कही। उन्हें इस बात की चिंता नहीं थी कि मेरे शरीर पर पूरे अंग नहीं थे। कुछ लोगों को केवल यह संदेह था कि चूँकि मैं एक नामचीन हस्ती हूँ इसलिए मेरा अपना निजी जीवन खोखला होगा, पर जब मैंने उनके साथ बातें की और कानाए व मैंने सबको अपने प्यार के बारे में बताया तो उनके बचे-खुचे संदेह भी मिट गए।

मैं जानबूझकर दो सप्ताह से अपने माता-पिता को इस नए संबंध के बारे में बताने से कतरा रहा था क्योंकि मेरे पिता औरतों की बात आते ही अकसर कुछ ज़्यादा ही सतर्क होकर सवाल-जवाब करने लगते हैं। कानाए ने झट से मेरे माता-पिता का दिल भी जीत लिया। अकसर सुंदर युवतियों के पास ऐसी समझ-बूझ कम ही होती है। जब वह पाँच वर्ष की थी तो उसके माता-पिता का तलाक हो गया था और कानाए ने उसी आयु से कुछ ऐसी ज़िम्मेदारियाँ अपने कंधों पर उठा ली थीं जो बड़ी आयु के लोगों के लिए होती हैं।

जब मेरे माता-पिता ने कानाए से एक बहुत ही कठिन सवाल पूछा तो उस समय कानाए की परिपक्वता देखने को मिली। वैसे मेरे अंगों के अभाव को मेरे जींस में कमी से नहीं जोड़ा जा सकता क्योंकि मेरे भाई-बहनों के अंग पूरी तरह से सलामत हैं। फिर भी मेरे माता-पिता ने कानाए से पूछा कि अगर हमारे बच्चे इस संसार में मेरे जैसे पैदा

हुए तो उसे कैसा महसूस होगा?

मेरी भावी पत्नी, जो कि पहले ही तय कर चुकी थी कि वह अपने लिए एक बड़ा परिवार चाहती है, उसने जवाब दिया, 'अगर मेरे पाँच बच्चे भी हुए और अगर वे सबके सब भी हाथ और पैर के बिना जन्मे तो भी मैं उन सबको प्यार करूँगी। मैं जानती हूँ कि आपके लिए यह घटना किसी सदमे से कम नहीं रही होगी क्योंकि यह सब अचानक हुआ होगा, पर मेरे पास रोल मॉडल और गाइड के रूप में निक है।'

कानाए ने मेरे माता-पिता से कहा कि वह मुझसे प्यार करती है और वह बच्चों को भी इसी तरह प्यार करेगी। पहले मुझे लगता था कि मैं अपने जीवन में किसी ऐसी युवती को नहीं खोज सकूँगा जिसे मेरे माता-पिता मेरे लिए मंज़ूरी दे सकें क्योंकि जब बात मेरी आती है तो वे बहुत ज़्यादा रक्षात्मक हो जाते हैं। पर ईश्वर ने मेरे लिए ऐसी युवती को भेजा था जो उनसे सम्मान व प्रशंसा पाने और उनका दिल जीतने में सफल रही।

मेरे प्रति भावात्मक रूप से वह वाकई बहुत ईमानदार है और उसने अपनी भावनाओं को इतनी गहराई के साथ मेरे सामने रखा कि मैं विस्मय, विनय और आभार से भर गया। पर ऐसा भी नहीं है कि केवल उसकी बातों के कारण ही मुझे उसके प्रति स्नेह और प्रशंसा का अनुभव होता है। वह अपने हर काम से दिन-प्रतिदिन के जीवन में भी मेरे प्रति अपना प्रेम प्रकट करती है।

मैंने दिसंबर 2010 में पहली बार महसूस किया कि वह कितनी तन्मयता से मेरी देखरेख करती है। हमारा रिश्ता शुरू हुए अभी कुछ ही माह हुए थे और मुझे अपने व्यवसाय में नकद के प्रवाह के कारण आई कमी का पता चला। हमारी सगाई नहीं हुई थी पर विवाह लगभग तय था। उस समय मैं चाहता था कि मेरी भावी पत्नी मेरे जीवन के सकारात्मक पक्ष को देखे। जबकि वह मेरे जीवन के अंधकारमय पक्ष को देख रही थी। किसी भी नए संबंध में इस तरह के हालात अच्छे नहीं माने जा सकते थे। अभी तो हम पूरी तरह से दंपत्ति भी नहीं बने थे और ऊपर से पुरुष अपनी ही मायूसी की गर्त में डूबता जा रहा था।

पिछले अध्याय में मैं आपको बता चुका हूँ कि मैंने मंदी के कारण अपनी कंपनी में आई उस अस्थायी समस्या के लिए कितनी अतिभावुकता भरी प्रतिक्रिया दी। लेकिन मैंने आपको यह नहीं बताया कि उस दौरान भी कानाए के असीम स्नेह ने अपनी ओर से कोई कमी नहीं रखी।

मैंने नि:स्वार्थ स्नेह की ताकत को कभी इस हद तक महसूस नहीं किया था। बात यह नहीं है कि मेरे लिए यह कोई नई चीज़ हो। मेरे माता-पिता, अंकल, आंटी, रिश्ते के भाई-बहन और दोस्त वगैरह सब आजीवन मुझे नि:स्वार्थ स्नेह ही देते आए हैं पर वे मेरा परिवार हैं। उनके साथ मेरा खून का नाता था। कानाए के साथ मेरे स्नेह के धागे अभी कच्चे और नए थे। वह बड़ी आसानी से इन हालात में अपना पीछा छुड़ाकर दूर जा सकती थी। लेकिन ऐसा करने के बजाय वह मेरे और पास आ गई। उसने मुझे अपने प्रेम और विश्वास से इतना भर दिया कि उसके साहस को सराहे बिना नहीं रह सका।

जिस समय मैं यह साबित करना चाहता था कि मैं अपनी गृहस्थी को बहुत अच्छी तरह चला सकता हूँ उसी समय मुझे अपनी गर्लफ्रेंड को बताना पड़ा कि मुझे अपने काम में पचास हज़ार डॉलर का घाटा हो गया है। मैं अपनी बेचैनी के कारण ऐसा महसूस कर रहा था जैसे मैं कंगाल हो गया हूँ। वह मुझे छोड़कर चली क्यों नहीं गई, यह मुझे आज तक समझ में नहीं आया। पर मैं इस बात के लिए सदा उसका आभारी रहूँगा कि उसने ऐसे वक्त में मेरा साथ दिया और अपने स्नेह से मेरा हौसला बढ़ाया।

जब मैं अपने व्यवसाय के कर्ज़ की वजह से खुद को नाकारा समझ रहा था तो दरअसल मैंने एक इंसान के तौर पर अपने मोल को भी नकार दिया था। कानाए ने समझाया कि प्यार में कोई प्राइस टैग नहीं होते। उसने अपने शब्दों और कर्मों से मुझे यकीन दिलाया कि उसका प्यार इस बात का मोहताज नहीं था कि मैं उसके लिए क्या-क्या कर सकता हूँ। उसने अपना सारा प्यार मुझ पर उड़ेलते हुए मेरी पूरी देखरेख की।

अपने खराब हालात के कारण मैं अपना एक काम और पूरा नहीं कर पा रहा था। मैं चाहता था कि अपनी कमाई में से कुछ बचत कर लूँ ताकि आगे आनेवाले पूरे एक वर्ष तक मुझे व्याख्यान सत्रों के लिए न जाना पड़े। मैं नहीं चाहता था कि विवाह के पहले ही साल में मैं दुनिया के अलग-अलग हिस्सों की यात्रा में मगन रहूँ। परिवार और मित्र कई वर्षों से कहते आ रहे थे कि मुझे थोड़ा आराम भी करना चाहिए। अब वह समय आ गया था और अब मेरे पास ऐसा करने की वजह भी थी, मेरी होनेवाली पत्नी!

जब मैंने कानाए को बताया कि मुझे काम में नुकसान उठाना पड़ा है तो उसने जवाब दिया, 'इससे मुझे कोई अंतर नहीं पड़ता। मैं नर्सिंग की नौकरी कर लूँगी जिससे

हम दोनों का काम चल जाएगा।'

वह एक पल के लिए भी नहीं हिचकी। वह न तो सकुचाई और न ही मेरी ओर से मुँह मोड़ा। उसने मेरे बाल सहलाए, दिलासा दिया और मुझे बताया कि वह हमेशा मेरे साथ है।

यह सब मेरे लिए बहुत मायने रखता था और मैं यह भी जानता था कि कानाए भी मेरे लिए रोज़ प्रार्थना कर रही थी। भावात्मक सहारा एक बड़ा आशीर्वाद है पर प्रार्थना तो और भी ताकतवर होती है। मुझे इस बात ने बहुत सहारा दिया कि वह मेरी माँगों को समझ रही थी और ईश्वर से प्रार्थना कर रही थी कि वे पूरी हो सकें। शांति और धैर्य ईश्वर ही देता है और कानाए ने प्रार्थना की कि ईश्वर मुझे आरोग्य, शांति और प्रसन्नता प्रदान करें।

मुझे एहसास हुआ कि वह मेरे और ईसा मसीह के बीच एक सेतु बन गई है। कानाए ही मेरे वह सब होने की कुँजी है जो मैं एक पति, वक्ता, धर्मप्रचारक, दोस्त, बॉस, भाई और बेटे के रूप में हो सकता हूँ; उसके साथ रहते हुए, मुझे कुछ माँगने की ज़रूरत ही नहीं होती है। मुझे उसे बताना नहीं होता कि मुझे क्या चाहिए, वह सब कुछ जानती है। वह वही महसूस करती है जो मैं महसूस करता हूँ। वह मुझे प्रोत्साहित करती है पर उसके बारे में मेरे लिए यह बात ज़्यादा अहमियत रखती है कि वह प्रार्थना के बीच आ खड़ी होती है और ईश्वर से मेरे लिए वह सब माँगती है जो वह खुद नहीं दे सकती, जैसे प्रभु की ओर से मिलनेवाला विवेक, आरोग्य, शांति व धीरज! अंत में कानाए मुझे समानुभूति प्रदान करती है। वह मेरे मन के भावों को बहुत अच्छी तरह से समझती है। जो भी चीज़ मुझे प्रभावित करती है वह उस पर भी उतना ही असर डालती है। वह हमेशा मेरी बात सुनने को तैयार रहती है और मैं भी यही कोशिश करता हूँ कि जब भी वह अपने मन की बात कहना चाहे तो मैं हमेशा उसके साथ उसके आसपास रहूँ।

जब आप बदले में कुछ पाने की आशा रखे बिना कुछ देना चाहते हैं तो जान लें कि आप एक स्नेही संबंध का हिस्सा हैं। जब आप दूसरे की आवश्यकताओं को अपनी ज़रूरतों से ऊपर मानते हैं तो आप एक स्नेही संबंध में हैं। मैं कानाए को अपने काम से भी ऊपर मानता हूँ, इसका मतलब है कि उसके साथ समय बिताना, फिल्म देखना, धूनी के पास बैठना और अपनी ज़िंदगी के बारे में बातें करना मेरे लिए सबसे महत्वपूर्ण होता है। मैं यह देखकर लगातार हैरान होता रहता हूँ कि हमारे इस एक

संबंध की कितनी परतें हो सकती हैं। कानाए मुझे जितना देती है मैं उतना ही उसके प्यार का अधिकारी होना चाहता हूँ। वह मुझे और बेहतर होने की प्रेरणा देती है।

एक बार मेरा एक दोस्त मुझे अपने नए संबंध के बारे में बता रहा था और वह लगातार यही कह रहा था, वह मेरे लिहाज़ से बहुत अच्छी है। मैं उसे पाने का हकदार नहीं हूँ। मैंने उसे कहा कि उसके लिए तो संबंधों में यह बहुत अच्छी बात थी। हमें ऐसे ही व्यक्ति के साथ रहना चाहिए जो हमें जीवन में और बेहतर, नेक, देखरेख करनेवाला, प्रेरित व प्रोत्साहित करनेवाला बनने की प्रेरणा दे सके। मैं भी पहले से कहीं अधिक धैर्यवान हो गया हूँ। बेशक, यह मापदंड उन दिनों इतना ऊँचा नहीं था जब मैं अकेला था और अधीर व आत्मकेंद्रित रहा करता था।

मेरे अंकल ने हाल ही में मुझे उस डायरी की याद दिलाई, जिसे मैं आज से दस वर्ष पूर्व अपने साथ रखा करता था। मैंने उसमें उन दस बातों की सूची तैयार की थी जिन्हें मैं अपने जीवन में पाना चाहता था।

'क्या कानाए सूची में लिखी सारी बातों को पूरा करती है?' उन्होंने पूछा।

मुझे डायरी देखकर चेक करना पड़ा। फिर मैंने उन्हें कॉल करके बताया, 'सचमुच, वह सारी बातों को पूरा करती है।'

यह एक बहुत ही मज़ेदार और खूबसूरत पल था।

भले ही मैं कानाए से कुछ साल बड़ा हूँ लेकिन वह मुझसे बहुत ज़्यादा समझदार है और मुझे उससे बहुत कुछ सीखना है। उसने एक ऐसे संबंध की नींव रखी है जो अपेक्षाओं, बाधाओं और अवचेतन में छिपी इच्छाओं पर नहीं टिका। मेरा मानना है कि यह प्रेम है जो आनेवाले समय के साथ और गहरा होता जाएगा। मैं अकसर कहता हूँ कि अगर आप विश्वास के साथ फल-फूल नहीं रहे हैं तो आप इसके साथ कमतर हो रहे हैं। प्रेम के साथ भी ठीक यही होता है। कानाए सही मायनों में परमात्मा की संतान है। वह अपने आपमें एक वरदान है और ईश्वर ने मेरे जीवन में उसे इसलिए भेजा है ताकि हम दोनों एक-दूसरे को प्रेम करते हुए ईश्वर को उसकी इस देन के लिए सम्मान दे सकें।

हमारा प्रेम संक्रामक है। एक दिन एक बूढ़ी महिला ने हमें एक साथ देखा। हम हँसते हुए आपस में बतिया रहे थे। वह आँखों में आँसू लिए हमारे पास आकर बोली, 'अब मुझे एक बार फिर से सच्चे प्रेम पर यकीन हो गया है।' जब भी कानाए को नाचते,

गाते, हँसते, मुस्कराते और मज़े करते हुए देखता हूँ तो बता नहीं सकता कि मुझे कितनी खुशी मिलती है। अब मुझे उस दिन का इंतज़ार है जब हम अपने बच्चों को ऐसा करते हुए देखेंगे।

आप ईश्वर की रचना हैं और यही वजह है कि आप उसका पूरा प्रेम पाने के अधिकारी हैं, जो आपको एक स्नेही संबंध पाने के योग्य बनाता है। मैं प्रार्थना करता हूँ कि आपको भी वही प्रेम मिले जिसे मैंने पाया, पर अपनी भूमिका निभाना न भूलें और स्वयं को तैयार करें कि आप न केवल वह प्रेम पा सकें बल्कि नि:स्वार्थ भाव से दे भी सकें।

4

जुनून और उद्देश्य से भरपूर जीवन

मेरे जीवन के शुरुआती दिनों की बात है जब मेरे माता-पिता आनेवाले समय के बारे में सोचते हुए यह पता लगाना चाह रहे थे कि मेरा भविष्य कैसा होना चाहिए। मेरे अकाउंटैंट पिता ने सलाह दी कि मुझे उन्हीं का पेशा अपना लेना चाहिए। 'तुम्हारा दिमाग अंकों के मामले में तेज़ है और तुम कभी भी दूसरे लोगों को अपनी मदद के लिए किराए पर रख सकते हो', मेरे डैड ने कहा।

मेरे लिए अंकों से खेलना वाकई आसान है। बेशक मैं हाथों और पैरों की उँगलियों से गिनती नहीं कर सकता, पर आधुनिक तकनीक और अपने छोटे से पैर को धन्यवाद देना होगा जिसके बल पर मैं बहुत सरलता से कैलक्यूलेटर और कंप्यूटर का प्रयोग कर सकता हूँ। इसलिए कॉलेज में मैंने उनकी योजना के अनुसार ही फाइनैंशल प्लानिंग और अकाउंटिंग का विषय लिया। मुझे यह बात पसंद आई कि मैं दूसरों को वित्तीय निर्णय लेने, धन कमाने की तकनीकें जुटाने और रणनीतिपूर्ण योजनाएँ तैयार करने में सहायता दे सकूँगा। मैंने शेयर बाज़ार में काम करने का आनंद भी लिया जिसमें मैंने अच्छे और बुरे, दोनों तरह के अनुभव पाए।

एक वित्तीय सलाहकार के तौर पर अपने आपको सहारा देने के साथ-साथ दूसरों की मदद करने का विकल्प बुरा नहीं था। पर हमेशा ऐसा लगता था कि परमात्मा मुझे किसी दूसरे उद्देश्य को पूरा करने के लिए पुकार रहा है। मैंने जूनियर हाईस्कूल से ही, अपने सहपाठियों को संबोधित करना शुरू कर दिया था, जहाँ मैं उन्हें बताता था कि मैंने अपनी कठिनाइयों पर जीत कैसे हासिल की। मुझे अपने शब्दों के लिए उनकी

प्रतिक्रिया मिलती और मैं उनके दिलों को छूने में सफल रहता। फिर ईश्वर ने मेरे भीतर छिपी उस चिंगारी को हवा दी।

समय के साथ-साथ मैं अपने विश्वास और आस्था के बारे में ज़्यादा से ज़्यादा बात करने लगा। ईसाई धर्म का उपदेश देना, उसका प्रचार करना और दूसरों को प्रेरणा देना ही मेरे लिए सबसे बड़ा जुनून बनता चला गया। जब मैं ईश्वर के प्रति प्रेम, अपने जीवन में उनकी देन तथा अपनी विकलांगता व उनके द्वारा मिली ताकत की बात करता तो इससे मुझे दूसरों की मदद करने का मौका मिलता। इसने मेरे जीवन को एक उद्देश्य दिया जिसे ईश्वर ने मेरे लिए रच रखा था।

यह एक महान उपहार है। बहुत से लोग अपने जीवन में दिशा व अर्थ की तलाश में भटकते रहते हैं। वे अपने मूल्यों पर सवाल खड़े करने लगते हैं क्योंकि वे नहीं जानते कि वे अपनी एक पहचान कैसे कायम करें। हो सकता है कि आपने भी अब तक अपने भीतर छिपी प्रतिभा और रुचियों को न पहचाना हो। अकसर हम अपनी मंज़िल तक जाने से पहले कई अलग तरह के रास्ते आज़माते हैं। इन दिनों बार-बार रास्ते बदलना एक आम बात होती जा रही है।

मैं आपको प्रोत्साहित करता हूँ कि जो भी काम आपको भरपूर संतोष देते हुए आपकी प्रतिभा और ऊर्जा को उभारता हो, उसे ही बढ़ावा दें। उसे केवल अपने संतोष के लिए ही नहीं बल्कि ईश्वर का सम्मान करने और अपना सहयोग देने के लिए भी अपनाएँ। अगर आपको अपनी मंज़िल तलाशने में समय लग रहा हो तो धीरज रखें। यह न भूलें कि समय बहुत मायने रखता है और जब तक आपके दिल में सच्ची लगन है तो वह धुँधला नहीं होगा। आपको समझना होगा कि **जब जीवन में किसी चीज़ के प्रति जुनून पैदा होता है तो उसके साथ खतरा भी आता है।** यह भी याद रखें, अगर एक जुनून खत्म हो गया तो हो सकता है कि शायद ईश्वर ने आपके लिए उससे भी बढ़िया और बेहतर सोच रखा हो।

जुनून की तलाश

जब आपकी प्रतिभा, ज्ञान, ऊर्जा, केंद्र तथा वचनबद्धता इस तरह एक हो जाएँगे कि आप कोई मनपसंद खिलौना पानेवाले बच्चे की तरह उत्साहित हो उठें तो जान लें कि आपको अपना जुनून मिल गया है। तब आपका काम और आनंद मिलकर एक हो जाएँगे। आपको लगेगा मानो आपके पास असीम अवसर हैं। फिर आप जो करते हैं, वह आपका ही एक हिस्सा बन जाता है लेकिन इस तरह आपको जो पुरस्कार मिलते

हैं वे उन पुरस्कारों से अधिक संतोषप्रद नहीं होते जो आपकी वजह से दूसरों को मिलते हैं।

आपका जुनून ही आपको अपने उद्देश्य की ओर ले जाता है और ये दोनों तभी सक्रिय होते हैं जब आप अपने उपहारों पर पूरा विश्वास जताते हुए अपनी प्रतिभा को दूसरों के साथ बाँटते हैं। आपको आपके उद्देश्य के अनुसार ही रचा गया है जैसे मुझे मेरे उद्देश्य के अनुसार ही बनाया गया है। आपका हर हिस्सा आपकी मानसिक, भौतिक व आध्यात्मिक ताकतों से लेकर, प्रतिभा व अनुभव के अनूठे पैकेज तक उस उपहार को पूरा करने के लिए ही बने हैं।

आप अपने जुनून का पीछा करते हुए अपने उद्देश्य को समझते हुए और अपने उन उपहारों व प्रतिभा का उपयोग करते हुए अपने जीवन को विकसित करते हैं। इस प्रकार से आप अपने विश्वास को ही कार्यरूप देते हैं। आपकी प्रेरणा क्या है? ऐसा क्या है जो आपको प्रतिदिन के लिए उत्साहित करता है? ऐसा क्या है जिसे करने पर आपको मुक्ति का एहसास होता है? ऐसा क्या है जिसे करने से आप कभी पीछे हटना नहीं चाहेंगे? क्या कुछ ऐसा भी है, जिसके लिए आप दूसरे काम भी छोड़ सकते हैं, जिसके लिए आप अपने भौतिक सुखों व सुविधाओं को भी त्याग सकते हैं क्योंकि आपको उस काम को करने में आनंद आता है? उसे पूरा करने के मौके पर मन में कैसी भावना या विचार आता है?

जॉन 9:4 में कहा गया है, 'जब तक दिन है हमें उसका काम करना चाहिए, जिसने हमें भेजा है क्योंकि रात होनेवाली है, फिर कोई काम नहीं कर सकता।' अगर आपको अब तक वह काम नहीं मिला जिसके लिए ईश्वर ने आपको रचा है तो पिछले पैराग्राफ में से खुद से कुछ प्रश्न पूछें। अगर इस तरह आपको अपना जुनून पहचानने में मदद न मिले तो अपने निकटतम लोगों से सुझाव पाने का प्रयत्न करें। उन्होंने आपके भीतर किस प्रतिभा को देखा है? उनके हिसाब से आप किस क्षेत्र में उल्लेखनीय काम कर सकते हैं? वे आपको किस काम के बीच सबसे उत्साहित पाते हैं?

अंतत:, इससे पहले कि आप अपना जुनून तय करें, मैं आपको सलाह दूँगा कि आप इस विषय पर पूर्ण अधिकार रखनेवाले व्यक्ति से बात करें। मुझसे अकसर पूछा जाता है कि हम यह कैसे जान सकते हैं कि प्रभु हमसे क्या चाहता है? चाहे आप अपने जुनून की तलाश में हैं या आप किसी कठिन परिस्थिति में यह तय नहीं कर पा रहे कि आपको क्या करना चाहिए, तो मेरी सलाह यही है कि आप प्रभु के प्रति प्रेम

को न भूलें और उन्हें अपने मित्र की तरह मानें ताकि आप उनकी उपस्थिति का आनंद उठा सकें। उनके आगे प्रार्थना करें और उनके शब्दों पर ध्यान लगाएँ।

ईश्वर को जानना और उन पर आस्था रखना आपके जीवन की बेहतरीन चीज़ों में से एक हो सकता है क्योंकि ऐसा करना उन घटनाओं को भी बेहतर बना सकता है, जो आपको बदतर जान पड़ती हैं। यह आपके संघर्षों को एक सीख में बदल सकता है, आपकी पीड़ा को ताकत बना सकता है और आपकी असफलताओं के बल पर, सफलताओं को सामने ला सकता है।

वह ताकत सिर्फ ईश्वर के ही पास है जो आपको भस्म के लिए सौंदर्य, शोक के लिए आनंद रूपी तैल तथा आपकी नासमझी को मिटाने के लिए प्रशंसा रूपी वस्त्र दे सकती है। अगर आप इस बात को लेकर उलझन में हैं कि ईश्वर के पास आपके लिए कौन सी योजना है या आपको किस जुनून के साथ चलना चाहिए तो प्रभु से मार्गदर्शन पाने के लिए प्रार्थना करें। दूसरों से कहें कि वे भी आपके लिए प्रार्थना करें। अगर आपको जवाब नहीं मिलता तो मेरा सुझाव यही है कि आपको अपना जवाब दूसरों की सेवा करते हुए मिलेगा, भले ही आप किसी मिशन से संबंधित दौरे पर हों या अपने ही समुदाय में सेवा कर रहे हों। इसे भी आज़माकर देखें और जानें कि इससे आपको क्या मिलता है।

मैं आपको आश्वासन देता हूँ कि ईश्वर जो भी आदेश देता है, उसका फल अवश्य देता है। आपको अपने जुनून व उद्देश्य को पूरा करने के लिए जो भी चाहिए, वह सब दिए बिना वह आपको कभी भी अपनी सेवा में नहीं लगाएगा। हो सकता है कि पहले-पहल आप उसकी बात समझ न सकें। आप सोच सकते हैं कि आपके अंदर उसके लिए कोई जुनून का भाव नहीं है। जैसे एक बार मेरे डैड के सामने गिरजाघर खोलने का प्रस्ताव आया था लेकिन उन्हें ऐसा करने में कोई दिलचस्पी नहीं थी। पर उन्होंने फिर भी सदा ईश्वर का सम्मान किया और वही किया जो प्रभु उनसे करवाना चाहता था। पहले-पहल तो डैड को इस बात के लिए, खुद को राज़ी करने में समय लगा। मुझे पूरा यकीन है, जब नूह (यहूदी व अन्य जातियों के पितामह इब्राहिम में श्रद्धा रखनेवाले धर्मों जैसे ईसाइयत, यहूदी व इस्लाम के एक प्रमुख संदेशवाहक व पूर्वज) को ईश्वर ने एक बड़ा जहाज़ बनाने का आदेश दिया तो उनके मन में भी ऐसा ही कुछ विचार आया होगा, पर उन्होंने एक शब्द भी नहीं कहा। उन्होंने एक भारी बड़ी नाव तैयार की। वह आदेश मानना अपने आपमें एक समझदारीभरा कदम था। नूह की तरह मेरे पिता भी अंतत: इस बात के आभारी थे कि उन्हें ईश्वर की ओर से चर्च का

काम सौंपा गया। धीरे-धीरे लोग उनके करीब आने लगे और फिर वे एक ले मिनिस्टर (ईसाई संप्रदाय के एक महत्वपूर्ण सदस्य) के रूप में बहुत से लोगों का जीवन बदलने में सफल रहे।

जब ईश्वर आपको कुछ करने के लिए कहता है तो हो सकता है कि आप पहले बात को न समझें या उसके प्रति कोई उत्साह महसूस न करें। पर आपको हमेशा उसके प्रति अपना उत्साह बनाए रखना चाहिए, जिसका अर्थ यह होगा कि आप उसके लिए कुछ भी करेंगे। इस मामले में मैं बहुत सौभाग्यशाली रहा। मेरी इच्छा यही थी कि लोग मेरे वक्तव्य से प्रेरित हों। मेरे जीवन का जुनून यही है कि मैं श्रोताओं को ईश्वर से संपर्क साधने में मदद कर सकूँ ताकि वे अपने भीतर से बेहतरीन भावों को बाहर ला सकें।

समय बहुत महत्त्व रखता है

मेरे लिए एक सार्वजनिक वक्ता बनने के लिहाज़ से समय बिलकुल ठीक था क्योंकि उस समय मेरा कोई परिवार नहीं था, जिसके भरण-पोषण का दायित्व मेरे सिर पर होता। मुझ पर कोई आर्थिक ज़िम्मेदारियाँ भी नहीं थीं। मैं कई वर्षों से नि:शुल्क वक्तव्य देता आ रहा था, पर किस्मत से ऐसे भी लोग सामने आने लगे जो मुझे बोलता हुआ सुनने के लिए पैसे देने को तैयार थे। इस तरह मुझे अपने लिए सहारा मिला और मैं उन लोगों तक भी आसानी से पहुँच बना सका जो मुझे सुनना तो चाहते थे पर जिनके पास मुझे देने के लिए पैसे नहीं थे।

हालाँकि, कई बार हम बिना सोचे-समझे अपने जुनून को पूरा करने की दिशा में कदम बढ़ा देते हैं और यह नहीं देखते कि वह काम करने के लिए समय उचित है या नहीं? इसका पहला उदाहरण हूँ मैं!

2010 में मेरी कंपनी को जो उधार का भार ढोना पड़ा उसके लिए आंशिक तौर पर वह लागत भी शामिल थी जो मैंने एक ईसाई संगीत वीडियो तैयार करने में लगाई थी। इस वीडियो के माध्यम से मैं अपने गाने के सपने को पूरा करना चाहता था पर मुझे यह पता नहीं था कि यह इस काम को करने का उचित समय नहीं है। मैंने वीडियो में 'समथिंग मोर' शीर्षक का यह गाना फिल्माया लेकिन इसका बजट, मेरी अपेक्षा से कहीं ऊपर चला गया, वाकई कुछ ज़्यादा ही ऊपर! मैं अपना म्यूज़िक वीडियो बनाना चाहता था और उसे बनाने के उत्साह में, इस योजना की लागत हमारे नियंत्रण से बाहर हो गई। मैं एक सपने को हकीकत में बदलना चाहता था। दरअसल उस समय किसी

को मुझे याद दिलाना चाहिए था कि जब तक आप सपनों को दिल से थामे रखते हैं तब तक वे आपसे दूर नहीं होते।

यह तो नहीं कहा जा सकता कि उस म्यूज़िक वीडियो का अनुभव अच्छा नहीं रहा। हमारे पास प्रतिभाशाली लोगों की एक अच्छी-खासी टीम थी जिसमें गायक और गीतकार टाइरोन वेलस और मैथ्यू कोपिंस भी शामिल थे, जिन्होंने वीडियो प्रोडक्शन दल का नेतृत्व किया। हमने फिल्मों की गुणवत्तावाला म्यूज़िक वीडियो बनाया। इसके लिए मैं जॉन और ईस्टर फेल्प्स को भी धन्यवाद देना चाहूँगा, जिनके सहयोग से उनके स्टूडियो में इतना उम्दा साँग ट्रैक रिकॉर्ड किया गया। उनके बैंड के सदस्य खास तौर पर नेशविले से आए थे। मैं उस वीडियो को सफल मानता हूँ क्योंकि यू ट्यूब पर आशा के संदेश के साथ उसे 1.6 मिलियन लोग देख चुके हैं।

मैंने भी एक अमूल्य सबक सीखा। किसी भी काम के लिए खास तौर पर जब आप बिज़नेस करने जा रहे हों या कोई ब्राण्ड बना रहे हों तो सही समय बहुत महत्त्व रखता है। मैंने हाल ही में एक पुरस्कार प्राप्त शॉर्ट फिल्म 'द बटरलाई सर्कस' के माध्यम से एक्टिंग के क्षेत्र में भी कदम रखा है। म्यूज़िक वीडियो के बाद मैंने फिल्म में काम किया। बेशक, बहुत से लोग सोच रहे होंगे कि अब निक क्या करेगा? क्या वह अब भी प्रेरक वक्ता और धर्मप्रचारक है या वह एक्टर और गायक बन गया है?

आशा करता हूँ कि एक दिन सब कुछ संभव होगा पर मुझे कोई जल्दी नहीं है। मेरी उम्र अभी ज़्यादा नहीं है। मेरे पास अभी बहुत सारा समय बचा है। बेशक, जवानी में इंसान अकसर बहुत अधीर होता है। मैं तो सोलह साल की उम्र से ही खुद को हर क्षेत्र में काबिल साबित करने में इस तरह जुटा था कि अकसर मैं शारीरिक रूप से बुरी तरह थक जाता और कई बार तो मैं अपने संसाधनों का इस्तेमाल हद से ज़्यादा कर डालता था। फिर व्यवसाय में मिले घाटे ने मुझे याद दिलाया कि मुझे सब कुछ एक साथ करने की आवश्यकता नहीं है।

मेरे नए मित्र ने हाई स्कूल व ग्रॅजुएट छात्रों के लिए एक मज़ाकिया किताब लिखी है, उसमें एक पंक्ति है, **'जल्दी करो और धीरज का पाठ सीखो।'** इस पंक्ति में निंदा के साथ-साथ सीख भी छिपी है। बाइबिल में भी अकसर धीरज के बारे में बात की जाती है। जेम्स 5 में कहा गया है, 'भाइयों और बहनो! प्रभु के आने तक धीरज रखो। देखो कि किसान किस तरह अपनी फसल के उगने की प्रतीक्षा करता है, पूरे धैर्य के साथ बसंत और पतझड़ की बारिशों का इंतज़ार करता है। तुम भी पूरे धैर्य और दृढ़ता

के साथ खड़े रहो, प्रभु तुम्हारे निकट आ रहा है।'

अगर आज आपके पास संसाधन उपलब्ध हैं तो इसका अर्थ यह नहीं लगाया जा सकता कि काम करने का सही मौका भी है। इसमें कोई संदेह नहीं कि महत्वाकांक्षा और ऊर्जा के बल पर बहुत सारे व्यवसाय और रचनाएँ संभव होते हैं पर उचित समय पर ज़रूरी कदम उठाना बहुत अहमियत रखता है। तभी कहा गया है कि धीरज एक वरदान है और छलाँग लगाना खतरनाक हो सकता है। मैं खतरा मोल लेने के खिलाफ नहीं हूँ; मुझे तो सोचा-समझा ज़ोखिम उठाना अच्छा लगता है, जिसमें मैं किसी भी तरह की संभावित हानि से बचाव के लिए हर संभव प्रयत्न करता हूँ। हालाँकि म्यूज़िक वीडियो के मामले में मैंने सारी चीज़ों का पर्याप्त विश्लेषण नहीं किया था। अगर आप अपने जुनून के साथ आगे बढ़ना चाहते हैं तो हर चीज़ का अच्छी तरह विश्लेषण करें। इसमें शामिल सारे ज़ोखिमों को भी ध्यान में रखें। जब भी अपने जुनून के बारे में सोचें तो ज़ोखिम को घटाने की कोशिश करें।

बाइबिल संबंधी समानता का जुनून

खतरे अकसर अपने साथ पुरस्कार भी लाते हैं। पर जैसा कि केलेब के साथ हुआ, आपको पुरस्कार मिलने तक धीरज के साथ प्रतीक्षा करनी पड़ सकती है। केलेब को आप बाइबिल में दी गई एक उल्लेखनीय मिसाल मान सकते हैं, जिसने अपने विश्वास को साकार रूप दिया। जब मूसा और बारह कबीले गुलामी से बचने के लिए मिस्र चले गए तो मूसा ने ईश्वर की धरती कनान पर बारह गुप्तचरों को भेजा, जिसे देने का प्रभु ने उन्हें वचन दिया था। दस गुप्तचरों ने आकर कहा कि 'उस धरती पर दावा करना कठिन होगा क्योंकि वहाँ रहनेवाले दैत्यों को जीता नहीं जा सकता।' केवल केलेब और जोशुआ ने कहा कि 'वे प्रभु की मदद से उस धरती को अपना बना सकते हैं।' पर मूसा ने उन दोनों की बात को अनसुना किया और दस गुप्तचरों की बात मान ली। उन्होंने उस धरती को पाने के बारे में नहीं सोचा, जिसे देने का प्रभु ने उन्हें वचन दिया था और कुछ लोगों ने उन दो गुप्तचरों पर पत्थर भी उछाले जो प्रभु के आदेशों का पालन करना चाहते थे।

हिब्रू चालीस सालों तक रेगिस्तान में भटकते रहे क्योंकि उन्होंने अपनी धरती को वश में करके प्रभु के आदेश का पालन नहीं किया था। केलेब और उसके एक साथी का कहना था कि उन्हें अपनी धरती पर चलना चाहिए पर वे चालीस सालों तक रेगिस्तान में भटकते रहे। प्रभु ने केलेब को 'मेरा सेवक' कहकर पुकारा, जबकि इससे पहले यह सम्मान केवल मूसा को मिला था।

जब हिब्रू अपनी धरती पर आए तब केलेब अस्सी साल का हो गया था पर वह तब भी अपने विश्वास व आस्था को मज़बूती से थामे हुए था। विजय के बाद प्रभु ने केलेब और उसके वंशजों को हेब्रों शहर और उसका बाहरी इलाका इनाम में दिया क्योंकि उसने पूरे दिल से प्रभु की आज्ञा का पालन किया और अपनी आस्था और विश्वास के अनुसार कर्म किया। जैसा कि कहा भी गया है कि पूरे धीरज के साथ रखी गई आस्था को पुरस्कार अवश्य मिलता है। केलेब को एक ऐसे व्यक्ति के रूप में पुरस्कार दिया गया, जिसने प्रभु की सेवा करने के जुनून को कभी नहीं त्यागा।

केलेब को अपने समर्पण की भारी कीमत चुकानी पड़ी। उसके अपने ही लोगों ने उसके प्राण लेने की धमकी दी। वह भी उनके साथ चालीस सालों तक रेगिस्तान में भटकता रहा और आखिर में जाकर उन्हें जीत हासिल हुई। अपने जुनून के साथ चलने से आपको पुरस्कार मिल सकता है पर इसका अर्थ यह नहीं कि आपके जीवन में चुनौतियाँ और संघर्ष नहीं होंगे।

नर्स, कलाकार, बिल्डर, पादरी या अदाकार आदि, किसी भी समर्पित व्यक्ति से पूछें, वे आपको बताएँगे कि उन्हें अपने काम के लिए कितनी कड़ी मेहनत, लगन और अथक प्रयासों की ज़रूरत होती है। जो लोग अपने काम से प्यार करते हैं उन्हें भी मेहनत तो करनी ही पड़ती है। मैंने अपने विश्वास को दूसरों तक पहुँचानेवाले इस मिशन को पूरा करने के लिए पिछले दस सालों में अपने जीवन की अनेक रातें विमानों और होटल के कमरों में बिताई हैं ताकि अधिक से अधिक लोगों तक अपनी पहुँच बना सकूँ। हालाँकि मैं उन लोगों में से हूँ जिनके लिए सीट का चौड़ा होना या न होना मायने नहीं रखता पर सफर की थकान तो मुझे भी होती ही है। मैं लाखों लोगों तक पहुँचा हूँ और यह भी देखा है कि वे किस तरह अपने विश्वास को नया जन्म दे सके। मैं उन सभी अनुभवों के लिए वाकई बहुत आभारी हूँ। हाँ, अपने इस जुनून के साथ आगे बढ़ना इतना सहज भी नहीं था। मुझे कई तरह के त्याग करने पड़े। ईश्वर की सहायता तथा मेरे साथ काम करनेवालों के सहयोग और प्रार्थनाओं के बल पर मैं अपने इस मिशन को पूरा करने में सफल रहा। प्रभु की कृपा से मैं इसी तरह आगे बढ़ता रहूँगा।

अपने आवेग और जुनून के साथ जीनेवाले अधिकतर लोगों को त्याग और संघर्ष करना ही पड़ता है। हेलन केलर ने अपनी नेत्रहीनता और बधिरता से उबरकर लोगों के लिए प्रेरणास्तंभ बनने का काम किया। उसने कहा, '**शांत और सहज वातावरण में चरित्र नहीं पनप सकता। केवल संघर्ष और कष्टों के बीच ही आत्मा सशक्त होती**

है, महत्वाकांक्षा प्रेरित होती है तथा सफलता प्राप्त की जा सकती है।'

रातोंरात मिलनेवाली सफलता भी अकसर कई वर्षों की कड़ी मेहनत का नतीजा होती है। आप हमेशा अपने आरामदायक दायरे में नहीं रह सकते। आपको जिस उद्देश्य की पूर्ति के लिए भेजा गया है, अगर आप उसे पूरा नहीं करते तो आपको दुनिया की कोई भी चीज़ वैसी संतुष्टि नहीं दे सकती। मैं अपनी यात्राओं के दौरान अनेक स्त्री-पुरुषों से मिला हूँ, जिन्होंने अपनी प्रतिभा व उपहारों को दुनिया के साथ बाँटकर मिसाल कायम की है। हम लोग इस राह में आनेवाली परेशानियों के किस्से आपस में बाँटते हैं और एक-दूसरे को अपना सहयोग व योगदान देते हैं।

एक उद्देश्य की पुकार

धर्मप्रचार की राह में मुझे बहुत से साथी मिले, जिनके जुनून और हौसले की दाद देनी चाहिए। विक्टर मार्क्स भी उनमें से एक हैं। उनकी कहानी वाकई शानदार है। विक्टर ने यू.एस. नौसेना में काम किया है और वह मार्शल आर्ट का विशेषज्ञ है, जिसके पास आत्मरक्षा की कला काइचो-डू में सेवंथ डिग्री की ब्लैक बेल्ट है। इस कला में कराटे, जूड़ो, जुजित्सू, कुंग फू और सड़क पर लड़ने की तकनीकों को शामिल किया जाता है।

उसने मार्शल आर्ट, नेवी सील्स, आर्मी रेंजर्स तथा डेल्टा फोर्स में तीस से अधिक विश्व चैंपियनों को प्रशिक्षित किया है। उसकी पत्नी एलीना, भूतपूर्व मिस फिटनेस यू.एस.ए. है और जैसी कि आप कल्पना कर सकते हैं, विक्टर भी शरीर से बहुत गठीला और हट्टा-कट्टा है। उसे देखने के बाद आपको यह जानकर सदमा लग सकता है कि कभी उसे स्वयं को नुकसान पहुँचाने का दोषी माना जाता था। उसका कहना है कि उसमें और मुझमें बहुत सारी समानताएँ हैं, अंतर केवल इतना है कि मेरी अपंगता की चुनौतियाँ दिखाई देती हैं जबकि उसकी चुनौतियाँ दिखती नहीं, वे उसके मन और आत्मा के भीतर छिपी हैं।

लोग अकसर मुझसे पूछते हैं, उन्हें समझ में नहीं आता कि मैंने अपने अंगों के अभाव के बावजूद अपने लिए ऐसा सार्थक और भरपूर जीवन कहाँ से पाया। हालाँकि मेरे जीवन में ऐसे कई वरदान हैं जिनके लिए मैं हृदय से आभारी हूँ। मुझे लगता है कि अगर किसी अंगविहीन व्यक्ति के पास मेरे जैसा स्नेही परिवार न हो तो उसके लिए यह सब सहन करना और कठिन हो सकता है। विक्टर का बचपन एक टूटे हुए परिवार में बीता और इसमें कोई संदेह नहीं कि उसने खुद को भी बिखरा हुआ महसूस किया।

विक्टर सर्विस के दौरान ईसाई धर्म का अनुयायी बना। दस वर्ष पहले वह हवाई में मार्शल आर्ट अकादमी की श्रृंखला का सफलता से संचालन करते हुए किशोरों तक ईसाई मूल्यों को पहुँचाने का काम कर रहा था। जब उसे ईश्वर की ओर से पुकार आई तो वह अपनी पत्नी एलीन और तीन बच्चों के साथ बहुत अच्छा जीवन बिता रहा था। कोलाराडो स्थित एक संस्था, 'फोकस ऑन दि फैमिली' ने उसे अपनी ओर से नेतृत्व पद सौंपने की पेशकश रखी, वह संस्था ईसाई मूल्यों का प्रचार करती थी।

उसके परिवार में से कोई भी हवाई नहीं छोड़ना चाहता था, पर विक्टर और एलीन ने अपनी आस्था पर भरोसा किया। उन्होंने तय किया कि वे उस पेशकश पर भरोसा रखते हुए आज्ञा का पालन करेंगे। विक्टर अपने काम को छोड़कर 'फोकस ऑन दि फैमिली' का काम नहीं संभालना चाहता था। वह समझ नहीं सका कि ईश्वर ने उसके लिए क्या रच रखा है पर नूह की तरह उसने इस पुकार का जवाब देना ज़रूरी समझा।

आप देखिए, ईश्वर को विक्टर के बारे में कुछ ऐसा पता था जो वह स्वयं भी नहीं जानता था।

मेरा दोस्त एक लंबे अरसे से रात को आनेवाले बुरे सपनों और बेचैनी का शिकार था। वह अपनी मार्शल आर्ट की लड़ाइयों और समुद्र में बिताए दिनों को इसकी वजह मानता था। उसके दिमाग में अचानक हिंसक घटनाओं के दृश्य कौंध जाते, जिन्हें वह पूरी तरह से समझ नहीं पाता था क्योंकि वे सेना या मार्शल आर्ट से भी नहीं जुड़े थे। एक छोटे दल के साथ बाइबिल स्टडी के दौरान विक्टर को वैसे ही कुछ अनुभव हुए। वह उस दल में अपनी पत्नी और 'फोकस ऑन दि फैमिली' और उनके साथियों के साथ था। उस अध्ययन के दौरान उन्हें अपने जीवन और भावनाओं के बारे में खुलकर बात करने के लिए बहुत अनुकूल वातावरण मिला।

हमें अपने जीवन की ऐसी कहानियों को बाँटने को कहा गया जो हमने इससे पहले कभी सार्वजनिक तौर पर नहीं कही थीं। विक्टर ने बताया, 'मैं इतनी आसानी से किसी पर भरोसा नहीं कर सकता।'

विक्टर का बचपन दक्षिण में बहुत प्रतिकूल हालात में बीता, वह उसे ही इस अविश्वास की वजह मानता है। आरंभ में उसने केवल अपने साथ काम करनेवालों को अपनी कहानी का केवल संक्षिप्त और काँट-छाँट किया हुआ अंश ही सुनाया। उसने बताया कि उसके जन्म से पहले ही उसके माता-पिता का तलाक हो गया था। एक

नन्हे बच्चे के तौर पर वह कभी अपने पिता के बारे में कुछ नहीं जान पाया। उसके पिता का मादक द्रव्यों और वेश्यावृत्ति से गहरा नाता था। जब विक्टर बड़ा हुआ तो उसे यही लगता था कि उसके सौतेले पिता ही उसके असली पिता हैं। फिर उसकी माँ ने तलाक ले लिया और छह बार विवाह किया। उसे और उसके भाई-बहनों को बहुत ही बुरे माहौल में पाला गया। माँ के जीवन में आनेवाली उथल-पुथल के चलते विक्टर को हाई स्कूल से ग्रेजुएट होने तक चौदह बार स्कूल और सत्रह बार घर बदलना पड़ा।

जब विक्टर ने अपने जीवन का सार सुनाया तो एक दोस्त बोला, 'अब हम तुम्हारी बाकी की कहानी भी सुनना चाहेंगे।'

विक्टर यह सुनकर उलझन में पड़ गया और घबरा सा गया।

'वे सब मुझे इस तरह देख रहे थे, मानो मुझे किसी मामले में अपराधी माना गया हों।' उसने याद करते हुए बताया।

जब उसने पूछा कि बाकी कहानी से उनका क्या मतलब है तो उसके दोस्त ने कहा, 'अगर तुम्हारी कहानी में कुछ और नहीं हैं तो तुम्हारा जीवन उस तरह का हो ही नहीं सकता जैसा तुमने हमें बताया है।'

विक्टर जानता था कि वे लोग उसके शुभचिंतक थे। उन्होंने धीरे-धीरे उसके जीवन को कोमलता से भेदना आरंभ किया, 'उन्होंने मेरे भीतर से सच को बाहर निकलवाया, ऐसा सच जिसे मैंने कभी किसी के भी सामने उजागर नहीं किया था, यहाँ तक कि अपनी पत्नी को भी नहीं बताया था।'

वह रात विक्टर के लिए अपने जीवन को सबके सामने प्रकट करने उसकी उलझनों को सुलझाने और आरोग्य पाने की रात थी। 'प्याज जैसी उन परतों को उतारने में कई साल लगे और आखिर में जो कुछ भी मेरे साथ घटा था, मैं उससे समझौता करने में सफल रहा।' उसने कहा।

विक्टर ने अपने बचपन की भयंकर यादों को अपने भीतर दबा रखा था। इसमें ऐसा शोषण और अत्याचार भी शामिल था, जिसे साबित नहीं किया जा सकता जिसका कोई गवाह नहीं था। ये ऐसे अत्याचार थे जो आजीवन उसे सताते रहते हैं, जिसने उन्हें सहा हो। उसके एक सौतेले पिता ने उसे सताते हुए उसका सिर पानी के भीतर दबाए रखा और एक बार तो उस पर बंदूक तक तान दी थी। उसे तीन से सात साल की आयु के बीच शारीरिक व मानसिक तौर पर प्रताड़ित किया गया। एक बार तो उसे यौन रूप से यातना देने के बाद अधमरा करके बड़े कूलर में डाल दिया गया। उसकी जान सिर्फ

इसलिए बच सकी क्योंकि परिवार के सदस्यों ने उसे बाहर निकालकर सही समय पर शरीर को गरमाहट देने का इंतज़ाम कर लिया था।

विक्टर ने ऐसे-ऐसे दुःख सहे थे जिनके बारे में बात करने से भी रूह काँपती है। इन्हीं कष्टों के कारण उसके भीतर गहरी भावात्मक और शारीरिक ठेस का भाव दबा हुआ था जिसने गहरे गुस्से का रूप ले लिया था। वह अपनी संकल्प शक्ति के बल पर किसी तरह वह सब अपने भीतर दबाए रखता था। आश्चर्य की बात है, वह अपने सैन्य करियर, मार्शल आर्ट प्रशिक्षण और प्रतियोगिता के चलते अपने गुस्से और हिंसात्मक प्रवृत्तियों को सकारात्मक दिशा देने में सफल रहा।

फिर भी विक्टर पर इतना बुरा समय बीता था कि अब उसके लिए सब कुछ सहन कर पाना आसान नहीं रहा था। वह सलाह लेने गया तो डॉक्टरों ने कहा कि वह टॉरेट सिंड्रोम से ग्रस्त था। अकसर बचपन में शोषण के शिकार बालकों में यह सिंड्रोम पाया जाता है। जिसका संबंध अवचेतन में छिपी बुरी और कष्टकारी यादों से होता है।

एक मनोचिकित्सक ने उसे बताया कि उसका दिमाग उस आतंक के चलते बुरी तरह से बिखर गया है इसलिए उसका दिमाग सहज विचारों को भी सामान्य तौर पर नहीं ले पाता और न ही कभी ले पाएगा।

पी.टी.एस.डी. के पेशेवर इलाज के साथ-साथ विक्टर की शक्तिशाली आस्था ने उसे पिछली स्मृतियों और उनसे मिली पीड़ा से बाहर आने में मदद की। उसने आनेवाले समय में अपनी पीड़ा और बचपन की उन यादों को दूसरों को सुनाया। उसने पाया कि नौजवान युवक, युवतियों, किशोर अपराधियों, गैंग के सदस्यों, जेल के युवा कैदियों, दूसरे माता-पिता की देखरेख में पलनेवाले बच्चों और मादक द्रव्यों के चिकित्सा केंद्रों में रहनेवालों को उसकी बातों से सांत्वना और प्रेरणा मिल रही थी। पहले उसने मार्शल आर्ट के प्रदर्शन और अपने पर किए जानेवाले उपहास के बीच उनका ध्यान अपनी ओर खींचना सीखा। वह उन्हें कहता, 'मैं जैकी चेन और बार्नी फीफे का मिश्रण हूँ।'

विक्टर जितने भी लोगों से बात करता था, उनमें इतना धैर्य नहीं था कि वे उन वयस्कों को सुनें जो हमेशा जिंदगी के पाठ पढ़ाते रहते हैं पर उसने पाया कि उसकी कहानी उन पीड़ित औरतों और पुरुषों की कहानी से मिलती थी जिन्हें बचपन में मानसिक और यौन उत्पीड़न का शिकार होना पड़ा।

'मैं कितने गहरे इंकार के बीच जीता रहा। मुझे एहसास तक नहीं था कि मेरे पास भी एक कहानी है और मुझे यह यकीन तक नहीं था कि मुझे उसे सुनाना भी चाहिए

या नहीं', उसने कहा। एक दिन मैं किशोर अपराधियों के लिए मार्शल आर्ट का प्रदर्शन कर रहा था और इसी प्रशिक्षण के दौरान मैंने गलती से एक सहकर्मी के जबड़े पर घूँसा दे मारा, जो बुरी तरह टूट गया। मुझे लगा कि ईश्वर मुझे यह बताना चाह रहा था कि अब मुझे वह काम नहीं करना चाहिए। इसके साथ ही यह चिंता भी थी कि कहीं इस अपराध के चलते जेल की हवा न खानी पड़े, पर उस दिन जेल के पचहत्तर कैदियों में से तिरेपन कैदियों ने ईसा को अपना जीवन सौंप दिया।

विक्टर को यह देखकर हैरानी हुई कि अनेक चर्च उसे बुलाना चाहते थे ताकि वह उनके बीच आकर अपनी मुक्ति की कहानी सुनाए। उसकी कहानी विश्वास और आस्था पर काम करने का सशक्त प्रमाण है कि उसने किस तरह अपने दुखदायी बचपन की यादों से मुक्ति पाई और उन्हें दूसरों के जीवन को सँवारने के लिए प्रयोग में लाने लगा।

अब विक्टर समझता है कि ईश्वर ने उसे हवाई का आरामदायक जीवन त्यागकर, अपने लिए काम करने को क्यों कहा। ऐसे बहुत कम लोग हैं जो विक्टर की तरह हिंसक अपराधियों और किशोरों तक अपनी पहुँच बना सकते हैं। वे लोग उसकी बातों को सुनते हैं क्योंकि कहीं न कहीं उन्होंने भी अपने बचपन में शारीरिक, मानसिक व यौन उत्पीड़न को सहा होता है। जब विक्टर जैसा इंसान खुलकर अपना दर्द सामने रखता है तो इससे दूसरों को आरोग्य पाने में मदद मिलती है।

'ईश्वर ने महाप्राकृतिक रूप से इन लोगों के प्रति मेरे मन को दयालु बनाया है। मैं इनकी पीड़ा और दर्द को समझ सकता हूँ', उसने कहा। 'मैं उन्हें हौसला देता हूँ कि वे खुलकर अपनी बात कहें और सलाह लें ताकि उन्हें भी आगे बढ़ने में मदद मिल सके।'

विक्टर ने जब अपनी कहानी को सार्वजनिक तौर पर बताना शुरू किया तो धीरे-धीरे उसे दूसरे स्थानों से भी अपनी बात कहने के न्यौते आने लगे। उसे यह देखकर हैरानी हुई कि अज्ञात लोग उसे दान की राशि भेज रहे थे। 2003 में उसने अपनी पत्नी के साथ मिलकर 'ऑल थिंग्स पॉसीबल' के नाम से एक गैर लाभकारी धर्मप्रचार संस्था बनाई और दो वर्ष बाद एक जोड़े ने उन्हें 2,50,000 डॉलर की धनराशि का चेक भेजा। यह जोड़ा उनके काम का प्रशंसक था और अपनी ओर से सहयोग देना चाहता था।

'हम चिंतित थे कि इस तरह का काम करते हुए हमारे लिए आजीविका चलाना कठिन होगा, पर जल्दी ही हमारी वचनबद्धता के साथ ही अविश्वसनीय घटनाएँ घटने

लगीं', विक्टर ने कहा। हमें लगता है कि जो बच्चे जेलों में यातनाएँ सह रहे हैं, ईश्वर को उनसे प्रेम है। राष्ट्रीय स्तर पर केवल कुछ लोग ही उन तक अपनी पहुँच बना पा रहे हैं इसलिए हमारी योजना है कि जब तक ईश्वर चाहेगा, हम इस क्षेत्र में निरंतर काम करते रहेंगे।

दिशा का बदलना

मैं और विक्टर तो धर्मप्रचारक बन गए लेकिन हर किसी के लिए यह संभव नहीं, फिर भी बहुत से लोग अपनी ओर से, अलग-अलग किस्म का योगदान दे सकते हैं। हो सकता है कि आपकी अनूठी प्रतिभा, शिक्षा और दूसरे अनुभव आपके काम के अनुकूल हों और आपको सार्वजनिक सेवा, कला या दूसरे क्षेत्रों के लिए अनुकूल बनाते हों। महत्व तो इस बात को समझने का है कि ईश्वर ने आपको उस जुनून और उपहारों के साथ धरती पर क्यों भेजा।

मैं एक वक्ता बनना चाहता था इसलिए अपना एकाउंटिंग का करियर त्याग दिया। विक्टर ने ईश्वर की बनाई योजना का पालन करने के लिए अपने आरामदायक और सुरक्षित जीवन को त्यागा। वह एक कामयाब मार्शल आर्ट अकादमी का मालिक था। हो सकता है कि एक दिन आप भी जीवन में किसी दोराहे पर खड़े हों। ऐसा कभी भी हो सकता है।

बाइबिल में सॉल की कहानी बताई गई है। उसे ईसाईयों में अत्याचारी माना जाता है। वह दमिष्क (पश्चिम एशिया के देश सीरिया की राजधानी) की यात्रा के दौरान तेज़ रोशनी की चकाचौंध के कारण नेत्रहीन हो गया था, इसके बाद जीज़स ने उससे बात की और उसे वह राह बताई, जिस पर चलकर उसे अपने जीवन की नई दिशा मिलनेवाली थी। तीन दिन बाद ईश्वर ने उसे उसकी नेत्र ज्योति लौटा दी। इसके बाद उसका बपतिस्मा (नामकरण संस्कार या ईसाई दीक्षा) हुआ और उसे पॉल नाम दिया गया। जीज़स की मृत्यु और पुनरुत्थान के संदेश को जन-जन तक पहुँचाने का जुनून रखने के कारण वह एक ईसाई धर्मप्रचारक बना। ईश्वर ने उसे उसका उद्‌देश्य दिखाया, पॉल ने उस पर भरोसा किया और आजीवन उसी उद्‌देश्य को पूरा करने में लगा रहा। आप भी ऐसा करते हुए, संसार में अपनी एक पहचान बना सकते हैं। इसलिए यकीन करें और यह मानकर चलें कि आप कभी भी अपने जीवन की दिशा बदल सकते हैं। पॉल एक अत्याचारी से ईसाई धर्मप्रचारक बना, यह रूपांतरण वास्तव में अद्‌भुत था। अपने-आप में एक करिश्मा था। मेरा मानना है कि हममें से किसी का भी ऐसा प्रभावशाली रूपांतरण होना संभव है।

मेरी ओर से आपके लिए यही संदेश है कि इस समय आप जीवन में जो भी हों, आपको यह कभी नहीं सोचना चाहिए कि सब खो गया। हो सकता है कि आप नैतिकता की राह से भटक गए हों। हो सकता है कि आपने बहुत बुरे कर्म किए हों, पर इसका अर्थ यह नहीं है कि आप जीवन की दिशा नहीं बदल सकते या अपने लिए एक नया जुनून और इस संसार में नेकी करने का कोई उपाय नहीं खोज सकते।

मैंने पहले यह नहीं कहा, पर जो व्यक्ति विक्टर मार्क्स को जीज़स क्राइस्ट तक ले गया, वह था उसका असली पिता कार्ल। जी हाँ, यह वही इंसान था जो विक्टर को उसके जन्म से भी पहले छोड़ गया था और जो वेश्याओं का दलाल और मादक पदार्थों का तस्कर था। उसने अपनी जीवन की दिशा बदली और ईश्वर के पुत्र को उस तक पहुँचा दिया।

विक्टर को जब कार्ल का पत्र मिला तो वह नौसेना में था। पहले तो कार्ल ने विक्टर को अपना बेटा मानने से इंकार कर दिया था, उसकी माँ को त्याग दिया और उसकी कोई भी जिम्मेदारी लेने से मना कर दिया। बाद में कार्ल और विक्टर की पहली भेंट तब हुई जब विक्टर छह साल का था पर फिर भी उनके बीच बहुत कम संपर्क रहा। फिर उसने विक्टर के नाम एक पत्र लिखा। जब विक्टर ने पत्र खोला तो उसमें संबोधन दिया गया था, 'प्यारे बेटे।' जबकि उसने कभी विक्टर को अपना बेटा नहीं माना। विक्टर ने किसी तरह आगे पढ़ा।

उसके पिता को अफसोस था कि उसका पिछला जीवन बहुत बुरा रहा और वह कभी विक्टर के साथ जुड़ाव महसूस नहीं कर सका। वह एक अपराधी था और उसने कुछ समय मनोरोग अस्पताल में भी बिताया। इस खबर से विक्टर को कोई सदमा नहीं लगा पर अगली पंक्ति ने उसे हिला दिया। कार्ल ने लिखा था, मुझे पता है कि तुम मुझे पागल समझोगे पर अब मैं जीज़स क्राइस्ट के लिए पागल हो गया हूँ।

विक्टर के पिता ने जान लिया था कि हमारा भगवान ऐसा भगवान है जो निराश लोगों को भी आशा का वरदान देता है और जो जैसा है उसे उसी रूप में प्रेम करता है। कोई है जो बेचैनी से यह प्रतीक्षा कर रहा है कि आप अपनी व्याकुल आत्मा के लिए शांति पा सकें। ईश्वर की क्षमा और स्नेह इतना ताकतवर है कि वह पाप और लज्जा के सारे संसार को भी ढक सकता है।

कार्ल ने विक्टर को बुलावा दिया कि वह अपने अवकाश के दौरान उससे मिलने आए। विक्टर ने हामी भर दी। वे दोनों एक साथ चर्च गए और वहाँ विक्टर ने ईश्वर

के प्रेम को इतनी गहराई से महसूस किया जितना पहले कभी नहीं किया था। वह दूसरों को भी ईश्वर के निकट लाने के जुनून से भर गया और फिर उसने हमेशा के लिए उसे ही अपने जीने की राह बना लिया।

नेकी की ताकत

आधुनिक समाज के सबसे बड़े खतरों में से एक बड़ा खतरा यह है कि लोग अपने काम को या अपनी चीज़ों को अपनी पहचान से अधिक मोल देते हैं। हम सब आजीविका कमाते हैं पर अक्सर इसी के कारण हम यह भूल जाते हैं कि हमारी अनंत मुक्ति के लिए क्या आवश्यक है। नौकरी, पैसा, कमाया व जोड़ा हुआ पैसा, संपत्ति आदि झूठे भगवान हैं, ये आपका असली परिचय नहीं हैं। मैं ऐसे गलतफहमी के मारे लोगों को भी जानता हूँ जो ऐसा जुनून रखते हैं, जो उनके अहं और रूतबे को पूरा करने से जुड़ा होता है। ईश्वर की ओर से मिले उपहारों के प्रति आभार प्रकट करते हुए उन्हें दूसरों के भले के लिए प्रयोग में लाने की बजाए वे पैसा, ताकत और सत्ता हासिल करना चाहते हैं। इस सिलसिले में वे अपने संबंधों और आध्यात्मिक विकास को भी नज़रंदाज़ कर देते हैं।

फिर भी विश्वास के अनुसार किए जानेवाले काम ने अद्‌भुत तरीके से कई लोगों का जीवन बदला है। ईश्वर की ओर से मिला जुनून आपको एक उद्‌देश्य दे सकता है। मेरा दोस्त एडुराडो वेरास्तेगुई मेरा प्रिय उदाहरण है, जिसकी कहानी बेहतर से बेहतरीन होती जा रही है।

एडुराडो सत्रह साल की आयु में ही लोकप्रियता और सौभाग्य का स्वाद चख चुका था। उसका बचपन एक छोटे से मैक्सिकन गाँव में बीता और वहाँ से वह हॉलीवुड पहुँचा। एडुराडो से मेरी मुलाकात, उस फिल्म के दौरान हुई, जिसमें मैंने भी अभिनय करने का अनुभव पाया। मैं 'द बटरलाई सर्कस' नामक शॉर्ट फिल्म बना रहा था। वह फिल्मों का जाना-माना नाम था, उसे लैटिन अमरिका में सभी जानते थे। इस शॉर्ट फिल्म में उसने स्नेही रिंगमास्टर की भूमिका निभाई जो मुझे उस सर्कस में ले जाता है जहाँ लोग अपनी अनूठी प्रतिभाओं के साथ तमाशा दिखाते हैं।

जब हमने शूटिंग आरंभ की तो मैं उससे मिलते हुए डर रहा था। हमारे पहले ही सीन की शूटिंग के दौरान मुझे उसके चेहरे पर थूकना था। मैंने डायरेक्टर से विनती की कि उस सीन को तब तक टाल दिया जाए जब तक मैं उस शख्स के साथ थोड़ा सहज नहीं हो जाता। वह मान गया पर सीन को देर से करना तो एक भारी भूल होती क्योंकि

मैं उस आदमी को जितना जान रहा था, उसे जानने के बाद उसके साथ ऐसी बेहूदी हरकत करना तो और भी मुश्किल हो जाता। वह विश्वास और आस्था की जीती-जागती प्रेरणा था।

जब तक हम दोस्त नहीं बने, मुझे उसकी कहानी के बारे में पता नहीं था। मुझे पहली ही मुलाकात में यह जानकर सदमा लगा कि वह जाना-माना एक्टर मेरे वीडियोज़ का प्रशंसक है।

सच्चे जुनून की तलाश

जब हमारी भेंट हुई तो एडुराडो का जीवन एक भारी बदलाव से गुज़र चुका था। वह एक गरीब गाँव में गन्ना उगानेवाले किसान के घर में जन्मा। पिता चाहते थे कि वह वकील बने पर उसने दूसरे सत्र में ही पढ़ाई छोड़ दी। उसने कहा, 'मुझे एहसास हो गया था कि मेरे भीतर इस पेशे के लिए कोई जुनून नहीं हैं।'

किशोर एडुराडो नाम और पैसा कमाना चाहता था और उसने उसी राह पर चलना तय किया। मैं एक एक्टर, मॉडल और गायक बनना चाहता था पर इसके लिए मेरे कारण गलत थे। मेरे कारण स्वार्थी थे, मुझे प्रदर्शन करना पसंद था पर मैं अपरिपक्व था। मैं कामयाबी पाना चाहता था। मैं अपने लिए वह सब पाना चाहता था जो समाज में सभी लोग पाने की चाह रखते हैं - पैसा, औरत, नाम और वह सब कुछ, जो मुझे खुशी दे सकता है। मैं कुछ बनना चाहता था।

यह नब्बे के दशक का शुरुआती दौर था। उसने कैरो नाम गायक दल के दो सदस्यों के साथ काम करना शुरू किया। उनका लैटिन 'ब्वॉय बैंड' लैटिन अमरिका में कामयाब रहा, उन्होंने अपने रिकॉर्ड बेचे और पचास से अधिक देशों में प्रदर्शन किया। जब उनके कंसर्ट होते तो दर्शकों के बीच खुशी से चिल्लाने वाली लड़कियों की संख्या अधिक पाई जाती। एडुराडो ने 1997 में यह बैंड छोड़ दिया क्योंकि वह एक्टिंग के क्षेत्र में जाना चाहता था। जल्दी ही वह मैक्सिको के टी.वी. के धारावाहिकों में प्रमुख भूमिका में दिखने लगा जो टेलीनॉवेलाज़ के नाम से जाने जाते थे। उसने लगातार पाँच टी.वी. सीरीज़ में काम किया।

2001 में वह मिआमी गया और एकल कलाकार के तौर पर अनुबंध पर हस्ताक्षर किए। जब उसे एक आलीशान म्यूजिक वीडियो में जेनीफर लोपेज़ के साथ काम करने का अवसर मिला, तब तक वह अपना एक म्यूजिक एलबम रिलीज़ कर चुका था। उसी साल उसने, एक लैटिन कॉमेडी फिल्म 'चेजिंग पैपी' में एक शानदार भूमिका निभाई।

उसमें वह एक प्लेब्वॉय के किरदार में था जो एक साथ तीन महिलाओं को प्रेम करता है। उसका नाम पीपल मैगज़ीन के स्पेनिश संस्करण में हिस्पैनिक स्टार्स की सूची में रखा गया।

'मैं अपने ही झूठे अहं और वासना के बुलबुले में मग्न था। अगर आप देर-सवेर नहीं जागते तो आप मानसिक और भावात्मक रूप से नष्ट हो जाते हैं', उसने मुझे बताया।

एक दिन मिआमी से लॉज एंजिल्स की उड़ान के दौरान एडुराडो टवेंट्रियथ सेंचुरी फॉक्स स्टूडियो के कास्टिंग मैनेजर के साथ बैठा था। आपस में परिचय होने के बाद उस मैनेजर ने बताया कि उनका स्टूडियो एक स्पेनिश हीरो की तलाश में था जिसका उच्चारण थोड़ा भारी हो। उसने एडुराडो को यह भूमिका करने का न्यौता दिया और वह उसे पाने में सफल रहा।

इसके बाद एडुराडो एल.ए. आ गया और वहाँ उसने अपनी अंग्रेज़ी में सुधार के लिए ट्यूशन ली। उसने ट्यूशन के अलावा और भी कुछ किया और इस तरह उसका पूरा जीवन ही बदल दिया।

अट्ठाईस साल की उम्र में एडुराडो एक जाने-माने गायक और अभिनेता के तौर पर नाम कमा चुका था। हॉलीवुड ने उसे अगला एंटोनियो बैंडरियास कहना शुरू कर दिया। उसने अपने लिए एजेंट, मैनेजर और वकील नियुक्त किए - पंद्रह से अधिक व्यक्ति उसे उसके करियर में मार्गदर्शन देते थे पर उसके मन को शांति नहीं थी। 'मैं पूरी तरह से खोया हुआ और भ्रमित था, यह सब एक गुस्से में बदलता चला गया जिससे पार पाने का मेरे पास कोई उपाय नहीं था', उसने कहा।

एडुराडो को अपेक्षित प्रसन्नता नहीं मिली क्योंकि वह ईश्वर की योजना से विमुख हो गया था। उसे लगा कि एक अदाकार बनना ही उसके जीवन का असली जुनून था, पर जब वह परिपक्व हुआ तो उसे एहसास हुआ कि अपनी प्रतिभा से नाम कमाना ही उसका रास्ता नहीं था। वह ईश्वरीय जीवन नहीं जी रहा था और यह झूठा अस्तित्त्व उसे दिन-रात खाए जा रहा था।

जब हम अपने सच्चे उद्देश्य से भटक जाते हैं तो ऐसा ही होता है। हमारे कर्म, हमारे मूल्यों और नियमों से मेल नहीं खाते और हमारा जुनून फीका पड़ जाता है। हम अपना सारा उत्साह व ऊर्जा खो देते हैं और उस रास्ते से भटक जाते हैं, जो प्रभु ने हमारे लिए चुना है। हो सकता है कि आपने भी कभी ऐसा ही महसूस किया हो। जब

आप उस तरह नहीं जी पाते, जैसे आपको जीना चाहिए और आपकी प्रतिभा व उपहार गलत उद्देश्यों के काम आने लगते हैं। इस तरह आपकी प्रसन्नता की राह में बाधाएँ आने लगती हैं।

इन भावनाओं की अनदेखी न करें, उनका निरीक्षण करें और उनके स्रोत को जानें ताकि आप खुद को दोबारा सही रास्ते पर ला सकें। जब आप ईश्वर के मनचाहे रास्ते से भटक जाते हैं तो अकसर वह आपको सही राह पर लाने के लिए किसी को आपके जीवन में अवश्य भेजता है। एडुराडो के मामले में, वह थी उसे अंग्रेज़ी सिखानेवाली ट्यूटर। ट्यूशन के दौरान उसने एडुराडो की उदासी को भाँपा, उसे उसका कारण जानने में मदद की और उसे मार्गदर्शन के लिए प्रार्थना करने को प्रोत्साहित किया।

उसने कहा, 'मैं अब भी खुद को एक अच्छा कैथोलिक मानता था क्योंकि मैं क्रिसमस और ईस्टर के मौके पर सामुदायिक प्रार्थना में जाता था। जब तक मैं किसी का दिल नहीं दुःखाता या चोरी नहीं करता, तब तक मैंने खुद को कुछ भी करने की छूट दे रखी थी।'

इंग्लिश टीचर के साथ हुई बातचीत के दौरान एडुराडो को एहसास हुआ कि नाम और पैसा कमाने की उसकी तड़प झूठी थी। उसने अपने आध्यात्मिक पथ को खो दिया था। उसने अपनी उत्तेजना और स्वार्थी हितों को ही ईश्वर के दिए उद्देश्य से बड़ा मान लिया था। उसने अपनी तुलना उस शिकारी कुत्ते से की, जो कुत्तों के दौड़ने की पटरी पर, एक ऐसे खरगोश का पीछा कर रहा है, जो वहाँ है ही नहीं! अगर कुत्ता सही मायनों में खरगोश को पकड़ भी लेता है तो उसे काटने पर उसके मुँह में धातु लगता है और उसे चोट आती है, इसके बाद वह उसका पीछा नहीं करता।

उसने कहा, 'मैं एक झूठ का पीछा कर रहा था। जब मुझे यह बात समझ में आई तो मेरे पास पीड़ा के सिवा कुछ नहीं बचा। मेरी अंग्रेज़ी की टीचर वास्तव में एक अद्भुत ईसाई महिला थी, जिसने मुझे बताया कि मेरे लिए क्या ज़्यादा अहमियत रखता है और मेरे लिए सच्ची सफलता के मायने क्या हो सकते हैं।' उसने मुझे यह भी बताया कि मैं अपनी प्रतिभा के साथ अब तक क्या करता आ रहा था।

एडुराडो के मन में खुद को लेकर यह धारणा बनी हुई थी कि उसके साथ जितनी अधिक स्त्रियाँ होंगी, उसे उतना ही अधिक बेहतर पुरुष माना जाएगा। पर जब उसकी टीचर ने पूछा कि क्या वह एक ऐसा युवक है जिससे कोई भी माँ अपनी बेटी का विवाह

करना चाहेगी तब एडुराडो को एहसास हुआ कि वह कितना बड़ा मूर्ख था।

'मेरी टीचर ने कहा कि मैं अपनी प्रतिभा के बल पर पारिवारिक मूल्यों के प्रचार व सकारात्मक छवियों को प्रोत्साहित करते हुए प्रभु की महिमा का गुणगान करने के बजाय समस्या का एक हिस्सा बन गया था', उसने कहा। उसने अपनी बातों से मेरी आँखें खोल दीं। मेरा दिल पूरी तरह से टूट गया, प्रभु ने जो प्रतिभा सकारात्मक योगदान देने के लिए मुझे दी थी मैं उसका ही उपयोग नहीं कर रहा था। मैं अपने विश्वास और लैटिन संस्कृति के साथ खिलवाड़ कर रहा था।

एडुराडो ने अपने जीवन पर गहराई से विचार किया। वह कई सालों बाद चर्च में कंफेशन करने गया और प्रभु से वादा किया कि वह अपने विश्वास और आस्था को साकार रूप देकर उसे अपने जीवन में उतारेगा। उसने कसम खाई कि वह प्रभु का सम्मान करेगा और उनकी विरासत को आगे ले जाएगा। इसमें महिलाओं और उनकी गरिमा व मर्यादा का सम्मान भी शामिल है।

उसने कहा, 'मुझे एहसास हुआ कि एक सच्चा पुरुष जीज़स क्राइस्ट के अनुसार जीवन जीता है और महिलाओं का सम्मान करता है। अब मैं यह भी जान गया हूँ कि सेक्स ईश्वर की ओर से मिला एक उपहार है। यह बहुत पवित्र है और इस उपहार को संरक्षित करते हुए सिर्फ उसी इंसान के साथ बाँटना चाहिए, जिसे मैं ईश्वर के बाद, अपने जीवन का सबसे अहम व्यक्ति मानता हूँ और वह मेरी संतानों की माँ होगी। मैंने संयम और पवित्रता के मोल को फिर से जाना और प्रभु से वादा किया कि मैं विवाह से पूर्व किसी भी स्त्री से शारीरिक संबंध नहीं रखूँगा।'

अपने भीतर झाँकना

एडुराडो के भीतर का यह जागरण उसकी माँ के कारण भी था। उसकी माँ ने उसे बताया कि एक दिन उन्होंने एडुराडो के पिता से कहा था, 'मैं नहीं जानती कि हमें अपने बेटे का क्या करना चाहिए। मुझे डर है कि कहीं इसका अंत जेल या अस्पताल में न हो या अचानक उसके मरने की खबर ही आए। उसकी जीवनशैली से और कोई उम्मीद नहीं की जा सकती।'

एडुराडो अपनी जीवनशैली में बदलाव लाना चाहता था इसलिए उसने स्वयं को अभिनय से दूर कर लिया, जो कि उस समय पूरी उड़ान पर था। उसने अपनी सारी टीम को निकाल दिया और आनेवाले चार सालों तक कोई भी काम करने से मना कर दिया। वह प्रभु को जानना, समझना और प्रेम करना चाहता था। उसने कसम खाई कि

वह इस उद्देश्य के अलावा किसी भी दूसरे उद्देश्य के लिए अपनी प्रतिभा का उपयोग नहीं करेगा।

उसने कहा, 'अगर ऐसा करने से मेरे ऍक्टिंग करियर का खात्मा हो सकता है तो यही सही!'

आनेवाले महीनों के दौरान एडुराडो की आय एकदम घट गई पर वह समझ सकता था कि उसके जीवन के नवीकरण के लिए ऐसा करना अनिवार्य था। वह अपने सामने से सारी भौतिक बाधाओं को हटा देना चाहता था ताकि फिर से अपने जीवन में ईश्वर का स्वर सुन सके। उसने कहा कि 'आरंभ में उसकी शुद्धिकरण की प्रक्रिया बहुत कष्टदायक थी।' वह अपने पापमयी जीवन को याद कर बहुत रोता था। उसे उन महिलाओं का ध्यान आता जिन्हें उसकी वजह से ठेस लगी थी, जिनसे उसने झूठ बोला था। उसे उस समय का खयाल आता जो उसने प्रभु की महिमा का गुणगान करने के बजाय अपनी ही झूठी शान बघारने में बरबाद कर दिया था।

एडुराडो ने अपने जीवन का केंद्र पाने के लिए विश्वास और आस्था का सहारा लिया। उसने प्रेरणा पाने के लिए बाइबिल और प्रेरक पुस्तकों का अध्ययन किया ताकि इस विषय में अपने ज्ञान को भी बढ़ा सके। उसने कहा, 'मेरे पास किराया देने के लिए पैसे नहीं थे... मेरे पास कुछ नहीं था... पर फिर भी मेरे पास सब कुछ था।'

एडुराडो विचार कर रहा था कि वह चर्च के मिशन से जुड़ जाए। यह मिशन था, अमेज़न के वर्षा वनों में दो वर्षों तक निर्धनों की सेवा। वह इस माध्यम से अपने पाप धोना चाहता था पर उसके पादरी ने कहा, 'हॉलीवुड ही तुम्हारा जंगल है। यह स्टूडियोज़ का नहीं, प्रभु का जंगल है और हमें इसे वापस पाना है। तुम्हें अंधकार में प्रकाश की किरण बनना होगा क्योंकि हॉलीवुड पूरे संसार पर सबसे गहरा प्रभाव रखता है और हमारे प्रभु ने किसी कारण से तुम्हारे हृदय को भावविभोर किया है।'

उसके पादरी ने उसे प्रोत्साहित किया कि उसे अपनी प्रतिभा का उपयोग करते हुए, सकारात्मक संदेशों से जुड़ी फिल्में बनानी चाहिए। मदर टेरेसा ने एक बार कहा था कि 'हमें सफल बनने के लिए नहीं भेजा गया, हमें इसलिए भेजा गया है कि हम प्रभु के निष्ठावान सेवक बन सकें। अगर प्रभु के साथ सफलता मिले तो हमें उसके लिए धन्यवाद देना चाहिए।' इसी बात को ध्यान में रखते हुए एडुराडो ने मेटानोइया नाम से एक फिल्म कंपनी खोली। ग्रीक भाषा में इसका अर्थ है, पछतावा। वह ऐसी फिल्में बनाना चाहता था, जो सकारात्मक व प्रेरक होने के साथ-साथ लोगों को प्रभु

का संदेश भी दे सकें।

उसने सबसे पहली 'बेला' नामक फिल्म तैयार की। सकारात्मक जीवन संदेश से भरपूर यह ड्रामा तीन मिलियन डॉलर में बना और इसने पूरी दुनिया में चालीस मिलियन डॉलर कमाए। फिल्म के बेहतर नतीजों का पता एडुराडो के पास आनेवाले पत्रों, ई-मेलों व कॉल्स से चला जिसमें अनेक महिलाओं ने माना था कि उस फिल्म ने उनका जीवन बदल दिया। इसके अलावा, पाँच सौ से अधिक महिलाओं ने उसके स्टाफ से संपर्क करके इस बात की पुष्टि की थी कि यह फिल्म देखने के बाद उन्होंने अपने शिशुओं का गर्भपात करवाने के बजाय उन्हें जन्म देने का निर्णय लिया।

बेला की सफलता ने एडुराडो को और अधिक प्रेरक व सकारात्मक फिल्में बनाने का उत्साह दिया। जिनमें उसकी हाल ही में बनी फिल्म 'लिटिल बॉय' भी शामिल है। उसके संसाधनों में बढ़ोतरी हुई है इसलिए वह अपनी प्रतिभा से और बेहतर काम करने के लिए प्रेरित हो रहा है। अगर उसकी उल्लेखनीय कृति की बात करें तो इंटरनेशनल एड्स संगठन मेंटल ऑफ फेथ का नाम ले सकते हैं, जो मानवीय मर्यादा का प्रचार करते हुए कष्ट सहनेवालों को आरोग्य प्रदान कर रही है। वह वहाँ काम करता है और साथ ही उन जगहों के मिशन दौरे भी करता है, जहाँ बहुत ज़्यादा ज़रूरत है, जैसे सूडान, हैती व पेरु आदि।

इसके अलावा वह अपनी ओर से ऐसे प्रयासों में भी लगा है, जिससे नवयुवतियों को गर्भपात से विमुख किया जा सके। वह अपने इस काम के लिए इतना समर्पित है कि अपना खाली समय लॉस एंजेल्स के उन गर्भपात क्लीनिकों के बाहर बिताने लगा है जो शहर के गरीब इलाकों में बने हैं। वह गर्भवती युवतियों और महिलाओं से बात करता है और उन्हें समझाने की कोशिश करता है कि वे गर्भपात का पाप अपने सिर न लें। वह उन्हें सलाह देने के साथ-साथ सहायता भी प्रदान करता है। वह स्वास्थ्य, भोजन और नौकरी के मामले में उनकी मदद करता है। उसके ये प्रयास यहीं समाप्त नहीं होते। उसने अपने संगठन से मिले चंदे की राशि के बल पर लॉस एंजेल्स में एक चिकित्सा केंद्र भी खोला है जो गर्भवती महिलाओं और अजन्मे बच्चों को उच्च स्तरीय देखरेख प्रदान करता है और इसके लिए कोई शुल्क भी नहीं लिया जाता। यह लैटीनो बारिओ एरिया में स्थित है जहाँ एक मील के दायरे में कम से कम दस गर्भपात क्लीनिक हैं।

उसने कहा, 'यह देखकर मेरा सिर चकराने लगता कि उस जगह पर इतने गर्भपात करनेवाले क्लीनिक क्यों हैं? फिर मैं हर शनिवार उस इलाके में जाकर

महिलाओं को गर्भपात से विमुख करने का प्रयास करने लगा। मैंने तय किया कि उन्हें सहायता का विकल्प भी उपलब्ध कराऊँगा ताकि वे पूरी सुविधा के बीच बच्चे को जन्म दें और माँ व बच्चा पूरी तरह स्वस्थ रह सकें।'

एडुराडो को अपने इस चिकित्सा केंद्र को साकार रूप देने के लिए अनेक बाधाओं का सामना करना पड़ा। उच्च स्तरीय सुविधाओं से लैस इस चिकित्सा केंद्र में बहुत ही देखरेख करनेवाला स्टाफ है। इसके लिए चंदा जमा करनेवाले कार्यक्रम में मेरी भी भागीदारी रही। एडुराडो ने इस जगह का नमूना एक स्पा की तरह बनाया है, जहाँ गर्भवती महिलाएँ सुरक्षित और बेहतर महसूस करती हैं। वह गर्भवती महिलाओं को वहाँ लाकर बहुत सी जानें बचा चुका है।

एडुराडो और मैं एक-दूसरे को भाई मानते हैं, पर जब हम बटरलाई सर्कस की शूटिंग कर रहे थे तो उसे बार-बार मुझ पर चिल्लाना पड़ा था ताकि मैं उस पर थूक सकूँ क्योंकि सीन की माँग यही थी। मैं डायरेक्टर से आग्रह करता रहा कि वह उस सीन को स्पेशल इफेक्ट से फिल्मा ले, लेकिन कोई फायदा नहीं हुआ। एडुराडो एक पेशेवर अभिनेता है इसलिए वह सीन को असल तरीके से पूरा करना चाहता था। आखिरकार हारकर मुझे ऐसा करने के लिए हामी भरनी पड़ी। बेशक वह बहुत रोमांचित नहीं था क्योंकि मेरे जैसे अनाड़ी को इस सीन को करने में सात-आठ बार रीटेक करना पड़ा और उन्हें मुझे खास गोलियाँ खिलानी पड़ीं ताकि मैं झागदार थूक बना सकूँ।

मैं शुक्र मनाता हूँ कि एडुराडो ने इस बात को इतनी गंभीरता से नहीं लिया और समय के साथ हमारी दोस्ती बढ़ती ही गई है। उसने हाल ही में अपनी एक फिल्म क्रिस्टियाडा पूरी की है, जो एक कैथोलिक विद्रोही के बारे में है और जिसे बीस के दशक में मैक्सिको में दंडित किया गया। इसमें एंडी गार्शिया, इवा लोंगोरिया और पीटर ओ टोल जैसे बड़े सितारों ने काम किया है (2012 में यह फिल्म यू.एस. में 'द ग्रेटर ग्लोरी' नाम से रिलीज़ हुई थी)। एडुराडो का करियर फिर से पटरी पर आ गया है पर अब वह पूरी आस्था और शांति के साथ जी सकता है क्योंकि वह प्रभु की इच्छा पूरी करते हुए जी रहा है। वह आगे भी ऐसी ही सकारात्मक फिल्में बनाता रहेगा।

जब हम पहली बार द बटरलाई सर्कस के सेट पर मिले थे तो उसने मुझे यह कहकर दंग कर दिया था कि उसने अपने घर की दीवार पर मेरा एक पोस्टर लगा रखा है ताकि अपने जीवन के कठिन मौकों पर प्रेरणा ले सके। जब एडुराडो ने मुझे अपनी कहानी सुनाई तो मुझे लगा कि मैंने उसे नहीं बल्कि उसने मुझे प्रेरित किया है।

मेरा दोस्त प्रभु की अनुकंपा पाने के लिए जीवन के रास्ते पर वापस लौटा, जो इस बात का जीता जागता प्रमाण है कि जहाँ आँख खुले, वहीं सवेरा होता है। अगर हमें यह पता चल जाए कि जीवन में हमारा सच्चा जुनून या उद्देश्य क्या है या ऐसा क्या है जिसके माध्यम से हम ईश्वर की ओर से मिली प्रतिभा और वरदान का समुचित उपयोग कर सकते हैं तो भले ही हम जीवन में किसी भी मुकाम पर क्यों न हों, भले ही ईश्वर के रास्ते से कितने भी विमुख क्यों न हों, पर हम प्रभु की अनुकंपा पाने के लिए वापस ज़रूर आ सकते हैं। अगर आपको अभी अपने जुनून की तलाश है या आप भी एडुराडो की तरह अपने रास्ते से भटक गए हैं – तो आस्था बनाए रखें, अपने आपको क्षमा कर दें और प्रभु से भी क्षमा याचना करें। तब आप भी अपनी सच्ची राह पर आगे बढ़ेंगे और कोई भी बाधा आपको रोक नहीं सकेगी!

5
दुर्बल शरीर, सशक्त आत्मा

ब्रिटिश कोलंबिया क्रानब्रूक की रैचल विलीसन ने एक ही वर्ष के भीतर अपनी सासू माँ, अपनी दादी माँ, अपने पिता और अपने कुत्ते को खो दिया। उस दौरान उनके जीवन में केवल एक ही सकारात्मक परिवर्तन आया कि वे दूसरी बार गर्भवती हुईं। पहली बार गर्भवती होने के बाद से ही वे निरंतर यह आशीर्वाद पाने के लिए तरस रही थीं। आखिरकार कई वर्षों बाद ईश्वर ने उनकी और उनके पति क्रेग की पुकार सुन ली।

नवंबर 2007 में अपने पिता के निधन के दो माह बाद रैचल और उनके पति को सोनोग्राम करनेवाले डॉक्टर ने बताया कि उनके इक्कीस सप्ताह के भ्रूण में कुछ गड़बड़ थी। रेडियोलॉजिस्ट को बुलवाया गया और फिर काई परीक्षणों के बाद उन्होंने पति-पत्नी को बताया कि शायद शिशु के हाथ नहीं हैं और इस अवस्था में उसकी टाँगों का आकार जितना होना चाहिए, शायद वैसा नहीं है।

रैचल ने कहा, 'मेरा तो रोते-रोते बुरा हाल हो गया। मैं झट से घर की ओर दौड़ी और कंप्यूटर पर ऐसे शिशु के बारे में गूगल सर्च किया जिसके हाथ व पैर न हों।' 'स्क्रीन पर अचानक एक प्यारे से गोरे बच्चे की तसवीर उभर आई, जिसके हाथ-पैर नहीं थे। उसके मुँह में एक निप्पल पड़ा हुआ था। मैं उसके बारे में पढ़ने लगी कि किस तरह वह बच्चा अब बड़ा हुआ और उसकी आयु बीस वर्ष से अधिक है। मैंने उसके बारे में उपलब्ध सारे वीडियो भी देख लिए। मैं खुद को स्क्रीन से परे नहीं हटा पा रही थी। मैंने वे सारे दस-पंद्रह वीडियोज़ देख डाले और एक-एक कर

उन्हें देखते हुए मेरा मन शांत होता चला गया।'

वह पहले-पहल जिन भयपूर्ण और नकारात्मक विचारों से घिर गई थीं, अब उनके स्थान पर आशा और सकारात्मकता से भरी सोच ने जन्म ले लिया। 'अगर यह लड़का अपने हाथों और पैरों के बिना जी सकता है तो मेरा शिशु भी जी सकेगा। इसे देखकर लगता है कि यह बहुत अच्छा जीवन जी रहा है। यह बहुत खुश और सकारात्मक दिखता है। सारी दुनिया की सैर करता है। हम भी यह सब संभाल सकते हैं; हमारा बच्चा बिलकुल ठीक रहेगा।'

'उन वीडियोज़ में कही गई बातों ने मुझे दिलासा दिया और मेरा मन शांत हो गया। मुझे एहसास हुआ कि प्रभु मेरे मन को शांत करने के लिए बता रहे थे कि अगर निक वुईचिक एक अद्भुत व्यक्तित्व विकसित कर सकता है तो मेरा बच्चा भी ऐसा कर सकता है!' उन्होंने याद करते हुए बताया। ईश्वर को पता था कि वे मेरे पास किसे भेज रहे हैं।

जी हाँ, वह सुंदर, गदबदा और प्यारा सा शिशु मैं ही था। आप मानें या न मानें (धन्यवाद रैचल, अब यह माननेवालों की सूची में, मेरे साथ आप भी शामिल हो गई हैं कि मैं बहुत ही प्यारा और सलोना शिशु था।) मेरे बचपन की तसवीरें देखने के बाद, मेरे बारे में पढ़ने और मेरे वीडियो देखने के बाद रैचल और क्रेग विलीसन को एहसास हुआ कि उनका अजन्मा बच्चा भी एक आम बच्चे की तरह जी सकेगा बल्कि उसका जीवन बड़ा ही मज़ेदार होगा। जब डॉक्टरों ने कहा कि 'उस बच्चे को गर्भ में ही खत्म करना संभव है' तो उन दोनों ने ऐसा करने से स्पष्ट शब्दों में इनकार कर दिया।

'मुझे याद है, मैंने डॉक्टर को इस बात का जवाब देने में एक पल भी नहीं लगाया था', रैचल बोलीं। 'हमारी एक बेटी पहले से ही है, जिसका नाम जॉर्जिया है। मैं पिछले दस वर्षों से एक और बच्चे की माँ बनना चाह रही थी और अब जब वह मेरे गर्भ में था तो अपने उस अजन्मे शिशु को मारने के बारे में कैसे सोच सकती थी? अपनी इस दूसरी बेटी का नाम हमने ब्रूक रखा। हो सकता है कि समाज की नज़रों में वह संपूर्ण न हो, पर हमारे लिए वह एक संपूर्ण शिशु थी। हमें एहसास हो गया था कि उस बच्ची को हमारे पास किसी उद्देश्य से भेजा जा रहा था - वह कारण हमारा नहीं, ईश्वर का था। मैं यह कहनेवाली कौन होती हूँ कि किसे संपूर्ण माना जाए और किसे नहीं? वह मेरे पेट में पैर चला रही थी, हिल-डुल रही थी; उसका दिल मेरे शरीर में धड़क रहा था। मेरी बच्ची, चाहे वह जिस भी रूप में आना

चाहती थी, वह मेरी थी।'

रैचल और क्रेग ने तय किया कि वे अपनी बिटिया, अपने इस नन्हे मास्टरपीस को उसी तरह पालेंगे जैसे मेरे माता-पिता ने मेरा पालन-पोषण किया ताकि ईश्वर का दिया गया कार्य पूरा हो सके!

जब ब्रूक का जन्म हुआ तो उसका परिवार न केवल उसके लिए तैयार था बल्कि वे लोग उत्साहित थे और स्वयं को धन्य मान रहे थे। रैचल ने बताया, 'हमने ब्रूक के पैदा होने पर जश्न मनाया। अस्पतालवालों को अपना मैटरनिटी वार्ड बंद करना पड़ा क्योंकि हमारे कमरे में फूल, भोजन और उपहारों के साथ करीब पैंतीस मेहमान पहुँच गए थे।'

मैंने ब्रूक के जन्म के दो वर्ष बाद उससे, उसके माता-पिता और बहन से भेंट की। रैचल ने मुझे वह प्रसंग सुनाया, जब वह रेडियोलॉजिस्ट की बात सुनकर परेशान हो गई थी और फिर मेरे वीडियो को देखने पर उसका हौंसला बढ़ा। उसके उन भावुक शब्दों को सुनते-सुनते मैं भावविभोर होकर आभार से भर उठा और मेरे लिए अपने आँसुओं को रोकना कठिन हो गया।

जब मेरा जन्म हुआ तो मेरे माता-पिता को सलाह या मार्गदर्शन देनेवाला कोई नहीं था। ऐसा कोई नहीं था जो उन्हें दिलासा दे पाता क्योंकि उस समय ऐसा कोई नहीं था, जो इस तरह के अनुभव से गुज़रा हो। पर जब से हम विलीसन परिवार से मिले तब से मेरे माता-पिता उनके संपर्क में हैं, वे उन्हें अपना मार्गदर्शन देते हुए, उनसे अपने अनुभव बाँटते रहते हैं। इस परिवार की और उनकी बिटिया ब्रूक की मदद कर पाने का यह अवसर हमारे लिए किसी ईश्वरीय उपहार से कम नहीं है। ब्रूक फरवरी 2012 में चार वर्ष की हो गई।

'वह निक के मादा संस्करण की तरह है', उसकी माँ कहती हैं। वे दोनों एक सा संकल्प, स्नेह और अपनेपन का भाव रखते हैं और कई बार जीवन के प्रति उसका उत्साह और उमंग हमें भी बेदम कर देता है। पर उसे अपने आलिंगन में बाँधना बहुत बड़ी बात है। जब आप निक या ब्रूक को गले से लगाते हैं तो आप स्वयं को उनके दिल के और निकट पाते हैं क्योंकि उनकी बाँहें नहीं हैं। यह देख मेरे दिल से आह निकल जाती है।

निराशा के बजाय सांत्वना

ब्रूक के पिता एक ऐसे व्यक्ति की मिसाल हैं, जिन्हें मैंने कई बार ऐसे परिवारों

और व्यक्तियों के बीच पाया है, जो विकलांगता और किसी गंभीर रोग जैसी कठिनाइयों से जूझ रहे हैं। अपने बच्चे को देखकर गुस्सा होने, कड़वाहट से भर उठने या उसके अंगों की कमी व शारीरिक चुनौतियों से तनावग्रस्त होने और अपने परिवार के वित्तीय मामलों की चिंता करने के बजाय क्रेग विलीसन प्रभु के और निकट आ गए हैं। उन्होंने स्वयं को ईश्वर के इतना निकट पहले कभी महसूस नहीं किया था।

'मैं प्रभु पर बहुत ज़्यादा आस्था रखने या अकसर चर्च जानेवालों में से नहीं था, पर हमने प्रभु की अनुकंपा के आधार पर अपनी बिटिया का नाम ब्रूक डायना ग्रेस विलीसन रखा। उसका जन्म निश्चित ही मुझे प्रभु के और निकट लाया और मैंने बहुत से नए लोगों से नाता जोड़ा – जिनमें मेरा चर्च परिवार भी शामिल है', उन्होंने कहा।

'ब्रूक का जन्म आसान नहीं था। उसके जन्म के बाद उसकी माँ को बहुत रक्तस्त्राव हुआ। पर मैंने देखा कि ईश्वर ने किस तरह सब कुछ अपने हाथों में लेकर संभाल लिया', क्रेग ने बताया। उस वक्त उन्होंने तय कर लिया था कि जब उनकी पत्नी और बेटी सही-सलामत अस्पताल से घर आ जाएँगे तो वे अपना बपतिस्मा (ईसाई दीक्षा) करवा लेंगे। उन्होंने कहा, 'मुझे लगा कि परमात्मा ने यह देख लिया कि मैं और रैचल उन लोगों में से हैं जो ब्रूक की अपंगता को संभाल सकते हैं। वह निश्चित रूप से हमारे लिए ईश्वर की संतान है। जब से ब्रूक का जन्म हुआ है, तब से ईश्वर हमारे हर काम में सहायक होते आ रहे हैं। हमारे समुदाय में हाल ही में दो देवदूत जैसे लोग शामिल हुए हैं, उन्होंने हमारे प्रार्थना स्थान का आकार निःशुल्क बड़ा करवाने का प्रस्ताव रखा है। यह सब देखकर हमें लगता है कि ईश्वर ही ऐसे लोगों को हमारी ओर ला रहा है।

मैं ब्रूक और उसके माता-पिता के संपर्क में रहा और मुझे उनकी यह बात बहुत पसंद है कि वे कितने आनंदमय लोग हैं। मैं यह बात हलकेपन में नहीं कह रहा। निश्चित रूप से उनके जीवन में कई चुनौतियाँ हैं, पर अगर आप उनके आसपास हों तो जान सकते हैं कि उनके जीवन में कितना सच्चा आनंद बसा है। ब्रूक एक प्रकाश स्तंभ की तरह लोगों को अपनी ओर खींचती है और उसके माता-पिता को देखकर सदा यही लगता है कि वे अपनी दोनों बेटियों के जन्म का उत्सव मना रहे हैं।

रैचल ने अपने परिवार और मित्रों के लिए टी-शर्टों का एक संग्रह तैयार किया है जिस पर ऐसे संदेश लिखे हैं, 'जब आपके पास ईश्वर है तो आपको अंगों की क्या ज़रूरत है', या 'जब प्रभु ने मुझे बनाया तो वे केवल दिखावा कर रहे थे।' इनमें

से मेरा प्रिय संदेश है – 'बाँहें तो कायर व्यक्तियों के लिए होती हैं।'

विलीसन दंपति ब्रूक की शारीरिक अपंगता से जूझते हुए अपनी आस्था और विश्वास को साकार रूप दे रहे हैं। उन्होंने यह स्वीकार कर लिया है कि प्रभु के पास उनकी बेटी के लिए कोई योजना है, भले ही अभी उन्हें उस योजना के बारे में कुछ पता न हो। उनका कहना है कि ईश्वर ने जिस तरह मेरे लिए अपनी योजना प्रकट की है, उससे उन्हें बहुत मदद मिली है। वे जानते हैं कि प्रभु के पास ब्रूक के लिए जो योजना होगी, वह मेरी योजना से बिलकुल अलग हो सकती है, पर वे अपने जीवन के हर दिन को आभार व अनुग्रह के साथ जी रहे हैं। इसके साथ ही उनकी टी-शर्ट के संदेश तो हास्यबोध की स्वस्थ खुराक देते ही हैं।

ऐसा क्यों है कि ब्रूक जैसे अपंग या अन्य गंभीर और निर्दयी रोगों से जूझ रहे लोग शांति के साथ अपने जीवन के दूसरे पहलुओं का आनंद लेते हैं और अपनी चुनौतियों के बावजूद समाज को सकारात्मक योगदान भी दे पाते हैं? क्या ऐसा हो सकता है कि उन्होंने अपनी शारीरिक समस्याओं को यह इजाज़त ही न दी हो कि वे उन्हें भावात्मक रूप से भी परेशान कर सकें? क्या ऐसा हो सकता है कि उन्होंने अपने जीवन में जो बुरा है, उस पर केंद्रित होने के बजाय अच्छाई पर केंद्रित होने का निर्णय लिया हो? शायद! एक और संभावना भी है : हो सकता है कि उन्होंने सब कुछ अपने हाथों से छोड़कर प्रभु के हाथों सौंप दिया हो। हो सकता है कि उन्होंने तय किया हो कि वे अपनी पीड़ा, गुस्से और दुःख को भुलाकर अपनी बागड़ोर प्रभु को सौंप देंगे। गंभीर स्वास्थ्य समस्याओं या कड़ी अपंगता से जूझ रहे अधिकतर लोग प्रतिदिन किसी न किसी रूप में ईश्वर के प्रति अपनी आस्था को साकार रूप देते हैं। यह अकसर डॉक्टरों, नर्सों, दवाओं, इलाज या मेडिकल उपकरणों पर उनके विश्वास के रूप में होता है। जब भी आप पेशेवर देखरेख ले रहे हों तो आपको अपने विश्वास को भी बनाए रखना चाहिए। ईश्वर ने आपको अवसर दिया कि आप प्रशिक्षित और प्रतिभाशाली लोगों के हाथों मदद पाएँ। अगर आप प्यासे हैं, हो सकता है कि आप चाहें कि आपकी प्यास अप्राकृतिक रूप से बुझ जाए पर अगर आपको कोई स्नेही व्यक्ति हाथ में पानी से भरा गिलास थमाए तो क्या आपको ज़्यादा अच्छा नहीं लगेगा? यह भी कुछ ऐसा ही है, मानो जब आप अपने विश्वास के अनुसार चलने की ठान लेते हैं तो ईश्वर स्वयं आपको राह दिखाता है।

आपको अपने विश्वास को अमल में लाने के लिए आध्यात्मिक व्यक्ति बनने की ज़रूरत नहीं है, पर एक ईसाई होने के नाते मुझे कहना है कि 'मैं दुर्बल हूँ लेकिन

मेरा ईश्वर बहुत ताकतवर है', यह ज्ञान होना ही असीम राहत, शांति और आनंद देता है। हालाँकि, मैं केवल यही कामना कर सकता हूँ कि मेरे आनंद का स्तर भी मेरे दोस्त गैरी के आनंद के स्तर जैसा हो जो शायद डाउन सिंड्रोम के साथ जन्मा था। अब वह पच्चीस बरस का है और मेरे जानकारों में सबसे अधिक प्रेरणादायी व्यक्ति है।

एक दिन गैरी ने अपने परिवार के कुछ मित्रों को ऐसे नवजात शिशु के बारे में बात करते सुना जो हाल में ही डाउन सिंड्रोम से ग्रस्त पाया गया था। बातचीत के दौरान उनमें से एक ने कहा, 'कितने दुःख की बात है!' उस समय उस व्यक्ति को पता नहीं था कि गैरी भी यह सब सुन रहा है।

गैरी अपनी कुर्सी से उछलकर बोला, 'अरे, मुझे तो लगता है कि यह बहुत बड़ी बात है।'

यह सुनकर एक मित्र ने पूछा, 'गैरी! तुमने ऐसा क्यों कहा? डाउन सिंड्रोम से तुम क्या समझते हो?'

'ऑल डाउन सिंड्रोम का मतलब है कि आप सबसे प्यार करते हैं और आप कभी भी किसी को हानि नहीं पहुँचाएँगे!' गैरी का जवाब था।

मेरे इस दोस्त ने अपने जीवन की पीड़ा में भी अपने लिए मिठास तलाश ली है। माना जाता है कि डाउन सिंड्रोम से ग्रस्त लोगों की मानसिक क्षमता बाधित होती है, पर फिर भी मुझे कहना होगा कि गैरी हममें से कई लोगों से कहीं ज़्यादा सयाना है। उसने अपने जीवन के इस बोझ से जुड़े वरदानों पर केंद्रित होने का चुनाव किया और बाकी सब ईश्वर पर छोड़ दिया।

गैरी एक सक्रिय जीवन जीता है, वह लेखन, गायन, व्यायाम और गीतों की रिकॉर्डिंग के बीच अपना दिन बिताता है। मैंने उसे कभी किसी भी लिहाज़ से 'डाउन' नहीं देखा। वह निःसंदेह पूरे दिल से जीज़स से प्रेम करता है और उसकी खूबसूरत मौन प्रार्थनाओं में यह स्पष्ट दिखता है।

मैं ही क्यों?

गंभीर स्वास्थ्य समस्याओं व अपंगताओं से घिरे अधिकतर व्यक्तियों की तरह, मैंने भी एक लंबा समय इसी तरह बिताया, जब मैं यह सवाल किया करता था कि ईश्वर मुझ पर इस तरह का बोझ क्यों लादना चाहेगा? यह एक स्वाभाविक और महत्वपूर्ण सवाल है। अगर ईश्वर हम सबको प्रेम करता है तो वह किसी को भी पीड़ा

और घातक जीवन, यहाँ तक कि लाइलाज रोग एवं बुरी सेहत का वरदान क्यों देगा? वह इतने लोगों और खास तौर पर बच्चों को कष्ट में डालने की अनमुति क्यों देगा? अगर इस बात को आगे लें जाएँ : अपनी सारी सृष्टि को प्यार करनेवाला परमात्मा भयंकर वाहन दुर्घटना, भूकंप, सुनामी, युद्ध आदि को घटने की इजाज़त क्यों दे? बमबारी, गोलीबारी, चाकू घोंपकर मारना, हिंसक हमलों तथा अन्य दुःखदायी प्रसंगों के बारे में क्या कहा जा सकता है, जो इतने आम होते जा रहे हैं।

जब मैं एक किशोर था और ईश्वर के काम करने के तरीकों को समझने की चेष्टा कर रहा था तो मैंने मार्गदर्शन पाने के लिए कई बार ये सवाल किए होंगे। मेरे अंगों के अभाव ने ऐसे कई लोगों को मेरी ओर आकर्षित किया, जो विकलांग थे। उनमें से अनेक मुझसे यह जानना चाहते थे कि मैंने उन प्रश्नों का उत्तर कैसे पाया? अकसर उनके कष्ट मुझसे कहीं बड़े होते, जैसे सिस्ट का कैंसर, लकवा और नेत्रहीनता आदि। उनमें से अधिकतर इसी सवाल का उत्तर जानना चाहते थे कि 'मैं ही क्यों?' पर कुछ मामलों में दूसरों के पास भी अपने उत्तर थे। मुझे जेसन नामक युवक का ई-मेल मिला जो एक भयंकर कार दुर्घटना में मुश्किल से जीवित बचा था।

वह उस कार में सवार था जिसे उसके परिवार का ही एक सदस्य चला रहा था। अचानक उसका संतुलन बिगड़ा और कार बुरी तरह पलट गई। जेसन की सीटबेल्ट पहले ही टूट गई थी इसलिए वह कार से दूर जा गिरा। उसकी खोपड़ी फूट गई और दिमाग में चार जगह भारी चोट आई। उसकी किस्मत अच्छी थी कि वहीं पास में एक ऍम्बुलेंस उपलब्ध थी। उन लोगों ने इस दुर्घटना को देखते ही तुरंत उसकी मदद की। जेसन को अपनी खोपड़ी के एक हिस्से को हटवाने के लिए ऑपरेशन करवाना पड़ा क्योंकि दिमाग में सूजन आ रही थी। वह दो सप्ताह तक कोमा में रहा। जब वह उठा तो उसके शरीर के दाएँ हिस्से को लकवा मार गया था और उसे बोलने व मुस्कराने में भी कठिनाई हो रही थी। उसे संभलने में लगभग एक माह का समय लगा, डॉक्टरों ने पाया कि उसकी नाक और कॉलरबोन भी टूट गई है। फिर अस्पताल में एक और महीना लगा। वह बोलने लायक तो हो गया, पर उसका दाँया हिस्सा लकवे का शिकार रहा और उसे कई दूसरी तरह की चुनौतियों का भी सामना करना पड़ा।

पहले-पहल, मुझे यही डर था कि 'अब कोई भी मुझसे पहले की तरह पेश नहीं आएगा', उसने कहा। 'लेकिन फिर मैंने पाया कि ईश्वर मेरे साथ है और मैं

ठीक होनेवाला हूँ। तभी से अपनी अवस्था के बारे में मेरी सोच पूरी तरह बदल गई। मैं पूछा करता था, 'मैं ही क्यों?' पर अब मैं कहता हूँ, 'मैं क्यों नहीं?'

लोग जेसन से पूछते हैं कि उसके साथ इतना बुरा हुआ, क्या वह अब भी प्रभु पर विश्वास रखता है? मेरा उत्तर होता है कि 'ईश्वर ने मुझे ज़िंदा रखा। मैं उस पर अपना भरोसा क्यों न रखूँ!'

मैं जेसन के साथ हूँ। मैं ईश्वर पर इसलिए भरोसा नहीं रखता कि उसने हमें चोट, परेशानी, रोग या पीड़ा दी। मेरा मानना है कि ईश्वर ने हमें रास्ता दिखाया कि किस तरह बुरी चीज़ों को अच्छे उद्देश्य के लिए प्रयोग में लाया जा सकता है।

जेसन के मामले में ईश्वर ने उसे जीवित रखा और आध्यात्मिक तौर पर ताकतवर बना दिया। जेसन अब अपने रोज़मर्रा के जीवन को कहीं अधिक मोल देता है।

बाइबिल में लिखा है कि कष्ट आदम और हव्वा की ओर से आए। उनके कारण ही हम सब पापी हैं। जब आदम और हव्वा अदन के बाग से निकाले गए तो वे पाप की गर्त में गिरे, उन्हें महाप्राकृतिक संसार से निकालकर प्राकृतिक संसार में भेज दिया गया। उनके पापों की वजह से उन्हें और उनके वंशजों को आप और मेरे सहित सबको ईश्वर के राज्य से दूर कर दिया गया। तो यदि हम ईश्वर के माध्यम से स्वर्ग में एक शाश्वत जीवन पाना चाहते हैं तो हमें पहले इस प्राकृतिक संसार के अस्थायी जीवन से होकर गुज़रना होगा ताकि हम वहाँ जा सकें। इस प्राकृतिक जगत में रहते हुए भी हमें अपने उद्देश्य के साथ जीना चाहिए ताकि ईश्वर बुरी परिस्थितियों से हमारे लिए अच्छे हालात पैदा कर सके।

आप अपनी तार्किक बुद्धि से ये बातें नहीं सोच सकते। आपका सकारात्मक रवैया आपकी मदद कर सकता है, पर किसी भी गंभीर चिकित्सकीय मामले से निपटने के लिए इससे ज़्यादा मनोबल की ज़रूरत होगी। आपको अपने परिवार और मित्रों का स्नेह चाहिए। ईसाई उस पवित्र आत्मा यानी होली स्पिरिट की अद्भुत शक्ति को पा सकते हैं जो हमें भीतर से बाहर तक रूपांतरित करने की क्षमता रखती है। भले ही आपकी चोट, रोग या अपंगता कितनी भी बुरी क्यों न हो, आप ईश्वर को यह अनुमति दे सकते हैं कि वह उससे कोई खूबसूरत रचना करे। निजी तौर पर मैं पीड़ा और कष्ट को सौंदर्य में नहीं बदल सकता, पर ईश्वर अपनी कृपा और दया के बल पर सब कुछ संभव कर सकता है।

ईश्वर हमें वैसे ही प्रेम करता है, जैसे हमारे माता-पिता हमसे स्नेह करते हैं। कई बार जब बच्चा चोट खाता है तो माता-पिता को ही आगे आकर सब संभालना होता है। कई बार, यह भी होता है कि माता-पिता बीच में नहीं आते क्योंकि उन्हें लगता है कि बच्चे को अपने जीवन का यह सबक अकेले ही सीखना होगा या अपने माता-पिता की ओर ध्यान देना सीखना होगा। कई बार ऐसे मौके भी आते हैं, जब माता-पिता को बच्चे की प्रसन्नता पर अंकुश लगाने के लिए आगे आना पड़ता है ताकि उसे किसी खतरे या दीर्घकालीन संकट से बचाया जा सके, जैसे जब कोई बच्चा खुशी-खुशी माचिस से खेल रहा हो या जब कोई किशोर या किशोरी नकारात्मक प्रभाव रखनेवाले किशोर या किशोरी के प्रभाव में आ जाए तो माता-पिता को उन्हें भावी संकट से बचाने के लिए स्वयं आगे आना पड़ता है।

ईश्वर को हमसे प्रेम है और वह हमसे दूर रहनेवाले पिता की तरह नहीं है। हमारे मूल पूर्वजों आदम और हव्वा को अदन के बगीचे में उनकी अवज्ञा को धन्यवाद, ईश्वरीय नियम तो ईश्वरीय नियम ही होता है। जब पाप किया गया तो सदा के लिए ईश्वर से वियोग का दंड भी मिला। पर उसने हमें इसलिए नहीं रचा। आप ओल्ड टेस्टामेंट में देखेंगे कि पाप से मुक्ति के लिए पशु बलि दी जाती थी। ईश्वर ने अपने पुत्र जीज़स को धरती पर भेजा ताकि वह धरती पर रहनेवाले स्त्री और पुरुषों के पाप अपने सिर लेकर मरे और एक दिन हम सब प्रभु के पास स्वर्ग में जा सकें।

हमारा सृजन करनेवाला सदा हमसे स्नेह भाव से पेश आता है और हमें उस अनंत की ओर लाना चाहता है जिससे हम बहुत दूर हैं। बाइबिल में लिखा है कि पाप करने से मृत्यु मिलेगी लेकिन ईश्वर की ओर से शाश्वत जीवन का उपहार मिलता है।

कई बार ईश्वर हमें अपना वरदान देता है। कई बार यदि उसे लगता है कि हमें इसकी आवश्यकता है तो वह हमारे जीवन में किसी संकट, गंभीर चुनौती या इससे भी बदतर हालात को कदम रखने की इजाज़त दे सकता है ताकि हमें उसके पास बने रहना याद रहे और हम अपने कष्टों के माध्यम से दूसरों को भी यही संदेश दे सकें।

अब भी ऐसे अनेक निष्ठावान और सच्चे ईसाई हैं जो इस धरती पर घोर संकटों के बीच जीवित हैं। यह सब क्या है? काश! मेरे पास सभी सवालों के जवाब होते। कुछ लोगों का कहना है कि ईश्वर हमें विनम्रता का पाठ पढ़ाने के लिए हमारे जीवन में चुनौतियाँ लाते हैं, जैसे कि ईसाइयों के भूतपूर्व अत्याचारी पॉल के मामले में हुआ, जिसने लिखा कि जब वह एक धर्म प्रचारक के तौर पर लोकप्रिय हो गया तो

ईश्वर ने उसे जीवन में पीड़ा का उपहार दे दिया। पर पॉल ने यह भी देखा कि ईश्वर ने उसे अपनी पीड़ा को सहन करने के लायक भी बना दिया था ताकि वह अपना भार उठा सके - हम सभी अपने लिए ऐसी ही आशा रखते हैं। 'कष्ट से धैर्य आता है; धैर्य से चरित्र और चरित्र से हमें आशा का वरदान मिलता है', उसने लिखा।

कठिन समय और शक्ति

मैंने हमेशा से यही माना है कि ईश्वर हमें चुनौतियों का उपहार इसलिए देता है ताकि हम ताकतवर बन सकें। स्वास्थ्य मनोविज्ञान के क्षेत्र में अध्ययन करनेवाले शोधकर्ताओं ने पाया कि गंभीर तनाव, कष्ट और जानलेवा बीमारियों या प्रियजन से वियोग जैसी घटनाओं से आहत होकर दुःख पानेवाले लोगों ने जब अपनी चुनौतियों का डटकर सामना किया तो घटना से उबरने के बाद उन्होंने कष्ट से हुए विकास को अनुभव किया।

शोधकर्ताओं ने पाया कि जिन लोगों ने सफलतापूर्वक अपने कष्टों का सामना किया वे सही मायनों में सकारात्मक तौर पर फले-फूले।

- उन्हें एहसास हुआ कि वे जितना सोचते हैं उससे कहीं अधिक ताकतवर हैं और भावी चुनौतियों का भी कहीं अधिक तेज़ी से सामना कर सकते हैं।
- उन्होंने जाना कि किसे उनकी सचमुच परवाह है और उनके वे संबंध और भी मज़बूत हुए।
- वे अपने हर दिन को अधिक मान देने लगे और अपने जीवन में अच्छी बातों को स्वीकारने लगे।
- वे आध्यात्मिक तौर पर अधिक उन्नत हुए।

कठिन समय में फलने-फूलनेवालों की बात करें तो बाइबिल के लिए जॉब को पोस्टर संतान के तौर पर लिया जा सकता है। शैतान ने जॉब का सब कुछ छीन लिया, उसकी ज़मीन और संपत्ति के अलावा बच्चों व सेहत को भी नहीं छोड़ा। जॉब ने धैर्य रखा। दरअसल वह ईश्वर के प्रति वफादार बना रहा और बदले में, उसने जो भी खोया था, प्रभु ने वह उसे दुगनी मात्रा में लौटाया।

मेरा मानना है कि बड़ी विकलांगता और सेहत से जुड़ी चुनौतियों के कारण आप एक और लाभ भी पा सकते हैं। मेरा मानना है कि ईश्वर हममें से कुछ के जीवन में संकट इसलिए देता है ताकि हम दूसरों को उसी तरह दिलासा दे सकें, जिस तरह

ईश्वर हमें दिलासा देते हैं। मैं इस व्याख्या को समझ सकता हूँ क्योंकि मैंने बार-बार इस सत्य का अनुभव किया है।

मैं यह दावा नहीं करता कि मैं ईश्वर की योजना को सदा समझ लेता हूँ। मैं नहीं जानता कि हम जो अस्थायी जीवन जी रहे हैं, क्या स्वर्ग भी वैसा ही होगा। कई बार जब ईश्वर कठोरता या निर्दयता से पेश आता है तो अपनी निश्चितता के भाव को बनाए रखना मुश्किल हो सकता है। लेकिन आपको उसी से दिलासा और ताकत लेनी होगी। आप अपने हालात को उसके हाथों सौंपने का निर्णय ले सकते हैं ताकि उसकी मदद पाई जा सके।

बाइबिल में लिखा है, किसी भी चीज़ के लिए व्याकुल मत हो, प्रार्थना और विनीत भाव के साथ आभार जताते हुए, ईश्वर को अपनी इच्छा के बारे में बताओ। कई बार रोग, अपंगता या जानलेवा चुनौतियों के बीच व्याकुल हुए बिना रहना मुश्किल होता है, पर आप सब कुछ उसके हाथों में सौंपकर निश्चिंत हो सकते हैं। भले ही आपको अपनी चुनौतियों से पार पाने के लिए या किसी दूसरे के दुःख को दूर करने के लिए ताकत की ज़रूरत हो, वह दिन में एक बार आपको शक्ति अवश्य दे सकता है।

यह भी जान लें कि जो भी हो, अगले जन्म में रोग या मृत्यु नहीं होंगे लेकिन इस धरती पर तो सबका अंत निश्चित है। ईश्वर नहीं चाहता कि हम यहीं रहें और कष्ट सहते हुए बार-बार मरते रहें; वह चाहता है कि हम सदा के लिए उसके साथ स्वर्ग में रहें।

फिर भी जब तक हम अपने अस्थायी जीवन के बीच हैं, हमारे पास ईश्वर को जानने और दूसरों के साथ उसके स्नेह को बाँटने का अद्भुत अवसर है, विशेषकर उनके लिए, जो अब तक नहीं जानते कि जीज़स ने उनके पापों के लिए अपने प्राणों का बलिदान दिया। हालाँकि स्वर्ग में मिलनेवाला अनंत जीवन शानदार होगा लेकिन इस अस्थायी जीवन के बीच ईश्वर से संबंध बनाए रखना भी एक अद्भुत अवसर है।

आप कैसी भी परिस्थितियों का सामना क्यों न कर रहे हों, ईश्वर आपको अपने उद्देश्य के लिए प्रयोग करेगा। हो सकता है कि आपको उस उद्देश्य या ध्येय को समझने में ही कई वर्षों का समय लग जाए। कई मामलों में हो सकता है कि आप पूरी तरह से उसकी योजनाओं को जान ही न सकें या आपको पता ही न चले कि उसने आपके साथ ऐसा क्यों किया? भले ही आपके साथ बुरी घटनाएँ घटती

रहें, इससे इस बात पर कोई अंतर नहीं पड़ता कि वह आपसे प्रेम करता है।

करिश्मे संभव हैं

बेशक, मैं किसी को भी यह सलाह नहीं दे रहा हूँ कि वह जीवन से हार मान ले। हर एक के जीवन में चमत्कार भी हो सकते हैं। मैंने कई करिश्मे तो स्वयं देखे हैं और लोग भी अकसर अपनी ऐसी कहानियों को मेरे साथ बाँटते हैं। जॉन ने अपनी यह विलक्षण कहानी मुझे भेजी जो विश्वास को साकार रूप देने की एक सुंदर मिसाल है।

'दस वर्ष पहले तक, जब मैंने मृत्यु का सामना किया, तब तक मैं कोई धार्मिक व्यक्ति नहीं था। जब मैं छोटा था तो कैंसर के कारण मुझे अपनी टाँग गँवानी पड़ी, डॉक्टरों ने बताया कि मैं पाँच साल से अधिक समय जीवित नहीं रहनेवाला हूँ।'

'खैर, मैंने उनकी अपेक्षाओं को पछाड़ दिया और इस साल 6 मई को मैं सत्ताईस साल का हो जाऊँगा। पर यह सब सहन करना इतना आसान भी नहीं था। कई सालों बाद कैंसर का रोग फिर से उभर आया और पिछले साल तो इसकी मार और भी बुरी रही। मेरे डॉक्टरों ने कहा कि 'अगर मैंने कीमोथेरेपी के लिए हामी नहीं दी तो मैं ज़्यादा से ज़्यादा एक साल तक ही जीवित रह सकूँगा।''

'मैंने तत्काल उनकी बात काटते हुए कहा कि 'मैं मरना चाहता हूँ' क्योंकि मैं कैंसर से लड़ते-लड़ते हार गया था। यह कैंसर मेरी माँ, दो बहनों और तीन भाइयों की जान ले चुका था इसलिए मैं जानता था कि एक न एक दिन मुझे भी इसकी चपेट में आना ही होगा। मैं जाने के लिए तैयार था!'

'मैंने अपने पादरी से इस बारे में बात की और बहुत प्रार्थना के बाद मैंने कीमोथेरेपी शुरू करने का निर्णय ले लिया। मुझे बारह सप्ताह तक, सप्ताह में दो बार कीमो करवाने के लिए जाना होता था। पाँचवीं कीमो के बाद मेरे रक्त की जाँच हुई और उसके नमूने डॉक्टरों को भेजे गए। उसी सप्ताह, मेरे डॉक्टर ने मुझे फोन किया और अपने ऑफिस में आने को कहा। जब मैं वहाँ पहुँचा तो वे झट से कमरे में आ गए। वे वाकई रो रहे थे। उन्होंने बताया कि 'मेरा कैंसर ठीक हो गया है!' अब मेरे शरीर में इस रोग का कोई नामोनिशान नहीं दिख रहा था। मानो उसका कोई अस्तित्त्व ही न रहा हो। वे बहुत खुश थे पर उतने खुश नहीं थे, जितना मैं था!'

'मैं हर तीन माह पर चैकअप के लिए जाता रहा और तब से अब तक सब ठीक है। मैं जानता हूँ कि किसी दिन यह वापस भी आ सकता है या मैं काम से घर

आते हुए किसी बस से टकराकर दुर्घटनाग्रस्त भी हो सकता हूँ। हकीकत तो यही है, हम कभी नहीं जानते, इस धरती पर हमारा समय कब समाप्त हो जाएगा।'

'हमारे सभी नंबर और नाम जीवन की किताब में लिखे हैं। हम केवल यह नहीं जानते कि ईश्वर कब हमें अपने साथ अपने घर ले जाना चाहेगा। इसलिए हमें एक-दूसरे से ऐसे प्रेम करना चाहिए, मानो यह हमारे जीवन का आखरी दिन हो। जीवन को भरपूर जीएँ और जब भी उठें तो हर दिन को सराहें और गहरी साँस लें।'

जॉन की कहानी और कई दूसरी कहानियाँ जो मैंने सुनीं, वे इस बात की गवाह हैं कि चमत्कार संभव हैं। यही वजह है कि मैं अपनी अलमारी में हमेशा एक जोड़ी जूते रखता हूँ - हो सकता है कि मेरे साथ भी कोई चमत्कार घट जाए। आप जब अपनी आस्था पर काम करते हैं तो ईश्वर के आगे विनती करते हैं और उससे करिश्मे की प्रार्थना करते हैं। लेकिन यदि वे प्रार्थना को कबूल न भी करें तो भी आप इस धरती पर दूसरों के लिए एक उज्ज्वल रोशनी तो बन ही सकते हैं। आप ईश्वर के बारे में अधिक से अधिक जानने के लिए कुछ न कुछ कर सकते हैं और खुद को उसकी रज़ा पर छोड़ सकते हैं।

क्या ईश्वर आपको आरोग्य दे सकता है? जी हाँ बिलकुल, हो सकता है कि यह उनकी योजना का एक अंग हो और यह भी हो सकता है कि ऐसा न हो। चूँकि हमारे लिए यह जान पाना असंभव है इसलिए अपनी आस्था का दामन संभाले रखें और यह न भूलें कि **ईश्वर से बेहतर कोई कुछ नहीं जानता**। मुझे हाथ और पैर तो नहीं मिले पर मैंने आनंद, शांति और आस्था के विश्वास को पा लिया। यह आरोग्य जैसा कोई भी चमत्कार पाने से कहीं बढ़कर है। हो सकता है कि आप कैंसर जैसे रोग से मुक्ति पाने के बाद भी जीवन की छोटी बातों में उलझकर उसे नर्क बनाए रखें। मैं अपनी इसी आस्था के बल पर दूसरों के जीवन में आनेवाले कायाकल्प का साक्षी रहा और आनंदित हुआ। यह अपने आपमें बड़ी बात है! हो सकता है कि आप अपने अंगों को देखकर आनंदित होते हों लेकिन मैं हर दिन यह देखकर आनंदित होता हूँ कि मेरे पास हाथ-पैर नहीं हैं।

भीतर से बाहर की ओर होनेवाला यह कायाकल्प ही सबसे बड़ा चमत्कार है। यह विश्वास रखें कि चमत्कार होगा, पर यह भी जान लें कि अगर न हुआ तो ईश्वर ने आपके लिए कोई और योजना बना रखी है। बड़ा उद्देश्य यही है कि आप ईश्वर को अपने मित्र के रूप में जानें और उनसे वरदान लें कि आप उनके घर, स्वर्ग में जा सकें, जहाँ कोई पीड़ा, रोग, संकट आदि आपको छू भी नहीं सकेंगे।

मुझे उन लोगों के लिए बहुत दुःख होता है, जो स्वर्ग में विश्वास नहीं रखते। मुझे यह सोच पसंद नहीं है कि हमें जीवन के नाम पर यह छोटा सा अंश ही मिलता है। मैं तो अनंतकाल में अरबों वर्षों तक जीना चाहता हूँ। मैं जब तक इस जीवन में हूँ तब तक मेरा यही प्रयास होगा कि मैं लंबी से लंबी आयु पा सकूँ। इससे कोई अंतर नहीं पड़ता कि मेरे पास कितनी कारें (cars) या कितना पैसा है। यह मायने रखता है कि मैं किसी तरह अपनी पहुँच बनाऊँ और अपने उद्देश्य से भी बड़े उद्देश्य को पूरा करूँ।

क्या हम दूसरों के लिए एक सबक हैं?

मुझे नहीं लगता कि ईश्वर रोग देकर हमें दंडित करते हैं। मेरा मानना है कि वे इस रोग के माध्यम से हमें संदेश देना चाहते हैं, जो हमें सुनना चाहिए। जब उनके मित्र लाज़ारस रोगी और मृतप्राय थे तो जीज़स ने कहा, 'यह रोग मृत्यु के लिए नहीं बल्कि ईश्वर की कीर्ति के लिए है, इस तरह ईश्वर का पुत्र कीर्तिवान होगा।'

जब जीज़स ने लाज़ारस को मरने दिया और फिर उन्हें मरे हुए लोगों के बीच से उठाया तो बहुत सारे अविश्वासियों ने माना कि जीज़स ईश्वर के पुत्र थे।

क्या यह संभव हो सकता है कि हमारा रोग या अपंगता किसी न किसी तरह भगवान के उद्देश्य को पूरा कर रहे हों? मैंने अपने अंगों के अभाव के साथ ऐसा महसूस किया है इसने मुझे मेरे धर्मप्रचार और अपनी मिसाल के साथ दूसरों की सेवा करने की अनुमति दी है। मैं सोचता हूँ कि अगर मेरे माता-पिता किसी बिना हाथ-पैरवाले किसी व्यक्ति को पहले से जानते होते तो उन्हें मार्गदर्शन और आशा का संदेश मिल सकता था। मुझे यह वरदान मिला कि मैं अपने ही जैसे अपंग बच्चों, स्त्रियों और पुरुषों की सेवा कर सकूँ। मेरे माता-पिता भी यही करते हैं, वे उन माता-पिता को आश्वासन और मार्गदर्शन देते हैं, जिनके बच्चे हाथों और पैरों के बिना जन्म पाते हैं। वे उनके परिवारों को अपना परामर्श देते हैं ताकि उनके लिए सब कुछ सहन करना आसान हो जाए। अगर हम अपने जीवन में और कुछ न भी करें तो भी दूसरों को थोड़ी सी मानसिक शांति और प्रोत्साहन देने का अद्भुत काम तो कर ही सकते हैं।

कैलीफोर्निया की मिशेल, जो एक माँ भी हैं, उन्होंने कई अन्य लोगों की तरह मुझे ई-मेल भेजा जिसने मेरे उद्देश्य की पूर्ति करते हुए मुझे और भी विनीत बनने की प्रेरणा दी। इस तरह मुझे याद आ जाता है कि न जाने कितने लोग ऐसे हैं जिन्होंने मुझसे भी बड़ी और तकलीफदेह चुनौतियों का सामना किया है। मिशेल ने एक साथ

तीन संतानों को जन्म दिया था। उनमें से एक संतान, ग्रेस का जन्म अठाईसवें सप्ताह में हुआ और वह सेरीब्रल पल्सी का शिकार थी, जिसकी वजह से वह चलने-फिरने से लाचार थी। उसे दायीं आँख से दिखाई भी नहीं देता था। अपनी इन शारीरिक चुनौतियों के बावजूद ग्रेस अपनी स्कूल में एक अच्छी छात्रा रही और सबसे बेहतर प्रदर्शन किया। उसका विश्वास बहुत मज़बूत है। हालाँकि ग्रेस कभी अपने पर तरस खाने जैसी स्थिति पैदा नहीं होने देती पर उसने भी अपनी माँ मिशेल से यह प्रश्न पूछा था कि 'मैं ही क्यों?'

आप गंभीर अपंगता और चुनौतियों से जूझ रहे व्यक्ति पर यह इल्ज़ाम नहीं लगा सकते कि वह ऐसा सवाल क्यों कर रहा है। मैंने अकसर इस बारे में लिखा और बताया भी है कि मेरी माँ ने मेरे ऐसे कठिन सवालों के जवाब कैसे ढूँढ़े। मिशेल ने मेरी पहली किताब पढ़ी और कई वीडियो भी देखे और उन्होंने ग्रेस के सवालों का जवाब देने के लिए वही तरीका अपनाया जो मेरी माँ अपनाती थी, पर उनका तरीका थोड़ा अलग था।

'मैंने ग्रेस से कहा, 'जब सही समय होगा तो ईश्वर तुम्हारा उपयोग इस बात के लिए करेगा कि तुम दूसरों को भी ईश्वर के निकट ला सको!' मिशेल ने लिखा। 'मैंने उससे कहा कि यह अपने आपमें एक उपहार है - इस तरह तुम बहुत पहले से अपने उद्देश्य को जान लेती हो। मैं अब भी कई ऐसे लोगों को जानती हूँ जिन्हें आज तक अपने जीवन का सही उद्देश्य नहीं मिला!'

मिशेल ने बताया कि ग्रेस ने इस संदेश की पुष्टि के लिए मेरे वीडियो देखे और वह मेरी तसवीर स्कूल ले गई ताकि दूसरे बच्चों को प्रोत्साहित कर सके कि अगर ईश्वर आपके साथ हो तो कुछ भी असंभव नहीं रह जाता। मिशेल के अनुसार, ग्रेस की आस्था बढ़ गई और वह अपनी अपंगता के बावजूद ईश्वर को और भी गहराई से चाहने लगी।

'कभी-कभी तो लगने लगता है कि मेरे घर में एक फरिश्ता रहता है', मिशेल लिखती हैं।

चमत्कार कई रूपों में सामने आते हैं। आपको मेरे इस विश्वास के लिए मुझे माफ करना होगा कि ईश्वर मुझे एक साधन के तौर पर ग्रेस जैसे लोगों की मदद करने के लिए इस्तेमाल करता है और यह किसी करिश्मे से कम नहीं है। अगर किसी ने इस तरह के संदेश के साथ मुझे केवल एक बार ही संपर्क किया होता तो मैं इसे

आजीवन के लिए उपहार मान लेता पर मेरे पास दिन-ब-दिन आनेवाले ई-मेल, खतों और संदेशों की संख्या बढ़ती ही जा रही है। बहुत से लोग मुझे धन्यवाद देते हैं पर सही मायनों में मुझे उन्हें धन्यवाद देना चाहिए कि उन्होंने मुझे अपने अखंड विश्वास की शक्ति सौंपी, जिसके बल पर मैं उन्हें प्रेरणा दे सका।

रोगों और विकलांगता के बावजूद उन्होंने अपने विश्वास को कैसे बनाए रखा, इससे जुड़े कुछ संदेश तो अपने आपमें अद्भुत हैं। एडरियाना ने तो मुझे स्तंभित कर दिया था। वह पच्चीस बरस की है और उसका जन्म भी बाजुओं और टाँगों के बिना हुआ था पर उसके पास हाथ और पैर हैं।

ईश्वर ने मुझे बताया कि मैं अपनी अपंगता और चुनौतियों के बावजूद आम इंसानों जैसी ही हूँ। निक की तरह मुझे भी अपने रोज़मर्रा के कामों को पूरा करने के लिए संघर्ष करना पड़ता है, पर मैं अपनी हिम्मत के बल पर जीवन के सुनहरे पक्ष को देख सकती हूँ... जीज़स के माध्यम से ईश्वर ने संसार को लाखों करिश्मे और आरोग्य प्रदान किए। ईश्वर वास्तव में है और उसके प्रमाण के तौर पर मैं उसकी संतान के रूप में अपना अस्तित्त्व रखती हूँ।

एडरियाना को अपने पहले तीन साल जीवनरक्षक तंत्र पर काटने पड़े क्योंकि उसे नवजात अवस्था से ही साँस लेने में दिक्कत थी।

ईश्वर चाहता है कि हम सदा प्रसन्न भाव से जीवन का आनंद लें, भले ही पूरे दिन में जो भी सहना पड़े, पर हम अनंत काल तक उसका आभार प्रकट करते रहेंगे। हर कोई अपने आपमें अनूठा और अलग होता है पर परम पिता के लिए हम सब एक हैं, अनूठे हैं और इसमें सृष्टि के सभी जीव शामिल हैं।

हमारे जीवन में आनेवाली अपंगताओं, कठिनाइयों और विषमताओं के बावजूद हम उसकी विशेष संतान हैं और सारी सृष्टि को उसकी ही छवि में रचा गया है।

उसका पालन करते हुए हम उसकी और समुदाय की सेवा का ध्येय पूरा कर रहे हैं और अपने प्यारे ईश्वर और उसके पुत्र जीज़स का संदेश, सुसमाचार प्रचारित कर रहे हैं।

तो क्या ईश्वर वास्तव में हैं? भले ही आप उसे देख नहीं सकते पर उसे अपनी आत्मा में देखा जा सकता है।

संकट बने सबक

भजन संहिता के अध्याय 119 में किंग डेविड बताते हैं कि किस तरह उन्होंने संकटों और पीड़ाओं के बीच अपने विश्वास पर काम करते हुए जीवन का सबक पाया। वे लिखते हैं कि बीमार पड़ने से पहले वे भटक गए थे और यह संकट उनके लिए अच्छा ही रहा क्योंकि इस तरह वे ईश्वर के नियमों की ओर वापस आ सके।

मेरे माता-पिता ने मुझे ईश्वर से प्रेम करना सिखाया। ऐसा इसलिए नहीं था कि इस तरह वे मुझे सुरक्षित रखेंगे या मुझे हाथ और पैर दे देंगे बल्कि इसलिए था कि ईश्वर को जानकर मैं स्वर्ग तथा इस जीवन को भरपूर पा सकूँगा, भले ही कुछ भी हो जाए। जब भी आप रोग, अपंगता या दूसरी चुनौतियों से घिरे हों तो ईश्वर के निकट जाने की प्रार्थना करें ताकि वह आपके लिए वह कर सके जो आपके लिए उचित है। यह पहल इस बात की पुष्टि है कि भले ही आपको नहीं पता कि आपके लिए क्या सही है, पर ईश्वर को पता है। आपके पास अपना आरोग्य पाने की ताकत नहीं है पर ईश्वर के पास यह ताकत है। जब आप इस तरह प्रार्थना करते हैं तो जान लें कि आप अपने विश्वास पर काम कर रहे हैं, आप अपनी सारी आशाओं को प्रभु के हाथों में सौंप रहे हैं जिनमें यह भी शामिल है : 'क्योंकि मैं जानता हूँ कि मेरे पास तुम्हारे लिए क्या योजना है', ईश्वर ऐलान करता है, 'मेरे पास तुम्हारे विनाश की नहीं बिल्क तुम्हें समृद्ध बनाने की योजनाएँ हैं, तुम्हें आशा और सुखद भविष्य देने की योजना है।'

ईश्वर से प्रार्थना करना और उसने हमें जो वचन दिए हैं, उसे उनकी याद दिलाना एक अच्छा उपाय है। मैं आपको प्रतिदिन प्रार्थना की बड़ी खुराक लेने की सिफारिश करता हूँ। मेरा मानना है कि **प्रार्थना से ताकतवर दवा कोई दूसरी हो ही नहीं सकती।** जब तक ईश्वर आपके लिए बनाई गई योजना को प्रकट नहीं करता तब तक आप कई दूसरे तरह के काम भी कर सकते हैं।

अपने अनुभव से मैंने जाना कि अपंगता, रोग या चोट आदि हमारे भीतर भय पैदा कर सकते हैं। आप स्वयं को अकेला, तनहा और तनावग्रस्त महसूस कर सकते हैं। मेरे लिए सबसे बदतर समय वही था, जब मैं अपनों की ओर से मिल रहे दिलासे और योगदान को नकारकर अपने आप सब संभालने और चलने की कोशिश करता था। आप अपने स्नेही लोगों से दूर जाने की भूल न करें। अगर जीवन में आपके पास स्नेही लोग हैं तो पूरी मर्यादा और आभार के साथ उनकी सहायता स्वीकारें। उन्हें

बताएँ कि वे आपके प्रति जितना दोस्ताना भाव रखते हैं, आप भी एक दिन उनके लिए वैसा ही दोस्त बनने की आशा रखते हैं। फिर उन्हें सहायता करने का अवसर प्रदान करें ताकि वे अपनी इच्छानुसार आपकी सहायता कर सकें।

अगर आपके पास दिलासा देनेवाला परिवार या दोस्त नहीं हैं तो पेशेवर मदद लें चर्च या दूसरे सहयोग देनेवाले समूहों के पास जाएँ। आपके डॉक्टर और हेल्थ केयर देनेवाले आपको यह सलाह दे सकते हैं कि ऐसी स्थिति में आप किसके पास जाएँ। अधिकतर बड़े रोगों और चिकित्सकीय समस्याओं के लिए सपोर्ट ग्रुप होते हैं, इसके अलावा सामान्य समूह भी आपको अपने गंभीर रोगों से उबरने में मदद कर सकते हैं।

जब भी आप इस भावविभोर कर देनेवाली चिकित्सकीय समस्याओं से गुज़र रहे हों तो मैं आपको सचेत करना चाहूँगा। हो सकता है कि आप इसे संभालने में पूरी तरह से मग्न हो जाएँ। आपके दिमाग में रोग और उससे निबटने की तकनीक के अलावा कोई और बात ही न आए। पेशेवर सलाहकारों का कहना है कि अपने रोग को स्वीकार करना और उसका प्रबंधन करना बहुत महत्त्व रखता है पर इसके साथ ही आपको यह भी याद रखना है कि आप अब भी 'आप' ही हैं। आप जो काम करना पसंद करते हैं या जिन लोगों का साथ पसंद करते हैं, उन्हें अपने से केवल इसलिए दूर न करें क्योंकि आप पूरी तरह से अपनी सेहत पर केंद्रित रहना चाहते हैं। आपकी सेहत के साथ जो चुनौती आई है उसे अपने जीवन पर हावी न होने दें या उसके कारण स्वयं को और अपने जीवन मूल्यों को नष्ट न होने दें। आपका निजी अस्तित्त्व इस चुनौती से कहीं अधिक विशाल है।

जीवन के कुछ दिन अन्य दिनों से कहीं अधिक बदतर होंगे। हो सकता है कि आपके पैरों तले ज़मीन खिसक जाए। आपको शारीरिक पीड़ा सहन करनी पड़े लेकिन फिर भी आपको आध्यात्मिक और भावात्मक तौर पर हार नहीं माननी है। अपनी पूरी आशावादिता और विश्वास के साथ डटे रहें। अपने हास्यबोध और दिमागी चतुराई को बनाए रखें और अपने पूरे दिन में ऐसे क्षणों की तलाश में रहें जो आपको शांति और आनंद का उपहार दे सकें। भले ही वह सुबह की गुनगुनी धूप का या जीवन का एक और दिन पाने का आनंद हो या आधा-अधूरा जो भी हो, उसे अपने प्रिय लोगों के साथ बाँटें।

जब मैं लिखता या बोलता हूँ या अपने जीवन का वर्णन यह कहते हुए करता

हूँ कि 'मेरा जीवन हास्यास्पद तौर पर अच्छा है' तो दरअसल मैं दिन-प्रतिदिन मिलनेवाले आनंद की ही बात कर रहा होता हूँ। भले ही मौसम अच्छा हो या खराब... भले ही सब कुछ सही ढंग से चल रहा हो... या अकल्पनीय तौर पर बुरी चीज़ें घट रही हों... भले ही मैं घर में अपने प्रियजन के बीच रहूँ या सड़क पर अजनबियों के बीच... भले ही मैं फिट महसूस करूँ या मेरी हालत किसी बीमार कुत्ते जैसी हो... या स्थितियाँ कैसी भी हो... लेकिन यह जीवन अपने आपमें बड़ा ही मज़ाकिया है।

आप हर दिन के संपूर्ण होने की चाह नहीं रख सकते। जीवन के कुछ दिन अन्य दिनों की तुलना में मज़ाकिया होते हैं तो कुछ दिन दुःखदायी होते हैं। पर भला हो या बुरा, रोग हो या अच्छी सेहत, अच्छा हो या न हो यह कितनी मज़ाकिया बात है कि हम अब भी ज़िंदा हैं और साँस ले रहे हैं। है न? यह जीवन ही अपने आपमें एक करिश्मा है। शेक्सपियर के शब्दों में - **हमें इस ज़िंदगी की सवारी करने का अवसर एक बार ही मिलता है** तो आप अपनी बारी आने पर क्या करेंगे? क्या आप यह इजाज़त देंगे कि खराब सेहत, अपंगता या कोई बड़ी चोट, इस धरती पर आपके जीवन के आनंद की एक भी बूँद को पी जाए? मैं आपको सलाह दूँगा कि ऐसे वक्त में अपनी सेहत और विकलांगता से जुड़ी समस्याओं को भूलने की कोशिश करते हुए अपनी प्राथमिकताओं को सिलेसिलेवार ढंग से लगाने की कोशिश करें और जो लोग आपकी देखरेख करते हों उन्हें पता लगने दें कि आप उन्हें कितना चाहते हैं और इसके साथ ही अपनी आस्था को भी मज़बूत करते रहें।

यह संभावना हमेशा रहती है कि भगवान ने आपके जीवन में यह चुनौती इसलिए दी ताकि आप अधिक मज़बूत, अधिक स्नेही, अधिक साहसी, अधिक दृढ़ निश्चयी और विश्वास से भरपूर बन सकें और उस संभावना के साथ आगे बढ़ें। आपकी देह भले ही रोग से शिथिल हो, पर आपको कल्पना की उड़ान भरने से तो कोई नहीं रोक सकता। हो सकता है कि आप कई तरह के ज़रूरी कामों में व्यस्त हों पर अब समय आ गया है कि आप बाइबिल और ऐसी अन्य किताबें पढ़ें जो इलाज, डॉक्टरों और नर्सों के दौरों और तकनीकज्ञों के आने-जाने के दौरान भी आपको अंदर से भरपूर बनाए रखें। अपने जीवन के उन हिस्सों को मज़बूती देते हुए, आरोग्य देने की कोशिश करें, जहाँ तक वे लोग नहीं पहुँच सकते। तय करें कि भले ही आपकी देह के साथ कुछ भी हो जाए लेकिन आप अपने मन, चेतना और आत्मा को नए सिरे से सहेजते हुए सँवारेंगे। ईश्वर से अपने लिए विश्वास का वह

उपहार पाने की प्रार्थना करें।

कोई सुधार नहीं, कोई समस्या नहीं

बेशक अगर आप किसी गंभीर असाध्य रोग या मेरे जैसी विकलांगता से पीड़ित हों तो आपके लिए सुधार की कोई गुंजाईश नहीं होगी। आपका शेष जीवन इसी तरह बीतना है। हो सकता है कि आप अपना बाकी समय आत्मदया, गुस्से, अपराधबोध और ग्लानि के बीच काटें या उस चुनौती को कबूल कर लें और ईश्वर की ओर से मिले इस उपहार का समय रहते उचित उपयोग करें।

मैंने अपनी विकलांगता के बावजूद जिस तरह अपना जीवन जीने और दूसरों की सेवा करने का मार्ग चुना उसके लिए मुझे बहुत लोगों की प्रशंसा मिली और मैंने कई लोगों का ध्यान आकर्षित किया। पर ऐसे बहुत से और भी लोग हैं जो चुपचाप अपने रोगों व गंभीर विकलांगता की चुनौतियों का सामना कर रहे हैं। मगर उनकी गरिमा, मर्यादा और आस्था में भी कोई कमी नहीं आई है।

रेबेका टॉलबर्ट का जन्म हुआ तो वह मेरी विकलांगता और सेहत से जुड़ी समस्याओं से कहीं अधिक चुनौतियों का सामना कर रही थी। घरेलू हिंसा के शिकार एक परिवार में, रेबेका का जन्म एक असमय पैदा होनेवाले नाज़ुक नवजात के तौर पर हुआ। उसकी डिलीवरी आपातकालीन थी। जन्म से ही तीन पौंड से भी कम वज़न वाली बच्ची ने मरने से इनकार कर दिया। वह जीना चाहती थी। हर आनेवाला दिन उसके लिए नई चुनौतियों से भरा होता था।

धीरे-धीरे पता चला कि रेबेका स्पास्टिक क्वाडरीप्लेजिक पल्सी रोग (Spastic Quadriplegic Cerebral Palsy) से पीड़ित थी। माता-पिता में तलाक हो गया पर उसकी माँ लॉरीना ने सदा अपनी बच्ची को यह विश्वास दिलाए रखा कि उसका परिवार और ईश्वर उसे बहुत चाहता है।

इसी विश्वास के बल पर रेबेका एक अद्भुत आनंददायी और सकारात्मक भावना के साथ बड़ी हुई। खुद को एक पीड़ित मानने के बजाय उसने चुनौतियों का सामना किया और दूसरों को आरोग्य प्रदान करनेवाली बन गई। जब वह ग्रेड स्कूल में थी तो उसने एक अभियान चलाया ताकि अफगान शरणार्थियों के लिए चंदा जमा किया जा सके। उसने अपने तिपहिया कुर्सी वाहन की सवारी करते हुए जगह-जगह जाकर पंद्रह हज़ार डॉलर जमा करने में सफलता पाई।

उसे भी बाइबिल की वही पंक्तियाँ प्रिय थीं, जो उसकी दादी को बहुत भाती थीं :

'वह ईश्वर धन्य है, जो योग्य है और अपनी पूरी क्षमता के साथ हम पर काम करता है वह इतना समर्थ है कि हमारी विनती और समझ से भी कहीं अधिक काम करता है। इफीसियों 20:3'

रेबेका ने एक हाई स्कूल कक्षा परियोजना के लिए व्हील्स फॉर दि वर्ल्ड के साथ साझेदारी की और सामुदायिक तौर पर ऐसी मुहिम चलाई जिससे वे 2010 के हैती के भूकंप पीड़ितों के लिए पुरानी पहियाकुर्सियाँ और दूसरे चिकित्सा उपकरण जमा कर सकें। जीवन के लिए सकारात्मक प्रवृत्ति और उत्साह के बल पर उसने स्कूल में बहुत से नए दोस्त बनाए। वह लोगों तक पहुँची तो वे भी उसके बहिर्मुखी व्यक्तित्व से बहुत प्रभावित हुए।

इसके बाद रेबेका को वैसी ही चुनौतियों से जूझना पड़ा जो उसी आयु में मेरे सामने भी आई थीं। हाई स्कूल ही वह समय होता है जब आपको पता चलता है कि आप दूसरों से अलग हैं और फिर आपका बाकी सारा जीवन यह जानने में ही बीत जाता है कि हम आपस में कितने एक से हैं। किशोरावस्था किसी के लिए भी चुनौतीपूर्ण हो सकती है और हम जैसे अपाहिजों के लिए तो यह और भी अधिक चुनौतीपूर्ण हो जाती है।

जब आपका मन और शरीर तेज़ी से परिपक्व हो रहे हों और उनमें तेज़ी से बदलाव आ रहा हो तो शरीर में रासायनिक बदलाव भी आते हैं जो आपके भावों को और उभार देते हैं। यह बहुत ही उथल-पुथल से भरा समय होता है। इस दौरान आपके साथी और दोस्त भी इन्हीं बदलावों से गुज़र रहे होते हैं। सभी यही जानने की कोशिश में लगे रहते हैं कि अनुकूल कैसे बना जाए और उनके लिए भविष्य के गर्भ में क्या छिपा है।

उसी आयु में मैंने जाना कि कुछ काम ऐसे थे जो मेरे साथी कर सकते थे और भरपूर विश्वास और दृढ़ संकल्प के बावजूद मैं नहीं कर सकता था। मुझे उसी दौरान दूसरे बच्चों की धौंस और निर्दयता का भी सामना करना पड़ा। हालाँकि यह उनकी ओर से लापरवाही में कही गई कोई बात या मज़ाक करने की कोशिश भर होती, पर मेरे दिल को ठेस लगती और मेरे लिए अपनी ग्लानि से उबरना मुश्किल हो जाता।

रेबेका के साथ भी यही सब हुआ। हाई स्कूल अपने साथ नए दोस्त, नए आनंद और नई चुनौतियाँ लाया। उसे यह पता चला कि वह दूसरों से कितनी अलग थी। अधिकतर लोग उसके हँसमुख स्वभाव से आकर्षित हुए पर कुछ उसके पास होने

पर असहज भी महसूस करते। कुछ बच्चों ने भद्दे वाक्य कहे और कुछ ने उसकी दोस्ती की पेशकश ठुकरा दी।

उन सब बातों से दिल को ठेस लगती थी। रेबेका ने अपने स्वभाव को ज्यों का त्यों रखना चाहा पर वह निराशा और आत्मसंदेह से घिर गई : 'ईश्वर ने मुझे ठीक क्यों नहीं किया? वह दूसरों को मुझे ठेस पहुँचाने की इजाज़त क्यों देता है? मुझे और मेरी देह को इस पहियाकुर्सी में फँसाकर क्यों छोड़ दिया गया है?'

इसी निराशा और आत्मसंदेह के चलते वह जीवन में पहली बार ईश्वर के प्रेम पर भी सवालिया निशान उठाने लगी। प्रभु, क्या तुम्हें पूरा विश्वास है कि तुम सबसे प्रेम करते हो? क्या तुम्हें पूरा विश्वास है कि मैं भी उसी सूची में हूँ?

अगर आप ईश्वर से पूरे सम्मान के साथ कुछ पूछें तो इसमें कोई हर्ज नहीं। बाइबिल में लिखा है, 'माँगोगे तो पा लोगे।' हमें पूछने पर ही जवाब मिलते हैं। समस्या तब आती है जब हम ईमानदारी से जवाब पाने के कौतूहल को त्यागकर, संदेह करने लगते हैं और अपने विश्वास को खो देते हैं। आपके प्रश्नों के जवाब नहीं मिल रहे तो इसका मतलब यह नहीं है कि उन प्रश्नों के कोई जवाब हैं ही नहीं। हो सकता है कि आपको कुछ समय तक प्रतीक्षा करनी पड़े और प्रभु उसके बाद आपके लिए बनी योजना को सामने लाएँ। कई बार जब हमें अपने सवालों के जवाब मिलते हैं तो हमें एहसास होता है कि प्रभु हमारे जीवन के लिए जो दृष्टि रखते हैं, वह तो हमारी दृष्टि से कहीं बड़ी है।

बदकिस्मती से यह भी सच है कि कई बार जीवन हमारे ऊपर एक के बाद एक निराशाओं का बोझ लादता चला जाता है। भले ही हम चुनौतियों का सामना करने की कितनी भी कोशिश क्यों न करें, हम उनके बोझ तले दब सकते हैं।

स्कूल में बेहतर प्रदर्शन करने और कक्षा में नेतृत्व पद संभालने की इच्छा के बावजूद रेबेका अपनी सीनियर क्लास की ग्रेजुएशन के समय एक विवाद में घिर गई। उसने ग्रेजुएट होने की पूरी उम्मीद रखी और यहाँ तक कि समारोह में प्रार्थना करने की भी योजना बना रखी थी। पर एक तकनीकी कारण के चलते स्कूल बोर्ड का कहना था कि वह अभी ग्रेजुएट होने योग्य नहीं है और उसे उस समारोह में अपने साथियों के साथ बैठने का अवसर नहीं दिया गया।

रेबेका के लिए यह एक करारी चोट थी। वह लंबे समय से इस प्रसंग में अपनी भूमिका को लेकर उत्साहित थी और प्रतीक्षा करती आ रही थी। उसे जीवन में कई

दूसरी दुःखद घटनाओं का भी साक्षी बनना पड़ा। पहले-पहल प्यारी दादी चल बसीं, इसके बाद ल्यूकीमिया, पार्किंसन रोग, दिमाग के कैंसर और आत्महत्या की वजह से उसके नौ दोस्त इस दुनिया को छोड़कर चले गए।

रेबेका ने खुद को असहनीय दुःख से घिरा पाया। निराशा ने उसकी सोच को घेर लिया और विश्वास के सारे द्वार बंद कर दिए। उसकी आत्मा के दुश्मन मज़बूत हो गए। दूसरों की मदद में समय बितानेवाली जाँबाज़ युवती ने अचानक अपने जीने की आस छोड़ दी। हर दिन पिछले दिन से ज़्यादा अंधेरा लगता था। नकारात्मक आवाज़ों ने उसकी सोच पर भी बुरा असर डाला : तुम एक बोझ हो... कोई तुम्हारी परवाह नहीं करता... वे सब बस एक अपाहिज लड़की पर तरस खाते हैं...।

उसके भीतर आत्महत्या की प्रवृत्ति घर करने लगी। एक दिन, उसने खुद को, रसोईघर के दराज़ में रखे चाकू को घूरते पाया और वह योजना बनाने लगी कि जब उसकी माँ बाहर जाती है तो वह उस समय अपनी जान ले सकती है।

रेबेका के परिवार ने उसे निराशा से बाहर लाने का बहुत प्रयास किया। एक रविवार उसकी माँ ने उसे चर्च जाने को विवश किया। रेबेका अकसर खुशी से चर्च जाती थी पर अब वह बिस्तर से भी नहीं उठना चाहती थी लेकिन माँ के कहने पर उसे जाना पड़ा। उसकी माँ को अब भी यकीन था कि ईश्वर ने उनकी रेबेका को छोड़ा नहीं है। रेबेका के लिए ज़रूरी था कि वह ईश्वर के घर में उसके लोगों के बीच जाए।

लॉरीना ने रेबेका को बिस्तर से बाहर आने, कपड़े बदलने और पहियाकुर्सी पर बैठने में मदद की। वे चर्च चल दिए। रेबेका चुप थी, वह अब भी अपने ही खयालों में गुम थी। ज्यों ही उन दोनों ने चर्च के भीतर प्रवेश किया तो उसकी माँ को एक बुलेटिन दिखाई दिया। उसमें से एक पन्ना गिरा जिसमें एक भावी प्रसंग के बारे में बताया गया था।

रेबेका की माँ को पन्ने पर जाना-पहचाना चेहरा दिखाई दिया। यह तो वही चेहरा था जिसे उनकी बेटी निराशा की चपेट में आने से पहले देखा करती थी ताकि उससे प्रेरणा ले सके। लॉरीन ने नम आँखों से मेरी तसवीर बेटी के हाथ में थमा दी और बताया कि मैं उसके स्कूल में होनेवाली ग्रेजुएट सेरेमनी से पहले बाकालॉरिएट समारोह में एक वक्ता के तौर पर आनेवाला हूँ। यह वही ग्रेजुएट समारोह था जिसमें उसके जाने पर पाबंदी थी।

'क्या तुम्हें अब भी लगता है कि ईश्वर तुम्हें भूल गया है?' लॉरीन ने पूछा।

रिबेका अकसर मेरे वीडियो देखती थी और चाहती थी कि किसी दिन हमारी भेंट हो क्योंकि उसके मन में भी यही सपना था कि वह दूसरों की मदद करे और अपने विश्वास को दूसरों तक पहुँचाए। मुझे अकसर बताया जाता है कि लोग मुझे देखकर बहुत प्रभावित होते हैं। हालाँकि मुझे कभी यकीन नहीं आया कि वे सच कहते होंगे। पर इस मामले में यह बात पूरी तरह से सच थी।

कई माह के बाद रेबेका को लगा था कि जैसे उसके भीतर से कोई रोशनी उमड़ी हो। वह पूरी तरह से शांत हो गई और उसके मन से विनाशकारी व आत्मदया से भरे विचार जाते रहे। उसने अपनी माँ से कहा कि वह उस समारोह में जाना चाहती है।

उस दिन जब मैंने अपनी बात पूरी कर ली तो रेबेका अपनी माँ के साथ मुझसे मिलने आई। लॉरीना ने मुझे अपनी बेटी के संघर्ष के बारे में बताया तो मैंने उसके और रेबेका के साथ मिलकर प्रार्थना की और हमने अकेले में कुछ मिनट बात की। उसने मुझे बताया कि कौन सी बात उसके दिल को खाए जा रही थी। मैं समझ गया। मैंने उसे बताया कि मैं भी वही सह चुका था। फिर मैंने उसे बाइबिल की कुछ पंक्तियाँ याद दिलाईं, जो उसे भी बहुत प्रिय थीं : मैं क्राइस्ट के माध्यम से सब कुछ कर सकता हूँ, वे मुझे ताकतवर बनाते हैं।

मैंने उससे कहा, 'अपनी विकलांगता से जुड़ी सारी चिंताओं को त्याग दो और ईश्वर की क्षमता पर विश्वास व आस्था बनाए रखो। एक बार फिर से जीज़स पर केंद्रित हो जाओ। सब कुछ उसके हाथों में सौंप दो।'

ईश्वर ने मुझे बाज़ुओं और टाँगों के बिना क्यों बनाया? उसने मुझे इस स्थिति में क्यों डाला कि मैं इस उल्लेखनीय पर पूरी तरह से बिखरी हुई लड़की के दिल में आस की ज्योति जगा सकूँ? मैं उस दिन की प्रतीक्षा में हूँ जब मैं उससे आमने-सामने होकर इन सवालों के जवाब पा सकूँगा। हो सकता है कि तब तक उन कारणों का कोई मोल ही न रहे और केवल परिणाम ही महत्वपूर्ण हो जाएँ।

कुरीन्थियों 2 1:3-4 में पॉल कहते हैं, 'हमारे प्रभु येशु मसीह के परमेश्वर और पिता को धन्यवाद, जो शांति का परेमश्वर है। वह हमें हमारे क्लेशों के दौरान शांति देता है ताकि हम परमेश्वर से मिली शांति के कारण उन लोगों को शांति दे सकें, जो किसी प्रकार के क्लेश से गुज़र रहे हैं।'

मुझे आपको यह बताने में हार्दिक प्रसन्नता हो रही है कि एक साल बाद रेबेका ग्रेजुएट हो गई और अपने सहपाठियों के आग्रह पर उसने समर्पण की एक प्रार्थना की। आप विश्वास कर सकते हैं कि उस दिन और आगे के दिनों में उसने बहुत से लोगों के हृदय को छुआ होगा।

अब उसने अपने गैरलाभकारी संगठन के साथ अपने विश्वास और आस्था को साकार रूप दिया है और अपने व दूसरों के जीवन में उद्देश्य की पूर्ति में लगी हुई है। कभी दूसरों से सांत्वना पानेवाली रेबेका अब दूसरों के लिए सांत्वना देने का कारण बन गई है। वह अपंगता और विकलांगता से जूझ रहे व्यक्तियों और परिवारों को मार्गदर्शन देती है। उसने अपनी अंतरात्मा का स्वर सुना और उन लोगों तक पहुँची जिन्हें ठेस लग चुकी है। वह उन्हें जीज़स का प्रेम सौंपते हुए, ईश्वर के उस संदेश को प्रचारित कर रही है जो जीवन को रूपांतरित करने की क्षमता रखता है!

6
भीतर के संघर्षों से उबरना

उस वक्त टेरी की उम्र इक्कीस साल रही होगी जब उसने माई लाइफ विदआउट लिम्ब्स की वेबसाइट पर अपनी आत्म-विनाशक यात्रा के बारे में लिखा। उसे एक अलग ही नशे में रहने की लत पड़ गई थी और यह सुख उसे तभी मिलता था जब वह अपने शरीर को कहीं न कहीं से काट लेती। उसे इस सनसनी में इतना मज़ा आने लगा था कि वह अपनी नसें और स्नायु काटकर जान जोखिम में डाल लेती थी।

'मैं ऐसी ही थी।' खुद को चोट पहुँचाने की लत की शिकार टेरी ने लिखा।

मैं अपनी यात्राओं के दौरान ऐसी बहुत सी कहानियाँ सुन चुका हूँ और वे मेरे लिए चिंता का विषय हैं। मानसिक स्वास्थ्य विशेषज्ञों का कहना है कि जो लोग खुद को शारीरिक तौर पर नुकसान पहुँचाकर या अपनी देह को काटकर चोट पहुँचाते हैं, वे खुद को मारने की कोशिश नहीं कर रहे होते, पर अकसर वे खुद को इस खतरे के हवाले कर देते हैं। यह एक बचाव की रणनीति है पर यह कुछ ऐसी रणनीति है मानों बुरी तरह से फटी हुई नस को बैंडेज लगाकर ठीक करने की कोशिश की जा रही हो। अपने शरीर को काटने से समस्या का हल नहीं मिलता और न ही यह खत्म होती है। जो लोग खुद को नुकसान पहुँचाते हैं वे अकसर अपनी गहन भावात्मक पीड़ा से बचना चाहते हैं। उन्हें लगता है कि उनके पास अपने दुःख से निपटने का कोई उपाय नहीं है।

टेरी और उसके जैसे दूसरे लोगों का कहना है कि खुद को नुकसान पहुँचाने की यह प्रवृत्ति एक लत है क्योंकि इनमें से अधिकतर लोग ऐसा करने के बाद अकसर खुद को शांत महसूस करते हैं, जबकि उन्हें भी यह पता होता है कि वे गलत कर रहे हैं। अकसर वे लोग कोई आनंददायक काम करने के बजाय खुद को चोट पहुँचा लेते हैं।

खुद को इस तरह नुकसान पहुँचाने की आदत को बिना आवाज़ की चीख भी कहा गया है।

टेरी ने उस पीड़ा के बारे में लिखा जो उसे अपने आपको नाकारा और घृणित महसूस करने से होती है। इसी पीड़ा से राहत पाने के लिए ही वह ऐसा करती थी। आखिरकार इस युवती ने बात बिगड़ने से पहले ही एक पेशेवर सलाहकार की मदद ली और इस तरह वह आत्म-विनाशक प्रवृत्तियों के चलते अपनी जान देने से पहले ही संभल गई।

पेशेवर सलाहकार की सलाह और टेरी के संकल्प को धन्यवाद देना चाहिए। टेरी ने पूरे डेढ़ साल तक खुद को काबू में रखा और ऐसी कोई घटना नहीं घटी। उसने बताया कि वह फिर से अपने सलाहकार के पास गई और इस बार भी उन्होंने जानलेवा प्रवृत्ति से छुटकारा पाने के उपाय सुझाए।

इस नए इलाज के दौरान टेरी को यह भी कहा गया कि वह निक वुईचिक के कहानी के बारे में जाने और उनके वीडियो देखे। टेरी ने अपने ई-मेल में लिखा कि मेरी जीवन यात्रा के बारे में जानकर उसे अपने जीवन को समझने में बहुत मदद मिली।

'अगर मैंने निक की कहानी से कुछ सीखा है तो वह यह है कि भले ही जीवन कितना भी कठोर क्यों न हो, भले ही मैं खुद को नुकसान पहुँचाने के कितने भी लालच में क्यों न आऊँ, मुझे हमेशा आभार प्रकट करना चाहिए कि मेरे पास हाथ हैं... मेरे पास टाँगें हैं... मेरे पास उँगलियाँ हैं जिनसे मैं यह सब टाइप कर रही हूँ... मैं कम से कम इस लायक तो हूँ कि अपने आप खा-पी सकती हूँ, कपड़े बदल सकती हूँ और आसानी से अपनी देखरेख कर सकती हूँ...', टेरी ने लिखा।

'मैं प्रकृति के इस कीमती उपहार को नष्ट क्यों करूँ जो मुझे ईश्वर ने दिया है!' उसने आगे लिखा।

टेरी की कहानी अपने आपमें डरावनी और साथ ही प्रेरक भी थी। डरावनी

इसलिए क्योंकि खुद को चोट पहुँचाने की लत के बारे में सब जानते हैं और प्रेरक इसलिए क्योंकि उसने पूरी समझदारी के साथ पेशेवर सलाहकार की सलाह मानी और विशेषज्ञ की सलाह पर चलते हुए अपना जीवन बचा लिया।

फिर भी मैं टेरी जैसे लोगों तक अपनी पहुँच बनाना चाहता हूँ। इससे पहले कि वे इस लत के कारण अपना या अपने प्रियजनों का नुकसान कर बैठें, मैं उन लोगों तक पहुँचना चाहता हूँ। मैं उनके मन की पीड़ा को समझता हूँ। पर मैं यह भी जानता हूँ कि अपने शरीर को काटकर दुःख देने के बजाय इस पीड़ा से निपटने के लिए दूसरे उपाय भी अपनाए जा सकते हैं। जब मैं छोटा था, तब मैंने भी आत्महत्या के बारे में सोचा था। उस वक्त मुझे भी यही लगता था कि मेरे जैसा दुःख तो किसी को हो ही नहीं सकता। ऐसा लगता था कि एक मैं अकेला ही हूँ जो इतना पीड़ित जीवन जी रहा है। पर सबसे डरावना तथ्य यह था कि मैं भी उन असंख्य लोगों में से एक था जो लोग खुद को कष्ट दे रहे थे या आत्महत्या करके अपने जीवन का अंत करना चाह रहे थे।

अपने आपको काटने या चोट पहुँचानेवाले काम अकसर एकांत में ही किए जाते हैं। ऐसे मामलों के आँकड़े बहुत कम मिलते हैं जिनमें खुद को नुकसान पहुँचाने के लिए खरोंच डालने, काटने, सिर टकराने, बाल खींचने, ज़हर खाने और खुद को जलाने जैसी बातें शामिल हों। यू.एस. के कॉलेज के छात्रों पर हुए एक अध्ययन से यह पता चला कि 32 प्रतिशत छात्र ऐसी आदतों में लिप्त पाए गए। आत्म-विनाशक प्रवृत्ति का अध्ययन करनेवाले विशेषज्ञों का अनुमान है कि सभी किशोर और वयस्कों में से 15 से 25 प्रतिशत लोगों ने कभी न कभी जान-बूझकर अपने आपको चोट पहुँचाने का प्रयत्न किया है।

आत्महत्या की कोशिश और आत्महत्या से मरनेवालों के आँकड़े आसानी से उपलब्ध हैं और वे अपने आपमें चौंका देनेवाले हैं। हर साल, अंदाज़न इस ग्रह पर करीबन एक मिलियन लोग खुदकुशी कर लेते हैं। इस तरह हर चालीस सैकेंड में एक इंसान जानबूझकर, खुद को मौत के मुँह में धकेल रहा होता है। पंद्रह से चौबीस साल के लोगों के बीच मौत के कारणों की बात की जाए तो आत्महत्या तीसरा प्रमुख कारण बन गई है और पिछले पैंतालीस वर्षों के दौरान आत्महत्या की दर 60 प्रतिशत बढ़ी है। यह दावा विश्व स्वास्थ्य संगठन का है।

अभी हाल ही में मैं वाशिंग्टन डी.सी. के एक हाईस्कूल में भाषण दे रहा था, जहाँ मैंने छात्रों से कहा कि वे अपनी आँखें बंद करें, हाथ उठाएँ और अगर उनके

मन में कभी खुदकुशी का विचार आया हो तो अपनी मुट्ठी बंद कर लें। आठ सौ बच्चों में से लगभग पचहत्तर प्रतिशत बच्चों ने संकेत दिया कि उनके मन में ऐसी बात आ चुकी है। इसके बाद मैंने कहा कि अगर उन्होंने सचमुच आत्महत्या करने का प्रयत्न किया है तो वे अपनी मुट्ठी बंद रहने दें और बाकी बच्चे मुट्ठी खोल दें। लगभग अस्सी छात्रों ने ऐसा संकेत दिया कि उन्होंने अपनी जान लेने की कोशिश की थी। क्या यह सब भयावह नहीं है?

जो लोग आत्महत्या की घातक प्रवृत्ति के शिकार होते हैं उन्हें अकसर यही लगता है कि उनके जीवन का कोई उद्देश्य नहीं है या उनके जीवन में कोई मायने नहीं रहे। उन्हें लगता है कि उनके आनेवाले कल के लिए कोई आस नहीं है क्योंकि वे किसी टूटे हुए संबंध, स्वास्थ्य संबंधी कारण, किसी प्रियजन से वियोग या असंभव दिखाई देनेवाली चुनौतियों से घिरे हुए हैं।

हममें से सभी अपने-अपने अनूठे बोझों तले दबे हैं। मैं समझ सकता हूँ कि आस या उम्मीद के बिना जीना कैसा होता है। यहाँ तक कि अब भी जब मैं पीछे मुड़कर अपने आत्महत्या के प्रयास को देखता हूँ तो भले ही मैं जितना भी गलत था पर मैं समझ सकता हूँ कि उस समय मैं कितना मायूस था। मेरे अंगों का न होना कोई समस्या नहीं थी – मेरी आस्था और आशा का अभाव ही मेरी समस्या की जड़ बन गए थे।

मेरा जन्म ही हाथों और पैरों के बिना हुआ इसलिए मुझे कभी उनकी कमी ज़रूरत से ज़्यादा नहीं महसूस हुई। मैंने हर काम को हाथ-पैर के बिना करना सीख लिया। मेरा बचपन खुशनुमा रहा, जिसमें स्केटबोर्डिंग करना, मछली पकड़ना और अपने भाई-बहनों के साथ कमरे में सॉकर खेलना शामिल था। बेशक, डॉक्टरों और थैरेपिस्ट की ओर से शरीर में गोदा-गादी तो चलती रहती थी, पर अधिकतर समय, मुझे अपने इस शरीर से कोई शिकायत नहीं थी। कई बार तो इसके कारण मुझे कई सुखद अनुभव भी हुए। ऑस्ट्रेलिया के अखबारों और टी.वी. स्टेशनों ने मुझ पर फीचर किए और मेरे प्रयासों की प्रशंसा की कि मैं किस तरह अपने अंगों के अभाव में भी मज़े से जी रहा हूँ।

अकसर उम्र का एक दौर ऐसा आता है, जब सभी बच्चों को खेल के मैदान, कैफेटेरिया या बस में दूसरों की धौंस या बेहूदे वाक्यों की मार झेलनी पड़ती है। उस आयु में मेरे साथ भी ऐसा ही हुआ। जब मैंने अपना विश्वास खो दिया और ईश्वर की ओर से मिली देन को उपेक्षित कर उन बातों के लिए रोने लगा जो मेरे पास नहीं

थीं तो मेरे मन में खुद को मिटा देने की विनाशक प्रवृत्ति पैदा हो गई। मैंने आनेवाले कल के लिए अपनी उम्मीद खो दी क्योंकि मुझे जो दिख रहा था वह उतना ही था जो सामने था। मैंने अपने सामने आनेवाली संभावनाओं को पूरी तरह से नकार दिया था।

मेरे लिए किसी को भी अफसोस नहीं करना चाहिए और अपनी चुनौतियों का सामना करते समय मेरे साथ तुलना करनी चाहिए। हम सभी के जीवन में परेशानियाँ और चिंताएँ आती हैं। अगर आप मेरी चुनौतियों से उनकी तुलना करेंगे तो हो सकता है कि आपको मदद मिले, पर आपके मन में असली दृश्य तो यही होना चाहिए कि ईश्वर हमारे सामने आनेवाली किसी भी समस्या से कहीं अधिक बड़ा है। मैं आभारी हूँ कि टेरी और उसके जैसे दूसरे लोगों ने मुझसे प्रेरणा लेते हुए अपने जीवन के लिए एक ताज़ा व सकारात्मक दृष्टिकोण पाया, पर मैं बस यहीं तक सीमित नहीं हूँ।

पहले तो मेरे पास सामान्य तौर पर पाए जानेवाले अंगों में से कुछ अंग नहीं हैं। पर मेरा जीवन मज़ाकिया तौर पर अच्छा है। दरअसल, जब मैंने अपने दूसरे साथियों के साथ अपनी तुलना शुरू की तो आत्म-स्वीकृति और स्वाभिमान चूर-चूर हो गया। मैं क्या कर सकता था, इस बात पर गर्व करने के बजाय मैं उन बातों पर विचार करने लगा जो मेरे साथी तो कर सकते थे पर जो मेरे बस के बाहर थीं। अपने आपको एक सक्षम इंसान के तौर पर देखने के बजाय मैंने खुद को विकलांग पाया। अपने अनूठेपन पर गर्व करने के बजाय मैं वह बनना चाहता था जो मैं था ही नहीं। मेरा फोकस बदल गया था। मैं खुद को नाकारा समझ रहा था। मैंने देखा कि मैं अपने परिवार पर किसी बोझ से कम नहीं था। ऐसा लगता था कि मेरे पास अपने भविष्य के लिए आशा की कोई किरण नहीं बची है।

नकारात्मक सोच और मनोभाव आपको भावुक करते हुए आपकी दृष्टि बदल सकते हैं। अगर आप उन्हें अपने भीतर आने से नहीं रोकते तो आपको खुद को चोट पहुँचाने के सिवा कोई और उपाय नहीं दिखेगा।

अगर मैं खुद को मरा हुआ महसूस कर रहा था तो मृत्यु को हकीकत क्यों न बना दिया जाए!

मैं बाहरी पीड़ा के बल पर ही अपने भीतर बसी उस पीड़ा का सामना कर सकता था।

बहुत से लोग ऐसे हैं, जिनके मन में कभी न कभी आत्महत्या का विचार आया

होगा। ऐसे हालात में आपके जीवन को बचाने का एक ही उपाय हो सकता है कि आप अपना फोकस खुद से हटाकर उन लोगों पर ले जाएँ जो आपसे प्रेम करते हों और अपना फोकस पीड़ा से हटाकर आनेवाले कल की संभावनाओं के साथ जोड़ दें।

जब भी आत्म-विनाशक और आत्महत्या करने की प्रवृत्ति सिर उठाए तो मैं आपको सलाह दूँगा कि अपने विश्वास और आस्था के बल पर सोचें कि आपके पास भी बेहतर कल और जीवन होगा या फिर यह सोचें कि आपके प्रियजन और आपका ईश्वर आपको इस तूफान से बाहर आने में सहायक होंगे। जीज़स ने कहा कि 'यूँ तो चोर चोरी करने, मारने या नष्ट करने आता है, पर वास्तव में वह इसलिए आता है ताकि हम जीवन को पा सकें - एक भरपूर जीवन!'

अपने देखने का नज़रिया बदलें

दस वर्ष की आयु में खुद को मारने की सोच का अंत तब हुआ जब मैंने अपनी मायूसी को भुलाया और यह सोचा कि मेरे जाने से मेरे परिवार और प्रियजन को कितनी भावात्मक पीड़ा का सामना करना होगा। मैंने खुद से ध्यान हटाया और उसे अपने प्रियजन के साथ जोड़ दिया। मैं अपना दुःख भुलाकर उनके सामने आनेवाली पीड़ा पर विचार कर रहा था और इस तरह मुझे अपनी आत्म-विनाशक प्रवृत्ति और सोच से छुटकारा मिला। मेरी पीड़ा मेरे अपनों के दर्द के आगे छोटी लगने लगी थी। आपके कर्म दूसरों को भी प्रभावित करते हैं। जरा सोचें, जो लोग आपसे प्रेम करते हैं, आपसे आस रखते हैं, आप पर भरोसा रखते हैं, आपका एक भी ऐसा कदम उनके दिल को कितनी ठेस पहुँचा सकता है।

डैरन ने हमारी वेबसाइट पर लिखते हुए कहा कि उसकी नौकरी चली गई और उसे एक रिश्ते में धोखा मिला। इसके एक ही वर्ष के भीतर उसे वित्तीय संकट का सामना भी करना पड़ा। आत्महत्या के विचार उसे दिन-रात परेशान करते थे। उसने मेरे वीडियो देखे और मेरे बारे में अपने बच्चों से बात की, इस तरह उसे अपने नकारात्मक आत्म-विनाशक विचारों से मुक्ति पाने में सहायता मिली।

'मैं इस बात को सहन नहीं कर सका कि मेरे बच्चे मेरे बिना बड़े होंगे', उसने लिखा। उसे एहसास हुआ कि संघर्ष तो हर किसी के जीवन का हिस्सा है। बस आपको करना यही है कि आप उठ खड़े हो, अपनी धूल झाड़ें और यह न भूलें कि जीवन बहुत सुंदर है और लगातार जारी रहता है।

हो सकता है कि आपको ऐसा लगे कि किसी को आपकी परवाह नहीं है। लेकिन फिर भी मैं आपसे यही कहना चाहूँगा कि आपको जिसने भी रचा है, वह आपकी बहुत परवाह करता है और वही आपको यहाँ तक लाया है। क्या आप देखना नहीं चाहेंगे कि बाकी का रास्ता आपको कहाँ ले जाएगा? हो सकता है कि आपके पास बहुत मज़बूत आध्यात्मिक पृष्ठभूमि न हो। हो सकता है कि आप स्वयं को ईसाई न मानते हों। पर जब तक आप जीवित हैं और साँस ले रहे हैं तब तक आनेवाले बेहतर दिनों की संभावना बनी हुई है। जब तक वह संभावना अपना अस्तित्त्व रखती है आप इसी भरोसे के बल पर अपने जीवन को आगे ले जा सकते हैं।

क्या आपको यह डर सता रहा है कि मैं आपको झूठी आस दे रहा हूँ? ज़रा सोचें, मैं अपने हाथों और पैरों के बिना भी अपनी दूसरी पुस्तक पर काम कर रहा हूँ। गौर करें कि यह पुस्तक ऐसा व्यक्ति लिख रहा है, जो आज से अठारह वर्ष पहले अपने प्राण लेना चाहता था। आज मैं एक उनतीस वर्षीय युवक के रूप में, सारी दुनिया का दौरा करता हूँ और लाखों लोगों तक अपनी बात पहुँचाता हूँ। अब मैं एक ऐसा इंसान बन गया हूँ, जो हमेशा दूसरों के प्रेम से घिरा रहता है।

आप स्नेह के पात्र हैं

ईश्वर को अपनी हर संतान की सुंदरता और मूल्य दिखाई देता है। आपको यह बात कभी नहीं भूलनी चाहिए कि उसके प्रेम के कारण ही तो हम यहाँ हैं। आप अकेलेपन, दिली ठेस और भय से खुद को बचा सकते हैं। आप स्नेह के पात्र हैं। आपको एक उद्देश्य की पूर्ति के लिए रचा गया है और समय आने पर वह आपके सामने ज़रूर प्रकट होगा। बस आपको अपने विश्वास और आस्था की बागडोर थामकर उन लोगों तक पहुँचना है जो आपको प्यार करते हैं, आपकी मदद करना चाहते हैं। इसके साथ ही आपको उस रचनाकार से यह प्रार्थना करनी है कि वह आपके जीवन में प्रवेश करे।

अपनी आत्म-विनाशक सोच को खुद से दूर कर दें। उसके लिए भीतर आने के सारे मार्ग बंद कर दें। उनके स्थान पर सकारात्मक प्रार्थना या संदेश को आगे आने दें। अपने मन से कटुता, गुस्से या ठेस के भाव को दूर हटा दें और अपने हृदय में ईश्वर के प्रति प्रेम को स्थान दें। आध्यात्मिक लोक बहुत वास्तविक है। बाइबिल में लिखा है कि जब हम प्रार्थना करते हैं तो फरिश्ते स्वर्ग से धरती पर उतर आते हैं और हमारे लिए अंधेरे के रक्षकों से लड़ते हैं। यह शैतान की सेना है जो आपको

धोखा देते हुए अपने झूठ और नकारात्मकता के साथ नष्ट कर देना चाहती है। लेकिन आपको डरने की आवश्यकता नहीं, ईश्वर आपकी प्रार्थनाएँ सुनता है और जीज़स के नाम से बड़ा कोई और ताकतवर नाम नहीं होता।

हो सकता है कि कुछ लोग आपको नीचा दिखाएँ। हो सकता है कि उनमें से कुछ आपको हानि पहुँचाने की इच्छा भी रखते हों। लेकिन ईश्वर ऐसा नहीं होने देगा। उसके पास आपके लिए एक योजना है, जिसे मुक्ति कहते हैं। आप मेरी एक बात ज़रूर याद रखें, उसने इस संसार में और उस शाश्वत बने रहनेवाले स्वर्ग में आपके लिए क्या सोच रखा है, इसकी जानकारी पाने के लिए यहाँ बने रहना बहुत मायने रखता है।

आत्म-विनाशक सोच से जूझनेवाले लोगों में, मैंने एक और चीज़ भी देखी है कि वे इस बात पर भरोसा नहीं करते कि हमारा ईश्वर एक स्नेही ईश्वर है। कहीं न कहीं उन्हें लगता है कि ईश्वर उन सबको प्रताड़ित करता है, जो उसके नियमों का पालन नहीं करता। अगर वे भूल करें या उसके कहने अनुसार न चलें तो उन्हें लगता है कि वे कभी ईश्वर का प्यार पाने के योग्य नहीं बन सकेंगे लेकिन वास्तव में यह सच नहीं है! वह स्नेही परमपिता सदा आपको क्षमा करने और अपनी बाँहों में भरने को तैयार है।

जिन्नी ने मुझे ई-मेल के माध्यम से बताया कि उसने आत्महत्या का विचार इसलिए बनाया क्योंकि उसे लगता था कि ईश्वर उसके पक्ष में नहीं है। ऐसा सोचनेवाली वह अकेली नहीं है, खास तौर पर दक्षिण कोरिया में इतनी अच्छी अर्थव्यवस्था होने के बावजूद, पिछले दशक में उस देश के लोगों में आत्महत्या की दर दुगनी हो गई है। इस तरह यह देश औद्योगीकृत देशों में सबसे अधिक आत्महत्या दरवाले देशो में से एक हो गया है।

बीस से चालीस वर्षीय दक्षिण कोरियाई लोगों के बीच आत्महत्या ही मृत्यु का प्रमुख कारण हो गई है और यह सारे निवासियों के बीच मृत्यु का चौथा प्रमुख कारण है, जिनमें कैंसर, दिल का दौरा आदि को भी शामिल कर सकते हैं। इंटरनेट पर सामूहिक आत्महत्या की योजना बनाकर आत्महत्या करने के मामले भी बढ़ रहे हैं। हाल ही में पाया गया कि दक्षिण कोरिया में प्रतिदिन पैंतीस लोग अपनी जान दे रहे हैं। सत्रह हज़ार लोगों ने एक माह में अपने प्राण त्यागे। नवंबर 2008 में एक लोकप्रिय अदाकारा की आत्महत्या के बाद सिंपेथेटिक सुसाइड की लहर के चलते यह सब हुआ। इसके बाद एक भूतपूर्व दक्षिण कोरियाई प्रेसीडेंट की आत्महत्या का भी सार्वजनिक रूप

से प्रचार हुआ, जिसने एक नोट छोड़ते हुए, तीखी चट्टान से छलाँग लगा दी। उस नोट में उसने लिखा था कि उसके अंदर जीवन में आनेवाले कष्टों से जूझने का साहस नहीं रहा।

दक्षिण कोरियाई लोगों के बीच निजी बातचीत में अकसर स्कूल और काम से जुड़े तनाव की बात होती है लेकिन इन बातों को सामाजिक तौर पर, सबके बीच स्वीकार करने पर पाबंदी है। अगर किसी मनोचिकित्सक की सलाह भी ली जाए तो यही माना जाता है कि उसके चरित्र में दोष है और यह अपने आपमें बहुत ही शर्मनाक होता है।

मैं अकसर दक्षिण कोरिया, चीन, जापान और भारत में अपनी आत्महत्या से जुड़ी प्रवृत्तियों के बारे में बात करता हूँ क्योंकि इन देशों में आत्महत्या की दर बहुत अधिक है। जब मैं इन देशों में बात करता हूँ तो लोग अकसर मुझे यही बताते हैं कि वे स्वयं को अकेला और असहाय महसूस करते हैं। उन्हें यह समझ में नहीं आता कि ईश्वर क्षमावान और स्नेही है। जिन्नी लिखती है कि उसने अपने जीवन की कठोरता के कारण कई बार अपनी जान देने के बारे में सोचा है। उसे लगता है कि ईश्वर दूसरों के लिए तो बड़ा ही निष्ठावान, भला और उदार है लेकिन उसके मामले में ऐसा नहीं है। जिन्नी ने बताया कि उसने अपनी जान देने के लिए जो भी उपाय किया, वे कभी सफल नहीं हो सके। यह देखकर उसे लगने लगा कि भगवान को उसकी बिलकुल परवाह नहीं और वह उसके प्रति कठोर, निर्मम और प्रतिकूल रवैया रखता है।

बाइबिल में बार-बार कहा गया है कि 'हमें प्रभु से डरना चाहिए।' लेकिन इसका मतलब यह नहीं है कि हमें आतंकित होकर, उससे कहीं दूर छिप जाना चाहिए। यह हमारे लिए एक पुकार है कि हम उसकी महानता के प्रति आभार प्रकट करते हुए, सम्मान और आज्ञापालन के भाव का प्रदर्शन करें। बाइबिल में यह भी लिखा है कि 'ईश्वर प्रेम है।' हमें यह कभी नहीं भूलना चाहिए कि वह हमें इतना प्यार करता है कि उसने अपने पुत्र को स्वर्ग से धरती पर भेजा कि वह सूली पर अपनी जान दे सके। हमें प्रभु का सम्मान करना चाहिए और इसके साथ ही यह भी नहीं भूलना चाहिए कि वह हमसे प्रेम भी करता है।

वह आपकी प्रतीक्षा में है कि आप उसे अपने आरोग्य की इजाज़त दें। उसे आपको शारीरिक तौर पर आरोग्य नहीं देना है बल्कि वह तो आपके हृदय को प्रेम से भरते हुए आपको आरोग्य देगा। वह आपको शांति, प्रेम और आनंद का उपहार देगा। वह आपकी प्रार्थना सुनता है इसलिए अपनी प्रार्थना जारी रखें। और याद रखें,

हो सकता है कि वह आपको उस तरह से प्रार्थना का जवाब न दे, जिस तरह आप चाहते हैं पर वह हमेशा आप पर अपनी अनुकंपा बनाए रखता है।

जब जीवन में कुछ बातें आपके खिलाफ जा रही हों तो अपनी प्रार्थना का सिलसिला जारी रखें। ईश्वर से पूछें कि वह आपसे क्या चाहता है। उसे यह अनुमति दें कि वह आपको भीतर से आरोग्य दे सके। वह समझता है कि मैं और आप अधूरे हैं। उसे मालूम है कि हम संपूर्ण नहीं हैं और अभी हम पर काम किया जा रहा है, पर हमें उसे इजाज़त देनी होगी कि वह हम पर भीतर से काम कर सके।

प्रभु की क्षमा और प्रेम के साथ आपको शांति मिलेगी। क्या आपसे किसी ने कहा कि आप उसका प्रेम पाने के योग्य नहीं हैं? मेरी पहली सलाह यही है कि आप किसी दूसरे व्यक्ति से इस बारे में राय लें, अपने स्वर्गीय पिता से प्रार्थना करें कि वे आपके लिए अपनी दयालुता और स्नेह प्रकट करें। अगर आपको मदद मिल सकें तो मेरी कहानी को याद रखें। साथ ही यह भी याद रखें कि अगर आपने धीरज बनाए रखा तो आप अपनी निराशा से उबरकर आशा की किरण अवश्य पा सकेंगे।

हो सकता है कि आपको यह समझने में कठिनाई हो कि वह आपको प्रेम कैसे कर सकता है। बाइबिल में जॉब को भी अपने कष्टों और संघर्षों के दौरान यही बात समझने में परेशानी हुई थी। उसने कहा, 'अगर मैं पूर्व में जाता हूँ तो वह वहाँ नहीं होता है... अगर मैं पश्चिम में जाता हूँ तो वह वहाँ भी मुझे नहीं मिलता... जब वह उत्तर दिशा में अपना काम करता है मैं उसे वहाँ भी नहीं देख पाता... जब वह दक्षिण की ओर मुख करता है तो वहाँ भी उसकी कोई झलक नहीं मिलती...।'

पर जॉब को बाद में एहसास हुआ कि ईश्वर का प्रेम तो हमारे लिए सदा मौजूद होता है। जब उसने यह स्वीकार किया कि वह प्रभु को नहीं देख सकता तो फिर उसने कहा, 'पर उसे मेरे सारे रास्ते पता हैं; जब उसने मुझे परखा तो मैं सोने की तरह निखरकर सामने आया।'

भले ही आपके अतीत में कुछ भी हुआ हो। भले ही आपने कैसा भी दुःख क्यों न सहा हो। अगर आप ईश्वर को स्वीकार करेंगे तो वह आपको आरोग्य प्रदान करेगा। जब जिन्नी ने ईश्वर को डरावना मानना बंद कर दिया तो उसे यह बात समझ में आ गई। उसने मेरी पहली पुस्तक लाइफ विदआउट लिमिट्स पढ़ने के बाद धन्यवाद दिया कि मैंने उसे इस तथ्य को समझने में मदद की। मैं आभारी हूँ कि मैं उसके इस आरोग्य का एक हिस्सा बन सका। उसकी एक बात ने मुझे हैरानी में डाल

दिया था, दरअसल मैंने लिखा था कि अपने हालात और खुद पर हँसने की क्षमता मेरे लिए कुँजी है, यह बात उसे बड़ी सही लगी और उसने इसे अपना लिया।

वह मेरी कहानियों में प्रभु का हास्य अनुभव कर सकी। 'मैं ईश्वर के निकट आ सकती हूँ क्योंकि वह मुझे हँसाएगा', उसने लिखा। अब मेरा मन शांत है। भले ही कुछ नहीं बदला पर मेरा मन पूरी तरह से शांत हो गया है।

जिन्नी की तरह आप भी ईश्वर पर भरोसा रखना सीखें ताकि भले ही आपके जीवन में संकट बने रहें लेकिन आपके मन और आत्मा को उस दौरान शांति मिल सके। एक-एक कर जल्दी ही आप अपनी सारी चुनौतियों पर काबू पा लेंगे।

आप अकेले नहीं हैं

जब मैं अपने बचपन में आत्महत्या करने के बारे में सोच रहा था तो मैंने सबसे बड़ी भूल यह की कि मैंने उन खतरनाक विचारों को अपने तक ही सीमित रहने दिया। मैं बहुत मायूस और निराश था। मैं ईश्वर से नाराज़ था। मैंने महसूस किया कि कोई भी मेरी पीड़ा को महसूस नहीं कर सकता। मैंने अपनी नकारात्मक सोच को अपने तक ही रखा क्योंकि मैं स्पष्ट तौर पर नहीं सोच पा रहा था कि इसी की वजह से आत्महत्या जैसी दुःखद घटनाएँ घटती हैं।

बेशक, मैं अकेला नहीं था। मैं अपने चाहनेवालों से घिरा हुआ था और जब मैंने अपने प्राण लेने के बारे में सोचा तो उनके प्रति मेरे प्रेम ने ही मुझे ऐसा करने से रोका। मेरे लिए यह सोचना भी कठिन था कि उनके दिल को ठेस लगेगी या वे इस बात के लिए अपराध बोध महसूस करेंगे।

जब मेरे माता-पिता को मेरी ऐसी आत्म-विनाशक सोच के बारे में पता चला तो उन्होंने झट से कदम उठाया। हालाँकि उन्हें पाँच साल तक इस बारे में पता नहीं चल सका था कि मैंने एक बार अपनी जान लेने की कोशिश भी की थी। उस रात जब मैंने अपना मुँह बाथटब के पानी में बहुत देर रखने के बाद बाहर निकाल लिया था तो मैंने अपने भाई आरोन से कहा, 'मैं शायद इक्कीस बरस की आयु में खुद को मार देता क्योंकि मैं अपने माता-पिता पर बोझ नहीं बनना चाहता था।' उसने तत्काल मेरे पिता से यह बात कह दी लेकिन उन्होंने समझदारी दिखाई और कोई बड़ी प्रतिक्रिया नहीं दी। उन्होंने मुझे बताया कि सारा परिवार मुझसे कितना प्रेम करता है और मेरी माँ और वे कभी मुझे बोझ नहीं समझते।

मेरे ऊपर से मायूसी का बादल छँट गया था फिर भी कभी-कभी निराशा का

आवरण छा जाता था, पर इसके बाद मेरे मन में आत्महत्या का विचार कभी नहीं आया। अब मेरे पास कानाए है और उससे एक सेकेंड दूर रहने का विचार भी मुझे कल्पना से परे लगता है। मैं बहुत किस्मतवाला हूँ कि मुझे जीवन में इतना प्यार मिला। जिन लोगों ने खुद को चोट पहुँचाने या आत्महत्या करने के बारे में सोचा, उनके पास शायद अपने परिवार या मित्रों का सहयोग नहीं था।

अगर आप भी किसी ऐसी परिस्थिति से जूझ रहे हैं तो कृपया यह याद रखें कि आप अकेले नहीं हैं। हममें से कोई भी अकेला नहीं है। आपका ईश्वर सदा आपके साथ है। मैं आपको प्रोत्साहित करता हूँ कि आप उनकी प्रार्थना करें और उनसे अपने लिए सहयोग की कामना रखें। अपने आध्यात्मिक मार्गदर्शक से बात करें, भले ही वह कोई पादरी हो या कोई मिनिस्टर, कोई पुरोहित हो या कोई रबी या फिर कोई ऐसा व्यक्ति जो आपको आध्यात्मिक और भावात्मक तौर पर मदद दे सके। आपको अपने मायूसी से भरे खतरनाक विचारों से अकेले नहीं जूझना चाहिए। अगर आपके पास ऐसे मित्र या परिवार नहीं जिनके साथ आप अपना बोझ बाँट सकें तो आप चर्च, डॉक्टर, किसी स्थानीय अस्पताल, स्कूल या फिर मानसिक स्वास्थ्य विभाग के माध्यम से अपने लिए मदद तलाश सकते हैं।

आपके लिए कई ऑनलाइन विकल्प भी मौजूद हैं जहाँ आपको अपने लिए सलाह मिल सकती है। हाल ने मुझे इसी तरीके से खोजा और मैं बहुत प्रसन्न हूँ कि उसने ऐसा किया। हाल ने भी वही किया जो मैंने किया था यानी कठिन समय में स्वयं को सारी दुनिया से काटकर तनहा हो गया था। उसे बाद में इस बात के लिए पछतावा भी हुआ। मैंने किसी को नहीं बताया और अब मैं इसे अपनी सबसे बड़ी भूल मानता हूँ, उसने एक ई-मेल में लिखा। अगर मैंने अपने कष्टों के मामले में किसी पर भरोसा किया होता तो हो सकता है कि मुझे अस्थायी समस्या के लिए स्थायी हल खोजने के बजाय मदद माँगने का साहस आ गया होता।

यह एक अहम बिंदु है। आपका दर्द और मायूसी हमेशा नहीं रहनेवाले। आपको मेरे जीवन की ओर देखना चाहिए ताकि आप जान सकें कि आपके जीवन की बेहतरी के लिए नाटकीय बदलाव आ सकता है। अगर आपको लगता है कि आपको जीवन में बदतर अनुभव मिले हैं तो क्या आप थोड़ा सब्र नहीं करना चाहेंगे कि आनेवाले बेहतर कल के बारे में जान सकें? जब मैं छोटा था तो निश्चित तौर पर मैंने भी कभी कल्पना तक नहीं की थी कि ऐसे अद्भुत अनुभव और इतने स्नेही लोग मेरी प्रतीक्षा कर रहे हैं। ईश्वर भी आपकी बेहतरी करने की प्रतीक्षा में है।

खुशकिस्मती से हाल के पास अपनी आत्महत्या की प्रवृत्ति से जूझने की समझ थी। उसने इंटरनेट की मदद ली, जो आपके लिए अच्छा या फिर एक बुरा माध्यम हो सकता है, निर्भर करता है कि आप अपने लिए क्या खोज रहे हैं? उसे अपनी माँ की ओर से एक ई-मेल मिला, जिन्होंने भाँप लिया था कि हाल को हौसले की ज़रूरत है। (अभी बहुत दूर जाना है!– हॉल की माँ) उसने यह ई-मेल मुझे भेजा, जिस पर केवल शीर्षक ही था, 'वाउ!'

हाल ने लिखा कि जब उसने मेरा वीडियो देखा तो वह फूट-फूटकर रोने लगा। इसके बाद उसने खुद से बहुत सारे सवाल पूछे और इस नतीजे पर पहुँचा कि उसे अपने प्राणों की रक्षा करनी चाहिए और अपने जीवन में बेहतरी के लिए होनेवाले बदलाव का स्वागत करना चाहिए।

मैं इतना स्वार्थी कैसे हो गया था? मैंने ऐसा कैसे सोच लिया था कि केवल आत्महत्या करना ही मेरे हर सवाल का जवाब हो सकता है? मेरे पास एक स्नेही परिवार था, मेरे तन पर कपड़े थे, भरपूर भोजन और पानी था; मैं एक यूनीवर्सिटी का छात्र हूँ और ऐसी शिक्षा पा रहा हूँ जिसे पाने के लोग सपने देखते रह जाते हैं। मैं किसी के प्यार में भी था और मैंने जीवन में बहुत से अद्भुत अनुभव पाए थे... तो फिर मैं इन सब चीज़ों को कैसे भुला सकता था! निक ने मेरे लिए यही किया। उसने मुझे याद दिलाया कि ज़िंदगी एक तोहफा है, एक सुविधा है, इसे हम अपना अधिकार नहीं मान सकते।

मुझे हाल की कही आखरी बात बेहद पसंद आई, उसने कहा, 'मैं भी बहुत धार्मिक इंसान नहीं हूँ, पर मैं करिश्मों में भरोसा रखता हूँ। आज मैं उन करिश्मों के कारण ही ज़िंदा हूँ।'

मैं जब भी यह कहानी सुनाता हूँ तो मेरा गला रूँध जाता है। यहाँ मैंने इसका ज़िक्र इसीलिए किया क्योंकि हाल का ई-मेल मेरे एक वीडियो लिंक से जुड़ा है। ज़रा इस बारे में सोचें : मैं भी कभी उसी हालात में था जिनका सामना हाल ने किया। अगर मेरा आत्महत्या का प्रयास सफल हो गया होता तो वह वीडियो कभी नहीं बना पाता जिसने हाल को उसकी मायूसी के घेरे से बाहर आने में मदद की।

अब ज़रा सोचें कि हाल के माध्यम से कितने लोगों का भला हो सकता है। इस किताब में उसकी कहानी पढ़कर ही कितने लोगों को अपने लिए सबक और प्रेरणा मिलेगी। अब उसका जीवन इतना सार्थक हो गया है, जिसकी उसने कभी

कल्पना तक नहीं की थी। आपके मामले में भी यही बात सच है! आप कल्पना भी नहीं कर सकते कि ईश्वर ने आपके लिए क्या सोच रखा है। अगर आपके मन में भी कभी आत्महत्या करने या खुद को नुकसान पहुँचाने का भाव आए तो वहीं करें जो मैंने और हाल ने किया। अपने भरोसे और आस्था पर डटे रहें और सब कुछ ईश्वर के हाथों में सौंप दें। मैं अकसर हिब्रू बाइबिल के इस स्तुति-गीत से अपने लिए शक्ति और बल संजोता हूँ : तू मेरा शरणस्थान, परम प्रधान को माना तूने अपना धाम, अब न होगी तेरी कोई हानि-नुकसान।

मदद को बढ़ा एक हाथ

हाल ने मुझे एक बार फिर से याद दिलाया कि अगर वह चमत्कार अब तक नहीं हुआ, जिसके लिए आप प्रार्थना कर रहे हैं तो बेहतर यही होगा कि आप किसी दूसरे के लिए चमत्कार बन जाएँ। अगर आप अपनी आत्म-विनाशक प्रवृत्ति से उबर गए हैं तो मैं आपको प्रोत्साहित करूँगा कि आप दूसरे ज़रूरतमंद लोगों तक पहुँच बनाएँ और उन्हें वैसी ही चुनौतियों का सामना करने की शक्ति दें जिनका सामना आपको करना पड़ा है।

हो सकता है कि आपने भाँप लिया हो कि आपका कोई परिचित मायूस है और वह आपके परिवार का कोई सदस्य भी हो सकता है, कोई दोस्त या साथ काम करनेवाला कर्मचारी भी हो सकता है। आप उनके लिए इतना तो कर ही सकते हैं कि उनके कंधे पर दिलासा भरा हाथ रखें ताकि उन्हें यह न लगे कि वे अपनी पीड़ा के बीच अकेले हैं। कई बार संबंधों का बिखरना, वित्तीय समस्याएँ, गंभीर रोगों या किसी निजी असफलता- जैसे नौकरी का जाना, परीक्षा में पास न होना या फिर कोई भयानक दुर्घटना और सैन्य संघर्ष, आदि भी आत्म-विनाशक सोच को पैदा करने की वजह हो सकते हैं। इन कारणों में किसी प्रियजन से हुए वियोग या किसी पालतू की मौत भी शामिल है।

बाइबिल में पॉल के अनुसार, उसका मानना है कि **हमारे कष्टों की तुलना उस कीर्ति से नहीं की जा सकती, जो उनके माध्यम से प्रकट होगी।** जब कोई दूसरा व्यक्ति कहता है, 'अगर निक ऐसा कर सकता है तो मैं भी ऐसा कर सकता हूँ।' तब मेरी अपंगता से जुड़े सारे संघर्ष जैसे सार्थक हो जाते हैं। हम एक-दूसरे के लिए उपहार और चमत्कार बन सकते हैं और यह इस बात का जीता-जागता सबूत है कि **आशा की किरण हमेशा मौजूद रहती है।**

हालाँकि आप कभी जान नहीं सकते कि सामनेवाले इंसान के दिल में क्या चल रहा है, आपको तो बस संकेत दिख सकते हैं, जिनसे आप जान सकते हैं कि कहीं सामनेवाला खुद को नुकसान पहुँचाने का तो नहीं सोच रहा! अगर आप ऐसे व्यवहार को देखें तो मेरा आग्रह है कि अपनी ओर से मदद करने में देरी न करें।

विशेषज्ञों के अनुसार, कुछ विशेष किस्म के व्यवहार ऐसे होते हैं जो यह संकेत देते हैं कि सामनेवाला व्यक्ति गहरे अवसाद और निराशा का शिकार है व आत्महत्या की प्रवृत्ति से ग्रस्त हो सकता है। इनमें निम्नलिखित व्यवहार शामिल हैं :

- खाने और सोने की आदतों में अचानक आनेवाला बदलाव
- परिवार, दोस्तों और नियमित गतिविधियों से दूर जाना
- हिंसक कार्य, विद्रोही व्यवहार या पलायन
- निजी छवि की उपेक्षा
- व्यक्तित्व में बदलाव आना
- निरंतर नीरसता का एहसास, ध्यान केंद्रित होने में परेशानी, स्कूल में प्रदर्शन बिगड़ना
- शारीरिक लक्षणों से जुड़ी शिकायतें, पेट या सिर में अकसर दर्द रहना या फिर थकान महसूस होना।
- पसंदीदा गतिविधियों से विमुख होना
- प्रशंसा या पुरस्कार के प्रति असहनशीलता
- पसंदीदा सामान या चीज़ों को फेंकना या दूसरों को दे देना।
- अवसाद समाप्त होने के बाद अचानक प्रसन्न हो जाना

इसके अलावा अन्य संकेत भी हो सकते हैं और इन्हें पुष्ट प्रमाण तो नहीं माना जा सकता पर अगर आपका कोई परिचित इन हालात में है तो आपको संभल जाना चाहिए। ऐसा व्यक्ति बार-बार नकारात्मक बातें करता है, जैसे, 'जीवन नर्क से बदतर है,' 'ये दुनिया मुझसे नफरत करती है,' 'मैं नाकारा हूँ,' 'मैं अब और सहन नहीं कर सकता' वगैरह।

सच्चे मित्र

अकसर अवसाद और निराशा के मारे लोग अपनी समस्याओं के बारे में बात

नहीं करना चाहते। ऐसे लोगों के साथ अपनी ओर से ज़बरदस्ती न करें, पर बातचीत का रास्ता खुला रखें, बस अपनी ओर से सलाह न दें या बेवजह निर्णय न सुनाएँ। बस उनके आसपास बने रहें, उनके साथ घूमें और एहसास दिलाएँ कि आप उनकी कद्र करते हैं आपको उनकी परवाह है; यही बात अपने आपमें बड़ा अंतर ला सकती है।

केट ने मुझे एक ई-मेल के माध्यम से धन्यवाद भेजा कि मैं अपने एक भाषण के दौरान, उसकी दोस्त की मदद करने में सफल रहा। पर मुझे इस बात ने ज़्यादा प्रभावित किया कि केट ने अपनी दोस्त का साथ तब भी दिया जब ऐसा करना आसान नहीं था। उसने कहा कि जब वह और उसकी दोस्त हाईस्कूल में पहुँचे तो वह दोस्त अचानक मानो अपना रास्ता भटक गई। वह अवसाद का शिकार होकर खुद को चोट पहुँचाने लगी। वह अपना विश्वास खो चुकी थी।

'एक मुश्किल बात यह भी थी कि मुझे कुछ समझ में नहीं आ रहा था', केट ने लिखा।

अकसर अवसाद ग्रस्त व्यक्ति के मित्र और परिवारजन समझ नहीं पाते कि वह इंसान अपना दिल क्यों दुःखा रहा है। हो सकता है कि उन्हें यह कारण पता न चले क्योंकि जो खुद को चोट पहुँचा रहा है, उसे भी पता नहीं होता कि वह ऐसा क्यों कर रहा है। हो सकता है कि उसके दिल की ठेस इतनी गहरी हो कि वह उसे किसी के साथ बाँटना ही न चाहे। मैं इस बात से प्रभावित हुआ कि केट अपनी दोस्त के भावों और कर्मों से अनजान होने पर भी उसके साथ बनी रही और उसकी ओर से उपेक्षा मिलने पर भी अपनी वफादारी नहीं छोड़ी।

'इस दौरान मैं अपनी ओर से हर वक्त उसे अवसाद से बाहर लाने की भरपूर कोशिश करती रही, चूँकि मैं ऐसे खुशहाल लोगों में से हूँ जो जीवन को भरपूर जीना पसंद करते हैं। इसलिए उसे मेरा साथ पसंद नहीं आ रहा था। पर मैंने अपनी कोशिश जारी रखी', केट ने लिखा। उस साल उसने दो बार अपनी जान लेनी चाही और मुझे यह जानकर बहुत दुःख हुआ, उसे ऐसा लगने लगा था कि उसके पास इस दुनिया में रहने की कोई वजह नहीं बची है।

उसकी दोस्त द्वारा आत्महत्या करने के दूसरे प्रयास के एक माह बाद मुझे उनके स्कूल में एक वक्ता के तौर पर जाने का मौका मिला।

मैं उसके साथ ही बैठी थी। वह एक पल के लिए भी आपके ऊपर से अपनी

आँखें नहीं हटा पा रही थी। आपने जो भी कहा, उसने उसके दिल को छुआ होगा क्योंकि आपकी बात के दौरान वह मुस्कराई एक सच्ची मुस्कान, एक लंबे अरसे के बाद सच्ची मुस्कान! केट ने अपने ई-मेल में लिखा। जब कार्यक्रम समाप्त हुआ तो उसने कहा कि वह आपसे मिलकर, आपके गले लगना चाहती है, उसने ऐसा ही किया भी। जब उस रात आप चले गए तो उसने कहा कि आपने उसके भीतर ईश्वर के प्रति खोए हुए विश्वास को जगा दिया है।

केट ने यह भी कहा कि 'इस तरह उसकी दोस्त आत्म-विनाशक सोच और मायूसी के घेरे से बाहर आ गई। उसने मुझे यह मेल इसलिए लिखा क्योंकि वह मुझे अपनी उस दोस्त की मदद करने के लिए धन्यवाद करना चाहती थी, पर सच कहूँ तो केट की निष्ठा और विश्वास ने ही उसकी दोस्त को संभाला।'

कई बार अवसाद या निराशा के घेरे में उलझे दोस्त या परिवार के सदस्य का साथ दे पाना इतना सरल नहीं होता। आपकी वफादारी की परख होगी। आपके दिल को ठेस लगेगी और आपको लगेगा कि सामनेवाले ने आपको छोड़ दिया है। मैं आपको कभी यह इजाज़त नहीं दूँगा कि आप किसी को अपने साथ बुरा बरताव करने दें। अगर ऐसा हो तो एक सुरक्षित दूरी रखते हुए अपनी ओर से मदद करने की कोशिश करें। हो सकता है कि केवल उनकी चिंता या परेशानी के बारे में सुनना या उन्हें अपने स्नेह का आश्वासन देना ही काफी हो जाए या उन्हें यह याद दिलाया जा सके कि वे अकेले नहीं, इस दुनिया में अभी उनका मोल बाकी है।

अगर आपको लगे कि कोई इतनी परेशानी में है जिसे आप भी नहीं संभाल सकते तो आपको किसी मार्गदर्शक सलाहाकार की मदद लेनी चाहिए। यह एक भरोसेमंद व्यक्ति होना चाहिए जो चर्च, मेडिकल या मानसिक स्वास्थ्य विभाग से भी हो सकता है। अधिकतर स्थानों पर आपको ऐसे संस्थान या गैर लाभकारी संगठन मिल सकते हैं जिनसे सहायता की अपेक्षा की जा सकती है।

लोगों तक पहुँचें

मेरी ओर से यही विनती है कि अगर आपको लगे कि आपके किसी परिचित में खुद को चोट पहुँचाने की प्रवृत्ति है तो उसके लिए किसी पेशेवर की मदद लें। अगर वह इंसान आपसे बात करना चाहे तो उससे बात अवश्य करें। बहुत समय पहले की बात है, मैंने एक चर्च में लोगों को संबोधित किया था। चूँकि मुझे काफी थकान महसूस हो रही थी इसलिए घर जाना चाहता था। मुझे भूख लगी थी और

बाहर बहुत सर्दी भी थी। जब हम कार की ओर जा रहे थे तो मैंने एक युवती को खुले में बैठे देखा। उसका सिर झुका हुआ था और ऐसा लग रहा था जैसे वह रो रही हो। मैं भोजन, गरमाहट और आराम चाहता था पर ईश्वर ने मेरे हृदय को छुआ और उसके पास जाने को कहा।

उसका नाम नताली था। वह उस समय आत्महत्या के विचारों से घिरी थी। चौदह वर्ष की वह लड़की घर से भाग आई थी और यहाँ-वहाँ से लिफ्ट लेते हुए सफर करती आ रही थी। एक अजनबी उसे चर्च के बाहर छोड़ गया था। हो सकता है, यह एक संयोग हो कि मैं वहाँ अपनी बात कहने आया हुआ था या ईश्वर एक बार फिर से मुझे यह बता रहे हों कि उन्होंने कई साल पहले मुझे अपनी जान देने से क्यों रोका था।

नताली ने मेरे सामने अपना दिल खोलकर रख दिया। उसे लगता था कि उसके जीवन के कोई मायने नहीं रहे। वह इतनी मायूस थी कि उसने बताया वह उस रात अपनी जान दे देना चाहती थी। मैंने उसकी समस्याओं को सुलझाने के लिए उसकी हरकतों पर अपना निर्णय नहीं सुनाया। मैंने उसे अपनी कहानी बताई कि जब मैं एक किशोर था तो मैंने भी दर्द और कुंठा का सामना किया था। मैंने उसे बताया कि जब मैंने अपना जीवन जीज़स को सौंप दिया तो उन्होंने समय आने पर मेरे जीवन का उद्देश्य और मार्ग स्पष्ट कर दिया। मैंने उसे बताया कि एक वक्त था, जब मैं भी उसकी तरह महसूस करता था पर उसके बाद मेरा जीवन हमेशा के लिए बदल गया।

मेरे शब्दों ने उसके दिल को छू लिया। नताली को उस समय किसी ऐसे साथी की ज़रूरत थी, जो उसे सही या गलत ठहराए बिना उसकी निंदा किए बिना उसकी सारी बात सुने। मैंने उसे बताया कि वह भी मेरी तरह अपने दुःखों को आनंद में बदल सकती थी। मैंने उसके साथ प्रार्थना की। चर्च के स्टाफ और पादरी ने उसे सलाह दी और उसे सहयोग दिया कि वह अपने माता-पिता के पास वापस जाकर फिर से एक बेहतर जीवन का शुरू कर सके।

आज नताली खुद को चोट पहुँचाने या आत्महत्या जैसे किसी भी विचार से कोसों दूर है। हमने लाइफ विदआउट लिमिट्स वेबसाइट पर पासिंग ऑन दि टॉर्च में उसका वीडियो दिखाया। आप कल्पना कर सकते हैं कि मैं कितना आभारी हूँ कि उस दिन मैं उस रात अपनी कार पर सवार होकर घर नहीं चला गया। ईश्वर ने मुझे नताली के पास भेजा ताकि मैं अपनी आस्था के बल पर काम करते हुए, उसे भी ऐसा करने के लिए प्रोत्साहित कर सकूँ। अगर आपको भी कोई ऐसा व्यक्ति मिलता

है जो इन हालात का सामना कर रहा हो, कृपया उसे उचित सलाह दें और अगर आप ऐसा न कर सकें तो उसे किसी ऐसे व्यक्ति के पास भेजें जो उसे मार्गदर्शन दे सके। याद रखें कि आप भी किसी के लिए चमत्कार बन सकते हैं और यह अपने आपमें किसी वरदान से कम नहीं है!

मुझे चिंता इस बात की है कि नताली जैसे और भी बहुत से लोग होंगे जिन्हें मदद नहीं मिल रही होगी। एक खोई हुई पीढ़ी के पास खुद को चोट पहुँचाने के सिवा कोई विकल्प है भी नहीं क्योंकि उनके पास कोई विश्वास या आस्था नहीं होती जिस पर काम करके वे अपने हालातों का सामना कर सकें। बर्ना ग्रुप के अनुसार, हर पाँच ईसाइयों में से औसतन तीन ईसाई (59 प्रतिशत), पंद्रह वर्ष की आयु के बाद अस्थायी तौर पर या लंबे अरसे तक चर्च से विमुख रहते हैं।

मैं उन लोगों को वापस ईश्वर के रास्ते पर लाने में मदद करना चाहता हूँ। ईश्वर ने मुझे ऐसी युवा पीढ़ी तक पहुँचने का एक जुनून दिया है। मैं चाहता हूँ कि नई पीढ़ी जीज़स की ओर मुड़े और वे भी मेरे इस जुनून को बाँटें। मेरा लक्ष्य यही है कि कम से कम हर दिन एक व्यक्ति प्रभु के प्रकाश से प्रकाशित हो और इस श्रृंखला को आगे बढ़ा सके। मैं इसे 'पासिंग द टॉर्च' कहता हूँ।

जीज़स ने कहा है, 'तुम इस दुनिया की रोशनी हो... अपनी रोशनी को दुनिया के आगे आने दो ताकि वे भी तुम्हारे नेक कर्मों को देखें और स्वर्ग में तुम्हारे पिता को सराहें।' मेरा दिल से मानना है कि यह संभव है और मैं आशा करता हूँ कि आप भी किसी ज़रूरतमंद की मदद करने से इनकार नहीं करेंगे।

कई बार जिन लोगों को देखकर लगता है कि वे स्वभाव से ही कठोर हैं - उनके दिल तक आप नहीं जा सकते - उन्हें ही आपकी सबसे अधिक आवश्यकता होती है। जीज़स ने अमीरों और नैतिकता को माननेवालों की वकालत नहीं की। वे अपराधियों और पापियों के पास गए और उन्हें मुक्ति प्रदान की। जब मैं स्कूलों और जेलों में अपनी बात कहता हूँ तो अकसर वही लोग गहरी भावनाओं के साथ मेरे संदेश का जवाब देते हैं। जो पहले तो विमुख दिखते हैं और इस अजीब से दिखनेवाले लड़के के मुँह से भगवान की बात सुनने के बाद उसके साथ हो लेते हैं।

जीना एक ऐसी किशोरी थी जो किसी की मदद नहीं लेना चाहती थी। हालाँकि उसे मदद की सख्त ज़रूरत थी। जीना ने अपने भावविभोर कर देनेवाले ई-मेल में मुझे अपनी कहानी सुनाई और उसने बताया कि उसका बचपन कैसे बुरे बरताव और संघर्ष के बीच बीता। मैंने अपनी भावनात्मक कोमलता खो दी और अपने आसपास

एक अदृश्य घेरा बना लिया ताकि सबको अपने से दूर रख सकूँ। शैतान मेरे कान में फुसफुसा रहा था कि संसार में पीड़ा के सिवा सब झूठ था। मैंने भी उस पर यकीन किया और अपने भीतर बसी पीड़ा को पीड़ा से ही मारना चाहा। मेरा मानना था कि मैं उसे अपने वश में कर सकती थी। वह लिखती है कि 'मैंने चार बार खुद को मारने का प्रयास किया पर सफल नहीं रही। शायद भगवान भी इतनी आसानी से मेरी पीड़ा को मिटाना नहीं चाहता था।'

अपनी भावनात्मक समस्याओं और कड़े रवैए के बावजूद जीना अपने चर्च यूथ ग्रुप से जुड़ी रही, जो उसके लिए एक वरदान बनकर सामने आया क्योंकि इसी तरह मैं उससे मिला। मुझे उसके चर्च में बोलने के लिए बुलाया गया था।

'जब आपने बोलना शुरू किया तो मैं सुनने लगी पर कोशिश यही थी कि आपकी बातों को गंभीरता से न लूँ। लेकिन ऐसा करना असंभव हो गया', उसने लिखा। 'बाकी सब कुछ धुँधला होता चला गया। आप वहाँ मुझे बता रहे थे कि प्रभु मुझसे प्यार करते हैं, मुझे बता रहे थे कि मेरे जीवन का एक उद्देश्य है और मैं अपने हालातों को सुधार सकती हूँ, मैं खूबसूरत हूँ।'

उस दिन मैंने एक सादा सा संदेश ही दिया था, जो बाइबिल के पन्नों से निकला था पर उसने इस पंद्रह वर्षीय किशोरी के दिल को छू लिया।

'जब आपने कहा कि अगर आप भीतर से टूटे हों तो बाहर से संपूर्ण होना कोई मायने नहीं रखता और उसी दौरान मेरे मन के आसपास बनी अदृश्य चारदीवारी टूटने लगी', जीना ने लिखा। 'आपने जो भी कहा, उसके बाद एक-एक कर ईंटें गिरती गईं, मेरा चेहरा आँसुओं से भीग गया और मैं ऊर्जा से भर उठी। जब मैंने प्रार्थना की तो सारी जंजीरें टूट गईं और मैं आज़ाद हो गई।'

जीना ने कहा कि 'मेरे सादे से शब्दों ने उसके अंदर जीने की आस जगा दी थी। अचानक मैं सब कर सकती थी... मैं जी सकती थी... मेरे पास जीने की एक वजह थी क्योंकि मैं खास थी... भले ही वह आपके जीवन का एक और दिन रहा हो, पर वह मेरे लिए एक ऐसा दिन था जिस दिन मैंने हिम्मत नहीं हारी। एक लंबे अरसे के बाद पहला दिन था जब मैं हारना नहीं चाहती थी', उसने लिखा। 'आपने मुझ तक पहुँच बनाई। आपने अपने हाथों से मेरा हाथ तो नहीं छुआ पर आपके और मेरे डैडी के प्यार ने मेरे दिल को छू लिया।'

मेरे डैडी कभी मेरा दिल नहीं दुखाएँगे और मुझे उसी रूप में प्यार करेंगे, जैसी

मैं हूँ, वे मेरे सारे दोषों और भूलों के बावजूद मुझे सराहेंगे।

जीना ने कुछ बहुत ही कठोर अनुभव पाए, पर मुझे इस बात की खुशी है कि अब वह अपनी आस्था और विश्वास के सहारे चलते हुए अपने दिल की सुन रही है।

बेशक अभी सब कुछ ठीक नहीं हुआ है, पर संतोष इस बात का है कि मैं सही राह पर हूँ। लगता है आनेवाले समय के साथ मुझे भी आपकी तरह अपनी बात को साक्ष्य बनाकर सबके सामने पेश करना आ जाएगा। मैं भी लोगों को बता सकूँगी कि वे कभी अकेले नहीं होते और उनके जीवन में कोई न कोई उद्देश्य अवश्य होता है, उन्हें भी कोई प्रेम करता है। आपने मुझे दुनिया की सबसे बड़ी चीज़ दी है और वह है 'आशा'।

अगर आप भी जीना की तरह दिल की ठेस के शिकार हैं तो कृपया उसके शब्दों को पूरे दिल से पढ़ें और अपने विश्वास और आस्था के अनुसार चलें। अगर आप किसी ऐसे व्यक्ति को जानते हैं, जो इस समय भावनात्मक पीड़ा से गुज़र रहा है और आत्म-विनाशक प्रवृत्तियों से घिरा है तो उस तक अपनी पहुँच बनाएँ। यहाँ तक कि आशा का छोटा सा संदेश भी उस इंसान के लिए कारगर साबित हो सकता है और इस तरह प्रभु की संतान के प्राणों की रक्षा हो सकती है।

निक वुईचिक पत्नी कानाए के साथ

7

अन्याय से जंग

अपने दोस्त डेनियल मार्टीनेज़ से मिलना मेरे जीवन के सुखद क्षणों में से है। मैंने 'लाइफ विदआउट लिमिट्स' में लिखा है कि कैसे लाँग बीच के क्रिस और डेनियल मार्टीनेज़ अपने उन्नीस माह के बच्चे को चर्च लेकर आए, यह वर्ष 2008 की बात है। वे भीड़ में बहुत पीछे थे, पर क्रिस ने नन्हे डेनियल को हवा में इस तरह उठाया, जिससे मैंने देखा कि वह नन्हा सा बच्चा, मेरी ही तरह हाथों और पैरों के बिना जन्मा था।

उस समय, मुझे पहली बार ऐसा कोई इंसान देखने को मिला जो मेरी ही तरह जन्मा था। कुछ पलों की भावुक बातचीत के बाद मैं मार्टीनेज़ परिवार से हमेशा के लिए एक नाते में बँध गया। मैं चाहता था कि जल्दी ही उनसे एकांत में भेंट हो ताकि उन्हें हौसला दे सकूँ और उनके साथ अपने अनुभव बाँट सकूँ। जब कुछ ही दिनों बाद ऑस्ट्रेलिया से मेरे माता-पिता भी आ गए तो मेरी खुशी कई गुना बढ़ गई। वे भी जल्द डेनियल, क्रिस और पैटी के साथ स्नेह के नाते में जुड़ गए।

तभी से हम लोगों का संपर्क बना हुआ है। डेनियल तो मेरी तुलना में कहीं अधिक रोमांचप्रिय और निर्भीक है। वह मेरे पास कभी नहीं रहा लेकिन ईश्वर ने मुझे उसके जीवन में रोल मॉडल बनने की भूमिका दी है। जब भी हम एक साथ होते हैं तो मैं स्वयं को धन्य मानता हूँ। एक माह पूर्व मार्टीनेज़ परिवार ने बताया कि फिलहाल फर्स्ट ग्रेड में पढ़ रहा डेनियल अपनी कक्षा के बच्चों की वजह से परेशान है। आप

कल्पना कर सकते हैं कि यह बात मेरे लिए कितनी चिंताजनक रही होगी।

यह खबर वाकई परेशान कर देनेवाली है। भले ही मैं दुनिया के किसी भी हिस्से में क्यों न होऊँ - चीन, चिली, ऑस्ट्रेलिया, भारत, ब्राज़ील, कनाडा युवा मुझे बताते हैं कि वे निरंतर स्कूल, खेल के मैदान, बसों और ऑनलाइन शर्मिंदगी का शिकार होते हैं। उन्हें दूसरों की धौंस का शिकार होना पड़ता है और उनका मज़ाक उड़ाया जाता है। लगभग हर रोज़ ही हमें कहीं न कहीं से पता चलता है कि किसी युवा ने आत्महत्या कर ली या उसे लगातार उत्पीड़न के बाद हिंसा का शिकार होना पड़ा।

जब मैं स्कूल के समूहों को संबोधित करता हूँ तो अकसर मुझे इस विषय पर बात करने को कहा जाता है ताकि इस कुप्रथा को रोका जा सके। बेशक, मेरे लिए भी यह एक निजी मुद्दा रहा है। अकसर स्कूल के शुरुआती दिनों में शरारती बच्चे मुझे बहुत तंग करते थे। हालाँकि मिडिल स्कूल तक मेरे कई दोस्त बन गए थे, पर फिर भी दिल दुखानेवाले और नीचा दिखानेवाली घटनाएँ मेरे साथ होती रहती थीं।

उनमें एक बड़ा लड़का था, उसका नाम एंड्रयू था। जब मैं तेरह साल का था तो वह मुझे देखते ही अकसर एक ऐसी बात बोलता जिसे सुनना मेरे लिए शर्मिंदगी की वजह बन जाता। वह मुझसे जो कहता था, उसे बताने का कोई सभ्य तरीका नहीं है इसलिए मुझे आपको उसे इसी तरह बताना होगा। वह जब भी मेरे पास से निकलता तो एक ही बात दोहराता, 'निक के पास .... नहीं है!'

अकसर लड़के एक-दूसरे को ऐसे बेहूदे वाक्य कहते हैं और अगर उसने एक-दो बार कहा होता तो शायद मैंने भी अनसुना कर दिया होता या बात को हँसकर टाल देता। पर यह ज़ुल्म लगातार जारी रहा। मेरे पास पहले ही हाथ और पैर नहीं थे और ऊपर से एक और चीज़ न होने का आरोप लगाया जा रहा था। वैसे भी मैं ऐसी आयु में था जब किशोर अपने पौरुष से जुड़ी किसी भी बात के लिए बहुत संवेदनशील होते हैं। एंड्रयू के कुछ दोस्त भी अकसर उसके साथ होते और मेरे लिए यह पूरा मामला और भी बदतर हो जाता। अधिकतर बच्चे उसे कुछ नहीं कह पाते थे। यह बात भी मुझे चिंता में डाले रखती थी। मुझे लगता था कि कोई तो होगा जो उसे ऐसा करने से रोकेगा, पर ऐसा नहीं हुआ। यही वजह थी कि इस चीज़ से मुझे और भी तकलीफ होती थी और गुस्सा भी आता था।

आपको कभी किसी को यह अनुमति नहीं देनी चाहिए कि वह आपको बुली

(तंग करना या धौंस जमाना) कर सके। लेकिन मैं जानता हूँ कि यह सब कहना जितना आसान है, करना उतना ही मुश्किल। अगर आपको पता है कि कोई बात झूठ है तो उसकी चोट आपके दिल पर गहरा वार कर सकती है और अगर आपको अपने साथियों और सहपाठियों के सामने यह सब सहना पड़े तो यह और भी तकलीफदेह हो जाता है, खासकर तब जब उनमें से किसी ने भी बुली करनेवाले को रोकने की कोशिश न की हो।

मैं लोगों से हमेशा कहता आया हूँ कि मैं आर्मलैस हूँ (बिना बाहोंवाला) पर मुझे हार्मलैस (सीधा-सादा) न समझें। एक दुष्ट लड़के ने ग्रेड स्कूल में मुझे बुरी तरह से धक्का दिया तो बदले में मैंने उसे अपने माथे से ऐसी चोट मारी कि उसकी नाक से खून निकल आया था। वह मुझसे बड़ा था, पर हाई स्कूल में मुझसे शरारत करनेवाला छोकरा तो मुझसे बहुत बड़ा था। (मेरे ऑस्ट्रेलियन मित्र जान लें कि एंड्रयू काल्पनिक नाम है। वे उस लड़के को खोजने की कोशिश न करें।)

तब मुझे यह पता नहीं था कि यह चीज़ कैंसर की तरह जानलेवा भी हो सकती थी। मैं बस इतना जानता था कि उस छोकरे की बातें सुनते ही मेरे पेट में खलबली मच जाती और मेरा मूड खराब हो जाता। यह सब करीब दो सप्ताह तक चलता रहा, फिर मेरी सहनशक्ति जवाब दे गई। हर सुबह उठते ही मेरे दिमाग में उसका ध्यान आ जाता। मुझे स्कूल जाने से डर लगने लगा। मैंने पाया कि मैं उससे कतराने लगा था और इसी वजह से अकसर कक्षा तक पहुँचने में देर हो जाती थी। मेरा आधा समय तो उससे बदला लेने की फिराक में ही निकल जाता। जी करता था कि उस पर अपनी सारी भड़ास निकाल दूँ।

मेरे कुछ बड़े दोस्तों ने प्रस्ताव रखा कि क्यों न उसे किसी दिन पीट दिया जाए, पर मैं उसे मारना नहीं चाहता था। मैं केवल यही चाहता था कि उसे समझा दिया जाए कि वह ऐसी बात न बोले। हारकर मैंने उसका सामना करने का निर्णय ले लिया। मैंने अपने गुस्से और डर से मिली ऊर्जा को बटोरा और एक दिन ज्यों ही उसने मेरे करीब से गुज़रते हुए वह वाक्य दोहराया तो मैं अपनी पहियाकुर्सी लिए उसके सामने जा खड़ा हुआ।

एंड्रयू पास से तो और बड़ा लग रहा था। मैं चाहता था कि काश मेरी पहियाकुर्सी में कुछ ऐसा लगा होता, जो उसे डराने के काम आता। खैर, मैं देख सकता था कि मेरे इस बरताव ने उसे चौंका दिया था।

'तुम ऐसा क्यों करते हो?' मैंने पूछा।

'क्या करता हूँ?' उसने कहा।

'तुम मुझे सताने के लिए ऐसी बात क्यों करते हो?' मैंने पूछा।

'क्यों? यह सुनकर तुम्हें बुरा लगता है?'

'हाँ, जब भी तुम ऐसा बोलते हो तो मैं शर्मिंदा महसूस करता हूँ।'

'ओह, मुझे कभी ऐसा नहीं लगा यार! मैं तो बस मज़ाक करता हूँ। मुझे माफ कर दो।'

ऐसा लगा कि वह सच्चे दिल से माफी माँग रहा था। मैंने उसे माफ कर दिया और हमने हाथ मिलाए।

'बस मज़ाक कर रहा था!'

मैंने उससे कह तो दिया कि मैं तुम्हें माफ करता हूँ लेकिन मैं अपनी ही बात से हैरान था।

उसने उस दिन के बाद मुझे कभी तंग नहीं किया। शायद उसने कभी यह सोचा भी नहीं होगा कि वह मुझे सता रहा है। अकसर ऐसे लोगों को यह अंदाज़ा नहीं होता कि वे जो कर रहे हैं उससे किसी को कैसा लग रहा है। उन्हें तो बस यह लगता है कि वे मज़ाक कर रहे हैं या यूँ ही टाइम पास कर रहे हैं। उन्हें पता नहीं चलता कि उनकी हरकत से सामनेवाले को कितनी ठेस लग रही है।

एंड्रयू भी उन लोगों में से था जो किसी अपंग से दिली जुड़ाव महसूस नहीं कर पाते। हो सकता है कि वह अपनी इस हरकत से हम दोनों के बीच के अंतर को काटने की कोशिश कर रहा हो। उसके कारण चाहे जो भी हों, एंड्रयू मेरे दिल को ठेस पहुँचा रहा था और अपने तानों से मेरे स्कूली जीवन के अनुभवों में कड़वाहट भर रहा था।

जब डेनियल के माता-पिता ने बताया कि ग्रेड स्कूल में उसे अन्य बच्चों के बुरे बरताव का सामना करना पड़ रहा था तो मेरे मन में अपने पुराने दिनों की यादें ताज़ा हो गईं। ऐसा लगा जैसे मेरे घाव हरे हो गए हों। हम दोनों काफी हद तक एक जैसे हैं। शारीरिक तौर पर ही नहीं, स्वभाव में भी एक जैसे हैं। डेनियल बहुत ही खुशदिल है

और मैं समझ सकता हूँ कि इन घटनाओं ने उसकी खुशी छीन ली होगी और वह भी उसी असुरक्षा से घिर गया होगा, जो कभी मैंने महसूस की थी।

तो मैं उसके स्कूल गया और उसके स्कूल के बच्चों से बात की, ऐसा बरताव दूसरे बच्चे के लिए कितना खतरनाक और निर्दयी हो सकता है। स्कूल के अधिकारियों ने मुझे छोटी कक्षा से पाँचवीं कक्षा तक के सभी बच्चों से बात करने का अवसर दिया और मुझे यह जानकर अच्छा लगा कि स्टाफ भी अपनी ओर से यथासंभव मदद कर रहा था। डेनियल ने भी सबसे बात की, उसने बताया कि वह कौन से काम कर सकता है और कौन से काम नहीं कर सकता। उसने यह भी बताया कि कुछ खास कामों को वह कैसे करता है और हाथों व पैरों के बिना उसका जीवन कैसा है।

डेनियल के लिए वह दिन खास रहा। उसके स्कूल के सभी बच्चों को पता चल गया कि मैं डेनियल का अच्छा दोस्त था और अगर किसी ने उसे तंग किया तो यह बात मुझे बहुत बुरी लग सकती थी। मैंने उनसे कहा कि वे कूल बनें पर ज़ालिम न बनें। इसे अलावा मैंने अपने और वैश्विक नज़रिए से भी दूसरों को सताने के बारे में अपने विचार रखे। मैंने यह भी बताया कि अगर किसी के साथ बुरा बरताव हो रहा हो तो उस पर क्या असर होता है। इसके साथ ही मैंने सभी बच्चों से आग्रह किया कि अगर वे अपने आसपास किसी ऐसे मामले को देखें तो तत्काल बड़ों को सूचित करें ताकि समय रहते उचित कार्रवाई हो सके।

वैश्विक समस्या

इस तरह की दादागिरी के साथ मेरा अनुभव केवल बचपन तक ही सीमित नहीं रहा। हाल ही में मैं अपने दोस्तों के साथ घूमने गया था। वहाँ मैं एक स्वीमिंग पूल में तैरने का आनंद ले रहा था। तभी वहाँ एक पियक्कड़ आदमी आया और उसने तेज़ सुर में मुझ पर कुछ बेहूदे फिकरे कसे। यह एक आम गलतफहमी है कि बच्चों को ही ऐसे बरताव का शिकार होना पड़ता है। ज़रा उस महिला पुलिस अधिकारी से पूछें जिसे सताया व धमकाया गया और फिर उसके पुरुष सहकर्मियों द्वारा किनारे कर दिया गया। या फिर किसी बुज़ुर्ग से पूछें, जिसे यही डर लगता रहता है कि कहीं किशोर उसके घर के आसपास आकर उत्पात न मचाने लगें। या उस किशोर पूछें कि जिसे फेसबुक पर लगातार गंदे और भद्दे कमेंटों का निशाना बनाया जाता है।

लोगों के साथ दादागिरी दिखाने या उन पर धौंस जमाने के कई तरीके होते हैं।

इसमें चिढ़ाना, अपशब्द कहना, अफवाहें फैलाना, शारीरिक रूप से चोट पहुँचाना तथा साइबर स्पेस में हानि पहुँचाना आदि को शामिल कर सकते हैं। आजकल इंटरनेट, सोशल नेटवर्क, मैसेज और सेलफोन की मदद से भी दूसरे को परेशान करने और सताने का सिलसिला जारी है। अधिकतर अध्ययन यह बताते हैं कि 25 से 40 प्रतिशत युवाओं को स्कूल में बुरे अनुभवों से गुज़रना पड़ता है। 2011 की नेशनल एजुकेशन रिपोर्ट में कहा गया है कि मन को चोट पहुँचानेवाले ऐसे बुरे अनुभव अधिकतर बच्चों को होते हैं जिसके कारण शैक्षिक, सामाजिक, भावनात्मक, शारीरिक और मानसिक स्वास्थ्य से जुड़ी समस्याएँ पैदा हो सकती हैं।

दादागिरी दिखाने की यह समस्या बच्चों तक ही सीमित नहीं है। हम सभी अपने बचपन में इस तरह की घटनाओं के शिकार होते हैं। हाल ही के दशकों में खेल के मैदान में सामने आनेवाली दादागिरी भी कई तरह के गंभीर रोगों का कारण बनी है, जिसमें व्यक्ति को प्रत्यक्ष अपमान का सामना करना पड़ता है। विश्व स्वास्थ्य संगठन ने इसे स्कूल, नौकरी, समाज आदि के लिए एक गंभीर स्वास्थ्य संबंधी समस्या कहा है। अल्पसंख्यकों व समलैंगिकों को तो अकसर ही इसका सामना करना पड़ता है।

ऑफिस में भी ऐसे बुरे अनुभव होते हैं। इनमें मौखिक या शारीरिक रूप से क्षति पहुँचाना, किसी के बारे में अफवाह फैलाना, किसी के काम का श्रेय लेना, पीठ पीछे चुगली करना और ऐसे बॉस को शामिल किया जा सकता है, जो आपसे ऐसे काम करवाना चाहता है, जो आपको दिए गए कामों की सूची में नहीं आते। वर्कप्लेस बुलीइंग इंस्टीट्यूट के एक अध्ययन के अनुसार 37 प्रतिशत अमरिकी लोगों को ऑफिस में ऐसी दादागिरी का सामना करना पड़ा और उनमें से करीब 40 प्रतिशत ने अपने मालिकों से इसकी शिकायत तक नहीं की। जो लोग ऐसी दादागिरी का शिकार होते हैं, उनमें से करीब आधे लोग तनाव संबंधी स्वास्थ्य समस्याओं से पीड़ित हो जाते हैं। इन समस्याओं में चिंता का दौरा (anxiety attack) और तनाव शामिल हैं।

अनेक अध्ययनों के अनुसार, जो लोग ऐसे अनुभवों के शिकार होते हैं उन्हें अकसर अकेले में रहने की आदत हो जाती है, वे शराब और नशीले पदार्थों के सेवन के आदी हो जाते हैं। वे अवसाद और कई तरह की स्वास्थ्य संबंधी समस्याओं से घिर जाते हैं और खुद को चोट पहुँचा सकते हैं। कई बार ये लोग आक्रोश में आकर पलटवार भी कर देते हैं और इस हिंसक कार्रवाई में दूसरे बेगुनाह भी चोटिल हो जाते हैं या मारे जाते हैं।

आम तौर पर शांत माने जानेवाले फिनलैंड में 2007 में उस वक्त खलबली मच गई जब अठारह साल के एक छात्र ने आठ लोगों को जान से मार दिया। इन आठ लोगों में हेड टीचर, स्कूल की नर्स और अन्य छह छात्र शामिल थे। कातिल ने अपने शिकारों पर बीस बार गोलियाँ चलाईं और इसके बाद खुदकुशी कर ली। वह अपने साथ गोलियों के 500 राउंड ले गया था और उसने इमारत को आग भी लगानी चाही। पुलिस की जाँच से पता चला कि उसे स्कूल में बच्चों की दादागिरी का शिकार होना पड़ा था। शूटिंग से पहले पोस्ट किए गए वीडियो में उसने एक बंदूक दिखाई और उसकी पहनी हुई टी-शर्ट पर लिखा था, ह्यूमैनिटी इज़ ओवररेटेड (मानवता को ज़रूरत से ज़्यादा ही महत्त्व दिया जाता है)।

कुछ वर्ष पूर्व कैलीफोर्निया के पंद्रह वर्षीय किशोर ने सेंटाना हाई स्कूल के लड़कों के शौचालय में आठ राउंड रिवौल्वर से गोलियाँ दागीं और फिर खुले में आ गया। जब तक उसका दिमाग ठंडा हुआ, वह दो लोगों को जान से मार चुका था और तेरह लोगों को घायल कर चुका था। शूटर एंडी विलियम्स ठिंगने कद का था और उसके पुराने व नए स्कूल में, दोनों ही जगह अकसर इस बात के लिए उसका मखौल उड़ाया जाता था। ये हमले उसके स्कूल तक ही सीमित नहीं रहे। कोई उसके घर में घुसा और उसका सामान तोड़-फोड़ दिया और निनटेंडो सिस्टम (एक किस्म का वीडियो गेम कंसोल) चुराकर ले गया। उसके नए होमटाउन में एक स्केट पार्क से उसके जूते और स्केटबोर्ड चुराया गया और शूटिंग से ठीक दो सप्ताह पहले एंडी को पीटा भी गया था।

2002 में यू.एस. सीक्रेट सर्विस रिपोर्ट में कहा गया कि स्कूल में होनेवाली गोलीबारी की 37 घटनाओं में से 71 प्रतिशत दादागिरी के कारण घटीं। अनेक हमलावरों को लंबे समय तक दूसरों के हाथों अपमानित, प्रताड़ित और लज्जित होना पड़ा था। जिसका बदला उन्होंने इस तरह लिया। कई मामलों में पाया गया कि छात्र ने अपमानित होने पर यह तय कर लिया कि वह ऐसे बच्चों को जान से मार देगा।

जब आप इन मामलों पर गंभीरता से विचार करते हैं तो पता चलता है कि यह समस्या दिन-ब-दिन बढ़ रही है। शोधकर्ताओं ने पाया है कि आज जो बच्चे स्कूल में ऐसी घटनाओं का शिकार होते हैं, वही बड़े होने पर समाज के प्रति हिंसक हो जाते हैं।

जब मैं छोटा था तब भी और बड़ा होने के बाद भी इस तरह की दादागिरी की घटनाएँ मेरे लिए परेशानी, अवसाद, उदासी, तनाव और बेचैनी की वजह बनती रही

हैं। सबसे डरावनी बात यह है कि मेरे मामले तो दूसरों के मामले बहुत गंभीर भी नहीं थे। मेरे ई-मेल और वेब पेज में अकसर इसी बात की चर्चा होती है जिन्हें पढ़कर तो मन और भी दुःखी हो जाता है। जो लोग मेरी स्पीच सुन चुके हैं या यात्राओं के दौरान मुझसे मिलते हैं, वे भी मुझे ऐसी घटनाओं के बारे में बताते रहते हैं।

मैंने कैलीफोर्निया के नार्थरिज में सैन फर्नेन्डो वैली अकादमी में इस विषय पर अपना संबोधन समाप्त किया ही था कि अचानक एक बड़े से बालोंवाला आदमी मेरे पास आया।

उसने अपना नाम जैफ लैसेटर बताते हुए पूछा, 'निक! क्या आप दो मिनट मुझसे बात करेंगे?'

उसकी आँखों में इतनी उदासी थी कि मैंने उसे कहा कि पहले वह मुझसे गले मिले।

जब उसने मुझे इस बात के लिए धन्यवाद दिया कि मैं बच्चों को ऐसी गंभीर और बुरी चीज़ से परे हटने को प्रोत्साहित कर रहा हूँ तो उसकी आँखें नम हो गईं। मुझे लगा कि वह बस इतना ही कहना चाहता था, पर बाद में उसने बताया कि 2008 में स्कूल में लगातार बच्चों की ओर से मिलनेवाले अपमान और उपेक्षा के चलते उसके बेटे जरमिया ने अपनी जान दे दी थी।

उसकी दुःखभरी कहानी से पता चलता है कि यह चीज़ कितना घातक रूप ले सकती है और किस तरह किसी के लिए तनावपूर्ण और हानिकारक हो सकती है, भले ही आपकी आयु या शरीर का आकार कितना भी हो। जरमिया को देखकर कोई नहीं कह सकता था कि वह इतनी आसानी से किसी की बातों से निराश हो जाएगा। चौदह साल की आयु में भी वह छह फुट लंबा था, उसका वज़न 275 पाउंड था और वह छह सौ बच्चोंवाले स्कूल में जूनियर वर्सिटी टीम के लिए लाइनमैन बनकर खेलता था।

सच यही है कि दुष्ट लोग अकसर हमारी कमज़ोरियों पर वार करते हैं जो हम सभी में पाई जाती हैं। वे जानते हैं कि आपको कैसे झुकाया या चिढ़ाया जा सकता है। कई बार वे शारीरिक तौर पर हमला करते हैं पर अधिकतर मामलों में वे भावनात्मक या मानसिक रूप से चोट पहुँचाने में भी माहिर होते हैं।

मुझे अकसर इसलिए सताया जाता था क्योंकि मैं शारीरिक तौर पर, दूसरों से

अलग दिखता था। वे अकसर अंगों के अभाव के लिए मेरी खिल्ली उड़ाते थे क्योंकि मैं वह सारे काम नहीं कर सकता था, जो वे कर सकते थे। मैं आसानी से उनके निशाने पर था। जरमिया के मामले में भी उसके शरीर के आकार और कोमल हाव-भाव ने ही उसे भी आसानी से उनका शिकार बना दिया।

जरमिया को सीखने में कठिनाई होती थी इसलिए स्कूल उसके लिए वैसे भी मुश्किल था और वह बच्चों के बीच सहज महसूस नहीं करता था। वह अकसर अपने डीलडौल से दूसरों को डरा भी नहीं पाता था क्योंकि उसे ग्रेड स्कूल में लड़ाई करने पर ही स्कूल से निकाला गया था। दुष्ट बच्चों के खिलाफ आवाज़ उठाने, टीचर से उनकी शिकायत करने या निरीक्षकों से मदद माँगने के बजाय वह अपनी कुंठा और गुस्से को भीतर ही भीतर गुटकता रहा। उसके दोस्त उसे एक कोमल दैत्य कहते थे। वह जानबूझकर दूसरों पर अपनी धौंस नहीं जमाता था और दूसरे बच्चे इसी बात का नाजायज़ फायदा उठाते। वे उसे कष्ट देकर यह साबित करना चाहते थे कि उन्हें उससे कोई डर नहीं है।

एक दोस्त ने याद करते हुए बताया कि एक बार तो जरमिया कक्षा में बच्चों के अपमानजनक रवैए से इतना कुंठित हो गया कि अपने स्थान पर खड़ा होकर चीखा, 'मुझे अकेला छोड़ दो।' जब दुष्ट बच्चों को पता चल गया कि वह उनका कुछ नहीं बिगाड़ सकता तो वे उसे और भी ज़्यादा तंग करने लगे। दोस्तों ने बताया कि वह ग्रेड स्कूल से ही ऐसे बरताव का शिकार हो रहा था और हाई स्कूल में आने पर तो यह समस्या और भी बढ़ गई थी।

नवंबर 2008 में किसी ने लंच टाइम में जरमिया पर मिर्ची फेंकी। जरमिया के पिता ने बताया कि दूसरे छात्र ने उसकी पेंट खींचकर उतारनी चाही। वह घबरा गया और भागकर उसने खुद को कैफेटेरिया के शौचालय में बंद कर लिया। इसके बाद उसने अपने बैग से एक गन निकाली और अपने सिर में गोली मार ली।

जरमिया की भावात्मक पीड़ा को कोई नहीं जानता था। ऐसे हालात सहनेवाले अन्य लोगों की तरह जिनमें मैं भी शामिल हूँ, जरमिया ने अपने माता-पिता और दोस्तों से अपनी निराशा को छिपाए रखा।

जरमिया के एक अध्यापक ने बाद में रिपोर्टर को बताया, लगभग एक साल पहले की बात है, 'मुझे यह चिंता होने लगी थी कि वह ऐसी मन:स्थिति का शिकार होता

जा रहा है जिसमें बच्चे अपने मन की बात कहना बंद कर देते हैं। मुझे तो यही ज़्यादा सही लगता है कि बच्चे खुलकर अपनी बात कहें।'

स्कूल के प्रशासन ने कहा कि 'जरमिया कक्षा में पहले से बेहतर प्रदर्शन कर रहा था। पिछले शुक्रवार को उसने फुटबॉल टीम में भी बेहतर प्रदर्शन से तालियाँ बटोरी थीं।' पर अगर आपने कभी किसी को सताया है या आपको पता है कि किसी के साथ ऐसा बरताव हो रहा है तो आपको यह बात याद रखनी चाहिए कि क्या पता वह कब बुरी तरह से बिखरने या टूटने की कगार पर हो।

यह अच्छी बात थी कि जरमिया को कक्षा और खेल के मैदान में शाबाशी मिली, पर हम कभी नहीं जान सकते कि उसने अचानक ऐसा कठोर कदम क्यों उठाया। हो सकता है कि इन अच्छी चीज़ों के बावजूद, उसके प्रति बच्चों के बुरे बरताव में कमी न आई हो। हो सकता है कि उसे लगा हो कि उसके साथ हमेशा यही होता रहेगा और ये हालात कभी नहीं बदलेंगे।

ऐसी और भी कई दुःखद घटनाएँ घटी हैं। जनवरी 2002 में न्यूयॉर्क के स्टेटन द्वीप की पंद्रह वर्षीया किशोरी अमांडा क्यूमिंग्स ने चलती बस के आगे आकर अपनी जान दे दी थी। उसकी जेब से एक सुसाइड नोट मिला। पुलिस ने पाया कि उसके सहपाठी उसे फेसबुक पर चिढ़ा रहे थे। एक वर्ष पूर्व इसी स्कूल पर हुए एक सर्वेक्षण में पाया गया था कि यहाँ पढ़नेवाले अस्सी प्रतिशत छात्र बुरे बरताव का शिकार हुए थे या उन्हें धमकाया गया था।

मीडिया रिपोर्ट के अनुसार, अमांडा की सहेलियों में से एक ने फेसबुक पर लिखा कि शायद अमांडा की मौत से उन लोगों को सबक मिलेगा जिन्होंने उसे यकीन दिला दिया था कि सारी दुनिया उससे विमुख हो गई है।

जरमिया की मौत के बाद एक कैंडल मार्च के दौरान एक और बच्चे की माँ शामिल हुई, जिसका बच्चा पिछले साल ऐसे ही बुरे बरताव का शिकार हुआ था। उसने एक रिपोर्टर से कहा, 'जब तक यह सब रोकने का कोई उपाय नहीं किया जाता, तब तक ये घटनाएँ जारी रहेंगी।'

दादागिरी या दूसरों पर धौंस जमाना मनुष्य के स्वभाव का एक अंधकारमय पहलू है। यह तभी से हमारे साथ है जब से इस संसार में पाप का अस्तित्त्व हुआ। जीज़स को

भी लगातार अपने दुश्मनों के हाथों बुरा व्यवहार बरदाश्त करना पड़ा। जब उन्हें बंदी बनाया गया तो सबसे बड़े पुरोहित अन्नास ने उनके शिष्यों व उनकी शिक्षाओं के बारे में उनसे सवाल किए। जीज़स ने उन्हें बताया कि वे हमेशा से सार्वजनिक रूप से अपने प्रवचन देते आए हैं इसलिए उनकी बातों में ऐसा कुछ नहीं था, जिसे रहस्य रखा जा सके। उन्होंने पुरोहित से कहा कि वह ये सवाल उन लोगों से पूछे, जिन्होंने उन्हें बोलते हुए सुना है। तभी मंदिर का एक और अधिकारी आया और जीज़स के मुँह पर तमाचा रसीद करते हुए कहा, 'क्या बड़े पुरोहित से बात करने का यही तरीका है?'

मुझे यह जानकर अच्छा लगता है कि जीज़स धर्म के इन ठेकेदारों के आगे झुके नहीं और उन्होंने यह जानना चाहा कि अधिकारी ने उन पर हाथ क्यों उठाया।

'अगर मैंने कुछ गलत कहा तो प्रमाणित करो कि क्या गलत था। पर अगर मैंने सच कहा तो तुमने मुझ पर हाथ क्यों उठाया?' जीज़स ने कहा।

मेरा मानना है कि जीज़स इस दृष्टांत से हमें सीख देना चाहते थे कि किसी को भी यह अनुमति नहीं देनी चाहिए कि वह हमें अनावश्यक तौर पर दंडित करे या हमारे साथ बुरा बरताव करे। हमें अपनी आस्था और विश्वास पर काम करते हुए उन लोगों का डटकर सामना करना चाहिए जो हमारे साथ या किसी दूसरे के साथ बुरा बरताव कर रहे हों। हमें माँग करनी चाहिए कि वे हमारे साथ ढंग से पेश आएँ।

हो सकता है कि किसी छोटी सी बात या मज़ाक से ही किसी के सब्र का बाँध टूट जाए या अमांडा या जरमिया जैसे किसी बच्चे के लिए जीने-मरने का सवाल बन जाए। क्या आप एक ऐसा इंसान बनना चाहेंगे, जो अपने सामने यह सब होने देगा या स्वयं इन बातों का माध्यम बनेगा या फिर आप एक ऐसा इंसान बनना चाहेंगे जो किसी को ऐसे दुःखद प्रसंग से खींचकर बाहर ला सकता है? मैं आपको सलाह दूँगा कि आप अपने विश्वास पर चलते हुए उनके खिलाफ खड़े हों जो बुरे और अपमानजनक रवैए या अन्य सामाजिक अन्याय जैसे धार्मिक दंड, जाति या लिंग के आधार पर होनेवाले भेदभाव या गुलामी आदि का शिकार हो रहे हैं।

जैफ ने बताया कि वह अपनी ओर से ऐसे असामाजिक तत्त्वों के खिलाफ खड़े होने के लिए कुछ भी करने को तैयार है जो उसके बेटे की असमय मौत के ज़िम्मेदार थे। जरमिया की मौत के कुछ समय बाद उसके पिता ने एक गैरलाभकारी संगठन की नींव रखी। जरमिया प्रोजेक्ट 51; इस नाम में 51 अंक इसलिए रखा गया क्योंकि जरमिया

की फुटबॉल जर्सी का नंबर 51 था।

उसके पिता चाहते हैं कि यह संस्था कैंसर की तरह फैल रही इस महामारी को रोकने में मददगार साबित हो। इसलिए इस संगठन ने छात्रों और उनके माता-पिता के लिए एक टोल फ्री नंबर की व्यवस्था की है ताकि अगर उन्हें पता चले कि किसी के साथ बुरा बरताव हो रहा है तो वे इसकी जानकारी इस नंबर पर दे सकें। इस हॉटलाइन नंबर पर शिकायत दर्ज करते हुए अपना नाम गुप्त रखा जा सकता है। संगठनवाले स्कूल को फोन करते हैं और उन्हें पूछताछ करने के लिए चौबीस घंटे का समय दिया जाता है।

अगर माता-पिता को लगे कि स्कूलवाले उनकी बात नहीं सुन रहे तो वे भी संगठन को रिपोर्ट कर सकते हैं। प्रोजेक्ट 51 के स्टाफ की कोशिश यही होती है कि स्कूल खुद ही मामले को देखे। उनका कहना है कि स्कूलों में ऐसे कार्यक्रम होने चाहिए जिनमें इस विषय के बारे में सार्वजनिक तौर पर खुलकर बात की जाए।

जरमिया प्रोजेक्टर 51 ने एक मेंटर (मार्गदर्शक) कार्यक्रम भी तैयार किया है जिसमें वे उन छात्रों को वरिष्ठ छात्रों से मिलवाते हैं जो स्कूल में उनकी मदद करते हैं और उनका साथ देते हैं।

अगर आपके साथ जीवन में कभी ऐसा नहीं हुआ तो आप किस्मतवाले हैं। दुनिया में ऐसे बहुत कम लोग होते हैं, जिन्हें कभी ऐसे बुरे अनुभवों से दो-चार नहीं होना पड़ता। अगर कोई लंबे अरसे से किसी के साथ बुरा या अपमानजनक बरताव कर रहा हो, मौखिक या शारीरिक रूप से हमला कर रहा हो, भद्दे फिकरे कस रहा हो जैसा कि मेरे साथ भी हुआ तो हो सकता है कि शोषित होनेवाला भी चुपचाप सब कुछ सहन करता आ रहा हो। जरमिया ने अपने भारी-भरकम डील-डौल के बावजूद कई वर्षों तक यह सब झेलने का विकल्प चुना। वह अपने दुश्मनों के खिलाफ खड़ा ही नहीं होना चाहता था और ऐसे में मदद करनेवाले दोस्तों की कमी ने उसके मामले को और भी बिगाड़ दिया।

एक अच्छे इंसान बनें

जिन लोगों को लंबे अरसे तक सताया जाता है वे अंतत: अंतर्मुखी हो जाते हैं। फिर वे किसी भी चुनौती का सामना करने के बजाय पलायन में विश्वास करने लगते हैं। यह भी सच है कि अल्पसंख्यक, मानसिक और शारीरिक रूप से अपंग लोगों को

निरंतर दूसरों की दादागिरी, उपेक्षा और बुरे बरताव का शिकार बनना पड़ता है।

जब मैं छोटा था तो इस तरह की घटनाओं को इतनी गंभीरता से नहीं लिया जाता था। कई लोगों को लगता था कि ये जीवन का अंग है और हमें इससे निपटना सीख लेना चाहिए। पर धीरे-धीरे यह सब बढ़ता ही जा रहा है। लोग इसी के कारण खुद को नुकसान पहुँचा रहे हैं, यहाँ तक कि अपनी जान दे रहे हैं।

अगर आप किसी ऐसे व्यक्ति को जानते हैं जो लंबे अरसे से इन चीज़ों का निशाना बन रहा हो; जैसे आपका दोस्त, सहकर्मी, परिवार का सदस्य आदि तो मैं आपको सलाह दूँगा कि उसकी मदद करें। विशेषज्ञों का कहना है कि अगर कोई किसी के बुरे बरताव का शिकार हो रहा है तो आप उसे निम्नलिखित लक्षणों से भी पहचान सकते हैं :

- स्कूल या ऑफिस जाने में दिलचस्पी न होना, अपने साथियों से दूरी बनाए रखना।
- घर आने पर दिनभर की घटनाओं का ब्यौरा देने से इनकार करना
- फटे कपड़े, शरीर पर चोटों के निशान या चीज़ों का चोरी होना
- स्कूल में ले जाने के लिए अतिरिक्त धनराशि की माँग
- स्कूल में हथियार ले जाना
- सिर दर्द, पेट दर्द की शिकायत। स्कूल जाने और वापस आने के बाद घबराहट।
- रात को नींद न आना या बुरे सपने दिखना
- एकाग्रता में कमी आना
- खान-पान की आदतों में भारी बदलाव
- साथियों से किसी भी प्रकार का सामाजिक मेलजोल न रखना
- स्कूल जाते समय या वापस आने के बाद मूड में नाटकीय बदलाव
- बार-बार नकारात्मक और आत्मनिंदक बातें कहना, जैसे जीवन से तंग आ गया हूँ, यह सब सहन नहीं कर सकता या सभी मुझसे नफरत करते हैं, आदि

- घर से बाहर जाने से डरना
- स्कूल या ऑफिस में अचानक प्रदर्शन बिगड़ना
- घर से भाग जाना
- अपने-आपको काटना, नोचना, बाल खींचना या दूसरे तरीकों से चोट पहुँचाना

मैं अपने अनुभव से जानता हूँ कि बुरे और अपमानजनक बरताव के शिकार लोग अकसर अपने दुःख और अवसाद को मित्रों और परिवार से छिपाकर रखते हैं क्योंकि वे नहीं चाहते कि उन्हें शर्मिंदगी हो या मामला और भी बिगड़ जाए। उनमें से अधिकतर को यही लगता है कि उनके पास प्रताड़ित करनेवालों से बचने का कोई उपाय नहीं है और यही बात उन्हें गंभीर परिणामों की ओर खींच ले जाती है। जरमिया और अमांडा के साथ भी ठीक यही हुआ।

इसी तरह जब मुझे सताया और चिढ़ाया जा रहा था तो मैंने भी अपने माता-पिता को नहीं बताया क्योंकि मैं नहीं चाहता था कि वे परेशान हों या मैं उन पर बोझ बन जाऊँ। मैंने तय किया या तो मुझे ये सारी बातें भूलनी होंगी या फिर खुद ही कोई तरीका निकालना होगा। बुरे और अपमानजनक बरताव से पीड़ित लोगों को मदद की ज़रूरत होती है। भले ही वे आपसे मदद न माँगें पर जो भी हालात को संभालने के लिए आगे आता है, वे उसका स्वागत करते हैं। मेरे और एंड्रयूवाले प्रसंग में मेरे लिए दुःखदायी बात यह भी थी कि मेरे सहपाठी उसकी ओर से होनेवाले मौखिक हमलों को देखकर भी अनदेखा कर रहे थे और उनकी ओर से करुणा का यह अभाव मुझे बहुत खलता था। उन्होंने मेरी मदद करने की कोई कोशिश नहीं की। मुझे खुशी है कि मैंने अपने दुश्मन का सामना किया और उससे भी खुशी की बात यह रही कि वह जल्दी ही हार मान गया। पर मैं अकसर सोचता हूँ कि उन दिनों अच्छे लोग कहाँ थे?

बाइबिल हमें बताती है, 'एक बार नियमों के विशेषज्ञ ने जीज़स की परख करने के लिए उनसे पूछा कि मुझे ऐसा क्या करना चाहिए, जिससे मैं एक शाश्वत जीवन पा सकूँ?'

जीज़स ने उससे पूछा कि 'नियम में क्या लिखा था?'

विशेषज्ञ ने उत्तर दिया, 'अपने ईश्वर को अपनी आत्मा, अपने हृदय, अपनी पूरी

शक्ति और मन के साथ प्रेम करो और अपने पड़ोसी को भी ऐसे ही प्रेम करो, जैसे तुम खुद से करते हो।'

इसके बाद विशेषज्ञ ने जीज़स से पूछा, 'और मेरा पड़ोसी कौन है?'

जीज़स ने उसे एक अच्छे इंसान की कहानी सुनाई जो समारिया का निवासी था।

कहानी कुछ इस प्रकार थी कि एक बार एक मुसाफिर को चोरों ने घेर लिया। उन्होंने उसके कपड़े फाड़ दिए, उसका सारा रुपया छीन लिया और उसे मार-पीटकर बुरी तरह ज़ख्मी करके येरूशलम से यरिको जानेवाली सड़क पर फेंक दिया।

वहाँ से दो लोग गुज़रे, उन्होंने उसे देखा लेकिन वे उसे नज़रअंदाज़ करके वहाँ से निकल गए। उसके बाद समारिया निवासी वहाँ से गुज़रा जो एक संवेदनशील व्यक्ति था।

उसने घायल मुसाफिर के शरीर पर मरहम लगाया और उसे अपने गधे पर बिठाकर एक सराय में ले गया जहाँ उसने उसका उपचार करवाया। अगले दिन उस आदमी को अपनी यात्रा पर जाना था। अतः उसने सराय के मालिक को कुछ पैसे दिए और कहा कि वह उस मुसाफिर के ठीक होने तक देखभाल करे।

जीज़स बोले, 'उन तीनों में से सबसे अच्छा पड़ोसी कौन था?'

'यकीनन वह व्यक्ति जिसने उस मुसाफिर के घाव ठीक किए, उस पर दया दिखाई।' विशेषज्ञ ने कहा।

जीज़स बोले, 'तो ठीक है, तुम भी जाकर वही करो।'

मैं भी आपसे आग्रह करता हूँ कि आप भी ठीक यही करें।

बाइबिल हमें यह निर्देष भी देती है, **आप अपने साथ जैसा बरताव चाहते हैं, दूसरों के साथ भी वही बरताव करें।** इसे सुनहरे नियम के नाम से जाना जाता है और यह ईसाई जीवनशैली के बुनियादी नियमों में से एक है। यह इस ईश्वरीय आदेश के अनुकूल है, जिसके अनुसार **'अपने पड़ोसी को भी उसी तरह प्रेम करो, जिस तरह तुम खुद से करते हो।'** और साथ ही हमें यह विश्वास भी होना चाहिए कि **हम दूसरों के साथ जिस तरह पेश आएँगे, ईश्वर भी हमारे साथ उसी तरह पेश आएगा।**

अपने विश्वास पर डटे रहें

ईश्वर चाहता है कि हम नेक काम करें और अगर किसी की मदद कर सकते हों तो ऐसा करने से कभी पीछे न हटें। समारिया निवासी को जो मुसाफिर मिला, उसे कोई लूटकर, अधमरा छोड़ गया था। उसने दया दिखाते हुए उसकी सेवा की। जीज़स चाहते हैं कि 'हम भी इसी तरह किसी ज़रूरतमंद की मदद करें।' उन्होंने कहानी में उस व्यक्ति का सविस्तर वर्णन नहीं किया, जिसे लूटा गया था। उन्होंने मदद करनेवाले के बारे में ही बात की है। ईश्वर की संतान होने के नाते हमसे एक-दूसरे की मदद करने की अपेक्षा की जाती है। अगर किसी को सताया या पीटा जा रहा है या किसी का मज़ाक उड़ाया जा रहा है तो वहाँ खड़े होकर तमाशा देखना ईसाई व्यवहार नहीं है, इसे मानवीय व्यवहार नहीं माना जा सकता। ज़्यादातर लोग यह नहीं चाहेंगे कि जानवरों के साथ भी ऐसा बरताव हो, इंसानों की बात तो बहुत दूर की रही।

अच्छे समारिया निवासी ने सिर्फ हौसला ही नहीं दिया बल्कि उसने अपनी यात्रा स्थगित कर प्रताड़ित व्यक्ति की सेवा की, उसे सुरक्षित स्थान पर ले गया और सराय के मालिक को पैसा दिया कि मुसाफिर के ठीक होने तक उसकी पूरी देखरेख की जाए।

मैं भी आपसे आग्रह करता हूँ कि आप जिसे भी ज़रूरतमंद समझें उसकी मदद अवश्य करें। अगर आपको अपनी सुरक्षा का भय हो तो आप किसी भरोसेमंद टीचर, प्रशासक, बॉस या किसी पेशेवर की मदद ले सकते हैं ताकि वे बीच-बचावकर मामले को संभाल लें। क्योंकि पिछले कुछ सालों के दौरान, इन मामलों के साथ हिंसा की वारदातें भी बढ़ती जा रही हैं। ऐसे में आपकी चिंता को जायज़ मानकर कदम उठाया जाएगा।

हर मामला अपने आपमें अलग होता है और हर सताए गए व्यक्ति के पास इससे निपटने के लिए अनूठी योग्यता होती है, भले ही वह उसे प्रयोग में लाए या न लाए। अधिकतर विशेषज्ञ यही सलाह देते हैं कि किसी भी शारीरिक हमले पर तुरंत कार्रवाई की जानी चाहिए। भले ही आप उस दुष्ट से आमने-सामने की लड़ाई में एक बार जीत जाएँ पर यह ज़रूरी नहीं कि वह आपको दोबारा तंग नहीं करेगा।

यहाँ आपके लिए कुछ सुझाव दिए जा रहे हैं :

- उस व्यक्ति के बुरे बरताव का लिखित दस्तावेज़ गवाहों के सामने तैयार करें। आप स्कूल के अधिकारियों, अध्यापकों, सुरक्षा अधिकारी या अपने नियोजक

के मामले में मानव संसाधन विभाग को शामिल कर सकते हैं।

- दोस्ताना स्वभाव रखनेवाले लोगों के साथ मिलकर उस व्यक्ति से बात करें कि वह अपना बुरा बरताव छोड़ दे।

- उस व्यक्ति द्वारा किए गए बुरे या अपमानजनक बरताव का सविस्तार ब्यौरा रखें। आपको समय और स्थान आदि का भी ध्यान रहना चाहिए ताकि आप उसके व्यवहार के पैटर्न्स को पहचानकर उसे बता सकें। हर बार उसके व्यवहार से आपको कैसे शारीरिक, मानसिक व भावनात्मक आघात लगा, यह विस्तार से लिखें। अगर वह व्यक्ति दूसरों के साथ भी इसी तरह पेश आ रहा हो तो आप उनके बयानों को भी शामिल कर सकते हैं।

साइबर अपराध और संदेशों के माध्यम से परेशान करना

इंटरनेट और फोन संदेशों के बढ़ते चलन के कारण बुलीइंग करने या दादागिरी दिखाने का एक नया ही रूप सामने आ रहा है। अब लोग इंटरनेट और फोन संदेशों के माध्यम से भी दूसरों को परेशान करने लगे हैं। इसे साइबर बुलीइंग के नाम से जाना जाता है। हालाँकि इसमें धमकाने या सतानेवाला व्यक्ति प्रत्यक्ष तौर पर सामने नहीं होता पर उत्पीड़न का यह रूप भी उतना ही हानिकारक हो सकता है। हमेशा तो नहीं पर अकसर साइबर बुलीइंग करनेवाला व्यक्ति प्रत्यक्ष तौर पर सतानेवाला भी होता है। अकसर दोनों ही पक्ष इंटरनेट के माध्यम से एक-दूसरे को गालियाँ देते, धमकाते, भद्दे फिकरे कसते और अफवाहें फैलाते दिखाई देते हैं।

साइबर बुलीइंग भी हाल ही के वर्षों में अनेक किशोरों की आत्महत्या के प्रमुख कारकों में से रही है। 2003 में आठवीं कक्षा के रयान हालीगन ने इंटरनेट पर अपने बारे में अफवाहें फैलने के बाद अपनी जान दे दी। उसके पिता ने कहा कि उनका बेटा ऐसा नहीं था उसे रातों-रात उन बातों से जोड़ दिया गया, जिनसे उसका कोई नाता नहीं था। एक और मामले में 2006 में मिसौरी के मेगन मीयर ने अपनी जान दे दी क्योंकि उसके सहपाठी की माँ ने ऑनलाइन बुलीइंग करके उसे सताया था।

आत्महत्या और साइबर बुलीइंग के इन मामलों को देखते हुए कई सरकारों ने दूसरों को सताने के लिए इंटरनेट या फोन के इस्तेमाल से जुड़े नियम और कानून बना दिए हैं। अगर आपको लगता है कि कोई आपको ई-मेल, सोशल मीडिया पोस्ट या संदेश के माध्यम से धमका रहा है तो आपके पास उससे निपटने के बहुत से उपाय हैं।

अगर आप घर में हैं तो अपने माता-पिता को भी सावधान कर दें ताकि वे आपके लिए कोई निर्णय ले सकें।

अगर आप भी इस साइबर बुलीइंग के शिकार हैं तो याद रखें कि सबसे ज़रूरी लड़ाई तो आपको अपने भीतर से लड़नी है। किसी के कुछ कहने या परिभाषित करने से आप बनते या बिगड़ते नहीं। प्रभु ने आपको एक ध्येय के लिए रचा है और संपूर्णता से रचा है। आप उसकी नज़रों में मूल्यवान हैं। किसी भी निंदा, प्रवाद, गप्पेबाज़ी या पहले हुए शोषण से ऊपर उठें। किसी की व्यर्थ की बातों में न आएँ।

एक दुष्ट व्यक्ति धौंस या दादागिरी दिखाकर आपको यकीन दिलाना चाहता है कि आप उससे कमतर हैं। ऐसा करने से उसे संतुष्टि मिलती है। आपको यह खेल नहीं खेलना है। अपनी प्रतिभा को बढ़ाने पर केंद्रित रहें। प्रभु खुद ही सब देख लेंगे। **जब आप उस पथ पर चलेंगे, जो ईश्वर ने आपके और केवल आपके लिए रचा है तो आपके जीवन में भरपूर आनंद और संतुष्टि होगी।**

शोषण की अति

अगर आप बुलीइंग की दिशा में सकारात्मक कदम उठाना चाहते हैं या किसी दूसरे की मदद करना चाहते हैं उनके जीवन में बदलाव लाना चाहते हैं तो मैं वादा कर सकता हूँ कि वह आपके लिए भी एक अद्‌भुत अवसर होगा। मैंने अपनी यात्राओं के दौरान पाया कि बहुत से लोग, दूसरों की निःस्वार्थ और समर्पित सेवा द्वारा अपने जीवन को धन्य करने में सफल रहे हैं। उनमें से कुछ लोगों ने शोषण और प्रताड़ना का दर्द भी सहा था पर इसके बावजूद वे अपने बुरे अनुभवों से उबरने में सफल रहे।

जैसा कि मैंने पहले भी कहा, 'संसार में दूसरों को कई तरीकों से कष्ट दिया जाता है।' जब भी आप किसी को सुरक्षा, आज़ादी या मन की शांति से दूर करते हैं तो यह मानव अधिकारों का हनन होता है। अकसर लोग शोषण के इस रूप से भी परिचित होते हैं। पूरी दुनिया की बात करें तो इन दिनों बहुत सारे माध्यम हैं, जिनसे मानव अधिकारों का हनन किया जा रहा है, जैसे जनसंहार, जातिवाद, धार्मिक या काम संबंधी मान्यताओं के लिए दंडित करना, सेक्स गुलामी, मानव देह का कारोबार तथा अंगों को विकृत करना, आदि।

मैं भी पूरी दुनिया में इन भयंकर चीज़ों का साक्षी रहा हूँ। 'लाइफ विदआउट लिमिट्स' में मैंने 'स्ट्रीट ऑफ केजिस' के बारे में लिखा है। यह भारत के मुंबई शहर

के झोपड़पट्टीवाले इलाके में वेश्यावृत्ति और सेक्स गुलामी उन्मूलन का केंद्र है। वहाँ बाँम्बे टीन चैलेंज (बीटीसी) के संस्थापक के.के. देवराज महिलाओं और बच्चों को गुलामी, यौन उत्पीड़न, गरीबी, सेक्सजनित रोगों तथा मादक द्रव्यों आदि के चंगुल से छुड़ाने के अथक प्रयासों में लगे हैं।

मेरी मिनिस्ट्री मुंबई में देव अंकल के इस उल्लेखनीय कार्य में मदद करती है और मुझे यह जानकर खुशी मिली कि एक और ईसाई सज्जन इस नेक काम में अपनी ओर से योगदान दे रहे थे।

जनवरी 2011 में न्यूयॉर्क मेट्स के मेजर आर.ए.डिकी ने बीटीसी के लिए चंदा जमा करने और जागरूकता लाने के लिए अफ्रीका के उन्नीस हज़ार फुट ऊँचे पहाड़ किलीमिंजारों पर चढ़ाई की। जब वे चालीस मील की पैदल यात्रा के बाद वहाँ पहुँचे तो उन्होंने संदेश भेजा, 'भगवान बहुत अच्छा है।' मैं श्रीमान डिकी के प्रयासों की सराहना करता हूँ, वे अपनी ओर से देव अंकल के काम में बहुत अच्छा योगदान दे रहे हैं। मेट्स ने बताया था कि उनका मशहूर मेजर अगर उस अभियान के दौरान चोटिल हो जाता तो उसका 4.5 मिलियन डॉलर का अनुबंध निरर्थक हो सकता था।

दुनिया में बहुत से लोग ऐसे हैं जो सताए हुए निर्धनों और शोषितों के लिए जी-जान से लड़ रहे हैं। मैं एक ऐसी युवती को जानता हूँ जो बहुत आसानी से, कैलीफोर्निया में एक वकील के तौर पर अपना काम कर सकती थी। उसका नाम जैकलीन इसाक है। मैंने यवेती और विक्टर के माध्यम से जैकलीन से भेंट की, जो मेरी ही हमउम्र है। वह उनकी बेटी है। वे सभी समर्पित और बहादुर ईसाई मत प्रचारक हैं, जो अरब देशों में प्रभु की ओर से दिए गए काम को पूरा कर रहे हैं। उनकी गैर लाभकारी संस्था का नाम है, 'रोड्स ऑफ सक्सेस।' उन्होंने अरबी भाषा में, एक ईसाई टी.वी. शो तैयार किया है, जिसका नाम है 'मारा फडेला (सद्गुणी महिला)'। इसे यवेती चलाती हैं और शैक्षिक तथा प्रेरक सामग्री प्रदान करती है। सारी दुनिया के अरब सैटेलाइट के माध्यम उस शो को देखते हैं।

यवेती से मेरी भेंट के कुछ दिनों पहले की बात है, मिस्र में एक चर्च के बाहर, उसे पहियाकुर्सी पर बैठे एक अपाहिज व्यक्ति ने रोक लिया। उसने उसकी बाँह खींचकर पूछा, 'तुम महिलाओं और बच्चों की ज़रूरतों पर बहुत ध्यान देती हो? हमारे लिए कब कुछ करोगी। हमें भी तो मदद चाहिए।'

यवेती को यह सुनकर दुःख तो हुआ पर उसने किसी तरह उसे बताया कि वह किसी भी ऐसी संस्था या संगठन के बारे में नहीं जानती जो अपाहिजों के लिए कुछ करती हो।

पहियाकुर्सी पर बैठे उस व्यक्ति ने कहा, 'यह संदेश प्रभु की ओर से है। वह तुम्हारे पास एक व्यक्ति को लाएगा जिसकी मदद से तुम अपाहिजों की सेवा के लिए संस्था खोल सकोगी। पर दूसरों की तरह मत बन जाना। वही काम करना जो हमारे लिए ज़रूरी हो।'

लगभग एक सप्ताह बाद ही पादरी ने यवेती को बताया कि उसने एक नवयुवक का वीडियो देखा है जो उसके टी.वी. शो का मेहमान बन सकता है – मैं! उसने लाइफ विदआउट लिमिट्स से संपर्क किया और मुझे अपने शो में आने का न्यौता दिया। हम जल्दी ही दोस्त बन गए। मैं यवेती को अपनी मिस्र की माँ कहता हूँ (मिस्र की ममी नहीं!)।

हालाँकि उस समय मिस्र की सरकार अपने देश में ईसाई मत प्रचारकों का स्वागत नहीं करती थी पर यवेती का समाज में बहुत आदर था इसलिए वह मेरे लिए मिशन दौरा आयोजित करने में सफल रही। विकलांगता से जूझने और चुनौतियों से उबरने के बारे में दिया गया मेरा संदेश मीडिया द्वारा विस्तार से दिखाया गया। नतीजन मुझे कई सरकारी अधिकारियों और बड़ी हस्तियों से भेंट करने का अवसर मिला जिनमें एलेक्जेंड्रिया के मेयर, कतर की राजकुमारी शेख हिस्सा खलीफा बिन अहमद अल-तानी भी शामिल थीं जो संयुक्त राष्ट्र संघ के साथ अपाहिजों से मसलों पर काम करती हैं।

अनेक प्रभावी नेताओं के सहयोग से यवेती ने मुझे 2008 में एक कार्यक्रम आयोजित करने में मदद की जिसमें मैं कैरो में लगभग दो हज़ार लोगों को संबोधित करनेवाला था, इसमें वह दुभाषिया की भूमिका निभा रही थी। हम वहाँ बीस हज़ार लोगों की उपस्थिति देखकर सकते में आ गए। यह देश के आधुनिक इतिहास में सबसे बड़ा ईसाई सम्मेलन बन गया। उसकी सफलता ने मेरे लिए कई मिडिल ईस्ट देशों के दरवाज़े खोल दिए जिनमें कुवैत और कतर भी शामिल हैं।

इसाक परिवार ने मुझे स्वीकारा और दुनियाभर के अपाहिजों के नाम पर मेरे काम में अपना सहयोग प्रदान किया। वे इतने नेक काम करते हैं कि उनका ब्यौरा तक नहीं रखा जा सकता। वे अरब देशों की उन परंपराओं को समाप्त करने का कार्य कर रहे हैं

जो मानव अधिकारों का दमन करती हैं, उच्च शिक्षा का विरोध करती हैं, स्वास्थ्य के लिए खतरा हैं और महिलाओं के उत्पीड़न और शोषण का कारण बनती हैं। अपनी टी.वी. और इंटरनेट मिनिस्ट्री के अलावा वे ईसाई कंसर्ट, समाचार प्रचारक कार्यक्रम तथा मिशन दौरों को प्रायोजित करते हैं व प्रार्थनाओं के लिए भी पहलों का आयोजन करते हैं।

जैकलीन इसाक, अनौपचारिक रूप से मेरी दूसरी बहन है, अब वह एक जानी-मानी अंतर्राष्ट्रीय हस्ती बन गई है। तेरह साल की आयु तक वह कैलीफोर्निया में रही और फिर उसके जीवन में एक नाटकीय बदलाव आया। इससे वह एक औसत अमरिकी किशोरी से अलग हो गई, जिसका जीवन स्कूल, दोस्तों, चर्च और मनोरंजन के बीच बीतता था।

'जब मैं तेरह साल की थी तो एक दिन घर आकर देखा कि धरती पर मेरी दादी माँ मरी पड़ी थीं। वे मेरी ज़िंदगी थीं। उन्होंने मुझे पालने-पोसने में मदद की थी। मैं रात को उनके साथ ही सोती थी और वे मेरे सारे राज़ जानती थीं। मैं स्तंभित रह गई! दरअसल, मैं बुरी तरह डरी हुई, सहमी और बौखलाई हुई थी। मैंने गुस्से में आकर प्रभु को उनकी मौत के लिए दोषी ठहराया', जैकलीन ने बताया।

वह अपनी दादी की मौत की खबर से बुरी तरह से दहल गई थी और इसी दौरान माता-पिता से मिले दूसरे समाचार ने तो उसे बुरी तरह से हिलाकर रख दिया। उन्होंने परिवार सहित मिस्र जाने का निर्णय ले लिया था जहाँ वे ईसाई मत प्रचारक के तौर पर अपना काम कर सकते थे।

'मैंने अपनी दादी को खो दिया, घर में मेरा जीवन मेरा सब कुछ बदल गया। तभी मैं जीवन से हार मान बैठी। मुझे याद है कि मैंने प्रभु पर भरोसा करना भी छोड़ दिया था। मैं अकसर अपने कमरे में बैठकर चिल्लाती, 'भगवान! अगर तुम कहीं हो तो तुम मुझसे मेरी हर प्यारी चीज़ क्यों छीनते जा रहे हो?'

आज जब जैकलीन पीछे मुड़कर देखती है तो उसे एहसास होता है कि तब उसे समझ में नहीं आया था कि ईश्वर ने उसके लिए और भी बड़ी योजना बना रखी थी। एक दिन मेरी भेंट एक पादरी से हुई जो मुझे दिलासा देना चाह रहे थे। उन्होंने कहा, 'क्या तुम समझी नहीं? उसने तुमसे सब कुछ इसलिए छीना ताकि यह देख सके कि तुम अब भी उस पर विश्वास रखती हो या नहीं। बस अब तुम्हें उस पर भरोसा करने

के सिवा कुछ नहीं करना है।' उस समय जैकलीन को समझ में आया कि प्रभु उससे क्या चाहते थे और वह जान गई कि उसे अपने सारे हालात के बावजूद ईश्वर के प्रति विश्वास और आस्था को बनाए रखना होगा तथा अपनी निष्ठा के अनुसार चलना होगा।

उसने कहा, 'कुल मिलाकर मेरे लिए वे हालात इसलिए पैदा किए गए थे कि मैं ईश्वर की पुकार को स्पष्ट तौर पर सुन सकूँ। अंतत: मुझे समझ में आ गया कि अपने विश्वास और आस्था के साथ चलना किसे कहते हैं!'

उस पादरी से हुई भेंट के कई माह बाद एक और पादरी टेक्सास से मिस्र आईं। वे एक ईसाई सम्मेलन का नेतृत्व कर रही थीं। जब उनका प्रवचन हो गया तो बीच में प्रार्थना का समय था, वे जैकलीन के पास आकर बोलीं, 'बिटिया! प्रभु तुम्हें एक अहम उद्‌देश्य को पूरा करने के लिए पुकार रहे हैं। मैं तुम्हें सारी दुनिया में घूमता देख रही हूँ। तुम यू.एस. लौट जाओगी पर बार-बार तुम्हें मिस्र आना होगा। लोगों को, विशेषकर महिलाओं को उनके कष्टों से बाहर निकालना होगा। मैं देख रही हूँ कि तुम बड़ी हस्तियों और देश के बड़े नेताओं से बात करोगी। जब तुम बोलोगी तो वे सुनेंगे और प्रभु तुम्हारे पक्ष में होंगे। तुम अपने आपसे पूछोगी कि मैं कौन हूँ, जिसे इन लोगों से बात करने का सौभाग्य मिला है?'

जैकलीन को प्रभु की ओर से आए इन शब्दों को सुनकर बहुत आश्चर्य हुआ। वह स्तंभित हो उठी। 'मुझे उसके वचनों का मान रखते हुए उन पर सही मायनों में भरोसा करना था, भले ही मेरे पास पद, शिक्षा या कोई उपलब्धि नहीं थी लेकिन प्रभु खुद ही मुझसे अपना काम करवा लेंगे', मैंने यही सोचा।

जैकलीन को पंद्रह साल की आयु में यू.एस. के एक कॉलेज में प्रवेश मिल गया। पर जब उसके एक मार्गदर्शक ने कहा कि उसे तो एक राजदूत बनना होगा तो उसने जीवविज्ञान छोड़कर डॉक्टर बनने का निर्णय ले लिया। उस व्यक्ति ने कहा, 'तुम दो देशों के बीच की दूरी कम करोगी। जब तुम बोलोगी तो वे सुनेंगे।'

जैकलीन को एहसास हुआ कि उसे किसी न किसी तरह अपने माता-पिता के पुश्तैनी मिस्र के घर से जुड़ना ही था। मैं जानती थी कि प्रभु मुझे वापस मिस्र भेजना चाहते थे। मैंने अपने कॉलेज के दिनों में अपने विश्वास और आस्था को अखंड रखा और प्रभु की हर इच्छा के प्रति ग्रहणशील बनी रही। हालाँकि यह सब सुनने में

अविश्वसनीय लगता था, पर मुझे एहसास हुआ कि **जब कोई काम अविश्वसनीय लगता है तो प्रभु पर भरोसा रखना चाहिए क्योंकि प्रभु अवास्तविक लगनेवाले सपनों और करिश्मों को भी संभव कर दिखाते हैं।**

जैकलीन ने उस स्वप्न को पूरा किया। अब वह मिस्र में बदलाव लाने के लिए आध्यात्मिक और धार्मिक नेताओं के साथ मिलकर काम करती है। जब वह एक किशोरी के रूप में वहाँ गई तो वह महिलाओं का दमन देखकर दंग रह गई। उसने पाया कि उसकी हमउम्र लड़कियों को अब भी जननेंद्रिय विकृत करने की भयंकर परंपरा का पालन करना पड़ता था। जब उसने बुज़ुर्गों और पादरी से इस बारे में बात की तो उन्होंने मानने से ही इनकार कर दिया और कहा कि 'अब यह सब नहीं होता।' दूसरों ने कहा कि 'ऐसा केवल इसलिए किया जाता है कि लड़कियों का विवाह से पूर्व सेक्स से बचाव किया जा सके।' यूनीसेफ के अनुमान के अनुसार, दुनियाभर में लगभग 140 मिलियन औरतें इस निर्दयी सांस्कृतिक परंपरा का शिकार हैं, जो मिस्र, इथोपिया, सूडान, कीनिया व सेनेगल के कुछ हिस्सों में अब भी जारी है। उन देशों में कुछ लोगों का मानना है कि नवजात अवस्था से पंद्रह वर्ष तक की लड़कियों के साथ ऐसा होना उनके धर्म के अनुसार अनिवार्य है। हालाँकि किसी भी प्रमुख धर्म को इसकी आवश्यकता नहीं है। दूसरों का मानना है कि यह परंपरा लड़कियों को विवाह के लिए तैयार होने तक कामजनित गतिविधियों से दूर रखती है।

'मैं केवल इतना जानती थी कि उन लड़कियों के शरीरों के अंगों के टुकड़े निकाले गए थे। यह सब बहुत ही भयावह था', जैकलीन ने कहा। यह सब जानकर मेरा दिल दहल गया। अगर मेरे जीवन में प्रभु की कृपा न होती तो मेरी गिनती भी उन लड़कियों में से हो सकती थी। मैं किस्मतवाली थी कि मैं एक मिस्री-अमेरिकन लड़की थी। अब यह मेरा कर्तव्य था कि मैं अपने देश की महिलाओं की आज़ादी और अधिकारों की रक्षा करूँ।

जब जैकलीन अपनी लॉ की डिग्री पूरी करने यू.एस. आई तो वह मिस्र और एशिया, अफ्रीका तथा मिडिल ईस्ट के अनेक देशों के लिए मानव अधिकारों के हक में बोलनेवाली बन गई। वह अपने अभियान के चलते, मिस्र और दूसरे देशों के देहाती इलाकों में जाने लगी। कई बार पंडे-पुजारियों और सामुदायिक नेताओं ने सच छिपाने या इन अभ्यासों के बारे में झूठ बोलना चाहा। यहाँ तक कि लड़कियाँ भी इस बात को राज़ रखना चाहती थीं।

एक बार एक सभा में कोई पुरोहित किशोरी लड़कियों की माँओं को यह सलाह दे रहा था कि वे अपनी बेटियों से इस परंपरा का पालन करवाएँ। जब जैकलीन को यह पता चला तो वह उससे बात करने पहुँच गई। वह बोला, 'आपका पूरा शरीर नर्क की आग में जले, उससे तो बेहतर होगा कि आप अपनी दायीं बाजू कटवा दें।' उसके कहने का मतलब था कि विवाह से पहले सेक्स का खतरा झेलने के बजाय, अपने गुप्तांग को विकृत करना कहीं बेहतर था।

अस्पतालों और डॉक्टरों के हाथों तो यह गैरकानूनी काम हो नहीं सकता इसलिए कई बार इसे नाई की दुकानों, दाइयों या ओझाओं से कराया जाता है। नतीजन संक्रमण, अंदरूनी रक्तस्राव और कई तरह की दीर्घकालीन मेडिकल समस्याएँ सामने आती हैं। जैकलीन ने इस अभ्यास और परंपरा के खिलाफ बोलते हुए अपने प्राण संकट में डाल दिए थे। वह अपने देश की महिलाओं को उत्पीड़न व शोषण से बचाना चाहती थी।

'एक बार हम डॉक्टर और पादरी के साथ गाँव में जा रहे थे ताकि वहाँ रहनेवाले तीन सौ लोगों से अपनी बात कह सकें। मेरा दिल तेज़ी से धड़क रहा था। वे भी डरे हुए थे। हम जानते थे कि हमारा विरोध हो सकता है इसलिए हमने भगवान से प्रार्थना की कि वे हमारी मदद करें। वे लोग नहीं जानते थे कि मैं क्या बात करनेवाली थी। मुझे डर था कि अगर मैंने उन्हें बताया कि जननेंद्रियों को विकृत करने की यह परंपरा बुरी और खतरनाक है तो वे मेरी जान भी ले सकते थे।'

जैकलीन का मानना है कि **प्रार्थना के माध्यम से हम हर तरह के भय से उबर सकते हैं और प्रार्थना ही किसी भी परिस्थिति में आपको जीत का सेहरा पहना सकती है।**

'जब हम चर्च से दो मिनट की दूरी पर थे तो लगा कि पवित्र आत्मा की शांति मेरे मन में आ विराजी हो। तभी मैं जान गई कि उसके बाद मैं जो भी कहूँगी, वे शब्द मेरे नहीं होंगे बल्कि ईश्वर मेरे माध्यम से बोलेगा। ईश्वर ही मुझे जीत दिलवाएगा। ईश्वर ही मेरे अनुकूल होगा और उन लोगों के दिलों को छुएगा', जैकलीन ने कहा।

जब वह उन लोगों के सामने बोलने खड़ी हुई तो प्रभु की अनुकंपा ने अपना कमाल दिखाया। वह जिन लोगों से डर रही थी, प्रभु की कृपा से उन्हीं लोगों से उसे सकारात्मक प्रतिक्रिया मिली। 'उन्होंने अपने हाथ ऊपर कर लिए। वे अपने घुटनों के बल बैठे थे, प्रभु से अपने कर्मों के लिए क्षमा-याचना कर रहे थे कि उन्होंने अपने

बेटियों के साथ अच्छा नहीं किया' वह बोली। मैं केवल यही सोच सकी कि अगर उस दिन भय मुझ पर हावी रहता तो प्रभु मुझसे अपना अकल्पनीय रूप से कठिन यह काम न करवा पाते।

जैकलीन ने उन पुरुषों को बताया कि उनमें से अधिकतर पुरुषों की पत्नियाँ सेक्स नहीं करना चाहती थीं क्योंकि जब वे कम उम्र की थीं तो उन्हें उस दर्दनाक परंपरा का पालन करना पड़ा। अकसर यह अच्छा नहीं माना जाता कि कोई बाहरी महिला पुरुषों से सेक्स जैसे विषय पर बात करे, पर उन्होंने उससे क्षमा चाही और कसम खाई कि वे उस परंपरा को जारी रखने में अपनी ओर से कोई सहयोग नहीं देंगे।

मुझे लगा कि प्रभु उस दिन मेरी ओर थे। यह सब भावविभोर कर देनेवाला था। वे लोग अपने किए पर पछता रहे थे।

एक और अवसर पर जब जैकलीन ने अपना काम शुरू किया ही था, वह एक गरीब और पिछड़े हुए गाँव में इस परंपरा के बारे में औरतों की राय जानने गई। उन दिनों तो इस बारे में बात करने तक की मनाही (अस्वीकृति) थी। कई लोगों ने उसे कहा कि उसे वहाँ नहीं जाना चाहिए। 'पर मुझे मन ही मन लगा कि प्रभु ही मुझे ले जा रहे थे। मुझे लगा कि प्रभु मुझे ठगों, गंदगी और गरीबी से भरे उस गाँव में संदेश देने के लिए भेजना चाहते हैं।'

जैकलीन ने कहा, 'मैंने अपने दिल की पुकार सुनी और इस तरह अपने भय के बावजूद वह चल दी।' वहाँ वह कुछ औरतों से बात कर रही थी कि अचानक दो पुरुष वहाँ आ गए। एक के हाथ में चाकू था, वे आपस में लड़ने लगे कि जैकलीन को उनसे बात करनी चाहिए या नहीं। जब वे आपस में लड़ रहे थे तो चाकू जैकलीन के पैरों में गिर पड़ा। 'मैं प्रभु से प्रार्थना करने लगी कि वे हालात को काबू करें। मैंने जीज़स को पुकारा और अचानक, वह आदमी उठा, मेरी ओर देखा और वहाँ से भाग गया।' जैकलीन इसे विश्वास और आस्था का चमत्कार मानती है।

मुझे एहसास हुआ कि जब आप पर संकट आता है तो वास्तव में ऐसा इसलिए होता है क्योंकि प्रभु आपसे कुछ महान करवाना चाहता है लेकिन शैतान आपके रास्ते की बाधा बन रहा होता है। ऐसे में सवाल यह पैदा होता है कि इस हालात का सामना कैसे किया जाए? हमें क्राइस्ट के कवच के साथ शैतान की दुष्टता का सामना भी करना चाहिए। मैं बहुत खुश हूँ कि मैं उस दिन वहीं रही। मैंने न केवल उन औरतों के

विचार सुने बल्कि ईश्वर ने मुझे उनकी मदद करने का साधन भी बनाया। कम से कम कुछ लोग तो इस परंपरा से विमुख होंगे। उस घर के मुखिया ने अपने परिवार तथा गाँव के दूसरे लोगों से बात की कि उन्हें इस परंपरा का पालन नहीं करना चाहिए।

बाइबिल में लिखा है कि 'अंधकार के निरर्थक कर्मों को सबके सामने लाना चाहिए।' मैं भी जैकलीन के माता-पिता के साथ, मिस्र आदि देशों में उनकी मदद करता आया हूँ पर सारे खतरों और संकटों के बावजूद अपने मिशन को आगे ले जाने में इस बहादुर युवती का कोई साथी नहीं है।

मिस्र की स्प्रिंग क्रांति ने, 2011 में मिस्र में शासन करनेवाले दल को सत्ता से उतार फेंका। जैकलीन शांति वार्ता, आम सहमति तथा मानव अधिकारों के लिए निरंतर प्रयासरत रही है। वह ईसाई और मुसलमान नेताओं के साथ काम करने के अलावा स्कूलों, समाज सेवियों तथा युवा क्रांतिकारियों के साथ भी काम करती रही ताकि एक शांति व मानव अधिकार अनुबंध तैयार किया जा सके। उसके प्रयास सफल रहे और इसे 'केन्स पीस अकॉर्ड व प्लान ऑफ एक्शन' का नाम दिया गया। उसने सारी दुनिया में रह रहे मिस्र के लोगों को एकजुट करने के लिए 'गॉड क्रिएटिड ऑल' का गठन किया। मिस्र में उसके काम की सराहना में जैकलीन को दुनिया के सबसे बड़े शेख की ओर से निमंत्रण आया कि वह फैमिली हाउस के लिए यू.एस. प्रतिनिधि की भूमिका निभाए। फैमिली हाउस एक ऐसी कमेटी है जिसे मिस्र के धार्मिक नेताओं ने ईसाइयों और मुसलमानों के बीच आपसी सहयोग को बढ़ावा देने के लिए बनाया है।

प्रभु ने एक किशोरी को जो वचन दिए थे, वे आज एक-एक करके पूरे होते जा रहे हैं। हाँ, कई बार मेरा मिशन खतरनाक होता है पर यह तो मेरे दिल में धधकती आग की तरह है। मेरे काम से चिंता और भय तो जुड़े हैं, पर मैं इस जुनून को छोड़ नहीं सकती और मिस्र में क्रांति के बाद से एक नया बदलाव लाने के लिए और भी कई मार्ग खुल गए हैं इसलिए मैं कदम दर कदम आगे बढ़ती जा रही हूँ।

बाइबिल में लिखा है कि 'ऐ इंसान, प्रभु ने तुझे दिखा दिया कि क्या अच्छा है और तूने क्या करना है पर तू पूरे न्याय के साथ इसे कर, दया और स्नेह को बनाए रख और अपने प्रभु के साथ विनीत भाव से आगे बढ़!' दूसरों को सताना, नफरत करना, धार्मिक उत्पीड़न तथा दूसरे मानव अधिकार हनन आदि, इस दुनिया में कष्ट के कारण हैं। मैं आपको यह सलाह नहीं दूँगा कि आप भी स्वयं को जैकलीन की तरह खतरे में

डालें पर अगर आप ऐसी चीज़ों का शिकार हैं या आप किसी ऐसे को जानते हैं जिसे सताया या तंग किया जा रहा है तो कृपया उसकी मदद करें। किसी को उसके बारे में बताकर मदद दिलवाएँ। अपनी ओर से हर संभव प्रयास करें। एक ऐसे संसार के लिए प्रार्थना करें जिसमें हर इंसान को बिना किसी हानि या चोट के, शांति से जीने का अधिकार मिले और वह प्रभु की ओर से मिले उद्देश्य को पूरा कर सके।

क्या आप अपने लिए प्रार्थना करेंगे? प्रार्थना करें कि अगर अनजाने में भी आपके हाथों किसी का अहित हो रहा हो तो प्रभु आपको उससे बचाएँ। वे आपकी मदद करें कि आप अपने रवैए में बदलाव ला सकें। क्या आप प्रार्थना करेंगे कि जब लोग आपको नीचा दिखाएँ तो प्रभु आपकी रक्षा करें? प्रार्थना के बिना हम कमज़ोर हैं, प्रार्थना के साथ हमें प्रभु की असली ताकत भी मिल जाती है।

क्या आप मेरे लिए और इस पीढ़ी के लिए भी प्रार्थना करेंगे कि यह तमाशबीन बनने के बजाय लोगों की मदद करना सीखे? अपने स्कूल के लिए प्रार्थना करें... उनके लिए प्रार्थना करें जो आपको कष्ट देते हैं... अपने हृदय से प्रार्थना करें कि हम सभी इस संसार में परिवर्तन लानेवाले उपायों के प्रति सजग रह सकें...।

निक वुईचिक और डेनियल मार्टीनेज़

8

शिखर तक जाने के लिए

सन 1983 में मेरे प्यारे दोस्त गैरी और मारीलिन स्किनर ने एक बहुत अच्छा निर्णय लिया। वे विवाह करके कनाडा में बस गए लेकिन गैरी, लंबे अरसे से मिशनरियों से जुड़ा हुआ था। उसका पालन-पोषण ज़िम्बावे में हुआ था। उसे लगता था कि ईश्वर उसे पुकार रहा है और कह रहा है कि वह युगांडा की युद्ध से जूझती राजधानी कंपाला में एक छोटा सा चर्च खोले।

भले ही चर्च खोलने का मिशन बेहद साधारण था पर कनाडा के सुरक्षित माहौल को छोड़कर जाना आसान नहीं था। युगांडा एक हिंसक गृह युद्ध से जूझ रहा था जिसमें सैंकड़ों-हज़ारों लोग या तो मारे गए या बेघर हो गए। संसाधनों से भरपूर और कभी 'द पर्ल ऑफ अमरिका' कहलानेवाला यह देश अब संसार के निर्धनतम राष्ट्रों की गिनती में आ गया था। एच.आई.वी. और एड्स की बीमारी ने वहाँ और भी कहर ढाया हुआ था, जिससे युगांडा का सामाजिक ढाँचा तहस-नहस हो गया था।

ईसाईयत को समर्पित इस दंपति ने युगांडा में एक चर्च खोला और उसके दो वर्ष के भीतर ही अपने मिशन में एक और अहम काम जोड़ लिया। जब उन्होंने सैंकड़ों बच्चों को कचरे के ढेर पर भटकते और जीते-जी मरते देखा तो अपने जीवन की दिशा ही बदल दी। कुछ वर्ष पूर्व जब मैं, गैरी और उसकी पत्नी तीन बच्चों से भेंट करने गए तो उन्होंने कहा, 'उस समय दुनिया में सबसे अधिक संक्रमण दर युगांडा की थी।' मुझे अंदर ही अंदर ऐसा महसूस हुआ, मानो प्रभु आदेश दे रहे हों कि 'मेरी संतानों की देख-रेख करो।'

मारीलिन ने कहा, 'प्रभु इस बात से प्रभावित नहीं थे कि हमारा चर्च कितना बढ़िया है। उन्होंने हमें कहा कि हम अनाथ बच्चों की सेवा करें। बच्चों की आहों से प्रभु को बहुत कष्ट होता है।'

उन्होंने एक छोटे से किराए के घर में 'वातोतो चाइल्ड केयर मिनिस्ट्री' खोली पर उनकी महत्वाकांक्षाएँ इतनी ऊँची थीं, जो उस छोटे से घर में समा नहीं सकती थीं : वे एक ऐसे देश के अनाथ बच्चों को घर, शिक्षा तथा डॉक्टरी देख-रेख दिलवाना चाहते थे, जिनकी संभावित संख्या दो मिलियन के करीब थी।

अफ्रीका में अपने भाषणों के दौरान मैं स्किनर्स द्वारा बनाए गए तीन अनाथालायों में से एक में गया जिनमें दो हज़ार से भी अधिक बच्चों को आश्रय मिला हुआ था। उनके सुंदर और साफ-सुथरे मैदानों में आठ-आठ बच्चों के समूह, माँ की तरह पालन-पोषण करने के लिए नियुक्त की गई महिलाओं के साथ, दो सौ से भी अधिक घरों में रहते हैं। उनके हर अनाथालय में स्कूल, मेडिकल क्लीनिक, बिजली, पानी और शौचालय की व्यवस्था है। युगांडा के अधिकतर क्षेत्र इन सभी आधुनिक सुविधाओं से दूर हैं पर पूरी दुनिया से आनेवाले स्वयंसेवियों ने स्किनर्स के अनाथालायों के लिए इन सुविधाओं का इंतज़ाम किया क्योंकि वे अपने विश्वास और आस्था को साकार रूप देने की एक आलीशान मिसाल बन रहे हैं।

वातोतो में बहुत सारे बच्चे नवजात अवस्था में आए थे और अपनी किशोरावस्था तक रहे लेकिन स्किनर्स उन्हें उच्च शिक्षा के लिए भी सुविधा प्रदान करते हैं ताकि वे एक बेहतर जीवन का आरंभ कर सकें। पचास से अधिक वातोतो बच्चे इस समय एडवांस डिग्री कोर्स कर रहे हैं। इसके बाद भी बहुत सारे बच्चे उच्च शिक्षा प्राप्त करेंगे। औसतन उनके अनाथालय में एक माह में लगभग पंद्रह त्यागे गए या अनाथ नवजात आ जाते हैं। वातोतो में आनेवाले बहुत से बच्चे एच.आई.वी. पॉजिटिव होते हैं लेकिन स्किनर्स के अनुसार एंटीरेट्रोवायरल और उनकी माँ की एंटीबॉडीज़ द्वारा उनका सफल उपचार हो जाता है।

स्किनर्स दशकों से चले आ रहे युद्ध, विनाश और अत्याचारों के बीच भी अपने मिशन को पूरा करने में सफल रहे हैं। एक अंदाज़े के अनुसार 2004 तक बीस हज़ार बच्चों को विद्रोहियों ने अगुवा किया। वे बच्चों को विवश कर देते हैं कि वे गुरिल्ला बनकर अपने ही समुदाय को आतंकित करें। लड़कियों को बलात्कार के बाद, सेक्स गुलामों की तरह बेच दिया जाता है।

वातोतो का सूत्र वाक्य है, 'रेस्क्यू, रेज़ एंड रीबिल्ड' (बचाव, पालन-पोषण व पुनर्निर्माण)। वे उस पीढ़ी को बचाना चाहते हैं जो युद्ध, रोग व निर्धनता की चपेट में है। वे उन्हें पढ़े-लिखे व उद्देश्यपूर्ण ईसाई नेताओं के रूप में सामने लाना चाहते हैं, जो राष्ट्र के पुनर्निर्माण में दिलचस्पी रखते हों। स्किनर्स ने महिलाओं के लिए भी 'लिविंग होप' कार्यक्रम आरंभ किया है। इसमें उत्पीड़न की शिकार महिलाओं को जीवन कौशल देने के साथ-साथ व्यावसायिक प्रशिक्षण भी दिया जाता है और उन्हें सलाह-मशविरा दिया जाता है ताकि वे एक उद्देश्य के साथ, गरिमामयी जीवन जी सकें।

मारीलिन ने मुझे बताया कि वे लूट, धमकियों, चोरियों और सालों से चली आ रही हिंसा के बावजूद अपना काम करते आ रहे हैं। अकसर वे साहस करके ऐसे इलाकों में भी जाते हैं जहाँ उनकी जान को खतरा हो सकता है। कुछ साल पहले उन्होंने एक और मिशन हाथ में लिया। जिसमें वे गैरकानूनी उत्तरी युगांडा से कुछ बच्चों को मुक्त करवाना चाहते थे जिन्हें विद्रोहियों ने गुलाम बना रखा था। अकसर उन्हें नहीं पता होता कि वे ऐसे कठिन हालात के बीच अपने मिशन को कैसे पूरा कर पाएँगे लेकिन वे उस समय अपने विश्वास और आस्था को बरकरार रखते हुए, सब कुछ प्रभु के हाथों सौंप देते हैं।

उनका कहना है कि ''शुरुआत में हम केवल चर्च खोलकर लोगों को धर्म का उपदेश देना चाहते थे। लेकिन ईश्वर ने हमें युगांडा इसलिए नहीं भेजा कि हम केवल अपना मनचाहा काम करें। उसने हमें भेजा ताकि हम दुःखी लोगों की सेवा कर सकें।'' अब उनका चर्च आठ स्थानों पर बीस हज़ार से भी अधिक सदस्यों को अपनी सेवाएँ दे रहा है लेकिन उनका मिशन अब भी पूरा नहीं हुआ क्योंकि उनकी ज़रूरत सभी को हैं। गैरी ने कहा, 'हमारा ईश्वर बहुत महान है और हमें विश्वास है कि हम एक बड़ा बदलाव लाने की क्षमता रखते हैं।'

आज पूरी दुनिया में लोग स्किनर्स और उनके मिशन को वातोतो के बच्चों की गायक मंडली की वजह से जानते हैं। उनका प्रदर्शन उल्लेखनीय है। वे लोग संगीत रिकॉर्ड करते हैं और कौंसर्ट ऑफ होप के माध्यम से सारी दुनिया का चक्कर लगाते हुए नेक कार्य के लिए चंदा जमा करते हैं। वे अपने मिशन का काम इसी तरह जारी रखेंगे, यह उनकी अपनी मरज़ी नहीं, उनके ईश्वर की है।

आत्मसमर्पण की शक्ति

समर्पण के इस विचार को ग्रहण करना कठिन हो सकता है क्योंकि हममें से

अधिकतर लोग इसे असफलता, त्याग या पराजय से जोड़ते हैं। जब स्किनर्स ने ईश्वर की बड़ी योजना पर काम करने के लिए युगांडा में अपनी आरंभिक योजनाओं को विराम दे दिया तो वे कोई त्याग नहीं कर रहे थे। बल्कि अपना वह भ्रम तोड़ रहे थे जो उन्हें अब तक नियंत्रित कर रहा था। उन्हें एहसास हुआ कि ईश्वर अपनी पूरी समझ और विवेक के साथ उनके लिए एक विस्तृत नज़रिया रखता है। उसके पास एक ऐसी योजना है, जो कनाडा में उनकी बनाई गई योजना से कहीं बड़ी और महत्वपूर्ण है।

अपनी ओर से कोशिश करना बंद करने का मतलब था कि वे अफ्रीका और वहाँ के ज़रूरतमंदों का साथ छोड़ दें। उन्होंने इस बात को स्वीकारा कि परम पिता उनसे कहीं बेहतर जानते हैं। उन्होंने प्रभु पर भरोसा रखा और कहा, 'हम नहीं जानते कि आप हमसे जो करवाना चाहते हैं, उसे हम कैसे पूरा कर सकेंगे? पर हमें आपके विवेक पर पूरा विश्वास है और हम आपकी ताकत पर भी भरोसा रखते हैं कि आप हमारे लिए बनाई गई योजना को पूरा करने में सहायक होंगे।'

आपको भी नि:संदेह, अपने जीवन में आत्मसमर्पण का अभ्यास करना होगा। ऐसा समय भी आएगा, जब आपको उन सभी कामों को करने की इच्छा छोड़नी होगी जो आपके वश में नहीं हैं। फिर एक बार में एक ही कदम उठाते हुए उन कामों को करना होगा, जो आपको ईश्वर से मिले वरदानों और प्रतिभा के अनुकूल हों व जिनमें आपके मस्तिष्क की योग्यता का भरपूर प्रयोग हो सके। हो सकता है कि आपने बिना विचारे ही ऐसा किया हो। हो सकता है कि आपको बुरी अर्थव्यवस्था या नौकरी जाने की दशा में अपने करियर में बदलाव लाना पड़ा हो। आप बचे हुए अवसरों के अनुरूप अपनी योजनाओं को तय करते हैं और फिर अपनी पूरी क्षमता और आत्मविश्वास के साथ आगे बढ़ते हैं।

आपके साथ क्या हुआ यह बात इतना मायने नहीं रखती, जितना यह मायने रखता है कि उस चीज़ पर आपकी प्रतिक्रिया क्या रही। एक ईसाई होने के नाते मेरी पहल तो यही रहती है कि सब कुछ ईश्वर के हाथों सौंप दिया जाए ताकि वह मेरे लिए बनी योजना को सामने ला सके। अगर मैं कभी उसकी इच्छा से विमुख हो जाता हूँ तो इस बात को निश्चित रूप से बता सकता हूँ। उस दौरान मैं खुद को खोया हुआ, कुंठित और अवसादग्रस्त महसूस करता हूँ। जिस तरह अपनी किशोरावस्था में मैंने खुद को पाया था जब मैं यह जानने की कोशिश में था कि आखिर मैं ज़िंदा ही क्यों हूँ। मुझे लगता था कि ऐसे लोगों की दुनिया में मेरे लिए क्या जगह हो सकती है जिनके शरीर

पर सारे अंग हैं। मैं आजीवन संघर्ष करने की चिंता से अधमरा हो गया था जबकि ईश्वर ने मेरे लिए कुछ और ही सोच रखा था।

आत्मसमर्पण का अर्थ है कि आप स्वयं को इस भ्रम से मुक्त कर रहे हैं कि सब कुछ आप ही के हाथ में है। जी हाँ, आप ही तय करते हैं कि कोई काम कैसे करना है, कब करना है और संसार के सामने आपका तरीका क्या होगा। आपके पास अपने जुनून के हिसाब से जीवन के लिए लक्ष्य और सपने भी होने चाहिए पर यह सोचना अपने आपमें एक बड़ी भ्रांति है कि सिर्फ आप ही तय कर सकते हैं कि आपके आसपास या आपके साथ क्या घटेगा! तब हम केवल इतना कर सकते हैं कि स्वयं को सबसे बदतर स्थिति का सामना करने और सबसे बेहतर बनाकर दिखाने के लिए तैयार रखें। इसका अर्थ होगा कि हमें अपनी प्रतिभाओं का समुचित उपयोग करना है ताकि चाहे जो भी हो, हमारे भीतर आगे बढ़ने और जूझने की क्षमता बनी रहे।

दरअसल अपने आसपास की हर चीज़ को अपने बस में करने की माँग हमें अपाहिज कर सकती है। इसका उदाहरण है कि जो काम मैं नहीं कर सकता वह काम आप लोग कर सकते हैं। अब ज़रा अपनी मुट्ठी को, जितना हो सके कसकर भींचें। ऐसा करने पर आपने महसूस किया होगा कि इस तरह आपके हाथ की पूरी ताकत आपके पास आ जाती है, है न? अब अगर कोई आपको नई बी.एम.डब्ल्यू. कार की चाभी देना चाहे तो क्या आप अपने हाथ की इस ताकत को बनाए रखने के लोभ में यह अवसर त्याग देंगे या अपनी मुट्ठी खोलकर उस उपहार को ग्रहण करना चाहेंगे? हमारे जीवन के साथ भी यही होता है। जब हम अपना सारा समय अपनी योजनाओं में नियंत्रित रहने में लगा देते हैं तो कई बार हम उन वरदानों और उपहारों को पाने से भी चूक जाते हैं, जिन्हें विश्वास व आस्था को स्वयं में प्रकट करके पाया जा सकता था। अगर स्किनर्स भी युगांडा में चर्च खोलने के सपने के साथ ही जीते रहते तो वे उस महान और सकारात्मक अवसर को पाने से चूक जाते जिसके माध्यम से हज़ारों लोगों या संभवत: पूरे राष्ट्र को लाभ हो सकता है।

मैं आपको कभी यह सलाह नहीं दूँगा कि आप अपने सपने को छोड़ दें पर साथ ही इस बात के लिए आपको प्रोत्साहित भी करना चाहूँगा कि उस परम पिता के आगे आत्मसमर्पण करते हुए जीवन में आनेवाली महान संभावनाओं और अवसरों के प्रति ग्रहणशील रहें। अब अगर आप आत्मसमर्पण के माध्यम से विजय पाना चाहते हैं तो सबसे पहले आपको विवाह करना होगा, तभी आप यह बात समझ सकेंगे!! अरे भई मज़ाक कर रहा हूँ!! खैर, यह पूरी तरह से मज़ाक भी नहीं है! मेरा मानना

है कि जब आप किसी के साथ स्नेही संबंधों का आरंभ करते हैं तो आप बहुत सारी चीज़ों का समर्पण करते हैं। जैसे आप अपने स्वार्थ और आत्मकेंद्रित व्यवहार का समर्पण करते हैं... आप हमेशा सही होने की इच्छा का समर्पण करते हैं... और हाँ, बेशक आप टी.वी. के रिमोट का भी समर्पण करते हैं...।

अधिक गहरे आध्यात्मिक तल पर जब आप ईश्वर के साथ स्नेही संबंध बनाते हैं तो आप अपने जीवन के लिए उसकी बनी योजनाओं के आगे आत्मसमर्पण कर देते हैं। फिर अचानक ही आत्मसमर्पण से जुड़ी सारी नकारात्मक धारणाएँ मिट जाती हैं। अब आप एक खुशहाल और ताकतवर महसूस करवानेवाले अनुभव का आनंद ले पाते हैं। कई बार मुझसे पूछा जाता है कि 'मैं अपने हाथों और पैरों के बिना भी एक सुखद और मज़ाकिया जीवन कैसे पा सकता हूँ?' मुझसे सवाल पूछनेवालों को लगता है कि मैं अपने अभाव से पीड़ित हूँ। वे मेरे शरीर का निरीक्षण करते हैं और सोचते हैं कि मैं अपने जीवन को प्रभु के नेक काम के लिए कैसे समर्पित कर सका, जिसने मुझे हाथ और पैर तक नहीं दिए। कई लोग मुझे दिलासा देने के लिए कहते हैं कि ''प्रभु के पास ही सारे उत्तर हैं और जब मैं स्वर्ग में उनसे भेंट करूँगा तो मुझे मेरे जवाब मिलेंगे।'' जबकि मैं अपने जीवन को बाइबिल के अनुसार चलाने में विश्वास रखता हूँ, जिसमें कहा गया है कि ईश्वर ही आज, बीते हुए कल और अनंत काल का उत्तर है।

जब लोग मेरे जीवन के बारे में पढ़ते हैं या मुझसे मुलाकात करते हैं तो वे मुझे बधाई देते हैं कि मैं अपने जीवन की इस कमी को पार कर पाने में सफल रहा। मैं उनसे कहता हूँ कि 'मेरी जीत मेरे समर्पण में छिपी है।' जब मैं इस बात को मान देता हूँ कि यह सब मैं अपने आप नहीं कर सकता तो मैं जीत हासिल करता हूँ। मैं ईश्वर से कहता हूँ कि 'मैं सब कुछ तुम्हें सौंपता हूँ।' इससे ईश्वर मेरी पीड़ा को ऐसे रूप में बदल देते हैं, जो मेरे लिए वास्तविक आनंद का कारण बन जाता है।

वह अच्छी चीज़ या रूप क्या है? मेरे लिए, यह जीवन का उद्देश्य और अर्थ है। मेरा जीवन बहुत मायने रखता है। जब मैं अपने जीवन के उद्देश्य और अर्थ को नहीं जान पाता तो मैं उसे ईश्वर को अर्पित कर देता हूँ और ईश्वर आकर मेरे जीवन को एक नए मायने दे देता है जबकि उनके सिवा यह काम कोई दूसरा कर ही नहीं सकता।

अगर आपको शब्दों का खेल पसंद है तो आपके लिए यह समझने का एक और तरीका है कि प्रतिदिन मेरे जीवन में क्या होता है।

अगर आप Disabled शब्द के आगे केवल Go शब्द लगा दें <u>God is abled</u>

और अपने मन में इसका चित्र देखें तो आप अचानक ही देखेंगे कि God is abled यानी मैं भले ही डिस्एबल्ड (अक्षम) हूँ पर गॉड एबल्ड (सक्षम) है। वही सब चीज़ों को संभव बनाता है। जहाँ मेरी ताकत काम नहीं आती वहाँ वह अपनी सारी ताकत के साथ खड़ा होता है। मैं अपनी सीमाओं में जकड़ा हुआ हूँ, पर वह असीम है। मेरा यह जीवन सीमारहित इसलिए ही है क्योंकि मैंने अपनी योजनाओं, सपनों और इच्छाओं को उसके आगे समर्पित कर दिया है। मैंने हार नहीं मानी, मैंने आत्मसमर्पण किया है। मैंने अपनी सारी योजनाओं को उसके हाथों सौंप दिया ताकि वह मेरे लिए बनी योजनाओं को सामने प्रकट कर सके।

ओल्ड टेस्टामेंट में ईश्वर ने अब्राहम से कहा कि 'उसे अपने पापों के प्रायश्चित के लिए अपने बेटे इसाक को बलि चढ़ाना होगा।' अब्राहम ने अपने बेटे को यह बात नहीं बताई। अब्राहम ने अपने बेटे से कहा कि 'वह उसके साथ पहाड़ पर चले, हमें एक मेमने की बलि चढ़ानी है।' जब वे दोनों ढलानों पर चढ़ रहे थे तो पुत्र ने पिता से पूछा कि 'मेमना कहाँ है?' तब अब्राहम ने कहा कि 'ईश्वर ही बलि के लिए मेमना देगा।' लेकिन जब वे पहाड़ पर आए तो पिता ने पुत्र से कहा कि 'वहाँ तुम्हारी ही बलि चढ़ाई जाएगी।'

इसाक ने भी यह सुनकर विरोध नहीं किया। उसने भी ईश्वर की इच्छा के आगे आत्मसमर्पण कर दिया क्योंकि उसे भी पता था कि भले ही उसकी इच्छा या मरज़ी जो भी हो, ईश्वर की इच्छा ही परम है। जब अब्राहम अपने पुत्र को मारने ही वाला था तभी एक फरिश्ता वहाँ आया और उसे ऐसा करने से रोक दिया।

इस कहानी में आत्मसमर्पण के दो उदाहरण मिलते हैं – अब्राहम और इसाक, दोनों ने ही अपनी-अपनी आस्था के अनुसार ईश्वर की इच्छा के आगे घुटने टेक दिए। हमें भी अपने जीवन में यही करना है और यह नहीं भूलना है कि **जहाँ हम कमज़ोर पड़ते हैं, वहाँ ईश्वर की ताकत हमारे साथ होती है।** ईश्वर ने लिखा है, 'तेरे लिए मेरी कृपा ही बहुत है। मेरी ताकत कमज़ोरों के लिए ही है।' जब भी ईश्वर हमें बड़ा सपना देखने को कहे तो हम ऐसा कर सकते हैं क्योंकि हम जानते हैं कि वह समर्थ है।

अगर आप ईश्वर की रज़ा के आगे घुटने टेक देते हैं और जीवन आपके सामने बाधाएँ लाने लगे तो आप उससे अनुग्रह की याचना करें और कहें, 'अगर आप चाहते हैं कि मेरा सपना पूरा हो तो मेरी मदद करें।' मेरा मानना है कि ईश्वर का पथ ही ऐसा

पथ है जिस पर चलकर हम अपनी अधिकतम क्षमता का उपयोग कर सकते हैं। मेरी आपको यही सलाह है कि आप जो भी कर सकते हों, करें और फिर उसके परिणाम को प्रभु के हाथों सौंप दें। समय के साथ-साथ जीवन की हर पहेली अपने आप सुलझ जाएगी। जैसा कि बाइबिल में लिखा है, 'उसका विवेक गहन है, उसकी शक्ति असीम है, अनंत है।'

हो सकता है कि आप कोई नया कदम उठाने जा रहे हों, एक छोर पर खड़े हों और भय आपको आगे नहीं जाने दे रहा हो क्योंकि आपको पूरा भरोसा नहीं है कि आप वह काम कर भी सकते हैं या नहीं, ऐसे समय पर यह काम प्रभु पर छोड़ दें।

जब आप उस पर भरोसा रखेंगे तो क्या होगा? ज़रा सोचकर देखें कि अगर आपके जीवन में ईश्वर की उपस्थिति न हो तो आपके जीवन का क्या मोल रह जाएगा? उसने आपसे जो भी वादा किया है उसके लिए उस पर भरोसा करें। उसे ही अपना आनंद और संतोष बना लें। ईश्वर से कहें कि 'आप मेरे जीवन के लिए उद्देश्य निर्धारित करें।' ईश्वर से उस आस्था का उपहार माँगें, जिसके बल पर आप उसके पीछे चल सकेंगे।

जब मैंने अपने अंगों के अभाव से जुड़ी कटुता का परित्याग किया तो मैं जानता था कि ईश्वर मेरे जीवन में अवश्य प्रवेश करेगा। मेरा मानना था कि मेरी अपंगता के बावजूद उसकी दैवीय शक्ति मुझे हर बाधा से परे ले जाएगी। जब मैंने सब कुछ उस पर छोड़ दिया तो ऐसा लगा कि मैं एक ऐसी ताकत से भर गया हूँ जो वास्तव में मेरी नहीं थी। वह विश्वास, मेरी हर संभव कल्पना से कहीं बड़ा था। उसने पूरी उदारता के साथ मुझे अपना साधन बनाया कि मैं दूसरों के जीवन में सकारात्मक बदलाव ला सकूँ। ईश्वर ने मुझे भीतर से बदल दिया ताकि मैं सारे संसार में उनकी महिमा का गुणगान कर सकूँ। जब मैंने अपनी आस्था और विश्वास पर काम करते हुए उनके आगे आत्मसमर्पण कर दिया तो मैंने एक ऐसा नया जीवन पाया जिसका आनंद और संतोष मेरी कल्पना से परे था।

सब कुछ उसके हाथों में सौंपना

कुछ वर्ष पूर्व एक नवयुवती ने मुझे अपनी आत्मसमर्पण संबंधी कहानी सुनाई, जो आपको निश्चित रूप से प्रेरित और प्रोत्साहित कर सकती है। उसने मुझे एक ई-मेल लिखा और इसकी शुरुआत बिलकुल साधारण शब्दों में की : 'मेरा नाम जेसिका है। मैं छब्बीस साल की हूँ और जब मैं अठारह साल की थी तो पता चला कि मैं

नैसोफारिंगयल (Nasopharyngeal) कैंसर से पीड़ित हूँ।'

जेसिका ने कैलीफोर्निया के प्लेज़न्टन से स्नातक की डिग्री ली है। उसने हेवर्ड, कैलीफोर्निया विश्वविद्यालय में अपनी पढ़ाई के पहले वर्ष का आरंभ ही किया था। उन्हीं दिनों वह साइनस की शिकायत लेकर डॉक्टर के पास गई तो उन्होंने पाया कि उसके साइनस में कैंसर था। यह कैंसर का ऐसा रूप था जो अकसर अधेड़ एशियाई पुरुषों में पाया जाता है। वह न तो एशियाई थी और न पुरुष! पर डॉक्टर ने गलत नहीं कहा था। उसका इलाज बहुत ही गंभीर और दर्दनाक था।

उसे कई माह तक सप्ताह में पाँच दिन दिन में पैंतालीस मिनट का रेडिएशन दिया जाता था। इसके साथ ही उसे छह माह तक कीमोथैरेपी भी दी गई। उसके गले के अंदर जलन होती रहती थी और कीमो के कारण लगातार जी मिचलाता रहता था। वह कुछ भी खा नहीं सकती थी इसलिए डॉक्टरों को नली के ज़रिए तरल पदार्थ उसके शरीर में डालने पड़ते थे।

जब जेसिका को कैंसर के बारे में पता चला तो उसके सारे सपने चूर-चूर हो गए। उसे पहले ही साल में अपना कॉलेज और पार्ट टाइम नौकरी छोड़नी पड़ी क्योंकि बीमारी के कारण उसे बिस्तर से भी उठना मुहाल था। कीमोथैरेपी के कारण उसके बाल जाते रहे। गले में जलन के कारण कुछ खा नहीं सकती थी। उसके शब्दों में, उसकी पीड़ा भयंकर थी, जिसे शब्दों में बयान नहीं कर सकते।

अपनी पीड़ा और दुःख के बावजूद जेसिका ने तय किया कि वह आस्था और विश्वास को कायम रखते हुए प्रभु के आगे आत्मसमर्पण कर देगी। उसने कहा, 'यही वह समय था, जब मेरा मन सही दिशा में जाने लगा।' जब आप उस अनंत के निकट पहुँच जाते हैं तो आप अपने जीवन की परख कर सकते हैं और यह देख सकते हैं कि आप उस प्रभु के निकट हैं या नहीं। 'मैं यह निश्चित कर लेना चाहती थी कि मैं पूरी तरह से वचनबद्ध हूँ या नहीं। मैं यूँ ही विश्वास के इस मामले में उलझना नहीं चाहती थी। मैं यह तय कर लेना चाहती थी कि इस मामले में मेरा रवैया सहयोगी है या नहीं।'

मैंने पहले भी लिखा कि प्रभु हमें रोगी नहीं बनाते। वे हमें रोग और बड़ी चुनौतियाँ इसलिए सौंपते हैं ताकि हम उसके निकट जा सकें, उसे अपने जीवन का केंद्र बिंदु बना सकें। रोग तो प्राकृतिक संसार का एक अंश है; ईश्वर का प्रेम आध्यात्मिक लोक का है।

आप जेसिका के जीवन में ईश्वर का काम देख सकते हैं। जब स्वास्थ्य से

जुड़ी गंभीर समस्याओं ने उसके शरीर को जर्जर कर दिया तो प्रभु ने उसे अपने आध्यात्मिक स्वरूप की शक्ति प्रदान की।

'ऐसा लगा मानो प्रभु मुझसे कह रहे हों कि तुम्हें जिस पर भरोसा था वह सब छीन लिया गया, क्या अब भी मुझसे प्रेम करती हो? क्या तुम मुझे उन चीज़ों के लिए प्रेम करती हो जो मैंने तुम्हें दीं या इसलिए प्रेम करती हो कि मैं तुम्हारा हूँ?' उसने कहा।

'मैंने उसी समय तय किया कि मैं प्रभु के साथ चलूँगी। मुझे एहसास हुआ कि वे चाहते थे, मैं जीवन में उन बातों पर केंद्रित रहूँ जो मेरे लिए सचमुच मायने रखती हों, जैसे उसे बेहतर तरीके से जानना, दूसरे लोगों को उस तक लाना और स्वर्ग के लिए जीना!'

अच्छी खबर यह है कि जब वह एक बार अपने दर्दनाक इलाज से उबर गई तो पूरी तरह से कैंसर मुक्त हो गई। हालाँकि इस इलाज के कारण उसे बोलने में परेशानी होने लगी और भोजन निगलने में भी कठिनाई शुरू हो गई पर इन दुष्प्रभावों के बावजूद उसने सारी कटुता और आत्मदया का त्याग करते हुए अपने लिए आभार प्रकट करने का मार्ग चुना। 'ईश्वर धन्य है, मैं देख सकती हूँ, सुन सकती हूँ और भले ही ज़रा मुश्किल से ही सही, पर मैं बोल और गा भी सकती हूँ', उसने अपने ई-मेल में लिखा। 'मेरे साथ जो भी हुआ, यह उसका शारीरिक पक्ष था पर मैं आपको अपनी कहानी का दूसरा हिस्सा भी बताना चाहती हूँ जो कि आशा का संदेश है। मेरी प्रार्थना है कि यह उन लोगों तक भी पहुँचे जो जीवन में मेरे जैसे हालात का सामना कर रहे हैं।'

जब जेसिका को अपनी बीमारी का पता चला और उसे सीटी स्कैन के लिए भेजा गया तो अपने विश्वास की बुनियाद पर उसने सब कुछ प्रभु के हाथों सौंप दिया। उसने हिम्मत नहीं हारी। इस तरह जेसिका ने शक्ति के विशालतम स्रोत को अपनी लड़ाई में शामिल कर लिया था। उसने अपनी चर्च के पादरी को कॉल किया और उन्होंने उसी शाम उसके लिए एक आपातकाल प्रार्थना सभा आयोजित की।

वह लिखती है, 'आत्मसमर्पण में एक तरह की शांति है जिसे सिर्फ अनुभव किया जा सकता है, शब्दों में बताया नहीं जा सकता। केवल प्रभु की संतान ही उस शांति को समझ सकती है, जिसे मैंने पाया। उस एक क्षण में मेरा सारा संसार धराशायी हो सकता था, पर ऐसा नहीं हुआ। भले ही हालात मेरे बस के बाहर थे, पर मेरा जीवन जीज़स के बस में था। मैं जानती थी कि हर कष्ट के दौरान वे मेरे साथ होंगे। मैं यह भी जानती थी कि इस इलाज के दौरान मेरी मौत भी हो सकती थी। दरअसल, कई बार

तो सोते हुए यही लगता कि शायद इस धरती पर यह मेरा आखिरी पल हो। मैंने अपने हालात की वास्तविकता को देखा, पर मैं अपने प्रभु की वास्तविकता भी जानती थी। मैं जानती थी कि अगर मेरी मृत्यु भी हुई तो मैं सीधा स्वर्ग में प्रवेश कर उस मुक्तिदाता की बाँहों में पहुँच जाऊँगी जो मुझसे बहुत प्रेम करता है।'

आत्मसमर्पण की शांति

एक गहरी साँस लें। साँस को अंदर लें, फिर बाहर छोड़ें। क्या आपको ऐसा करने पर एक गहरी शांति का एहसास होता है? हम सभी अपने लिए ऐसी शांति की कामना करते हैं, क्यों ऐसा ही है, न?

हम इस धरती पर यह जानने नहीं आए हैं कि हम क्या चाहते हैं। आपको और मुझे इस संसार में भेजा गया क्योंकि यह ईश्वर की इच्छा थी। उसने अपने पुत्र को हमारे पापों को क्षमा करने के लिए भेजा, जीज़स ने अपने पिता की योजनाओं के आगे परम आत्मसमर्पण किया ताकि हमें शाश्वत जीवन का उपहार मिल सके। जैसा कि जेसिका ने भी लिखा कि उस परम पिता की इच्छा के आगे समर्पण करने से बहुत शांति मिलती है, जैसा कि जीज़स ने किया। बाइबिल हमें बताती है कि 'किसी भी चीज़ के लिए उद्वेग अनुभव न करें पर हर परिस्थिति में आभार और प्रार्थना के साथ अपने प्रभु से विनती करें।' प्रभु की वह शांति, जो किसी भी तरह की समझ से परे है वह प्रभु के प्रति आपके हृदय और मस्तिष्क को प्रेरित करेगी।

आपको वह शांति तभी मिल सकती है, जब आप विश्वास और आस्था के साकार रूप को अपनाते हैं। साथ ही अपने भय तथा जीवन को वश में करने की आवश्यकता का समर्पण कर देते हैं और सब कुछ प्रभु के हाथों में सौंपकर, उसकी रज़ा में चलने के लिए वचन देते हैं। जब आप अपने जीवन में प्रभु की इच्छा को तलाशेंगे, भले ही वह कोई निर्णय हो या फिर अवसरों की तलाश आप हमेशा ईश्वर से किसी संकेत की अपेक्षा नहीं कर सकते। ऐसे अवसर बहुत ही अद्भुत और दुर्लभ होते हैं। ईश्वर क्या चाहता है, इस खोज में मैंने यह पाया है कि 'ईश्वर हमसे शांति की कामना रखता है।'

अगर मैं शांत भाव से प्रार्थना करता हूँ और अवसर का लाभ उठाने के निर्णय के अनुसार आगे बढ़ता हूँ तो ऐसा लगता है कि मैं उसकी इच्छा के अनुसार चल रहा हूँ। अगर मेरे मन से वह शांत भाव चला जाता है तो मैं कुछ पल के लिए ठहरता हूँ, थोड़ी प्रार्थना करता हूँ और फिर नए सिरे से विचार करता हूँ। मुझे पूरा विश्वास

है कि अगर मैं गलत रास्ते पर रहा तो ईश्वर मेरा मन बदलेंगे और मेरा मार्गदर्शन करेंगे।

हो सकता है कि आपके पास बहुत सारे दोस्त और सलाहकार हों। हो सकता है कि आप सितारों की चाल और अपनी अंतरात्मा के स्वर पर अपने फैसले लेते हों। हर किसी का अपना एक तरीका होता है। मैं आत्मसमर्पण में विश्वास रखता हूँ। ईश्वर चाहता है कि हम हर चीज़ के मर्म को समझें क्योंकि उसने हमें रचा है। मैं बहुत से लोगों के विवेक और सलाह पर चलता हूँ। पर **जब मार्गदर्शन की बात आती है तो ईश्वर का स्थान कोई नहीं ले सकता।** मैं अपने सामने आनेवाले अवसरों के लिए आभारी हूँ। कई बार ऐसा लगता है कि मानो मैं एक बड़े होटल के गलियारे से होकर निकल रहा हूँ और सैंकड़ों दरवाज़े मेरे लिए खुलने की प्रतीक्षा में हैं। यह जानना कठिन है कि मेरे लिए उनमें से कौन सा दरवाज़ा उचित है मगर समर्पण, धैर्य और विश्वास के माध्यम से ईश्वर मेरा मार्गदर्शन करता रहता है।

हो सकता है कि ईश्वर एक दिन आपकी योजना को एक ओर रख दे पर अगले ही दिन वे इससे भी बेहतर योजना के साथ हामी भर सकता है। जब तक आप स्वयं को ईश्वर के हाथों सौंप नहीं देते तब तक यह नहीं जान सकते कि आप अपने जीवन के साथ क्या कर सकते हैं। इसके बाद ही आप ईश्वर के साथ अपने संबंध में आनंद अनुभव कर सकते हैं। जब भी मैं अपने लक्ष्य के प्रति व्याकुल हो जाता हूँ तो मुझे यह जानकर संतोष मिलता है कि ईश्वर मेरे साथ है और जब मैं हार मान जाऊँगा, तब भी वह मेरे साथ होगा।

जेसिका ने विश्वास को साकार रूप देने के बाद यही अनुभव किया। वह कहती है, 'यह कुछ ऐसा ही है मानो ईश्वर की योजना को जानने और न समझने के बावजूद आप उसका पालन करते हैं। इसका मतलब है कि आप हार मानने के बावजूद अपनी दौड़ पूरी करते हैं। आप दिल को ठेस लगने के बावजूद सबसे प्रेम करते रहते हैं। इसका मतलब है कि आप चिंतित होने के बावजूद दूसरों की सेवा करते हैं। इसका अर्थ है कि अपने आपसे ऊपर उठकर अपने आसपास के उन लोगों को देखना, जिन्हें यह बताना आवश्यक है कि अब भी आस बाकी है। इसका मतलब यह भी है कि आप अपनी ज़रूरतों को पूरा करने के लिए ईसा पर भरोसा रखते हैं और फिर आगे बढ़कर दूसरों की मदद करते हैं।

सबसे अधिक शांति यह स्वीकार करने से मिलती है कि आपको कुछ नहीं

करना, सब कुछ ईश्वर करेगा। आप उसके आगे आत्मसमर्पण कर सकते हैं और फिर धैर्य के साथ प्रतीक्षा कर सकते हैं। उसके माध्यम से सब कुछ संभव है। जब जेसिका बदतर महसूस कर रही थी तो उसने ईश्वर से कहा कि 'वह उसके साथ जो चाहे कर सकता है।' जब उसने सब कुछ प्रभु के हाथों में सौंप दिया तो उसे राहत मिल गई। उसने कहा, 'मैं जानती थी कि अगर मेरा जीवन बख्शा गया है तो ईश्वर के पास इसके लिए एक उद्देश्य भी होगा। इस जानकारी में गहन शांति, शक्ति व आज़ादी छिपी है।'

जब जेसिका ने अपने इलाज के छह वर्ष बाद मुझे यह मेल लिखा तो उसका कैंसर ठीक हो चुका था। उसके शरीर में इसका नामोनिशान तक नहीं बचा था। उसका जीवन पूरी तरह से बदल गया था पर फिर भी वह उसके लिए प्रभु की आभारी थी। इसके बाद उसके जीवन में आनेवाले बदलाव, किसी बड़ी चुनौती से कम नहीं थे।

जेसिका अपने डॉक्टर की अनुमति लेकर कॉलेज और काम पर वापस लौट गई। वह अस्पताल के आन्कोलॉजी व न्यूरोलॉजी विभाग में मेडिकल सहायक बनी जहाँ वह मरीज़ों को उन सभी चुनौतियों से जूझने में मदद करती है, जिनका सामना वह स्वयं भी कर चुकी है। पर कई सालों बाद उसका काम उसके रोगी शरीर के लिए भार बनने लगा। उसने छुट्टी ले ली और स्वयं को पूरी तरह ईश्वर के काम पर केंद्रित कर दिया।

जेसिका कहती है, 'इस अनुभव से गुज़रने पर मैं उन चीज़ों के लिए आभारी होना सीख गई, जो मेरे पास पहले से थीं। इसने मुझे पहले से अधिक धैर्यवान और दृढ़ निश्चयवाला बना दिया। मैं अब एक मिशन पर हूँ और मैं अपने उद्देश्य को समझती हूँ।' आगे वह लिखती है, 'मेरा मिशन यही है कि गंभीर स्वास्थ्य समस्याओं को झेल रहे लोगों को उस शांति का अनुभव दे सकूँ जो आज भी मेरे साथ है। यह शांति कहती है कि जीज़स हमारे मुक्तिदाता हैं। यह इस बात को जानने की शांति है कि आप मरने के बाद कहाँ जानेवाले हैं। आप जानते हैं कि आपका जीवन उस ब्रह्माण्ड को रचनेवाले के हाथों में है। इससे अधिक सुरक्षित स्थान कोई दूसरा नहीं हो सकता।'

हाल ही में मुझे जेसिका के बारे में दोबारा जानने का मौका मिला। उसके कैंसर का पता लगभग ग्यारह साल पहले चला था। वह अब कैंसर-मुक्त, आभार से भरपूर तथा विवेकपूर्ण जीवन जी रही है। जेसिका अपने रोग के प्रति एक अलग ही नज़रिया रखती है। जब उसे पहली बार अपने रोग का पता चला तो उसे लगा था कि प्रभु उसे किसी बात का दंड दे रहे हैं। वह कहती है कि 'मैं प्रभु को केवल एक न्यायपूर्ण जज के

तौर पर देख रही थी जैसा कि वह है, पर मैं यह भूल रही थी कि वह एक स्नेही पिता भी है जो मेरे लिए जीवन में सब कुछ बेहतर ही चाहता है। मुझे उनका अनुशासन तो दिख रहा था पर मैं उनके करुणा और दया से भरपूर हाथ नहीं देख पा रही थी। ऐसा लग रहा था कि प्रभु मुझे अधिक कष्ट दे रहे थे पर हकीकत यह थी कि वे तो मेरे साथ स्नेहमयी करुणा से पेश आ रहे थे। वे मेरे भीतर से 'अहं' का भाव निकालकर, 'अपना अंश' भर रहे थे।'

जब आप अपने जीवन को प्रभु के हाथों में सौंप देते हैं तो आप वैसा इंसान बनने की दिशा की ओर कदम बढ़ा देते हैं, जैसा प्रभु आपको बनाना चाहता है। इसी में गहरी शांति, शक्ति और स्वतंत्रता का आश्वासन छिपा है। ईश्वर उनके माध्यम से ही अपने चमत्कारों को प्रकट करता है जो स्वयं को उसकी मरज़ी पर छोड़ देते हैं। जीज़स कहते हैं, 'अगर कोई व्यक्ति मेरे साथ आएगा तो उसे अपने अहं को खारिज़ करना होगा और अपनी सलीब ढोते हुए, मेरे पीछे चलना होगा।'

स्वार्थी हितों से इनकार करना यानी अपनी इच्छा और माँग को परे रखते हुए प्रभु की इच्छा को सर्वोपरि मानना। आम तौर पर सभी लोगों के लिए स्वाभाविक रूप से ऐसा करना आसान नहीं होता। हमारी धरती से बँधी देह अपनी आजीविका के लिए बहुत ही ताकतवर प्रवृत्ति रखती है इसलिए वह खुद को बचाने को ही प्राथमिकता मानती है। भले ही हमारा विश्वास कितना भी पुख्ता क्यों न हो। प्रतिदिन के जीवन में अपने विश्वास पर काम करना कठिन हो सकता है।

जेसिका ने चौदह साल की आयु से ही बहुत गंभीरता से मुक्ति की प्रार्थना की थी। उसने कहा था, 'मैं सचमुच नहीं जानती कि विश्वास से भरपूर जीवन जीना किसे कहते हैं। मैं तब भी बहुत आत्मकेंद्रित व्यक्ति थी। मैं सोचती थी कि ईश्वर मेरे तरीके से काम करते हुए मेरे सारे सपनों को पूरा कर देगा। उस समय मैं कॉलेज से ग्रेजुएट होने का सपना देखती थी। मैं विवाह कर संतान पैदा करना चाहती थी यानी पूरी तरह से सुरक्षित और आरामदेह जीवन जीने का सपना! मैं बहुत ही स्वार्थी थी, मैं चाहती थी कि मेरे पास वह सब हो जिससे मुझे प्रसन्नता मिल सकती है।'

जेसिका का मानना है कि जीज़स ने उसे रोग देकर उसकी आत्मा को सशक्त बनाया। वह महसूस करती है कि रोगी होने के बाद ही वह इस बात पर केंद्रित हो सकी कि एक ईसाई होने और जीज़स के लिए अपना जीवन देने का क्या अर्थ हो सकता है। अपनी भयंकर पीड़ा और जीवन को खो देने के भय के बीच जेसिका ने विवेक और

समझ के साथ एक ऐसा रास्ता पाया जिसके बारे में उसे पहले से कोई अनुभव नहीं था। उसने कहा, 'ईश्वर ने मुझे एहसास दिलाया कि मुझे केवल अपने जीवन से जुड़े संतोष को पाने के लिए जन्म नहीं दिया गया था। ईश्वर का केवल यही उद्देश्य नहीं था। वह मुझे एहसास दिलाना चाहता था ताकि मैं उसकी महिमा का गुणगान कर सकूँ और दूसरों के लिए हौसला बन सकूँ। वह मेरे लिए वही चाहता है, जो सबसे बेहतर हो पर वह उसके मायने मुझसे कहीं अधिक जानता है।'

आत्मसमर्पण का अर्थ

जेसिका ने आत्मसमर्पण के माध्यम से उस अर्थ को जाना। 'मेरे हिसाब से आत्मसमर्पण का अर्थ है कि ईश्वर को वह सब सौंप देना जो आपको प्रिय है। अपनी प्रसन्नता से जुड़े उपाय को दिल से लगाए रखने के बजाय ईश्वर को सौंप देना चाहिए। उसके साथ यह विश्वास रखना चाहिए कि वे आपके दिल की इच्छा को आपसे भी बेहतर जानते हैं। ईश्वर आपको एक भरपूर जीवन देंगे, भले ही वह आपके अपने तरीके से न हो रहा हो', उसने कहा।

मैं आपके बारे में तो नहीं जानता पर मैं इस युवती के विवेक पर मुग्ध हूँ और इसके विश्वास की कद्र करता हूँ। बाइबिल हमें सिखाती है कि 'ईश्वर के प्रति स्नेह रखो और वह आपकी हार्दिक इच्छा पूरी करेगा।' दरअसल हम अकसर अपना जीवन प्रभु को सौंपने और उसका स्नेह स्वीकार करने के बजाय, खुद ही अपने ही जीवन को खुशहाल बनाने के प्रयास में लगे रहते हैं और अपने लक्ष्य से भटक जाते हैं। आपको इसका एहसास तब होता है, जब आपकी प्रसन्नता लंबे समय तक नहीं टिकती। एक नई कार, एक नई पोशाक या हीरे की अंगूठी आपको वह प्रसन्नता नहीं दे सकती, जो प्रभु के प्रति आत्मसमर्पण करने से मिलती है।

जेसिका कहती है कि 'मैंने ईश्वर के प्रति अपने समर्पण को प्रतिदिन बनाए रखा। जबकि उन दिनों मैं कैंसर की जंग से जुड़े दुष्प्रभावों को भी भुगत रही थी। अब मुझे कैंसर की भयावह पीड़ा से मुक्ति मिल गई है। कैंसर नहीं रहा पर अब मैं उस रोग और उसके इलाज से पैदा हुई परेशानियों से जूझ रही हूँ। मेरी जीभ लगभग पक्षाघात की शिकार है। मैं ठीक ढंग से खा और बोल नहीं पाती। मुझे बहुत जल्दी निमोनिया की शिकायत हो जाती है।'

अगर जेसिका ने अपने दुःख में ही जीने का चुनाव किया होता तो ये सब शारीरिक परेशानियाँ उसके जीवन को और भी कठिन बना सकती थीं। लेकिन उसने हर

दिन खुद को यह याद दिलाया कि सब कुछ जीज़स के हाथ में है। उसने कहा, 'मुझे खुद को याद दिलाना पड़ता है कि प्रभु ने मेरे लिए जो भी योजना बनाई है, वह मुझे समृद्ध करने के लिए है न कि नुकसान पहुँचाने के लिए। वे मुझे एक नई आस और भविष्य देना चाहते हैं। मुझे इस तथ्य के आगे आत्मसमर्पण करना होगा कि भले ही मेरा जीवन मेरे सपनों जैसा नहीं, पर प्रभु ने मुझे अपने काम के लिए चुना है। उसने कभी कोई भूल नहीं की।'

जेसिका की तरह मेरे बचपन का जीवन वैसा नहीं था जैसा मैं चाहता था। मैं अपने लिए हाथों और पैरों की कामना करता था क्योंकि मुझे लगता था कि उससे मुझे प्रसन्नता मिलेगी। मैं सोचता था कि अगर मेरे पास भी हाथ-पैर होते तो मैं गहरी साँस लेकर सच्ची शांति का अनुभव पा सकता था। मुझे लगता था कि इन अंगों को पाए बिना तो मुझे जीवन में खुशी मिल ही नहीं सकती। जब मैंने अपने विश्वास और आस्था को साकार रूप दिया और अपने जीवन को प्रभु के हाथों सौंप दिया तो सच्ची प्रसन्नता को पा लिया। ईश्वर ने मुझे दिखाया कि मैं बिलकुल सही तरह से अधूरा हूँ और उसने मुझे वैसा ही बनाया है। उसने मेरी इतनी इच्छाओं को पूरा किया है जितना मैं स्वयं पूरा करने के बारे में सोच भी नहीं सकता था।

जेसिका ने भी अपने जीवन में यही पाया। अभी ईश्वर ने मेरे जीवन में मेरे पति को नहीं भेजा है, पर वह मुझे प्रतिदिन एहसास दिलाता है कि वह मेरे जीवन का प्रेम बनना चाहता है। उसने कहा, 'मेरे अपने बच्चे नहीं हैं पर मैं प्रतिदिन प्रभु की आज्ञा से असंख्य किशोरियों का मार्गदर्शन करती हूँ और मैं उन्हें अपनी आध्यात्मिक संतान मानती हूँ। आशा करती हूँ कि मैं अपने जीवन को इस साक्ष्य के तौर पर जी सकती हूँ कि ईश्वर जीवंत है और अब भी चमत्कार करता है।'

जेसिका ने लिखा कि 'प्रभु के सामने आत्मसमर्पण करने का अर्थ यह नहीं है कि आप उससे यह अपेक्षा करने लगें कि आपका जीवन सूरज की गुनगुनी धूप व फूलों से महकता रहेगा और उसमें सिर्फ हँसी ही होगी। हम सभी प्राकृतिक जीवन जीते हैं और सारी अच्छी-बुरी चीज़ें इसी संसार का हिस्सा हैं। इसलिए आपको अपने जीवन में अपनी पसंदीदा चीज़ों के साथ-साथ अप्रिय लगनेवाली चीज़ों को भी ग्रहण करना पड़ता है।'

सहनशीलता और विश्वास

धीरज भी आत्मसमर्पण की प्रक्रिया का ही अंश है और आस्था को भी इसके

साथ शामिल कर सकते हैं। मैं और आप अपने सभी प्रश्नों के उत्तर तुरंत चाहते हैं पर हमें यह भरोसा रखना होगा कि ईश्वर की अपनी ही समय सारणी होती है। अगर हम उसकी रज़ा पर चलें तो सही समय आने पर उसकी योजना अपने आप हमारे सामने प्रकट होगी। हाथों और पैरों के बिना जन्मे बालक के जीवन के उद्देश्य का रहस्य तब धीरे-धीरे खुला, जब मैंने उस पर आस्था रखना आरंभ किया। जैसा कि मैंने पहले भी कहा, 'जब मैंने जॉन 9:3 में जन्म से ही नेत्रहीन व्यक्ति के बारे में पढ़ा तो एक कुँजी मेरे लिए पहले से तैयार थी। जीज़स ने उसे आरोग्य देने के लिए चमत्कार किया और बताया कि उन्होंने प्रभु की महिमा के गुणगान के लिए उस व्यक्ति को एक साधन बनाया। इस तरह मुझे भी एहसास हुआ कि प्रभु के पास मेरे लिए भी कोई उद्देश्य रहा होगा। हो सकता है, जिस तरह व्यक्ति को नेत्रहीन बनाया गया है उसी तरह मुझे हाथों और पैरों के बिना संसार में भेजा गया हो ताकि ईश्वर मेरे माध्यम से कोई संदेश दे सकें या मेरे माध्यम से अपना काम कर सकें।'

जब ईश्वर के तौर-तरीकों के प्रति मेरी समझ बढ़ी और जीवन के अवसरों में वृद्धि हुई तो उसने पूरे धीरज के साथ मुझे मेरे असली रास्ते पर पहुँचा दिया और मेरे उद्देश्य के लिए सचेत किया। जेसिका को भी कैंसर और उसके इलाज से जुड़ी चुनौतियों को पूरा करने के मामले में ऐसा ही अनुभव हुआ।

उसने कहा, 'मैं जानती हूँ, मेरे जीवन में भी कई बार ऐसा समय आया, जब मेरे लिए सब कुछ सहना कठिन हो गया था। मुझे समझना कठिन है भले ही मैं अपनी बातों को कितनी भी बार क्यों न दोहराऊँ, पर यह आवश्यक नहीं कि लोगों को मेरी बात समझ में आ ही जाएगी। इस तरह मुझे लगता है कि मैं मूर्ख और नाकारी लड़की हूँ।

कई बार ऐसा दिन भी आता था जब मैं अपना मुँह तक नहीं खोलना चाहती थी और मुझे इस बात पर गुस्सा आता है कि ईश्वर ने मेरी आवाज़ को ही प्रभावित कर दिया क्योंकि इसे मुझे प्रतिदिन प्रयोग में लाना होता है। मैं प्रभु के संदेश को अपनी आवाज़ से ही लोगों तक पहुँचा सकती हूँ और कई बार तो लोगों के लिए मेरी बात को समझना कठिन हो जाता है। उन्हें पूरा ध्यान लगाकर सारी बात सुननी पड़ती है। इस तरह उन्हें एहसास होता है कि मैं जिन अनुभवों से गुज़री, वे झूठ नहीं थे। इसने मुझे इस बात का साक्षी बनने के असंख्य अवसर दिए कि ईश्वर ने मेरे जीवन में क्या किया और वह क्या कर रहा है।'

मेरा मानना है कि **जब आप जीवन में सब कुछ प्रभु के हाथों सौंप देते हैं, अपने धीरज और विश्वास का दामन थामे रखते हैं तो आपको एक और बड़ा पुरस्कार मिलता है और यह है ईश्वर की ओर से शक्ति का उपहार।** मैं अठरह साल की उम्र से सारी दुनिया का चक्कर लगाता आ रहा हूँ। हर साल बीस से अधिक देशों की यात्रा करता हूँ। मैं प्राइवेट जेट में उड़ान नहीं भरता। मैं अकसर ऐसी जगहों पर जाता हूँ, जो खतरनाक, पहुँचने में मुश्किल, रोगों, अशुद्ध पेय जल तथा आधुनिक चिकित्सा सुविधाओं के अभाव के कारण गैर-सेहतमंद हैं। फिर भी ईश्वर मुझे स्वस्थ बनाए रखता है और मुझे ताकत देता है कि मैं उसके संदेश को लाखों लोगों तक पहुँचा सकूँ।

जेसिका और मैं, हम दोनों ही इस बात को समझ चुके हैं कि आत्मसमर्पण से शक्ति मिलती है। जिस समय मैं बुरी तरह से टूट जाता हूँ, तभी जीज़स मुझे उठकर दूसरों की सेवा करने के लिए कहते हैं। जेसिका कहती है, 'जब मैं दूसरों की मदद करती हूँ और इससे निराश लोगों के जीवन में आशा की किरण आती है, उन्हें प्रभु की ओर से शांति का उपहार मिलता है तो मेरा अपना दिल भी खिल उठता है। मुझे एक बार फिर एहसास होता है कि प्रभु का आनंद ही मेरी असली शक्ति है।'

'जो व्यक्ति अपने जीवन को कठिन चुनौतियों के बीच घिरा पा रहा हो, उसके लिए यही सलाह है कि वह आत्मसमर्पण कर दे। हमेशा यह याद रखें कि भले ही समय कितना भी कठिन क्यों न हो, जीज़स इन्हें हलकी और अस्थायी समस्याओं का नाम देते हैं। वे कहते हैं कि वे हमें कीर्ति के शाश्वत क्षणों की ओर ले जा रहे हैं। अपने से परे हटकर उन आत्माओं की ओर देखें जिन्हें प्रभु और उनके प्रेम की आवश्यकता है। उनका मार्गदर्शन करें। जब आप ऐसा करेंगे तो प्रभु आपकी ज़रूरतों को पूरा करते हुए यह भी देखेंगे कि आप उनके लिए असीम स्नेह के पात्र बने रहें', जेसिका ने कहा।

यह नवयुवती अपने आपमें अद्भुत है, है न? उसने कहा कि 'प्रभु मुझे लेने कभी भी आ सकते हैं। मैं यह चाहती हूँ कि जब भी वे मुझे लेने आएँ तो मैं उन्हें पूरी निष्ठा के साथ अपना कर्तव्य निभाती हुई दिखे। मैं इस बात को सदा याद रखना चाहती हूँ कि मेरे जीवन की सारी क्षमता प्रभु के ही बल पर है।'

आप और मैं सोच सकते हैं कि हमारा जीवन हमारे बस में है, हमारा आना और जाना, हमारे अपने हाथ है पर जब हम अपना जीवन ईश्वर को सौंप देते हैं तो हमारे जीवन के हर क्षण पर उसका राज़ हो जाता है। हमारा उदार परम पिता, अपने ही नए

और अनूठे तरीकों से हमारी बनाई योजनाओं को मिटा देता है और मैं हर बार उसके इस प्रयास के आगे विनीत भाव से नतमस्तक हो उठता हूँ। हर बार प्रभु की सुंदर दिव्य योजना मुझे अभिभूत कर देती है। उसका विवेक और बुद्धि मुझे मंत्रमुग्ध कर देते हैं। कभी-कभी मैं सोचता हूँ कि उस समय धरती पर जो शिष्य जीज़स के साथ थे और प्रभु के कामों के साक्षी बन रहे थे, उनमें से एक होना कैसा लगता होगा। मैं मन ही मन इसकी कल्पना कर सकता हूँ। उनके शिष्य रोमन साम्राज्य में अपने-अपने इलाकों में लौट रहे हैं ताकि प्रभु पर सवाल उठानेवालों को कह सकें, 'तुम यकीन नहीं कर सकोगे कि प्रभु ने क्या किया!'

जीज़स की शक्ति यहीं है। जब आप सब कुछ उसे सौंपकर, विश्वास की शक्ति को अपने जीवन में काम करने का अवसर देते हैं तो प्रभु आपके लिए जो करते हैं, उसे देख आपको यकीन नहीं होगा। मैं आपसे वादा करता हूँ कि जब आप अपना सारा जीवन प्रभु को सौंप देंगे तो आपका जीवन भी रोचक हो जाएगा। एक विश्वास और आस्था से भरे जीवन को पाने के बारे में सोचें। यह मानें कि प्रभु हमसे अपेक्षा रखते हैं कि हम अपनी मरज़ी से उनके आशा से भरपूर सार्थक उद्देश्य को स्वीकार करेंगे जो उन्होंने हमारे लिए रचा है। उनके विशुद्ध प्रेम को पूरे वेग के साथ अपने जीवन में प्रवाहित होने की अनुमति प्रदान करें। जैसा कि भजन में भी कहा गया है, 'अनुभव करें और जानें कि प्रभु कितने अच्छे हैं।'

रोक सको तो रोक लो - 208

9

नेकी का बीज बोएँ

कुछ वर्ष पूर्व लाइबीरिया की पहली यात्रा के दौरान मेरा पहला लक्ष्य यही था कि आशा और विश्वास के संदेश के साथ अधिक से अधिक लोगों को प्रेरित कर सकूँ। वहाँ की हालत को ध्यान में रखते हुए मुझे इस बात का कोई अंदाज़ा नहीं था कि युद्ध से तबाह हो चुके इस अफ्रीकन देश से और लंबे समय से कष्ट भोग रहे यहाँ के लोगों से मुझे खुद भी प्रेरणा मिल सकती है।

मुक्त हुए अमरिकी गुलामों द्वारा बसाया गया यह छोटा सा तटीय देश लंबे समय से निर्धनतम, हिंसक और दुनिया के सबसे भ्रष्ट देशों में से एक माना जाता रहा है। हालाँकि यह कभी अफ्रीका के सबसे पढ़े-लिखे और उद्यमी व प्राकृतिक संसाधनों से भरपूर देशों में से एक था। यह देश तीस से भी अधिक वर्षों से राजनीतिक उथल-पुथल का शिकार रहा है। इनमें से दो गृह युद्ध सबसे ज़्यादा विनाशकारी रहे जो 2003 तक चले। इन युद्ध के दौरान दो लाख से अधिक निवासी मारे गए, लाखों लोगों को देश छोड़ना पड़ा और सेक्स-दासता व नशीले पदार्थों का कारोबार ज़ोरों पर पहुँच गया।

जब हम 2008 में वहाँ पहुँचे तो हिंसा और भ्रष्टाचार के गहरे निशान देखे जा सकते थे। अधिकतर सड़कों की हालत ऐसी थी कि उन पर गाड़ी नहीं चलाई जा सकती थी। शहरी इलाकों के बाहर बिजली का कोई अता-पता नहीं था। अगर कहीं बिजली थी भी तो केवल नाममात्र को ही थी। केवल कुछ लोगों को ही शुद्ध पेयजल मिलता था। सड़क किनारे मरे पड़े जानवरों के कंकालों की बदबू से सिर चकराने लगता था और उलटी करने का मन करने लगता था। हमने अपनी यात्रा के

दौरान बहुत से अल्पपोषित और गरीब लोग देखे। अकसर पुरुष, स्त्रियाँ और बच्चे, कचरे के ढेर में अपने लिए भोजन खोजते मिल जाते।

तो अब आप सोच रहे होंगे कि मैंने इन परिस्थितियों के बीच अपने लिए प्रेरणा कहाँ से पाई?

मैं जहाँ भी गया, प्रेरणा वहीं मौजूद थी!

हमने जिस निर्धनता और उपेक्षा को देखा, वे लाइबीरिया के बीते हुए कल के साए हैं - एक ऐसा अंधकार से भरा पक्ष जिस पर दुष्ट तानाशाहों और खून के प्यासे लोगों का साम्राज्य रहा। हमने अपनी यात्रा के दौरान, लाइबीरिया का भविष्य भी देखा, जिसमें मुझे आशा की किरण दिखाई दी।

पिछले तीन दशकों से कुछ सहायक संगठन, मिशनरी और चैरिटेबल समूहों ने लाइबीरिया में कदम रखने का साहस दिखाया ताकि उस कटु वातावरण के बीच आशा की रोशनी फैलाई जा सके। पर 2005 के बाद वहाँ के वातावरण में नाटकीय बदलाव आया। अब लाइबीरिया को करोड़ों डॉलर की दानराशि उपलब्ध कराई जा रही है। सिर्फ यू.एन. ही नए सिरे से इसका पुनर्निर्माण करने के लिए प्रतिवर्ष 230 मिलियन डॉलर से अधिक का योगदान दे रहा है।

2008 के दौरे के दौरान मेरे मेज़बान भी ऐसे चैरिटेबल समूह से जुड़े थे जो लाइबीरिया को नए सिरे से खड़ा करने के कामों में अंतर्राष्ट्रीय स्तर पर प्रयासरत थे। हम लोग अफ्रीका मर्सी पर सवार थे, जो मर्सी शिप मिनिस्ट्री का एक अंग है। यह शिप पहले एक भूतपूर्व रेल फेरी था जो कि अब एक अलग तरह की लव-बोट में बदल गया है। यह पाँच सौ फुट लंबा पानी पर तैरता हुआ अस्पताल है जिसे ईसाई दानराशि से बनाया गया है। इसमें चार सौ से अधिक स्वयंसेवक सर्जनों, नर्सों, डॉक्टरों, दंत चिकित्सकों, नेत्र रोग विशेषज्ञों, थेरेपिस्ट तथा दूसरे स्वास्थ्य कर्मियों का देखरेख करनेवाला स्टाफ है। ये सभी अनुभवी लोग चालीस से भी अधिक देशों से संबंध रखते हैं।

अफ्रीका मर्सी पर अपनी सेवाएँ देनेवाले चिकित्सा दल सब कुछ नि:शुल्क ही करते हैं और इनमें से अधिकतर, सारी दुनिया में चलनेवाले इस मिशन में अपने आने-जाने का किराया भी अपनी जेब से भरते हैं। गृह युद्ध के दौरान लाइबीरिया के 95 प्रतिशत से अधिक चिकित्सा केंद्र नष्ट हो गए। जब मैं वहाँ था तो इस अद्भुत शिप-अस्पताल में दुनियाभर की अत्याधुनिक तकनीकों के माध्यम से अलग-अलग

सुविधाएँ दी जाती थीं। किसी-किसी दिन तो आनेवाले मरीज़ों की संख्या हज़ारों में होती और उन्हें भरपूर सहायता दी जाती।

इस वैश्विक चैरिटी के कारण आप इसे पानी पर तैरनेवाला सबसे बड़ा अस्पताल कह सकते हैं। मर्सी शिप मिशन, जीज़स के दो हज़ार वर्ष पुराने तरीके का अनुसरण करता है ताकि दूसरों को प्रेम और सेवा का दान देते हुए दुनिया के भूले हुए निर्धनों को आशा व आरोग्य की किरण प्रदान की जा सके। जब मैंने उस शानदार शिप पर काम करनेवाले स्टाफ से बात की तो मैंने उन्हें इस बात के लिए सराहा कि 'वे प्रभु के ज़रूरतमंदों की मदद करने के लिए अपनी प्रतिभा और ईश्वर की ओर से मिले उपहारों का बहुत बेहतरीन उपयोग कर रहे हैं।' शिप के स्वयंसेवक आम तौर पर यहाँ दो सप्ताह का समय देते हैं, हालाँकि कुछ तो ऐसे हैं जो कई वर्षों से अपनी सेवाएँ देते आ रहे हैं। दरअसल वे जहाज़ पर रहने और खाने का खर्च खुद वहन करते हैं, जबकि हैरानी की बात यह है कि ये अनुभवी चिकित्सक अपने निवास स्थानों पर भारी व्यस्तता के बावजूद समय निकालकर यहाँ नि:शुल्क सेवा देने आते हैं।

मैंने शिप का दौरा किया और इस दौरान उनके छह ऑपरेशन-कक्ष भी देखे, जहाँ गैंग्रीन, मोतियाबिंद, कटे हुए होंठ, जले हुए घावों, कैंसर, टूटे हुए अंगों, बच्चे के जन्म से हुए सदमे तथा अन्य कई समस्याओं का प्रभावी इलाज किया जाता है। बाद में मैंने जाना कि स्वयंसेवी चिकित्सा दल 71800 विशेष ऑपरेशन तथा 37700 लोगों की दाँतों की समस्याएँ हल कर चुके थे।

अफ्रीका मर्सी पर अनुभवी चिकित्सकों द्वारा मरीज़ों को नि:शुल्क सेवा दिए जाने की मिसाल, अपने आपमें नेकी का बीज बोने का खूबसूरत उदाहरण है जहाँ हम अपने विश्वास को साकार रूप देते हुए दूसरों की सेवा करते हैं। जब मैं घर लौटा तो मैंने अपनी बहन के आगे उनका इतना गुणगान किया कि उसने भी स्वयंसेवियों के साथ वहाँ जाने के लिए टिकट बुक कर लिया। मेरी माँ की तरह बहन मिशेल भी एक नर्स है।

मेरी तरह मेरी बहन का भी यही मानना है कि अगर हमें फल खाने हैं तो नेकी के बीज बोने ही होंगे ताकि अच्छे से अच्छे बीज पैदा हों, जिससे और फलदार पेड़ लगाए जा सकें। हो सकता है कि मैं और मिशेल अपने हाथों बोए गए नेकी के बीजों से उगे पेड़ों के फल न खा सकें, पर इससे कोई अंतर नहीं पड़ता। हमारा काम यही है कि अधिक से अधिक बीज बोते रहें और यह न भूलें कि प्रभु ही तय करता है कि कौन सा बीज अंकुरित होगा और कौन सा नहीं।

प्रेम और विश्वास के बारे में सबसे महत्वपूर्ण बात यही है कि आपको उस पर अमल करना आना चाहिए। प्रेम और विश्वास से जब भी किसी का भला हो रहा हो तो आप उन पर अमल करें। यह एक ऐसी चीज़ है जिसका चुनाव आप हर रोज़ कर सकते हैं। तय करें कि आप अपनी ईश्वरीय प्रतिभा और योग्यताओं का विस्तृत प्रयोग करने जा रहे हैं। हम सबके पास कोई न कोई प्रतिभा अवश्य होती है और हम सब अपने परिवार, दोस्तों और व्यावसायिक नेटवर्क के बीच ऐसा प्रभाव अवश्य रखते हैं, जो हमें दूसरों को शामिल करते हुए, अपने उपहारों को बढ़ाने का मौका दे सकता है ताकि वे भी अपने लिए बीज बो सकें।

हम यहाँ जीज़स का अनुसरण करने के लिए आए हैं। प्रभु के पुत्र ने हमें सब कुछ सौंप दिया है और हमें भी उसकी संतानों को उसी की तरह प्रेम करना है। साथ ही उनके साथ पूरा न्याय करते हुए खुद को उसके हाथों में सौंप देना चाहिए। जीज़स ने भी यही किया था। उन्होंने एक राजा और परमेश्वर का पुत्र होने के बावजूद, सबको समान भाव से अपना स्नेह दिया। नेकी का बीज बोने की एक खूबी यह है कि ईश्वर उन्हें अपने हिसाब से अंकुरित व पोषित करता है तो कई बार नेकी के ऐसे ही कुछ बीज पानी पर तैरते अस्पताल में बदल जाते हैं, जो हज़ारों लोगों के जीवन पर सकारात्मक प्रभाव डालने में सफल रहता है।

इस मर्सी शिप का सपना एक ईसाई दंपति ने साकार किया था। उन्होंने अपने विश्वास और आस्था को साकार रूप देते हुए नेकी का बीज बोया और दूसरों की सेवा करने का अनूठा तरीका खोज निकाला। उनका नाम डॉन और डेयॉन स्टीफन था। जब वे स्विटज़रलैंड में रह रहे थे तो उन्हें मर्सी शिप मिला और उसके बाद वे अपने उस मानवतावादी कार्य के लिए जाने गए जो विकासशील देश में निर्धनतम लोगों को आधुनिक चिकित्सा सुविधा प्रदान करता है। डॉन थियोलॉजी डिग्री धारक हैं और डेयॉन एक रजिस्टर्ड नर्स हैं। 1978 में जब उनका पुत्र जॉन पॉल जन्मा तो वह मानसिक रूप से विकलांग था, उन्हें तभी मर्सी शिप को नया रूप देने की प्रेरणा मिली। इसके बाद डॉन भारत में आकर मदर टेरेसा से मिले जिन्होंने इस दंपति को दुनियाभर में फैले निर्धनों की सेवा करने का निमंत्रण दिया। उन्होंने कहा, 'जॉन पॉल आपको अनेक दूसरे व्यक्तियों की आँख, कान और अंग बनने में सहायक होना है।'

स्टीफन बहुत दौलतमंद नहीं थे पर वे मदर टेरेसा के शब्दों से इतना प्रोत्साहित हुए कि उन्होंने एक स्विस बैंक को इस बात के लिए मना लिया कि वह उन्हें पहला जहाज़ खरीदने के लिए मिलियन डॉलर का कर्ज़ दे दे। यह एक रिटायर्ड क्रूस लाइनर था। तभी

से उनके इस मिशन को दुनियाभर के लोगों का सहयोग मिलने लगा, जिनमें स्टारबक्स भी शामिल है। उसने वहाँ एक नि:शुल्क दुकान खोल दी है ताकि चिकित्साकर्मी पर्याप्त कैफीन लेते हुए अपनी ऊर्जा का स्तर बनाए रख सकें। (याद रखें, हम जो नहीं कर सकते ईश्वर और कैफीन के हाथों वह सब संभव है।)

तो इस तरह मैंने लाइबीरिया में अपने लिए प्रेरणा का स्रोत पाया; एक विशाल डेनिश फेरी को हज़ारों अद्‌भुत स्वयंसेवकों व एक ईसाई दंपति ने शिप ऑफ मर्सी में बदल दिया। वे सब दूसरों की सेवा करने के भाव से प्रेरित थे जो मदर टेरेसा द्वारा दी गई सर्वेंट लीडरशिप की अनोखी मिसाल है। कलकत्ता के निर्धनों तथा अपने मिशन के लिए अथक सेवाएँ देनेवाली मदर टेरेसा ने 123 देशों में अपनी संस्थाएँ खोलीं और स्टीफन जैसे लाखों लोगों को प्रेरित किया ताकि वे सारी दुनिया में नेकी के बीज बो सकें।

आप अपने आपसे पूछ सकते हैं कि 'मैं क्या कर सकता हूँ या मेरे पास देने के लिए क्या है?' जवाब है, 'आप स्वयं को दे सकते हैं।' आप और आपको ईश्वर की ओर से मिली प्रतिभा ही आपकी ओर से मिलनेवाले सबसे बड़े उपहार हो सकते हैं। जब आप दूसरों की सेवा करते हैं और विश्वास को अमल में लाते हुए नेकी के बीज बोते हैं तो आप ऐसी शक्ति के स्रोत को खटखटा रहे होते हैं जिसके बारे में आप खुद भी कल्पना तक नहीं कर सकते। ज़रा गौर करें कि स्टीफन और उनके मर्सी शिप ने न जाने कितने लोगों का जीवन बचाया है। इसी तरह मदर टेरेसा ने पूरी दुनिया में जो हज़ारों मिशन शुरू किए हैं उनसे न जाने कितने लोगों का जीवन बदला है।

देश की सेवा करना

लाइबीरिया में मुझे प्रेरणा के दूसरे स्रोत के रूप में एक महिला मिली जो मदर टेरेसा की तरह सर्वेंट लीडर और ईसाई धर्म व सेवा भाव से भरपूर थीं। आपको यह जानकर हैरानी होगी कि वे ऐसे देश में राजनीतिक पद पर स्थित हैं जिसे भ्रष्ट नेताओं के लिए जाना जाता है। मैं भी पहले आशंकित था पर जल्द ही समझ में आ गया कि एलन जॉनसन सरलीफ उन भ्रष्ट नेताओं में से नहीं थीं और यह बात सारी दुनिया जानती थी। उन दिनों वे एकमात्र महिला थीं जो एक अफ्रीकी महाद्वीप पर राष्ट्रपति के तौर पर अपनी सेवाएँ दे रही थीं। उनका चुनाव में विजयी होना अपने आपमें प्रगति का एक सूचक था। उनके कार्यकाल के आरंभ में यू.एस. फर्स्ट लेडी लॉरा बुश तथा सैक्रेटरी ऑफ स्टेट कंडोलीज़ा राइस उन्हें अपनी शुभकामनाएँ देने आईं थीं।

उनका काम इतना आसान भी नहीं था। उन्होंने इस आस के साथ काम संभाला था कि वे जल्द ही भ्रष्टाचार को मिटाकर लोगों के लिए नौकरियाँ उपलब्ध करवा सकेंगी। उस समय पचासी प्रतिशत जनसंख्या बेरोज़गार थी, पर पहले उन्हें बिजली व्यवस्था को देखना था। युद्ध के बाद मोनरोविया की राजधानी तक में पानी, बिजली व गंदे पानी की समस्या को मिटाने के लिए कोई व्यवस्था नहीं थी।

राष्ट्रपति सरलीफ, लाइबेरिया के पहले मूल निवासी की पुत्री हैं, जिन्हें देश के राजनीतिक विधान-मंडल के लिए चुना गया। वहाँ के राजनीतिक उथल-पुथल से भरे माहौल के बीच अपनी स्कूली पढ़ाई पूरी की। उन्होंने अपने देश को भ्रष्ट नेताओं की पकड़ से छुड़ाने के लिए हार्वर्ड कैनेडी स्कूल ऑफ गवर्नमेंट की छात्रवृत्ति स्वीकार की। जब वे वापस आईं तो उन्हें लगातार दो बार अपने विरोध के कारण जेल की हवा खानी पड़ी। कई बार ऐसे अवसर भी आए जब उन्हें पाँच वर्षों तक देश से बाहर रहना पड़ा। उन दिनों वे एक अंतर्राष्ट्रीय बैंकर के तौर पर कार्यरत रहीं।

जब सरलीफ और साहसी समाजसेवी लीमा गबोवी के नेतृत्व में हज़ारों लाइबीरियन महिलाओं ने सफेद लिबासों में मोनरोविया के मैदान में एकत्र होकर शांति की माँग की तो लाइबीरियन तानाशाह चार्ल्स टेलर के खूनी कार्यकाल का अंत हो गया। वे वहाँ की भयंकर गरम और भारी बरसात के बीच भी डटी रहीं और प्रेस कॉन्फ्रेंस आयोजित करती रहीं और इस तरह उन्होंने टेलर द्वारा किए जा रहे मानव अधिकारों के हनन के बारे में अंतर्राष्ट्रीय समुदाय को अवगत करवाया। एक बार तो टेलर के होटल के बाहर ही महिला विरोधियों का सम्मेलन था और उसे पहरा लगाकर, उन्हें भीतर आने से रोकना पड़ा। अंततः टेलर को देश छोड़कर भागना पड़ा। उसे संयुक्त राष्ट्र ने बंदी बनाया और युद्ध अपराधी के तौर पर मुकदमा चलाया गया। 2005 में सरलीफ को चुना गया ताकि वह देश में अमन और शांति को बहाल कर सकें।

तीन वर्ष बाद जब मैं उनसे मिला तो वे तब भी दशकों की हिंसा और उपेक्षा के दंश को मिटाने में जुटी थीं। अनेक वर्षों बाद ऐसा समय आया था जब लाइबीरिया के निवासियों को अपनी ही सरकार के हाथों सज़ा और यातना नहीं झेलनी पड़ रही थी। संयुक्त राष्ट्र ने भी पंद्रह हज़ार से अधिक दलों को वहाँ भेजा हुआ था ताकि देश में शांति और भाईचारे का माहौल वापस लाया जा सके।

उनके ऑफिस में हमारी पच्चीस मिनट की भेंट के दौरान, मैंने पाया कि राष्ट्रपति सरलीफ साहस और करुणा का मिश्रण हैं। वे 'द मदर ऑफ लाइबीरिया' और 'द आयरन लेडी' जैसे नामों से जानी जाती हैं और इसके पीछे भी एक वजह है। मैं उनसे

मिलते समय बहुत घबरा रहा था क्योंकि मैंने कभी किसी देश के नेता से आमने-सामने मुलाकात नहीं की थी।

राष्ट्रपति सरलीफ ने अपने सत्तरवें जन्मदिवस से कुछ दिन पूर्व मेरा स्वागत किया और उनकी सहज मातृत्व भाव उपस्थिति ने मुझे भेंट के तुरंत बाद अपनी घबराहट को काबू करने में मदद की। उन्होंने बताया कि 'मैं भी उन साठ प्रतिशत लाइबीरियावासियों में से हैं जो ईसाई हैं। मैं एक मैथोडिस्ट (एक ईसाई पंथ) के तौर पर पली-बढ़ीं हूँ और मेरी प्रारंभिक शिक्षा एक मैथोडिस्ट स्कूल में हुई।' हमने आपस में आस्था और विश्वास के बारे में बात की और मैं देख सकता था कि उनकी धार्मिक मान्यताओं में ही उनकी आंतरिक शक्ति छिपी थी।

अगर मुझे किसी देश का नेतृत्व संभालना हो तो बेशक मैं उनकी तरह ही बनना चाहूँगा। वे ईश्वर को प्रेम करती हैं और इस दर्शन में विश्वास रखती हैं कि 'यह मत पूछो कि प्रभु तुम्हारे देश के लिए क्या कर सकते हैं, यह पूछो कि यह देश उनके लिए क्या कर सकता है।' अगर कोई देश और उसके निवासी प्रभु पर अपनी आस्था रखते हैं और पूरे भरोसे के साथ उसके हाथों में अपने टूटे टुकड़े सौंप देते हैं ताकि वह उन्हें नए सिर से सँवार सके तो प्रभु प्रेम की इससे ज़्यादा बड़ी मिसाल क्या होगी। मेरा मानना है कि अगर यह दिखाना हो कि मनुष्य का भरोसा ही प्रभु के चमत्कारों का कारण बनता है तो इस देश का जीवंत उदाहरण दिया जा सकता है।

मुझे राष्ट्रपति सरलीफ के देश में अनेक सभाओं को संबोधित करना था, उन्होंने मुझसे विनती की कि 'मैं लोगों को शिक्षा ग्रहण करने और फिर से खेती करने के लिए प्रोत्साहित करूँ।' उन्होंने बताया कि 'युद्ध के दौरान उनकी फसलों का नाश हो गया था और लोग खेती-बाड़ी से विमुख हो गए थे। इस तरह देश में चावल की जितनी भी खपत थी, उसे बाहर से खरीदना पड़ रहा था।' उन्होंने मुझे अपने 3.5 मिलियन लोगों के प्रति सेवाभाव तथा अपने जर्जर हो चुके देश के नवनिर्माण के संकल्प के साथ बहुत प्रभावित किया। जब से उन्होंने कार्यभार संभाला है तब से लाइबीरिया दूसरे देशों से आनेवाले सहयोग का भी स्वागत कर रहा है और इसलिए उन्होंने सोलह बिलियन डॉलर के विदेशी निवेश के लिए द्वार खोल दिए हैं। निजी तौर पर वे बहुत दयालु तथा दूसरों के प्रति देखरेख का भाव रखनेवाली महिला हैं। हमारे मामले में हमसे मिलने और हमारा स्वागत करने से पूर्व ही उन्होंने हमें दो एसयूवी गाड़ियाँ उपलब्ध करवाईं ताकि हम वहाँ की बदहाल सड़कों का अपना दौरा पूरा कर सकें।

राष्ट्रपति सरलीफ लोक सेवक नेतृत्व की अनूठी मिसाल हैं और उन्हें नेकी के इन बीजों को बोने के लिए पूरे संसार से सराहना मिली है। हमारी भेंट से कुछ वर्ष पूर्व उन्हें व लीमा को शांति लाने तथा मानव अधिकारों से जुड़े काम करने के लिए शांति के नोबल पुरस्कार से सम्मानित किया गया। यह प्रतिष्ठित पुरस्कार पाने के चार दिन के भीतर ही वे फिर से छह साल के लिए अपने पद पर नियुक्त हो गईं ताकि नेकी के और बीज बोए जा सकें।

राष्ट्रपति सरलीफ को वर्ष 2011 में 'यूनाईटेड मैथोडिस्ट' यानी 'एक नियमवादी' इस उपाधि से सम्मानित किया गया, वे सारी दुनिया में एक स्नेही लोकतांत्रिक नेता के तौर पर जानी जाती हैं। जबकि उनसे पिछले नेता टेलर पर अपने ही लोगों पर अत्याचार और ज़ुल्म ढाने के लिए मुकदमा चलाया गया। वे दोनों ही एक जैसे पद पर थे, दोनों को ही इस पद पर असीम शक्तियाँ व अधिकार मिले हुए थे पर दोनों ने उस सत्ता का अपने-अपने तरीके से इस्तेमाल किया।

आरंभिक ईसाई मत प्रचारकों में से एक - पादरी पॉल ने बाइबिल में इन दो प्रकार के नेतृत्वों की व्याख्या की है, जिसे भूतपूर्व गुलामों और उनके पूर्वजों द्वारा संचालित किया गया। इन्हें इस देश के लिए सटीक माना जा सकता है। उन्होंने कहा, 'भाइयों, यह आज़ादी तुम लोगों के लिए ही हासिल की गई है; इस आज़ादी को अपने लिए इस्तेमाल न करो बल्कि प्रेम के माध्यम से एक-दूसरे की सेवा करो। सारे वचन इस एक वचन में ही समाए हुए हैं- **अपने पड़ोसी को उसी तरह प्रेम करो, जैसे तुम खुद से करते हो।** पर यदि तुम एक-दूसरे से लड़ते हो या हानि पहुँचाते हो तो सावधान रहो क्योंकि तुम नष्ट भी हो सकते हो।' पॉल हमें बता रहे थे कि 'हमें सत्ता और आज़ादी का प्रयोग अपने स्वार्थ और इच्छाओं के लिए या अपनी जेबें भरने के लिए नहीं करना चाहिए, जैसा टेलर ने किया बल्कि प्रेम और सेवा करने के लिए करना चाहिए जैसे प्रेज़ीडेंट सरलीफ कर रही हैं।'

आपको दूसरों की सेवा या मदद करने के लिए किसी देश का प्रधानमंत्री बनने की आवश्यकता नहीं है। आपको हाथों और पैरों की भी ज़रूरत नहीं है। बस आपको अपने विश्वास, प्रतिभा, शिक्षा, ज्ञान और कौशल को दूसरों के कल्याण के लिए प्रयोग में लाना है। यहाँ तक कि दयालुता भरा छोटा सा कर्म भी बड़ा अंतर पैदा कर सकता है। जिन लोगों को ऐसा लगता है कि उनके पास अपने देश और लोगों की सेवा करने के लिए कोई साधन नहीं है, वे भी मिलकर, मनचाहा बदलाव ला सकते हैं।

बीज बोना

राष्ट्रपति सरलीफ, लीमा और उनकी महिला कर्मियों की सेना ने अपने विश्वास को साकार रूप देते हुए लोगों की सेवा की और एक देश का भाग्य बदल दिया। वे संपूर्ण देश में शांति स्थापित करने में सफल रहीं। अब वे दशकों के कठिन संघर्ष के बाद अपने देश को नए सिरे से बनाने में जुटी हैं। हाल ही में सरलीफ ने पच्चीस हज़ार से अधिक युवकों को उनके समुदायों में साफ-सफाई के काम पर लगाया और इस काम के लिए उन्हें भुगतान भी किया ताकि वे अपना क्रिसमस का त्योहार मना सकें। उनका प्रशासन स्वास्थ्य केंद्र भी बनवा रहा है। इसके साथ ही सात लाख निवासियों को पेयजल उपलब्ध करवाने की व्यवस्था की जा रही है। उनकी अभी तक की उल्लेखनीय उपलब्धि यह रही कि उन्होंने दो सौ बीस से अधिक स्कूल खोले। यह बीज बोने का एक अद्भुत उदाहरण है जो आनेवाली पीढ़ियों के लिए फलदार वृक्षों में बदल जाएँगे।

मैं ऐसे ही एक और उदाहरण का साक्षी रहा जिसमें लाइबीरिया की ईसाई महिलाओं ने शांतिपूर्ण प्रदर्शन किया। यह मेरे दिल के बहुत करीब है। मेरे मिशन में सॉकर स्टेडियम में हुई एक मीटिंग भी शामिल है। हमने वहाँ तीन से चार सौ लोगों के आने की उम्मीद की थी पर हम यह देखकर हैरान रह गए कि वहाँ आठ-दस हज़ार लोग आ पहुँचे। लोग घरों की छतों से और पेड़ों पर चढ़कर भीड़ से भरे स्टेडियम को देख रहे थे। यह भी कम हैरानी की बात नहीं कि मुझे अपनी वही स्पीच दिन में तीन बार देनी पड़ी। उस दिन हमारे पास एक छोटा सा ही स्पीकर था, जिससे पूरे स्टेडियम को एक बार में संबोधित नहीं किया जा सकता था। मैंने पहले एक ओर स्पीकर सैट करके अपनी बात कही और फिर दो अन्य जगहों पर स्पीकर लगाकर अपनी बात का संक्षिप्त संस्करण प्रस्तुत किया। मेरा मकसद केवल यही था कि प्रोत्साहन, आशा और विश्वास से भरा संदेश हर इंसान तक पहुँच सके।

इस तरह मुझे लाइबीरिया में अपने लिए प्रेरणा का तीसरा स्रोत मिला जो लोग मौत, विनाश, बेरहमी और कठिनाइयों के बावजूद अपने विश्वास और आस्था पर टिके हुए थे, उनमें से अनेक अब भी कष्ट सह रहे हैं पर हमारे स्वागत के लिए गानेवाले स्कूली बच्चों और स्टेडियम में मिलकर प्रार्थना करनेवालों के बीच आनंद की एक अनजानी सी लहर उमड़ती दिखाई दी। हमारे लाइबीरिया के मित्रों ने बताया कि ईसाई और मुस्लिम नेताओं ने मिलकर एक इंटर रिलिजियस काउंसिल (अंतर्धार्मिक परिषद) की मदद से गृह युद्ध की मार झेल रहे लोगों की मदद का बीड़ा उठाया और मुझे पूरी

उम्मीद है कि वे अपने देश और उसके बच्चों के कल्याण के लिए मिलकर कदम उठाते रहेंगे।

शायद उस दिन मैंने अपने श्रोताओं को इस ऐलान से चौंका दिया कि मुझे हाथों और पैरों की ज़रूरत नहीं है। जब मेरी बात सुनकर शुरू होनेवाली खुसर–पुसर शांत हुई तो मैंने उन्हें बताया कि 'मुझे जीज़स क्राइस्ट चाहिए। मैं आंतक और निर्दयता के शिकार उन लोगों को बताना चाहता था कि अगर हमारे ह्रदय में प्रभु का वास हो तो बहुत सी कमियों और अभावों के बावजूद हम संपूर्ण होते हैं।' मैंने उन्हें यह आश्वासन भी दिया कि 'भले ही इस धरती पर उनका जीवन बहुत ही कष्टकारी रहा हो, पर अगर उन्होंने प्रभु और मसीह पर अपना भरोसा बनाए रखा, उन्हें अपने मुक्तिदाता के रूप में स्वीकार किया तो वे निश्चित रूप से अपने जीवन में असीम शांति और प्रसन्नता पा सकेंगे।' मैंने यह भी देखा कि जिनके पास हाथों व पैरों सहित, धरती पर सब कुछ है, वे अपनी कब्र पर अपनी आत्मा के सिवा कुछ नहीं ले जा सकेंगे।

मैंने उन्हें बताया कि 'वे केवल प्रभु से आशा की किरण पा सकते हैं और भले ही मेरे पास हाथ और पैर न हों पर मैं पवित्र आत्मा के पंखों से उड़ान भर सकता हूँ।'

इसके बाद मैंने अपने उन दोस्तों को याद दिलाया कि प्रभु ही उनके सारे हालात को अपने बस में रखते हैं इसलिए उन्हें अपनी आस को मरने नहीं देना चाहिए। मैंने उन्हें बताया कि **'अगर ईश्वर ने बिना हाथ और पैरवाले एक इंसान को सहारा दिया है तो वह युद्ध की मार झेल चुके लोगों का भी सहारा बनेगा।'**

मैंने उन्हें याद दिलाया कि 'भले ही हमें वे चमत्कार न मिल सकें, जिनके लिए हम उसकी प्रार्थना करते हैं, पर इस वजह से हमें दूसरों के जीवन का चमत्कार बनने से कोई नहीं रोक सकता।' कुछ ही देर में, मेरे शब्द हज़ारों लोगों के सामने हकीकत में तब्दील हो गए। जब मेरा भाषण समाप्त होने ही वाला था कि एक लाइबीरियाई महिला, दृढ़ संकल्प के साथ मेरी ओर बढ़ती दिखाई दी। वह भीड़ के बीच अपने लिए रास्ता बनाती मेरी ओर चली आ रही थी।

हालाँकि सुरक्षाकर्मियों ने उसे कई बार रोकना चाहा पर उसने उन्हें संकेत देकर यह जता दिया कि वह किसी को नुकसान नहीं पहुँचाने जा रही। उन्होंने भी उसे आगे आने का रास्ता दे दिया और जब वह मेरे पास आई तो मैंने जाना कि उसे किसी ने रोका क्यों नहीं। उसकी गोद में एक तीन सप्ताह की नवजात बच्ची थी, जिसके शरीर पर बाजू नहीं थे और उसकी उँगलियाँ उसके कंधों से ही निकली हुई थीं। मैंने उसे संकेत किया कि बच्ची को मेरे पास लेकर आए ताकि मैं उसके माथे पर चूमकर उसके लिए

दुआ कर सकूँ।

मैं उस बच्ची के लिए अपना स्नेह जताना चाहता था पर जब मैंने उसे चूमा तो दर्शकों के बीच से आवाज़ें आने लगी और कई लोग तो रो दिए। उस एक पल में मुझे यही लगा कि वे लोग ऐसी बच्ची को देख भावविभोर हो गए थे, जिसकी अवस्था लगभग मेरे जैसी थी। बाद में मुझे बताया गया कि 'लाइबीरिया वासी उस अपंग बच्ची को देखकर इसलिए स्तंभित हो गए थे क्योंकि उसे ऐसी स्थिति में भी जीवित रहने दिया गया था।' दरअसल, वहाँ के अनेक गाँवों में विकलांग बच्चों को जन्म लेते ही मार दिया जाता था या ज़िंदा जला दिया जाता था।

मेरे मेज़बानों ने बताया कि 'देहाती अफ्रीका के इलाकों में ऐसे विकलांग बच्चों को अभिशाप माना जाता है।' इस बार दहलने की बारी मेरी थी। उन्होंने आगे कहा, 'अकसर ऐसे बच्चे को मार दिया जाता है या अकेला छोड़ दिया जाता है। ऐसे बच्चे की माँ को भी धमकाया जाता है कि वह बच्चे को त्याग दे वरना उसे समाज में स्वीकार नहीं किया जाएगा।' उस बिना बाजुओंवाली बच्ची की माँ ने मुझे बताया कि 'कोई उसकी बच्ची को मारने का निर्णय ले पाता इससे पहले ही वह बच्ची के साथ कहीं जाकर कहीं छिप गई थी।'

जब मैंने उस अपंग बच्ची को चूमा तो अनेक श्रोताओं को एहसास हुआ कि अगर हाथ-पैर के बिना जन्में एक इंसान के लिए प्रभु के पास यह योजना थी कि उसे ईसाई धर्म का प्रचारक बनाया जाए, तब तो निश्चित रूप से दूसरे अपंग भी प्रभु की संतान ही हैं और उन्हें सोच-समझकर किसी उद्देश्य को पूरा करने के लिए ही धरती पर भेजा जाता होगा। श्रोताओं में बैठे एक व्यक्ति ने बताया कि 'वह मेरे भाषण को बासा भाषा में रिकॉर्ड कर रहा था ताकि दूर-दराज़ के इलाकों में रहनेवालों को भी वह भाषण सुनाया जा सके।' वह उन्हें बताना चाहता था कि 'अपंग और अपाहिज बच्चे कोई अभिशाप नहीं बल्कि एक वरदान हैं और वे भी हम सबकी तरह ही प्रभु की संतान हैं।'

हालाँकि मैं इस बात की पुष्टि तो नहीं कर सकता पर मुझे बाद में बताया गया कि 'मेरी उस घटना के बाद से लाइबीरिया में कहीं से भी अपाहिज बच्चे को सामाजिक रूप से त्यागने या मारने की खबर नहीं मिली है।' मैं उम्मीद करता हूँ कि यह बात सच हो। अगर ईश्वर ने मुझे यह बीज बोने के साधन के तौर पर उपयोग किया है तो मुझसे ज़्यादा भाग्यशाली और कौन होगा। यह एक ऐसा कदम है, जो आगे आनेवाली अनेकों जानों की रक्षा कर सकता है।

एक–दूसरे को मान देना

हमारे संसार में सुख और सुविधा दूसरों को देने के बजाय खुद लेने पर बहुत अधिक बल दिया जा रहा है। हम कई बार अपनी ही प्रसन्नता को पाने की ओर इतना केंद्रित हो जाते हैं कि हम अपने जीवन का असली उद्देश्य तक भूल जाते हैं कि प्रभु ने हमें संसार में क्या करने भेजा है। **वास्तव में प्रभु की और उनके संतानों की सेवा करने में ही सच्ची प्रसन्नता छिपी है।** जीज़स ने कहा है, 'आदमी का बेटा भी इस धरती पर सेवा लेने नहीं, देने के लिए भेजा गया था और उसका जीवन कई लोगों के लिए बंधन मुक्ति का कारण है।' जीज़स सबसे बेहतरीन लोक सेवक नेता हैं। उन्होंने नेकी के सबसे अधिक बीज बोए हैं। प्रभु ने अपने पुत्र को भेजा ताकि वह अपने प्राण देकर हमारे पापों को धो सके। उन्होंने अपने आपको विनीत सेवक की तरह प्रस्तुत किया। अपने शिष्यों के चरण धोते हुए जीज़स ने हमें सीख दी कि 'दूसरों की सेवा करके ही हम अपनी आस्था और विश्वास को साकार रूप दे सकते हैं।' जीज़स ने बाइबिल में पूछा, 'महान कौन है, जो कुर्सी पर बैठा है या जो सेवा करता है?' जवाब है, 'कुर्सी पर बैठनेवाला महान नहीं, मैं तुम लोगों के बीच वह हूँ, जो दूसरों की सेवा करता हैं।'

जब हमारे पास प्रभु के प्रेम, आनंद, विनय और विश्वास का पाठ होता है तो हम समझते हैं कि कोई भी इंसान दूसरे की तुलना में अधिक मूल्यवान नहीं होता। हाल ही में मुझे डलास के डाउनटाउन इलाके में एक ओपन–एयर चर्च में हिस्सा लेने का अवसर मिला और वहाँ मेरी भेंट एक ऐसे नेता से हुई जो वास्तव में लोक सेवक नेता की अनुपम मिसाल है। पादरी लिओन बर्ड ने अपना चर्च ऐसे हालात में खोला, जो जीज़स के मुँह से कहे गए दृष्टांतों जैसा लगते हैं। 1995 की बात है, वे उन दिनों एक बढ़ई के तौर पर काम कर रहे थे। वे फर्नीचर से भरे ट्रक को ले जा रहे थे कि उन्हें सड़क के किनारे चलता एक वृद्ध दिखाई दिया।

पहले तो लिओन ने उसे बिठाने में कोई रुचि नहीं ली क्योंकि उन्हें लगा कि शायद वह बूढ़ा कोई पियक्कड़ होगा, पर उन्हें ऐसा लगा जैसे पवित्र आत्मा ने उन्हें कोई निर्देष दिया हो। सो वे गाड़ी मोड़कर वापस ले गए ताकि उसे अपने साथ बिठा सकें। जब उन्होंने उसे अपने साथ बिठाया तो उन्हें एहसास हुआ कि उस बूढ़े आदमी को पैदल चलने में वाकई कठिनाई हो रही थी।

उन्होंने पूछा, 'आप ठीक तो हैं?'

'मैं नशे में नहीं हूँ', उस व्यक्ति ने कड़े सुर में कहा।

'आपको चलने में दिक्कत हो रही है। मैं आपको अपने साथ ले चलता हूँ', लिओ ने कहा।

रॉबर्ट शूमेक नाम के उस वृद्ध ने गलत नहीं कहा था। दरअसल, उनके दिमाग के कई ऑपरेशन हो चुके थे और इसी वजह से उन्हें चलने में कठिनाई होती थी पर इससे दूसरों की मदद करने के उनके दृढ़ संकल्प में कोई कमी नहीं आई थी।

उन्होंने लिओन को उस समय यह नहीं बताया कि वे पिछले दो सालों से, डाउनटाउन डलास के उस इलाके में हर शनिवार सुबह, ज़रूरतमंदों को डोनट (विशेष ढंग से बनाए गए मीठे पाव) और कॉफी देने आते थे।

लिओन ने पूछा, 'आप चल नहीं पाते तो अपना काम कैसे करते हैं?'

'लोग मेरी मदद करते हैं और अब आप करेंगे', रॉबर्ट ने कहा।

'पता नहीं। खैर, आप अपना काम कब शुरू करते हैं?' लिओन ने पूछा।

'सुबह साढ़े पाँच बजे।'

'ओह, फिर तो मैं आपकी मदद नहीं कर सकता, उस समय तो भगवान भी गहरी नींद में होते हैं।'

रॉबर्ट ने लिओन की बात पर ध्यान नहीं दिया और बताया कि 'वह उन्हें लेने के लिए कहाँ आएँ।'

रॉबर्ट ने कहा, 'तुम्हें वहाँ आना होगा।'

'आप मुझसे उम्मीद न रखें', लिओन ने जवाब दिया।

अगले शनिवार, लिओन सुबह पाँच बजे ही उठ गए। उन्हें चिंता थी कि रॉबर्ट सड़क के किनारे खड़े उनका इंतज़ार कर रहे होंगे। उन्हें रॉबर्ट की सुरक्षा की चिंता इसलिए भी थी क्योंकि उन्होंने जहाँ मिलने का वादा किया था वह शहर का भीड़ से भरा इलाका था।

एक बार फिर से पवित्र आत्मा उसके माध्यम से काम कर रही थी।

सूरज उगने से पहले ही लिओन को रॉबर्ट दिख गए जो अपने हाथों में पाँच गैलन गरम कॉफी से भरे थरमस लिए खड़े थे। रॉबर्ट ने लिओन से कहा कि 'तुम मुझे डोनट की दुकान पर ले चलो। वहाँ से माल लेने के बाद हमें डाउनटाउन डलास की ओर जाना है।' उस समय सडकें खाली पड़ी थीं।

रॉबर्ट ने लिओन से कहा, 'यहीं इंतज़ार करना।'

वे लोग वहीं कॉफी के साथ प्रतीक्षा करने लगे और सूरज उगते ही, एक-एक कर लोग आने लगे। लगभग पचास लोग रॉबर्ट के पास जमा हो गए। हालाँकि रॉबर्ट उनसे रुखाई (उपेक्षा) से बोल रहे थे पर फिर भी वे लोग उनसे कॉफी और डोनट लेना चाहते थे। लिओन ने दो साल पहले ही अपने जीवन को जीज़स की सेवा में अर्पित किया था, उसने देखा कि रॉबर्ट नेकी का बीज बो रहे थे और उन्हें मदद की ज़रूरत थी। उस दिन के बाद वे हर शनिवार की सुबह रॉबर्ट की मदद के लिए जाने लगे। कुछ समय बाद रॉबर्ट की सेहत गिरने लगी।

एक दिन जब वे वापस आ रहे थे तो लिओन ने पूछा, 'जब आप यह काम नहीं कर सकेंगे तो क्या होगा?'

'तब तुम यह काम करोगे', रॉबर्ट ने कहा।

'नहीं, आपको किसी और को कहना होगा', लिओन बोले।

'तुम ही करोगे दोस्त', रॉबर्ट ने जवाब दिया।

रॉबर्ट सच कह रहे थे। आखिरकार लिओन पादरी बने और एक इनर सिटी मिशन को संभालने लगे जिसमें उन्हें नौ स्थानीय चर्चों तथा दूसरे दानकर्ताओं की मदद भी मिली। हालाँकि रॉबर्ट 2009 में चल बसे पर लिओन और उनकी पत्नी जेनीफर उनके बोए बीजों को सींचते रहे। अब वही डोनट और कॉफीवाली मीटिंग्स ओपन एयर चर्च में बदल गई है जिसके साथ संगीत का मधुर समाँ भी बंधता है। अब हर शनिवार की सुबह लिओन के साथ उनके पचास स्वयंसेवक, डाउनटाउन डलास के पार्किंग लॉट में सैंकड़ों-हज़ारों निराश्रितों का पेट भरते हैं।

उनके इस सेवा कार्य के दौरान जब मुझे अपनी बात कहने का अवसर दिया गया तो मैं उन निराश्रित लोगों के बीच लिओन और उनके सहायकों की सेवा भावना देख प्रेरित हुआ। लिओन बर्ड की 'सोल' चर्च में नेता और स्वयंसेवक हर इंसान को प्रभु की संतान ही मानते हैं। वे समझते हैं कि **'जीवन में सबको प्रेम और प्रोत्साहन की आवश्यकता होती है, भले ही यह कोई प्रेरणादायक शब्द या कॉफी व डोनट के साथ मिली मुस्कान ही क्यों न हो।'**

लिओन स्वयं को प्रभु का सेवक मानते हैं और उनका कहना है कि उनके ओपन एयर चर्च में काम करनेवाले अधिकतर लोग निराश्रित हैं या अपने जीवन में संघर्ष कर रहे हैं। वे जीज़स में पाई जानेवाली उदारता व क्षमाशीलता से प्रभावित हुए। इसलिए

हम सभी बिना किसी आसक्ति के प्रेम करते हैं। ठीक वैसे ही जैसे प्रभु हमें प्रेम करते हैं।

संसार की बेहतरी के लिए मिलकर काम करना

आपका जीवन चाहे जैसा हो और आपके हालात चाहे जैसे भी हों फिर भी आप नेकी के बीज बो सकते हैं। चाहे आप अफ्रीका मर्सी जैसे किसी जहाज़ पर स्वयंवेक हों, किसी देश के नेता हों या फिर असहाय लोगों के चर्च के पादरी, जब आप ईश्वर का दिया काम करते हैं तो उसका प्रभाव कई गुना हो जाता है क्योंकि आप असंख्य लोगों के जीवन को स्पर्श कर रहे हैं।

मैंने अपनी यात्रा के दौरान जितने भी लोक सेवक नेताओं से भेंट की उनमें जो विशेषताएँ या खूबियाँ हैं, हमें भी उनका अनुकरण करना चाहिए। सबसे पहली बात तो यह है कि वे बहुत ही विनीत और निःस्वार्थ भाववाले लोग होते हैं। उनमें से अनेक ऐसे हैं, जिन्होंने दूसरों की सेवा के लिए अपना जीवन समर्पित कर दिया है। अकसर वे परदे के पीछे रहकर अपने स्वयंसेवकों को सबकी मदद के लिए प्रोत्साहित करते दिखते हैं। वे दूसरों को काम का श्रेय देना पसंद करते हैं।

दूसरी बात यह कि ये लोक सेवक नेता दूसरों की बातों को पूरी सहानुभूति से सुनते हैं। वे सबकी बातों को ध्यान से सुनते हैं ताकि उन लोगों को समझ सकें जिनकी वे मदद कर रहे हैं। इस तरह उन्हें सामनेवाले की वे माँगें या ज़रूरतें भी समझ में आ जाती हैं, जो वे कभी अपने मुँह से नहीं कहते। अकसर लोगों को उनके पास आकर मदद के लिए याचना नहीं करनी पड़ती क्योंकि वे पहले ही जान लेते हैं कि सामनेवाले की ज़रूरत क्या है। ऐसे नेता हमेशा यही सोच रखते हैं कि 'अगर मैं इस व्यक्ति की जगह होता तो मुझे कैसे दिलासा मिलता? मुझे किस चीज़ से मज़बूती मिलती? मैं अपने हालात को बेहतर कैसे बना पाता?'

तीसरी बात है कि वे आरोग्य प्रदान करते हैं। वे दूसरों की समस्याओं पर विचार कर उन्हें हल सुझाते हैं। मुझे पूरा विश्वास है कि अन्य लोग भी इन लोगों के दुःख-दर्द और परेशानियों को जानते हैं लेकिन अकसर वे ऐसे ज़रूरतमंदों की मदद के लिए उन इलाकों में जा नहीं सकते। मगर डॉन और डेयान जैसे लोग इन समस्याओं से ऊपर उठकर हल प्रस्तुत करते हैं। उन्होंने क्रूज़-शिप को तैरते हुए अस्पताल में बदल दिया, जिसे कहीं भी लेकर जाया जा सकता है।

चौथी प्रमुख बात है कि लोक सेवक नेता अल्पकालीन समस्याओं पर ध्यान नहीं

देते। वे ऐसे बीज बोते हैं जो लंबे समय तक और हमेशा प्रभाव रखनेवाले नतीजों के साथ सामने आते हैं। राष्ट्रपति सरलीफ ने अपने अव्यवस्थित देश के बीच शांति का बीज बोया, स्कूल बनवाए और फिर विदेशी निवेश को अपने देश में आने का निमंत्रण दिया।

जिस तरह रॉबर्ट ने अपना जुनून लिओन और जेनीफर को सौंपा था, उसी तरह अच्छे बीज बोनेवाले दूसरों को भी प्रेरित करते हैं कि वे आगे आएँ और नेकी के बीज बोएँ।

पाँचवीं बात यह है कि ये नेता सबके कल्याण के लिए होनेवाले बदलाव का स्वागत करते हैं और उस समय अपने सारे संकीर्ण और स्वार्थी हितों को पीछे रख देते हैं। वे भरपूरता में विश्वास रखते हैं। **जब सबके लक्ष्य और सफलता एक होती है तो हर किसी को बराबर लाभ मिलता है।** कुछ स्वार्थी नेता 'फूट डालो और राज करो' की नीति में विश्वास रखते हैं, जबकि लोक सेवक नेता एक साझे उद्देश्य के साथ स्त्रियों और पुरुषों का समुदाय बनाना चाहते हैं।

मैंने कुछ ही समय पहले इस बात का ताज़ा उदाहरण देखा जब मैंने आई हार्ट सेंट्रल ऑरीगोन नामक इवेंट में हिस्सा लिया। उसमें तीन देशों तथा सत्तर चर्चों से आए लगभग पच्चीस हज़ार स्वयंसेवकों ने हिस्सा लिया जो अपने समुदायों में नेकी के बीज बोने आए थे। इस कार्यक्रम के संचालक जे स्मिथ ने मुझे फेथ इन ऍक्शन के सप्ताह में अपने स्कूली बच्चों से बात करने का बुलावा दिया था।

जे स्मिथ और इलियट बैंड के सदस्य कई वर्षों से यह कार्यक्रम प्रस्तुत करते आ रहे हैं। उनके इस कार्यक्रम में हर समाज से आए लोग सामुदायिक सेवा के लिए जमा होते हैं। वे केवल बातें नहीं करते, काम करके दिखाते हैं। वे शनिवार को मिलकर निकलते हैं, घरों की मरम्मत करते हैं, सड़े-गले पत्ते उठाते हैं, बगीचों की छंटाई करते हैं, छोटे-मोटे सब काम करते हैं और वह सब करते हैं जिसे करने से वे अपने पड़ोसी के जीवन में कुछ अंतर ला सकते हैं।

मैंने जे स्मिथ से कहा कि 'आपके कार्यक्रम में यह पता लगाना कठिन था कि आयोजक कौन है क्योंकि जो भी व्यक्ति अपनी मरजी से दूसरों की सेवा और देखरेख करना चाहता था। वह स्वयं ही नेतृत्व का पद संभाल लेता था।' यह भी रोचक तथ्य है कि जे स्मिथ ने सामुदायिक सेवा का यह कार्य तब संभाला जब उन्हें जीवन में बुरी तरह ठेस लगी हुई थी। वह पिछले पंद्रह सालों से पूरी दुनिया में मिशनरी कार्य करता

आ रहा है। उसने चौबीस देशों की यात्राओं के दौरान असंख्य स्वयंसेवकों के साथ काम किया है। 2006 में जे स्मिथ के लिए कठिन समय आया, जब उन्हें अपने परिवार के साथ रहते हुए अपने चार छोटे बच्चों की देखरेख करने की आवश्यकता थी। उन्हें लगा कि कुछ समय के लिए वह एक मिशनरी के तौर पर दुनिया के दौरे नहीं कर सकेंगे। वे अपने पैतृक निवास बैंड ऑरीगेनो आ गए। उन्होंने अपने घर में उसी ऊर्जा को प्रयोग में लाने का निर्णय लिया, जिसे वे युगांडा और यूक्रेन जैसे स्थानों पर भलाई के काम करते समय उपयोग करते थे।

अपने कठिन समय में इस लोक सेवक नेता ने अपनी कठिनाइयों पर ध्यान केंद्रित करने के बजाय, दूसरों की सहायता करने का निर्णय लिया। उनके अपने शहर में तो सब कुछ भरपूर था, पर आसपास के कई शहर आर्थिक रूप से कमज़ोर थे और नशीले पदार्थों व हिंसा के शिकार थे। जे स्मिथ ने तय किया कि 'मैं उन्हीं इलाकों को सुधारने के लिए सबसे अधिक प्रयास करूँगा।'

हमारे पास पैसा नहीं था पर हमने अनेक गिरजाघरों से आए एक सौ पचास लोगों के साथ मिलकर सड़क पर जमा बर्फ को हटाने का कार्य आरंभ किया। देखते ही देखते हम सारा सामान लेकर निकल पड़े और सारा दिन लोगों की मदद करते रहे। हमने इस बर्फबारी की वजह से परेशान हुए बुज़ुर्गों की भी मदद की।

वे एक बूढ़े व्यक्ति से बात कर रहे थे जो अपनी छत से बर्फ हटा रहा था। बात करते-करते ही वह बेसुध हो गया क्योंकि वह गहरी थकान का शिकार था। कुछ लोगों ने उसकी देखरेख की और साथ ही उसका काम भी निपटा दिया। सामूहिक प्रयास और सेवा का वह दिन जश्न मनाने के बाद खत्म हुआ। इलियट ने एक कंसर्ट आयोजित किया जो इन कार्यक्रमों का विशेष आकर्षण भी होता है। इसमें सात सौ किशोरों ने हिस्सा लिया। उस रात एक सौ बीस से भी अधिक लोगों ने जीज़स को अपनाया।

बर्फबारी के बावजूद पहले सेवा कार्यक्रम की सफलता ने जे स्मिथ और उनके बैंड को एक नई दिशा दी। आनेवाले समय में वे आसपास के शहरों में इसी तरह के कार्यक्रम आयोजित करते रहे और इस तरह उनके साथ जुड़नेवालों की संख्या हज़ारों तक पहुँच गई। मैं यह इसलिए जानता हूँ क्योंकि मैं जे स्मिथ के अनेक कार्यक्रमों का हिस्सा बन चुका हूँ। 2010 में मैं एक एक्सपो सेंटर में आठ हज़ार से अधिक लोगों के आगे आई हार्ट सेंट्रल इवेंट का हिस्सेदार बना और वहाँ पर अपने विचार रखे।

हमने उस कार्यक्रम की शुरुआत में 'आई हग फन' भी आयोजित किया और मैंने

साठ मिनट में सबसे अधिक लोगों को गले लगाने का विश्व रिकॉर्ड बनाया। मैं एक घंटे में 1749 लोगों को गले लगाने में सफल रहा। आप इस वीडियो को यू ट्यूब पर देख सकते हैं। गायिका मारिया कैरी के पति कॉमेडियन निक कैनन ने इस रिकॉर्ड को तोड़ना चाहा पर वे ऐसा नहीं कर सके। दरअसल वे पूरी तरह से तैयार नहीं थे!

जे स्मिथ इन आई हार्ट इवेंट के माध्यम से अपने एक गंभीर लक्ष्य को पूरा करना चाहते हैं। वे चाहते हैं कि 'समुदाय की सेवा के साथ ईसाई सेवा भावना का प्रचार हो और साथ ही बड़े और छोटे गिरजाघरों के बीच आपसी संवाद के माध्यम विकसित हों।' अकसर गिरजाघरों के बीच आपस में कोई संपर्क नहीं होता। मेरे अलग-अलग पंथों के गिरजाघरों में कई दोस्त हैं और सबके मूल्य एक समान हैं। हम जीज़स को किसी एक गिरजाघर में नहीं संजो सकते। लेकिन हम मिलकर आस्था के विभिन्न रूपों को ज़रूर दिखा सकते हैं, फिर चाहे वे नाजारीन हों या बैपटिस्ट, कैथोलिक हों या प्रेस्बीटेरियन, मैथोडिस्ट हों या फिर किसी और पंथ से जुड़े हों। अगर लोग हमें हमारे विश्वास और आस्था के साथ जीते हुए नहीं देखेंगे तो वे हमारी बात नहीं समझ सकेंगे इसलिए हमारा तरीका ही यही है कि प्रेम को साकार रूप दिया जाए।

मेरी ही तरह जे स्मिथ का भी यही मानना है कि सभी गिरजाघर आशा का संदेश देते हैं। मैं एक ईसाई मत प्रचारक के तौर पर लोगों को प्रेरणा, प्रोत्साहन और आशा प्रदान कर रहा हूँ और गिरजाघर अपने लोगों के साथ मिलकर अपने समुदाय के लोगों के लिए प्रेम और सेवा प्रदान करने के काम में लगे रहते हैं। यही वजह है कि हमें कई बार इस बात से चिंता होती है कि गिरजाघर आपस में मिलकर काम नहीं करते, जबकि ऐसा करने से ईश्वर से उन्हें मिलनेवाले वरदान कई गुना हो सकते हैं।

जीज़स ने कहा, **'अगर तुम एक-दूसरे से प्रेम करोगे तो इस तरह सब जान लेंगे कि तुम मेरे शिष्य हो।'** जे का मानना है कि प्रभु की नज़रों में हम सभी समान हैं। हम एक-दूसरे से अलग रहने के बजाय मिलकर कहीं बेहतर काम कर सकते हैं और गिरजाघरों को भी धीरे-धीरे एहसास होने लगा कि उनके नियमों और सिद्धांतों का अंतर इतना महत्त्व नहीं रखता। अहम बात यही है कि हम मानते हैं कि जीज़स ही मुक्ति का पथ हैं। यह समानता बहुत महत्त्व रखती है। अगर हम विनय भाव बनाए रखें तो हम अपने मतभेदों को भुलाकर दूसरों की भलाई के लिए काम कर सकते हैं।

एक लोक सेवक नेता के तौर पर विनय और सामुदायिक सेवा भावना के साथ ही दूसरों पर अपनी इच्छा थोपने के बजाय उनकी बातों को सुनना बहुत महत्त्व रखता

है। जे स्मिथ इस बात के प्रति संवेदनशील हैं कि कई गिरजाघरों के पास दूसरों की तुलना में कम साधन होते हैं। वह अकसर चंदे की राशि से अपना काम चलाने का प्रयत्न करता है ताकि भाग लेनेवालों पर वित्तीय दबाव न आए।

ऑरीगेन शहर में निर्धनों के बीच जे स्मिथ और उनके दल ने अपनी योजना को अमल में लाने के लिए पर्याप्त चंदा जमा कर लिया। इस तरह उनके पास कार्यक्रम से सात सौ डॉलर बच गए। एक पादरी ने सुझाव दिया कि 'उन पैसों का प्रयोग क्रिसमस के दौरान किया जाए।' उन्होंने पाँच डॉलर की राशि अपने चर्च के सदस्यों में बाँट दी और उन्हें कहा कि 'आप इस धन को अपनी मरजी से प्रयोग में लाते हुए कोई नेक काम करें जैसे सस्ते दामों पर टॉफियाँ खरीदकर बेचें, लैमोनेड तैयार करें या बगीचों की छंटाई करने के लिए ईंधन खरीदें।'

इस तरह सात सौ डॉलर, दस हज़ार डॉलर में बदल गए और उन्हें फंड परियोजनाओं के लिए प्रयोग में लाया गया जैसे निराश्रितों के लिए देखरेख पैकेज, सिंगल मदर को त्योहार के उपहार खरीदने में मदद करना, सताए हुए गरीब बच्चों को खिलौने देना और इसी तरह दयालुता से भरे अन्य रचनात्मक कार्य!

हमने दूसरों की सेवा करते हुए अपना प्रेम जताने के लिए ऐसा किया। इस तरह हम समुदायों को दिखाना चाहते हैं कि हम, उनके चर्च, उनकी कद्र करते हैं, उनकी परवाह हैं। हम उन्हें कोई उपदेश नहीं दे रहे हैं, हम तो बस उनकी सेवा कर रहे हैं। हम अपनी सेवा को केवल एक बार का कार्यक्रम नहीं बनाना चाहते। अकसर हमारे जाने के बाद लोगों के अपने गिरजाघरों से बेहतर संबंध बन जाते हैं। हमने देखा है कि कई शहरों के मेयर भी पादरियों से मिलकर कुछ करने की भावना के साथ आगे आते हैं। जब लोगों को सेवा का आनंद आने लगता है तो वे किसी न किसी रूप में इससे जुड़े रहना चाहते हैं।

जे स्मिथ और उनके लोक सेवक नेता की सेना को अकसर सेवा कार्यों के दौरान अलग-अलग तरह की माँगें पूरी करनी होती हैं। हम उन्हें पूछते हैं कि 'हम अपने पाँच सौ स्वयंसेवकों के साथ उनके शहर के लिए क्या कर सकते हैं?' एक शहर बजट के अभाव में अपनी कब्रगाहों में उगी घास की छंटाई नहीं कर सकता था तो यह काम गिरजाघरों ने संभाल लिया और अब यह उनका ही दायित्व हो गया है। इस तरह गिरजाघरों को भी समुदाय की सेवा करने के नए रास्ते मिले हैं।

बेंड शहर के अधिकारियों ने बताया कि 'वे अपने फायर हाइड्रन्ट (अग्नि शामक

नलकों) को पेंट नहीं कर पा रहे जबकि कुछ साल बाद ऐसा करना ज़रूरी होता है ताकि आपातकाल में वे झट से मिल सकें।' इसके बाद पिछले दो सालों के दौरान आई तीन हार्ट इवेंट में स्वयंसेवकों ने छत्तीस सौ फायर हाइड्रन्ट को पेंट किया जिससे शहर को हज़ारों डॉलरों की बचत हुई। इस तरह हर शहर स्वयं तय करता है कि उसे कौन सा काम करवाना है जिससे आपसी उत्साह और मैत्री भाव बना रहता है। कुछ शहरों में जे स्मिथ और उनका दल गैरलाभकारी संस्थाओं जैसे लोकल फूड बैंक, सूप किचन, वूमन शेल्टर, हैड स्टार्ट या हैबीटेट फॉर ह्यूमेनिटी के साझेदार भी रहे हैं।

हम एक प्रेरणा की तरह सामने आए। पहले-पहल कुछ पादरी संकुचाते थे, पर एक बार जब संकोच की सारी दीवारें गिर गईं तो हम मिलकर प्रार्थना करते हैं, काम करते हैं और खाते-पीते हैं, मानो यह एक रिवाज़ बन गया हो। फिर जब अगला शहर सुनता है कि हमने पिछले शहर में क्या किया और इस तरह मिलकर काम करने की भावना को और भी बल मिलता है।

मुझे यह कहने में बहुत प्रसन्नता हो रही है कि जे स्मिथ हाल ही में कैलीफोर्निया आ गए और हम दोनों मिलकर एक कार्यक्रम की श्रृंखला पर एक साथ काम करने जा रहे हैं। अपने प्रेम और विश्वास को साकार रूप देते हुए दूसरों की सेवा करना और एक मिसाल कायम करना।

अगर आप भी एक लोक सेवक नेता के तौर पर नेकी के बीज बोना चाहते हैं तो यह ज़रूरी नहीं कि आप भी जे स्मिथ की तरह बड़े-बड़े कार्यक्रम आयोजित करें। आपकी ओर से दयालुता और मानवता के छोटे-छोटे प्रयास भी किसी के जीवन में बड़ा बदलाव ला सकते हैं। जे स्मिथ ने मुझे ऐसी ही एक घटना के बारे में याद दिलाया।

हम लोग उन दिनों हाई स्कूल के बच्चों के लिए एक कार्यक्रम कर रहे थे और एक स्कूल से झटपट सामान समेटा जा रहा था क्योंकि हमें दूसरी जगह जाने में देर हो रही थी। हमेशा की तरह मेरे पास भीड़ में से आगे आनेवाले लोगों को गले लगाने का समय नहीं था जबकि अकसर मेरे साथ ऐसा नहीं होता। मुझे तो उन्हें गले लगाना बहुत पसंद है।

स्कूल ऑडीटोरियम से बाहर आते हुए मुझे किसी का गंज़ा सिर दिखाई दिया। आम तौर पर किशोरों की भीड़ में ऐसा चेहरा नहीं दिखता। मैंने अपनी पहियाकुर्सी मोड़ी तो देखा एक लड़की बैठी दिखी जो कीमोथैरेपी के कारण अपने बाल गँवा चुकी थी।

मैं बहुत से कैंसर रोगियों से मिला हूँ इसलिए उन्हें एक नज़र में पहचान सकता हूँ।

मैं किसी तरह अपनी कुर्सी को उसके पास ले गया और कहा, 'स्वीटहार्ट, मेरे गले लग जाओ।' उस समय मुझे अपने अगले भाषण में जाने के लिए देरी की परवाह नहीं थी। उसने मेरे गले में बाँहें डाल दीं। जल्द ही वह रोने लगी, मैं रोने लगा और हमारे आसपास खड़ा स्टाफ और टीचर व छात्र भी रो दिए।

हम क्यों रोए? मैं नहीं बता सकता कि उसके या दूसरों के मन में क्या चल रहा था, पर मेरे लिए यह एक आभार की बात थी कि मुझे अपने जीवन में दूसरों की सेवा करने का उपहार मिला है। मैं इसे शब्दों में नहीं बता सकता लेकिन बेली नाम की एक लड़की ने मुझे एक ई-मेल भेजा है, वह लोक सेवक नेता के जीवन को बदलनेवाले अनुभव को मुझसे कहीं बेहतर ढंग से बता रही है :

बारह साल पहले मेरी माँ मुझे वयस्कों के ऐसे कैंप में ले गईं, जहाँ विकलांगों को रखा गया था। उस ईसाई शिविर में हर स्वयंसेवक को पूरे एक सप्ताह तक किसी विकलांग के साथ रहना था। बारह साल की उम्र में मेरे लिए यह बहुत ही बुरा अनुभव था कि मुझे किसी अपाहिज के साथ एक सप्ताह बिताने को कहा जा रहा था।

माँ ने न तो कोई विकल्प छोड़ा और न ही वे मुझे इस भयंकर हालात से निकालने के लिए कुछ करना चाहती थीं। मैं सारे परिचय सत्र के दौरान घबराई हुई बैठी रही। पेट में खलबली मची हुई थी। उसी शाम हमें फॉर्म दिए गए और उसमें विकलांगवाले खाने में बड़े-बड़े डरावने अक्षरों में लिखा था : डाउन सिंड्रोम

उस फॉर्म को पलटते हुए मेरा हाथ काँप गया। हमें अगले दिन अपने शिविर के साथी से भेंट करनी थी। मैं सारी रात करवटें बदलते हुए भगवान से पूछती रही कि उसने मुझे ऐसी डरावनी और असहज करनेवाले परिस्थिति में क्यों डाला।

नाश्ते के बाद हमारे शिविर के साथी आने लगे। उस समय मैं इतना डर गई कि इसकी मैंने कभी कल्पना तक नहीं की थी। मैं कारों से निकल रहे विकलांगों को पहचान रही थी, पर यह पहचान उनके नामों से नहीं बल्कि उनकी विकलांगता से जुड़ी थी – डाउन सिंड्रोम, ऑटिज़्म, सेरीब्रल पल्सी। जब वे लोग आने लगे तो मुझे यही सब दिखाई दे रहा था।

आखिर में मेरा नाम पुकारा गया और वैन से एक छोटी सी लड़की चुपचाप

आकर सामने खड़ी हो गई। जब मेरी भेंट, मेरी साथी शाना से करवाई गई तो मैं खिसियाते हुए आगे बढ़ी। मुझे 'हैलो' कहने के सिवा कुछ नहीं सूझ रहा था पर मेरे कुछ कहने से पूर्व ही, शाना ने अपनी बाजुएँ मेरी ओर फैलाईं और मुझे कसकर अपनी बाँहों में भर लिया।

'मैं इस शिविर में तुम्हारी पक्की दोस्त बनना चाहती हूँ', उसने कहा और मेरा हाथ पकड़कर मुझे शिविर की पहली गतिविधि की ओर लेकर चल दी।

कुछ ही देर पहले हुई मुलाकात के बावजूद मुझसे कोई इस तरह बेशर्त प्यार कैसे कर सकता था? उसे न तो मेरे स्कूल के ग्रेड्स पता थे न मेरे दोस्तों के बारे में कुछ पता था और न ही यह पता था कि मैं स्कूल में कितनी लोकप्रिय थी। उन्हें मेरे बारे में पहले से कोई जानकारी नहीं थी। लेकिन उसी दिन शाम होते-होते असुरक्षा और भय की हर दीवार टूट गई। ऐसा करनेवाली एक ऐसी वयस्क लड़की थी, जो विकास संबंधी समस्याओं से जूझ रही थी। बस फिर क्या था! मैंने शाना को अपनी दोस्त बनने का अवसर दे दिया।

उस शिविर में मेरे पहले सप्ताह को बारह वर्ष बीत गए हैं। उस एक सप्ताह के बाद, मेरी माँ को मुझे कभी किसी शिविर में ले जाने के लिए मजबूर नहीं करना पड़ा। मैंने बारह सालों के दौरान अपनी इच्छा से तीस से अधिक कैंपों में हिस्सा लिया, मैं न केवल स्वयंसेवक बनकर लौटी बल्कि बाद में उनकी इंटर्न भी बनी।

पिछले दो सालों से मैं उनके स्टाफ के साथ सहायक कैंप निर्देशक के रूप में काम कर रही हूँ और जब मैं पहली बार शिविर में आए स्वयंसेवकों को देखती हूँ तो बहुत प्रसन्नता होती है। वे काँपते हुए घुटनों और व्याकुल हृदय के साथ आते हैं और फिर वहाँ के लोगों के साथ कुछ समय बिताकर सारी खाइयों को बाँटने में सफल होते हैं, जिन्हें हमारे समाज ने उपेक्षित कर रखा है।

ऐसे हर शिविर के दौरान प्रभु ने मुझ पर असीम कृपा की। उसने मेरे मन में उन लोगों के लिए प्रेम और सेवा भाव पैदा किया, जिनकी हमारे शिविरों में सेवा की जाती है। मुझे पूरा विश्वास है कि ऐसे लोगों के साथ समय बिताने का अवसर मिले तो चूकना नहीं चाहिए क्योंकि यह मुलाकात हमेशा के लिए आपके जीवन की दिशा बदल सकती है। मैंने अपने कैंप में रहनेवालों से

प्रार्थना करना और खुले दिल से प्रभु से बात करना सीखा। उन्होंने मुझे यह भी सिखाया कि बेशर्त प्रेम देते हुए अपने विश्वास को दूसरों के साथ कैसे बाँटा जा सकता है।

जॉन के नौवें अध्याय में जीज़स पूछते हैं, 'इस आदमी या इसके माता-पिता में से किसने पाप किया, जिसकी वजह से यह नेत्रहीन जन्मा? यह इसलिए हुआ ताकि प्रभु अपने कार्य को इसके माध्यम से पूरा कर सकें।'

मैं बहुत आभारी हूँ कि हमारे परम पिता ने समाज में ऐसे लोगों को जन्म लेने का अवसर दिया, जिन्हें हम विकलांग कहते हैं। इन लोगों में सारे संसार पर सकारात्मक प्रभाव डालने की क्षमता पाई जाती है और वे दूसरों को भी जीज़स की ओर ला सकते हैं। मेरे लिए वे विकलांग या अपाहिज नहीं हैं। वास्तव में विकलांग या अपाहिज तो वे लोग होते हैं, जो दूसरों को नीची निगाहों से देखते हैं, जो ईश्वर की बनी योजना पर संदेह करते हैं, प्रभु के बारे में बात करने से डरते हैं और आसपास के लोगों के प्रति संवेदनशीलता जताने से घबराते हैं। अकसर हमारा समाज और चर्च इस आबादी को उपेक्षित कर देते हैं, यही वे लोग हैं जो मुझे हाथ थामकर प्रभु के वचनों की ओर ले गए और मेरे जीवन को असंख्य बार अकल्पनीय रूप से परिवर्तित किया है।

शिविर में बीते समय तथा विकास संबंधी समस्याओं से जूझ रहे वयस्कों के साथ बिताए गए समय के आधार पर मैं ग्रेजुएट स्कूल में शामिल हो जाऊँगी और काउंसलिंग डिग्री हासिल करूँगी। मैं ऐसे माता-पिता को उनके बच्चों के करियर संबंधी लक्ष्य के लिए परामर्श देना चाहती हूँ, जिनके बच्चे इस तरह की विकास संबंधी समस्याओं से जूझ रहे हैं। चाहे माता-पिता अभी अजन्मे बच्चे के असामान्य होने की परेशानी से जूझ रहे हों या उन्हें बाद में ऐसा लगने लगे कि उनके बच्चे में ऑटिज़्म या किसी दूसरी बीमारी के लक्षण दिखाई दे रहे हैं।

यह मेरा जुनून और सपना रहा है कि समाज को इतना सशक्त बनाया जाए कि वे लोग इन्हें स्वीकार करें और विकास संबंधी समस्याओं से जूझ रहे विकलांग प्रभु के प्रेम और सेवा को अपनाएँ।

आपको नहीं लगता कि बेली ने लोक सेवक नेता होने के आनंद को अपने ई-मेल के माध्यम से बहुत ही सुंदर तरीके से बताया है। दरअसल जब आप दूसरों की सेवा करते हैं तो आपके अपने दिल को भी चैन मिलता है। मेरे लिए यह जीवन का

सबसे बड़ा आनंद है, जब मैं दूसरों को और अपने सामनेवालों को प्रेरित या प्रोत्साहित करते देखता हूँ तो इस तरह प्रेरणा की एक कड़ी सी जुड़ती चली जाती है। पहले-पहल तो बेली भी घबरा गई थी पर बाद में उसने शिविर में काम करते हुए अद्भुत सबक सीखे। मुझे लगता है कि जब छोटे बच्चों को इस तरह के अनुभव होते हैं तो उन्हें भी एक लोक सेवक नेता होने का उदाहरण मिलता है जैसे किसी शिविर में विकलांगों के साथ काम करना, मरीज़ों की देखरेख करना या किसी अन्य तरीके से मदद करना।

मैं आपको प्रोत्साहित करता हूँ कि आप भी दूसरों की सेवा करते हुए बीज बोएँ। हो सकता है कि आपको भी बेली की तरह अपने ही जीवन को रूपांतरित करने का अवसर मिल जाए।

10

संतुलन के साथ जीना

मैंने पहली भेंट के दौरान रेवरेंड बिली ग्राहम के चेहरे पर मुस्कान लाने का प्रयत्न किया लेकिन बावनवें वर्ष की आयु के ये प्रसिद्ध ईसाई मत प्रचारक कुछ गंभीर बातें करना चाहते थे। वे मेरे हृदय और अंतरात्मा से बातचीत करना चाहते थे।

कानाए और मुझे उनकी ईसाई मत प्रचारिका बेटी एनी ग्राहम लोट्ज़ की ओर से निमंत्रण मिला था कि हम रेवरेंड ग्राहम से उनके नॉर्थ कैरोलीना माउंटेनवाले घर में भेंट कर सकते थे। हम एनी से 2011 में स्विटरज़रलैंड में हुए एक सम्मेलन में मिले थे। हम उनका निमंत्रण पाकर प्रभावित हो उठे और एक माह बाद ही वहाँ जाने का कार्यक्रम बना लिया। उनके घर की ओर जानेवाले रास्ते की सुंदरता तो वाकई मंत्रमुग्ध कर देनेवाली थी। जब हम ब्ल्यू रिज माउंटेन की चढ़ाई चढ़कर जाने लगे तो नीला आकाश जैसे और भी जीवंत होता चला गया और सड़क के हर मोड़ के साथ नए रूप में सामने आने लगा। ऐसा लग रहा था, मानो हम स्वर्ग के और करीब होते जा रहे हैं।

हो सकता है कि चढ़ाई और हलकी वायु का प्रभाव रहा हो पर मैं भी थोड़ा व्याकुल सा हो उठा, जबकि आम तौर पर मेरे साथ ऐसा नहीं होता है। रेवरेंड ग्राहम मेरे लिए आदर्श ईसाई मत प्रचारक रहे हैं, उनसे भेंट करने का विचार ही मेरे शरीर पर रोंगटे खड़े कर देने के लिए काफी था। उनकी उपलब्धियाँ मेरे जीवन की प्रेरणा स्रोत रही हैं। उन्होंने एक सौ सत्तासी से अधिक देशों की यात्रा करते हुए विश्वभर के नेताओं को आध्यात्मिक मार्गदर्शन दिया, टी.वी. पर करोड़ों लोगों को अपने विचारों

से अवगत करवाया और तीन मिलियन से अधिक लोगों ने उनके सामने स्वीकार किया कि जीज़स क्राइस्ट ही उनके असली मुक्तिदाता हैं। पिछले पाँच वर्षों के दौरान 'बिली ग्राहम इवेंजलिस्टिक एसोसिएशन' ने एक विश्वव्यापी टी.वी. कार्यक्रम आयोजित किया, जिसके माध्यम से सात मिलियन लोगों ने भी जीज़स को अपने जीवन में शामिल किया।

अमरिका के पादरी कहे जानेवाले रेवरेंड ने अपने अंतिम संबोधन में दो लाख तीस हज़ार से अधिक लोगों को संबोधित किया। यह उनके 418 मिशनों में से अंतिम था, जिसे 2005 में न्यूयॉर्क शहर में तीन दिन के लिए आयोजित किया गया। रेवरेंड ग्राहम अपने जीवनकाल में अनेक माध्यमों से संसार तक अपनी पहुँच बनाने में सफल रहे। मैं उनके उस प्रयास की बहुत सराहना करता हूँ, जिसमें उन्होंने सभी छोटे-बड़े गिरजाघरों को एक होकर प्रभु और उसकी संतानों की सेवा करने की प्रेरणा दी।

हाल ही में उन्होंने स्वास्थ्य संबंधी समस्याओं के चलते सार्वजनिक रूप से लोगों के बीच जाना बंद कर दिया है। लेकिन रेवरेंड ग्राहम अब भी अंतर्राष्ट्रीय हस्ती के तौर पर ही जाने जाते हैं। किसी ने हमें याद दिलाया कि हमारे जाने से कुछ समय पहले ही अमरिका के राष्ट्रपति ओबामा भी उसी सड़क मार्ग से होते हुए पहाड़ पर आए थे ताकि रेवरेंड ग्राहम से भेंट कर सकें। यह सुनकर भी मेरा मन शांत नहीं हुआ।

जब रेवरेंड ग्राहम ने अपने घर में हमारा स्वागत किया तो मैंने माहौल बनाने के लिहाज़ से एक छोटा सा चुटकुला सुनाया। उस पर वे मुस्कराए तक नहीं। दरअसल, उन्होंने मेरे घबराहट में किए जा रहे इस बचकानेपन को पूरी तरह से अनदेखा कर दिया।

रेवरेंड ग्राहम ने कहा, 'जब एनी ने मुझे आप दोनों के आने के बारे में बताया तो मैं बहुत उत्साहित था क्योंकि मैंने तुम्हारी मिनिस्ट्री के बारे में बहुत कुछ सुना है। प्रभु ने आज मुझे सुबह तीन बजे उठा दिया ताकि मैं हमारी इस मुलाकात के लिए प्रार्थना कर सकूँ।'

उस दिन एनी हमारे साथ थी और वह हमें पहले ही चेता चुकी थी कि उसके पिता निमोनिया और अन्य कई रोगों से पीड़ित थे। उसने कहा कि 'पिताजी बहुत जल्दी थक जाते हैं।' हालाँकि वे दिखने में दुबले लग रहे थे, पर जब उन्होंने हमसे बात की तो हम उनके सुर में उसी ताकत को महसूस कर सकते थे जो इससे पहले के वर्षों से उनकी आवाज़ में सुनते आए थे।

रेवरेंड ग्राहम ने मुझे बताया कि 'मैं तुम्हें अपने ईसाई मत प्रचारक मिशन के उत्तराधिकारी और अपनी अगली पीढ़ी के तौर पर देखता हूँ। हम बहुत ही उत्साहपूर्ण समय में जी रहे हैं और भले ही ईसाई मत प्रचारकों को कितने भी कष्टों या संकटों से क्यों न गुज़रना पड़े, हमारा काम यही है कि लोगों तक जीज़स क्राइस्ट का संदेश पहुँचाते रहें।'

मैंने उन्हें दुनियाभर में किए गए दौरों के बारे में बताया और खास तौर पर यह भी बताया कि हमने मुस्लिम देशों के भी दौरे किए हैं। इस पर उन्होंने मुझे सावधान करते हुए कहा कि 'कभी भी किसी दूसरे धर्म के खिलाफ मत बोलना और न ही दूसरे धर्म के अनुयायियों को यह कहना है कि वे गलत हैं। हमें हमेशा सबके साथ प्रेम और सम्मान से पेश आते हुए अपने संदेश का प्रचार करना चाहिए।'

आगे उन्होंने मुझसे कहा, 'तुम्हारा उद्देश्य यही होना चाहिए कि तुम जीज़स के संदेश और उनके सच को ही लोगों तक पहुँचाओ। किसी भी अन्य विशेष समूह या लोगों को अपने निशाने पर न लाओ। सच में इतनी ताकत होती है कि वह स्वतः ही लोगों के हृदय को मुक्त कर देता है।'

रेवरेंड ग्राहम ने मुझे और कानाए को हमारे विवाह की योजनाओं के लिए शुभकामनाएँ दीं और कहा कि हमें जल्द ही विवाह कर लेना चाहिए। इसके बाद उन्होंने हमारी मिनिस्ट्री और हमारे लिए प्रार्थना की। हमारे लिए यह एक अद्भुत भेंट थी। उनसे बात करते हुए ऐसा लग रहा था मानो किसी ओल्ड टेस्टामेंट की हस्ती से बात हो रही हो, मानो अब्राहम या मूसा मेरे साथ हों क्योंकि वे एक लंबे अरसे से हमारे आध्यात्मिक जीवनों में एक प्रमुख उपस्थिति बने हुए हैं।

रेवरेंड ग्राहम की मानवता ने हमें बहुत गहराई तक छू लिया था। वे बड़ी सादगी से चॉकलेट चिप्स और कुकीज़ खाते हुए अपने जीवन के बारे में बताने लगे। उन्होंने कहा कि 'मैं अपनी पत्नी रुथ को बहुत याद करता हूँ जो 2007 में मुझसे दूर हो गई। मेरे जीवन में यही सबसे बड़ा पछतावा रह गया कि मैं हमारे ग्रंथ बाइबल को पूरी तरह से कंठस्थ नहीं कर सका।' अपने विश्वास के साक्षी के तौर पर उन्होंने आगे कहा कि 'मुझे जीज़स के चरणों में और अधिक समय बिताना था ताकि मैं उन्हें बता सकूँ कि मैं उन्हें कितना चाहता हूँ!'

मुझे पूरा विश्वास है कि हमारे ग्रंथ की जो बातें वे भूल गए हैं, उन्हें तो हम अपने पूरे जीवन में भी याद नहीं कर सकते और इसके अलावा वे प्रभु के प्रति प्रेम को

कई माध्यमों से प्रकट कर चुके हैं। इस जाने-माने संदेश प्रचारक की इच्छा रही है कि 'काश! मुझे अपने परिवार के साथ अधिक समय बिताने का अवसर मिला होता या प्रभु के प्रति प्रेम और विश्वास को प्रकट करने के और अधिक अवसर मिले होते।'

अपने रोल मॉडल से हुई इस भेंट ने मुझे प्रेरित किया कि मैं भी अपने काम करने के तरीकों में बदलाव लाऊँ क्योंकि अब मैं भी अकेला नहीं रहा। मेरे लिए कानाए से एक या दो दिन दूर रहना भी कठिन होता जा रहा है। हम दोनों चाहते हैं कि हमारे घर में कम से कम चार संताने हो और मेरी इच्छा है कि उनके पालन-पोषण के दौरान मैं कानाए को भरपूर सहयोग दे सकूँ।

मैं अपने परिवार के साथ भी भरपूर समय बिताना चाहता हूँ। मुझे अपनी यात्राओं की संख्या घटानी होगी। मैं सोशल मीडिया, सोशल नेटवर्क, गिरजाघरों के समूह, विशाल स्थानों तथा प्रसंगों के माध्यम से अपने संदेश को लोगों तक पहुँचाने की कोशिश करूँगा। हमने हर उम्र के लोगों के लिए एक रेडियो प्रोग्राम भी तैयार किया है और मुझे पूरी उम्मीद है कि एक दिन उसका प्रसारण इंटरनेट पर भी होगा।

जीवन के लिए एक संतुलित योजना

जब मैं रेवरेंड ग्राहम को उनके जीवन के बारे में बताते हुए सुन रहा था तो मैंने सोचा कि उनकी आयु का होने पर जब मैं पीछे मुड़कर देखूँगा तो मुझे अपने जीवन में क्या दिखाई देना चाहिए? मुझे एहसास हुआ कि मुझे भी खुद को ऐसी स्थिति में लाकर देखना चाहिए। हम लोग अकसर आजीविका कमाने के लिए रोज़मर्रा के जीवन से जुड़ी चुनौतियों को पूरा करने, बाधाओं को पार करने, हालात का सामना करने और बुनियादी तौर पर जीवन जीने में इतना उलझ जाते हैं कि संबंधों को उपेक्षित कर देते हैं। यही वजह है कि हम अपने आध्यात्मिक विकास, संसार की गहरी समझ और अपनी दीर्घकालीन सेहत के लक्ष्य को भी अनदेखा कर बैठते हैं।

मुझे और आपको इस अपेक्षा के साथ नहीं जीना चाहिए कि जब हम किसी वस्तु या लक्ष्य को पा लेंगे, तभी हमें जीवन में प्रसन्नता मिलेगी। प्रसन्नता तो आपके जीवन के हर क्षण में बसी होनी चाहिए और इसे पाने का एक ही उपाय है कि आपको अपने जीवन के शारीरिक, मानसिक, आध्यात्मिक और भावनात्मक पक्षों में संतुलन लाना होगा।

अगर आप इस संतुलन को पाना चाहते हैं तो अपने जीवन के अंत की ओर

देखते हुए जीएँ ताकि आपको वहाँ पहुँचने पर किसी तरह का कोई पछतावा न हो। आपको पता होना चाहिए कि उस आयु तक आने के बाद आपकी छवि कैसी होगी, आप कैसा दिखना या महसूस करना चाहेंगे, कैसी उपलब्धियाँ हासिल करना चाहेंगे ताकि आपके जीवन की यात्रा का हर कदम ऐसा हो जो आपको अपने लक्ष्य के और अधिक निकट ले जा सके।

मेरा मानना है कि अगर आप अपनी कल्पना में अपना मनचाहा जीवन रच सकते हैं तो आप इसे मिनट दर मिनट, घंटा दर घंटा, दिन-ब-दिन, वास्तव में भी उतार सकते हैं। किसी व्यवसाय या घर की योजना पर विचार करने से पहले अपने जीवन की योजना पर विचार करें। कुछ लोग इस बारे में सलाह देते हैं कि 'आपको अपने अंतिम संस्कार के बारे में सोचना चाहिए और इस बात पर विचार करना चाहिए कि उस समय आपका परिवार, आपके मित्र और परिचित आपके चरित्र, उपलब्धियों आदि के बारे में क्या कहेंगे या इस बारे में क्या कहेंगे कि आप उनके जीवन पर कैसा प्रभाव डालने में सफल रहे।' हो सकता है कि ऐसा सोचना आपके लिए कारगर हो, पर मुझे अपने प्रियजन को पीछे छोड़कर जाने का विचार अच्छा नहीं लगता। भले ही मुझे प्रभु के पास स्वर्ग में जाने का अवसर ही क्यों न मिल रहा हो।

मैं तो खुद को एक दिन रेवरेंड ग्राहम की स्थिति में रखना चाहूँगा। अपना पूरा जीवन प्रभु को अर्पित करने के बाद भी उस महान व्यक्ति के मन में कुछ पश्चाताप है। हो सकता है कि मैं भी इससे बच न सकूँ। केवल कुछ लोग ही पूरी तरह से संतुलित जीवन पा सकते हैं, पर मुझे लगता है कि अपनी ओर से कोशिश करने में क्या हर्ज़ है। मैं आशा करता हूँ कि आप भी ऐसा ही करना चाहेंगे।

मैं नहीं चाहता कि मेरे जीवन में कोई पछतावा रहे। शायद यह संभव न हो पर मैं अपनी ओर से बेहतर प्रयास करने जा रहा हूँ। मैंने अपने जीवन को एक पैमाने की सुई पर साध दिया है। अगर आपको सही लगे तो आप अपने मामले में भी ऐसा ही कर सकते हैं। हमें थोड़ा रुककर यह देखना चाहिए कि हम कहाँ थे... कहाँ हैं... कहाँ जाना चाहते हैं... और ऐसा व्यक्ति कैसे बन सकते हैं, जिसे संसार में एक सकारात्मक बदलाव लाने के लिए जाना जाए...।

टाँगें न होने के बाद भी मैंने अपनी उम्र का लंबा हिस्सा दौड़ते हुए बिताया है। वैश्विक मिनिस्ट्री और व्यवसाय से जुड़े एक युवक से शायद आप यही अपेक्षा भी करते होंगे। मैंने संसार का भार अपने कंधों पर लिया है। अपनी गैर लाभकारी संस्था और

व्यवसाय के चलते मैं भारी उत्तरदायित्वों से घिरा हूँ। रेवरेंड ग्राहम ने मुझे सलाह दी है कि 'मैं अपने बोझ को दूसरों के साथ थोड़ा बाँटू ताकि अपने परिवार और परिचितों के बीच एक संतुलित जीवन जी सकूँ।' मेरा मानना है कि प्रभु अपने निष्ठावान सेवक ग्राहम के माध्यम से मुझे संदेश दे रहे थे क्योंकि मैंने वह संदेश स्विट्रज़रलैंड सम्मेलन में भी सुना था जहाँ मेरी भेंट उनकी बेटी से हुई।

विश्वव्यापी दृष्टिकोण

एनी ग्राहम लोट्ज़ और मैंने 2011 में डावोस में हुए विश्व आर्थिक मंच (World Economic Forum WEF) में हिस्सा लिया। मैं मंच के अंतिम कार्यक्रम के दल में था, इस सत्र का शीर्षक था, 'इंस्पायर्ड फॉर लाइफटाइम'। मेरे साथ के दल के सदस्य इतने प्रेरक थे कि इसे शब्दों में नहीं बताया जा सकता। इनमें जर्मन अर्थशास्त्री क्लॉस शॉब शामिल थे जो विश्व आर्थिक मंच के संस्थापक व सभापति हैं। उनके साथ ही फ्रांस के आर्थिक मामलों, वित्त तथा उद्योग के तत्कालीन मंत्री, क्रिस्टीन लागार्ड शामिल थे और कुछ समय बाद ही वे इंटरनेशनल मॉनेटरी फंड से भी जुड़ गईं। विश्वव्यापी दृष्टिकोण से बदलाव लानेवाले दो संगठनों से जुड़े व्यक्ति भी उस दल का हिस्सा थे। न्यूजीलैंड के डेनियल जोशुआ क्यूलम तथा ब्राज़ील के रॉक्वेल हेलेन सिल्वा युवा समाजसेवियों, अन्वेषकों व उद्यमियों के वैश्विक समुदाय से थे।

जैसा कि दूसरों ने भी देखा होगा, अकसर विश्व आर्थिक मंच के बारे में लोगों की सोच बहुत रूखी होती है। उन्हें लगता है कि इसमें बहुत सारे बुज़ुर्ग एक जैसे वस्त्रों में एक जैसी सोच के साथ गले मिलते दिखाई देते है, जबकि हकीकत में, यह दो हज़ार से अधिक विविध प्रकार के स्त्री-पुरुषों का सम्मेलन था, जिसमें अधिकतर अपने-अपने क्षेत्र के नेता थे और उनके विषय भी अपने आपमें बहुत रोचक व प्रेरक थे। हमारा सत्र बहुत बढ़िया रहा। चर्चा के दौरान दल में बैठे लोगों और दर्शकों की आँखों में कई बार आँसू आए।

उस दिन मझे क्रिस्टीन ने मुझे दो बार गले लगाया और कहा कि 'मैंने उसके काम को प्रेरित किया है।' मुझे पूरा विश्वास है कि फाइनैंशियल प्लानिंग और अकाउंटिंग के मेरे पूर्व प्रोफेसर को यह देखकर गर्व होगा कि उनके छात्र के साथ, इंटरनेशनल मॉनेटरी फंड की होनेवाली प्रमुख कैसे पेश आईं। आप यू ट्यूब वेबसाइट पर मेरा नाम और वर्ल्ड इकनॉमिक फोरम लिखकर हमारा वीडियो देख सकते हैं। 2011 के विश्व आर्थिक मंच में, हमारा वीडियो सबसे ज़्यादा बार देखा गया है।

स्विटज़रलैंड में हमारी बातचीत का विषय यह था कि 'इस दुनिया को एक बेहतर जगह कैसे बनाया जा सकता है।' इसके साथ ही हमने आध्यात्मिक मामलों पर भी चर्चा की। एनी ग्राहम ने याद करते हुए बताया कि 'इस बार विश्व आर्थिक मंच में एक आध्यात्मिक सा प्रभाव था जो आम तौर पर नहीं होता है।' प्रोफेसर ने भी एक कार्यक्रम के दौरान कहा कि 'संसार जिन समस्याओं का व्यावहारिक और आर्थिक तौर पर सामना कर रहा है, उनका हल आस्था के समुदाय से ही मिल सकता है।' जिसमें उन्होंने ईसाइयों, मुसलमानों, हिंदुओं तथा बौद्धों को शामिल किया।

एनी ग्राहम ने बाद में अपनी वेबसाइट www.annegrahamlotz.com पर लिखा कि 'मैंने विश्व आर्थिक मंच में देखा कि जीज़स पूरा न्याय करते हुए, विश्व के आर्थिक और व्यावसायिक मामलों से जुड़े नेताओं को हिला देने में सफल रहे ताकि वे लोग उस लोभ और स्वार्थी हितों को जान सकें, जिन्होंने दशकों से नीतियों को अपने वश में किया हुआ है। नतीजतन, बहुत से नेता अब आपसी मूल्यों पर भरोसा करने लगे हैं और सत्ता तथा पारंपरिक रूढ़ियों से परे जाकर अपने लिए उत्तरों की तलाश कर रहे हैं। क्या ईश्वर संसार को ऐसी समस्याएँ देगा, जिनका कोई मानवीय हल न हो? अगर विश्व के नेता ईश्वर की ओर मुड़ेंगे तो वह उन्हें विवेक, अंतर्दृष्टि तथा हल प्रदान करेगा जिनके बारे में उन्होंने कभी सोचा भी नहीं होगा और जो उनके बौद्धिक ज्ञान से भी कहीं परे होंगे।'

एनी की तरह मैं भी वैश्विक नेताओं की उस मंडली में विश्वास और आस्था पर होनेवाली चर्चा से प्रभावित हो उठा। बेशक, मुझसे यह बात भी छिपी न रही कि जब मुझे इकॉनॉमिक फोरम में एक मेहमान वक्ता के तौर पर बुलाया गया तो उससे कुछ समय पूर्व ही मैं अपने जीवन में वित्तीय संकट से उबरा था। प्रभु का हास्यबोध भी निराला है, है न?

जैसा कि मैंने पहले भी कहा, 'मेरा भी यही मानना है कि प्रभु विश्व आर्थिक मंच के माध्यम से यही संदेश देना चाहते थे कि हमें एक संतुलित जीवन जीने का प्रयास करना चाहिए।' रेवरेंड ग्राहम से भी मुझे यही संदेश मिला था। डावोसवाला संदेश तो स्वयं विश्व आर्थिक मंच के संस्थापक की ओर से आया था। हमारे दल के नेता प्रोफेसर श्वाब ने एक निजी बैलेंस शीट तैयार करने के बारे में बात की, जो व्यावसायिक बैलेंस शीट से अलग होगी और यह बताएगी कि आपने जीवन के अंत में क्या पाया और क्या खोया। बैलेंस शीट की जानकारी रखनेवाली क्रिस्टीन ने कहा कि

'भले ही हमारा जीवन पूरी तरह से संपूर्ण न हो पर हम दूसरों के जीवन में तो अपना योगदान दे ही सकते हैं, भले ही यह एक मुस्कान या दयालुता से भरे शब्द के रूप में ही क्यों न हो।'

संपूर्ण जुड़ाव

जब समझदार लोग जीवन को संतुलित भाव से जीने की बात करते हैं तो हमें भी प्रोत्साहित होना चाहिए। हम भी जीवन के सभी पहलुओं, जैसे मन, शरीर, बुद्धि और हृदय को भरपूर बना सकें ताकि अपनी शारीरिक और मानसिक शक्तियों को बढ़ाते हुए अपना भावात्मक कल्याण करते हुए विश्वास की ताकत को बरकरार रख सकें।

हमारे जीवन के दबावों को ध्यान में रखते हुए इन चार क्षेत्रों में संतुलन बनाए रखने को एक वास्तविक लक्ष्य नहीं कहा जा सकता। जो भी हो, हमारे मस्तिष्क की सहन शक्ति की एक सीमा है जिसके बाद हमारा शरीर थक जाता है, संबंध टूटने लगते हैं। अपने विश्वास एवं आस्था के आधार पर जीवन के लिए निरंतर सजगता और समझौते की आवश्यकता होती है। हर तत्त्व को अच्छी तरह जानते हुए संतुलन बनाए रखना अपने आपमें एक सार्थक लक्ष्य हो सकता है। मेरी आशा तो यही है कि अपने जीवन के अंत में मुझे इस बात का संतोष हो कि मैंने अपने सारे अधूरेपन के बावजूद, वह सब किया जो मैं कर सकता था।

अब मेरे जीवन में कानाए आ गई है और हम जल्दी ही अपना परिवार शुरू करनेवाले हैं और अब मैं उन लोगों के लिए अपने जीवन की देखरेख करना चाहता हूँ, जो मुझसे प्रेम करते हैं। अब मैं स्वार्थी भाव से कड़े परिश्रम के साथ अपने शरीर को अधिक नहीं थका सकता। मैं अपने खान-पान और व्यायाम में कमी नहीं रख सकता। मुझे अपने भावों को वश में रखना है ताकि मैं अपनी पत्नी की माँगों और ज़रूरतों को पूरा कर सकूँ और समय पड़ने पर उसे हर संभव योगदान और सहयोग दे सकूँ। मानसिक तौर पर मैं अपने ज्ञान का दायरा बढ़ाना चाहता हूँ ताकि उसके साथ कदम से कदम मिला सकूँ और अपने बच्चों के लिए विवेक का स्रोत बन सकूँ। आध्यात्मिक तौर पर हम दोनों के लिए यह क्षेत्र बहुत मायने रखता है क्योंकि हम ईसाई धर्मोपदेशक के हिसाब से काम करना चाहते हैं, जिससे लोगों को हमारे प्रभु और मुक्तिदाता जीज़स की ओर आने की प्रेरणा और राह मिल सके।

हम सभी को तय करना होता है कि हमारे लिए सबसे अधिक कारगर क्या हो सकता है और यही हमें अपने भीतरी और बाहरी जीवन में नियंत्रण और संतोष प्रदान

करता है। अगर आप स्वयं को नियंत्रण से बाहर, उलझा हुआ, निरुत्साहित या स्नेह रहित महसूस करते हैं तो हो सकता है कि आपको खुद पर काम करना पड़े। अपने जीवन के हर क्षेत्र पर ध्यान दें और देखें कि आप सब पर पूरा ध्यान दे पा रहे हैं या नहीं। इसके बाद उसे संबोधित करने के लिए अच्छी योजना तैयार करें जिसे आप अभी तक अपने शारीरिक, भावनात्मक, मानसिक तथा आध्यात्मिक क्षेत्र में अनदेखा करते आ रहे हों।

जब भी आप ऐसा संतुलन साधें तो इन बातों को ध्यान में रखें :

1. आप अपने आपमें अद्‌भुत हैं इसलिए आपको तय करना होगा कि आपके लिए संतुलन शब्द के मायने क्या हैं। यह आपकी परिस्थिति, संबंधों और ज़रूरतों पर निर्भर करता है। एक अकेले रहनेवाले इंसान का मापदंड, किसी विवाहित या माता-पिता के साथ रहनेवाले इंसान से निश्चित रूप से अलग ही होगा। जब आपके हालात और अवस्था में बदलाव आता है तो आपके संतुलन में भी बदलाव आएगा। यहाँ अहम बात यही है कि आप अपने जीवन के सभी क्षेत्रों में तालमेल बनाए रखने की माँग को अनदेखा न करें और आवश्यकता पड़ने पर हर तरह का समझौता करने के लिए तैयार रहें।

2. संतुलन साधने का अर्थ, हर चीज़ को अपने बस में रखना नहीं होता। जिस तरह आप सड़क पर चलनेवाली हर कार और उसके चालक को अपने नियंत्रण में नहीं रख सकते, उसी तरह आप अपने जीवन के हर पहलू को भी अपने वश में नहीं रख सकते। आप केवल इतना ही कर सकते हैं कि हर संभावना के प्रति सजग रहें और स्वयं को अपनी प्रतिक्रिया के लिए लचीला और विचारशील बनाए रखें।

3. केवल आप ही यह सब नहीं सहते। अमरिकी और ऑस्ट्रेलियाई खास तौर पर एकांतवासी नायक (सॉलीटेरी हीरो) या अकेला घुमनेवाला समूह (लोन रेंजर कांप्लैक्स) से पीड़ित होते हैं। मेरे माता-पिता इसे पढ़कर आनंदित होंगे क्योंकि उनका बेटा निक भी अपनी भावनाओं को किसी के भी सामने उजागर नहीं करता था और न ही अपनी किशोरवस्था में किसी की सलाह सुनता था। अकसर, मैं कामों को अपनी तरह से करता था जिसके चलते मैंने जीवन के कई सबक बहुत ही कठोर ढंग से सीखे। हो सकता है कि आपने भी यही भूलें की हों पर कम से कम इस संभावना के लिए तो ग्रहणशील रहें कि जो आपकी परवाह करते हैं, हो सकता है कि उनके पास आपके लिए कोई बेहतर सलाह हो। हो सकता है कि

वे आपको अपने बस में करने के बजाय आपकी मदद करने की कोशिश कर रहे हों। उनकी बात सुनने का मतलब यह नहीं है कि आप उन पर निर्भर हो गए हैं या कमज़ोर पड़ गए हैं। यह अपने आपमें ताकत और परिपक्वता की निशानी है।

4. ईश्वर की ओर से मिले उपहारों व जुनून को अनदेखा न करें। मेरे अनुसार सबसे अधिक संतुलित, स्थिर, प्रसन्न तथा संतुष्ट लोग वे हैं, जो अपने जीवन को निरंतर अपनी प्रतिभाओं व रुचियों के विकास के बीच रचते हैं। उन्हें सही मायनों में प्रकट करते हैं। वे उनसे पूरी तरह जुड़ाव रखते हैं। अगर आप अपने मनपसंद काम से आजीविका कमाते हैं तो आपके जीवन में काम और सेवानिवृत्ति के अर्थ ही अलग होंगे।

5. जब आपको कुछ मनचाहा न मिले तो अपनी ओर उसे पाने के लिए कोशिश करें। अगर कोई आपकी मदद करने नहीं आता तो आप आगे जाकर किसी की मदद क्यों नहीं करते? हो सकता है कि उसे आपसे भी अधिक मदद की ज़रूरत हो। इस तरह आपका ध्यान अपनी समस्या से हटेगा और आप आत्मदया के जाल से बाहर आ सकेंगे। कई बार अपने मन, शरीर व बुद्धि पर काम करने के लिए आवश्यक हो जाता है कि आप दूसरों की सेवा करें और अपने आसपास के किसी जीवन को सहारा दें। हो सकता है कि किसी दूसरे की झोली भरने से आपके जीवन में भी सब कुछ भरपूर हो जाए।

6. निरंतर आभार प्रकट करना सीखें और हँसने का कोई अवसर न गँवाएँ। हो सकता है कि कई बार आपको लगे कि ज़िंदगी आप पर एक के बाद एक वार करती जा रही है। इससे बचाव का उपाय यही होगा कि आप उन पत्थरों पर पैर रखकर आगे बढ़ते जाए। आभार और हास्यप्रियता आपके जीवन में अच्छे साथी बन सकते हैं। चुनौतियों को कोसने के बजाय उन्हें धन्यवाद दें कि वे आपको जीवन में आगे बढ़ने का अवसर दे रही हैं। अगर आपके पास कुछ नहीं भी है तो भी ईश्वर को धन्यवाद दें कि उसने आपको जीने के लिए एक और दिन दिया, आपको एक कदम आगे चलने और उनके साथ हँसने का एक और अवसर दिया जिनसे आप भरपूर स्नेह रखते हैं।

हर चीज़ के पीछे एक कारण होता है

हम सभी आपस में जुड़े हुए हैं। हम सभी एक जैसी इंसानी ज़रूरतें रखते हैं। हम सभी प्यार देना और पाना चाहते हैं। हम सभी एक उद्देश्य पाना चाहते हैं और इस बात

की तसल्ली कर लेना चाहते हैं कि हमारे जीवन का कोई मोल है या नहीं। संतुलन में जीने का एक अर्थ यह भी है कि आपको दूसरों के साथ तालमेल रखते हुए जीना है। हो सकता है कि आपको कहीं भरपूर और बड़ा जीवन पाने के लिए अपने कुछ अंश का त्याग भी करना पड़े।

मैं लंबे अरसे से अकेला रहता आ रहा था पर जब मैंने अपने लिए एक स्नेही संबंध पाया तो मुझे अपने जीवन में तत्काल कुछ छोटे-बड़े बदलाव लाने पड़े। मैं अपने जीवन को किसी के साथ बाँटना चाहता था पर एक तरह से मैं सही मायनों में इसके लिए तैयार नहीं था। मेरा संतुलन पूरी तरह से समाप्त हो गया क्योंकि मेरा जीवन अब मेरा नहीं रह गया था। मानो आपके छोटे से घर में कोई और भी आकर बैठ गया हो। इससे सब कुछ बदल जाता है और आपको अपनी स्थिति में बदलाव लाना पड़ता है। जब भार बढ़ता है तो आपको नाव चलाने में अधिक श्रम तो करना ही पड़ता है। अब यह आप दोनों पर निर्भर करता है कि आप एक साथ मिलकर काम करते हुए किस दिशा में जाना चाहते हैं और साथ ही आपको नाव का संतुलन भी बनाकर रखना होता है।

अचानक कानाए की इच्छाएँ, ज़रूरतें और भावनाएँ मेरी सोच का हिस्सा बन गईं। जो भी उसके लिए अहमियत रखता है, वही मेरे लिए भी अहम हो गया। हमारे सारे रिश्ते आपस में एक-दूसरे के साथ गुँथे हुए होते हैं। अब मैं अपनी प्राथमिकताओं में ईश्वर, कानाए, हमारा परिवार, मित्र और बाकी सभी चीज़ों को इसी क्रम में शामिल करता हूँ।

मेरा लक्ष्य, जो कि मुझे उम्मीद है कि वह आपका लक्ष्य भी होगा कि हम अपने अखंड विश्वास को साकार रूप दे सकें ताकि मैं अपने हृदय में बसे प्रभु के प्रति प्रेम के बल पर अपनी पत्नी तथा अपने जीवन में आनेवाले हर इंसान की सेवा कर सकूँ। केवल विश्वास या आस्था का होना ही पर्याप्त नहीं है। आपको इस पर काम भी करना होगा, इसे अभ्यास में भी लाना होगा ताकि दूसरे भी प्रभु के प्रेम से वैसे ही प्रेरित हो सकें जैसे आप स्वयं हो जाते हैं।

कुछ लोग प्रभु के वचन को जानते हैं और चर्च भी जाते हैं लेकिन वे ईश्वर की शक्ति से परिचित नहीं हैं, उनका प्रभु से कोई निजी संबंध नहीं है। यह संबंध तभी बनता है जब आप आगे आकर अपने विश्वास और आस्था को साकार रूप देते हैं। मैंने सीखा है कि जब मैं प्रभु को मान देने और दूसरों को सेवा देने के लिए अपने

जीवन को अर्पित करता हूँ तो वे मेरे वरदानों और आशीर्वादों को कई गुना बढ़ाकर देते हैं।

मैं बहुत भाग्यशाली हूँ कि 'मुझे लाइफ विदआउट लिम्ब्स में ऐसे लोगों का साथ मिला है जो मुझे प्रेरित करते हैं, मेरे लिए प्रार्थना करते हैं और ईश्वर ने उन्हें मेरा मनोबल बनाए रखने के लिए मेरे साथ रखा है।' मेरे साथ मेरे अंकल बाटा वुईचिक भी हैं जिनका यह मानना था कि 'ईश्वर मुझे अपने काम के लिए साधन या माध्यम बनाना चाहते हैं। मैं उनकी पुकार पर ही संसार में आया हूँ।' उन्होंने दस वर्ष पूर्व ही इस बात को जान लिया था और मैं प्रभु की कृपा और अपने बोर्ड के सदस्यों डेविड प्राइस, डॉन मैकमास्टर तथा रेवरेंड डेनियल मार्खम की मदद से यू.एस. में अपना मुख्यालय बनाने में सफल रहा। मैं किस्मतवाला हूँ, मेरे साथ ऐसे लोग हैं जो मेरी संस्था में विश्वास रखते हैं। वे न केवल हमारे लिए प्रार्थना करते हैं बल्कि हमें आर्थिक सहायता भी प्रदान करते हैं ताकि हम दुनिया के लाखों लोगों को प्रेरित कर सकें।

अपनी प्रार्थनाओं से बहुत से लोग हमें अपना सहयोग देते हैं जो हमारे लिए शक्ति और प्रेरणा के स्रोत रहे हैं। अंकल बाटा के दूरदर्शी सपने ने मेरा हौसला बढ़ाया और संदेश दिया कि ईश्वर मेरे माध्यम से अपना काम करवाना चाहता था। उन्हीं के शब्दों में :

कई वर्ष पूर्व एक बार निक हमारे घर खाने पर आया था ताकि परिवार के साथ कुछ राहतभरे पल बिता सके। उस शाम हमने अपनी मिनिस्ट्री की गतिविधियों और योजनाओं की रणनीति तैयार करने में बहुत समय लगाया। जब निक उस रात घर चला गया तो मैंने एक सपना देखा जो बहुत ही जीवंत और असल मालूम हुआ।

जब मैं सोकर उठा तो मैंने अपना अनुभव, अपनी पत्नी रीटा के साथ बाँटा। सपने में मैंने देखा कि मैं एक बड़ी सी सभा में हूँ और तभी एक अनजान से दिख रहे आदमी ने उठकर, मुझसे आक्रामक सुर में पूछा, 'निक वुईचिक कौन है?' मैंने बिना कुछ सोचे-समझे उसे झट से उत्तर दे दिया, 'प्रेरितों के कर्म 9:15 को देखो।'

यही दृश्य फिर से दोहराया गया, पर इस बार उसी सभा से किसी दूसरे इंसान ने यह सवाल पूछा। उसने भी बड़े तेज़ सुर में अपनी बात कही, 'निक वुईचिक कौन है?'

मैंने अपना उत्तर दोहराया, 'प्रेरितों के कर्म 9:15 को देखो।'

जब मैंने अपना सपना पत्नी को सुनाया तो उससे पूछा कि 'क्या तुम्हें पता है कि प्रेरितों के कर्म 9:15 में क्या लिखा है?' उस समय हम दोनों में से कोई भी नहीं जानता था कि वहाँ क्या लिखा था इसलिए हमने बाइबिल ली और प्रेरितों के कर्म 9:15 वाला पृष्ठ खोला। पवित्र बाइबिल में लिखा था, 'परंतु प्रभु ने उससे कहा कि तू चला जा क्योंकि यह तो अन्य जातियों, राजाओं और इज़रायलियों के सामने मेरा नाम प्रकट करने के लिए मेरा चुना हुआ पात्र है।'

अगले रविवार, मैंने ला प्यूंते चर्च में, निक की मिनिस्ट्री और जीज़स क्राइस्ट व उनके राज्य के संदेश से उसके जुड़ाव के साक्ष्य (प्रत्यक्ष दर्शन) के तौर पर इस बात को सबके साथ बाँटा। मैं इस बात को सबके सामने बार-बार बताता रहूँगा कि ईश्वर ने 'निक को अपने संदेश को प्रचारित करनेवाले पात्र के रूप में चुना है। निक हमारे प्रभु के संदेश को हम तक पहुँचाने आया है और अपनी संस्था के माध्यम से इस संदेश को विदेशों तक लेकर जाएगा।' मरकुस 16:15 में कहा गया है, 'संसार के हर कोने में जाओ और हर जीव को यह संदेश दे दो।'

इसके बाद प्रकाशित वाक्य में 14:6-7 में भी यही बात दोहराई गई है। फिर मैंने एक और स्वर्गदूत को आकाश के बीच में उड़ते हुए देखा, जिसके पास पृथ्वी पर रहनेवाले हर जाति, कुल और भाषा के लोगों को सुनाने के लिए सनातन संदेश था। उसने बड़े शब्द से कहा, 'परमेश्वर से डरो और उसकी महिमा को देखो क्योंकि उसके न्याय करने का समय आ पहुँचा है। इसके साथ ही उसका भजन करो जिसने स्वर्ग, पृथ्वी, समुद्र और जल के झरने बनाए हैं।' मरकुस 13:10 में कहा गया है, 'यह आवश्यक है कि इस संदेश का प्रचार सब जातियों में कर दिया जाए।'

मैंने कई बरस पहले जो सपना देखा वह इस बात का सबूत था कि निक द्वारा इस नेक काम को आगे ले जाने के लिए प्रभु संभावनाओं के अनेक द्वार खोलने जा रहा था। निक द्वारा लोगों तक संदेश पहुँचाने का कार्य मेरे लिए प्रोत्साहन और प्रेरणा का स्रोत बना रहा। प्रभु के मार्गदर्शन के साथ मैं निक और लाइफ विदआउट लिमिट्स को लगातार एक भाई और गैर लाभकारी संगठन के निर्देशक के तौर पर अपनी सेवाएँ देता रहूँगा। जब तक मुझे इस बात का आश्वासन रहेगा कि वह सैद्धांतिक सत्यों से कोई समझौता नहीं कर रहा

या प्रभु द्वारा पात्र चुने जाने के पद से कोई समझौता नहीं कर रहा – जब तक वह विनीत, निष्ठावान, पारदर्शी, गंभीर और विवेकवान बना रहेगा, उसे मेरा सहयोग मिलता रहेगा।

जैसा कि आप समझ सकते हैं कि अंकल बाटा मुझे मेरे उद्देश्य पर केंद्रित रहने में मदद करते हैं और यह ध्यान देते हैं कि मैं अपने विश्वास और आस्था को साकार रूप देने से कभी पीछे न हटूँ। जब मैं अवसरों के दरवाज़ों से होते हुए आशा और प्रेम का संदेश बाँटने निकलता हूँ तो मेरा जीवन पहले से कहीं अधिक आनंददायक, भरपूर और संतुष्टिदायक होता चला जाता है। मैं स्कूल, कार्पोरेशन, सेमीनार, कॉन्फ्रेंस, काँग्रेस ऑफ नेशन या अनाथालय में या फिर भूतपूर्व सेक्स गुलामों या राष्ट्रपति आदि किसी से भी बात क्यों न करूँ, वे सब एक ही सवाल करते हैं कि 'आपने यह सब कैसे किया? आप अपनी निराशा से कैसे उबरे और आशा की वह कैसी बुनियाद थी, जिसे आपने हासिल किया?'

मेरा जीवन मेरे निजी विश्वास और बाइबिल की शिक्षाओं पर टिका है। यही मेरे विश्वास, मेरे हठ, दृढ़ता तथा सहनशीलता का स्रोत रहे हैं। **जब आस्था मेरा मार्गदर्शन करती है तो मैं अपने मन, शरीर, हृदय व आत्मा के भीतर संतुलन हासिल कर सकता हूँ।**

जब भी मुझे अपने विश्वास को साकार रूप देने की आवश्यकता होती है तो मैं अपने सर्बियन दादा-दादी के बारे में सोचता हूँ जिन्हें उनकी ईसाई मान्यताओं का दंड झेलना पड़ा था। कम्युनिस्ट सरकार ने उन्हें सार्वजनिक रूप से प्रार्थना करने की छूट नहीं दी। उन्हें अपनी आस्था को बचाए रखने के लिए अपने जन्मस्थान को छोड़ना पड़ा इसीलिए मैं ऑस्ट्रेलिया में पला-बढ़ा। अब वे दोनों स्वर्ग में हैं और मुझे पूरा विश्वास है कि यदि वे मेरे साथ होते तो मुझे उनके परामर्श के अनुसार चलने का भी अवसर मिलता।

मेरे दादाजी ने सदा यही कहा कि 'मुझे अपने धर्म के प्रति आस्था और अनुशासन बनाए रखना चाहिए।' वे भजन संहिता 1:3 का हवाला देते, जिसमें लिखा था कि 'वह उस वृक्ष के समान है, जो बहती नालियों के किनारे लगाया गया है। वह अपनी ऋतु में फलता है और उसके पत्ते कभी नहीं मुरझाते इसलिए वह पुरुष जो कुछ भी करता है, वह उसमें सफल रहता है।' जब आप अपने विश्वास और आस्था को गहराई से समझते हैं तो आपको कोई नहीं रोक सकता।

मेरी माँ के पिता ने भी मुझे उसी तरह प्रोत्साहित किया जिस प्रकार रेवरेंड ग्राहम ने मुझे प्रोत्साहन दिया था। उन्होंने कहा, 'ईश्वर के संदेश का उपदेश दो। इसमें अपनी ओर से कुछ मत जोड़ो और न ही कुछ घटाओ। प्रभु का सत्य हमें मुक्त कर देता है।'

मैं बहुत ही भाग्यशाली हूँ कि मैं इतने विवेकपूर्ण तथा आध्यात्मिक परिवार से संबंध रखता हूँ। उनके निरंतर सहयोग के बल पर ही मैं बिना किसी बाधा के लोगों के बीच प्रेम और आशा का संदेश बाँटता रहा हूँ। उम्मीद करता हूँ कि आपको भी इस पुस्तक से आशा और शक्ति का उपहार प्राप्त होगा। जीज़स ने मुझे शक्ति प्रदान की है। उन्होंने अपने उद्देश्य के लिए मेरा उपयोग किया। मैं चाहता हूँ कि अन्य लोग भी अपने उद्देश्य को जानें। मैं उन्हें अनंत प्रसन्नता तक जाने में भी मदद करना चाहता हूँ। मैं जानता हूँ कि ईश्वर को इस संसार से प्रेम है। वह आपको इतना प्रेम करता है कि वह आपके लिए इस पुस्तक को पढ़ने के अवसर पैदा करेगा ताकि आप भी इसे पढ़कर प्रोत्साहित हो सकें! मैं आपसे प्रेम करता हूँ और आपके लिए प्रार्थना करता हूँ। आपके प्रेम और प्रार्थनाओं के लिए भी बहुत-बहुत आभार!

रोक सको तो रोक लो - 248

आभार

सबसे पहले मैं परमात्मा : पिता, पुत्र व पवित्र आत्मा को धन्यवाद देता हूँ।

अपनी पत्नी कानाए के प्रेम, स्नेह, देखरेख, सहयोग व उसकी प्रार्थनाओं के लिए धन्यवाद देने को मेरे पास शब्द नहीं हैं। मैं तुमसे बहुत प्रेम करता हूँ, मी आमोर!

मैं अपने माता-पिता को धन्यवाद देना चाहूँगा - बोरिस व दुश्का वुईचिक। जो मेरे जीवन में शक्ति स्तंभ की तरह अडोल खड़े रहे हैं। माँ और पिताजी, धन्यवाद! मेरा भाई आरोन, मेरी शादी में मेरा बेस्ट मैन - तुम्हारा और तुम्हारी पत्नी मिशेल का आभार, तुम दोनों ने मुझे बहुत प्यार और सहारा दिया। मेरी प्यारी बहन मिशेल, मुझ पर और मेरे सपनों पर विश्वास करने के लिए बहुत-बहुत धन्यवाद! अब मेरे पास दो नए परिवार और भी हैं - मियाहरा और ओसुना परिवार। मेरी सासू माँ एसमिराल्डा, मेरे नए भाई कीसुक, केंज़ी और अब्राहम और मेरी नई बहन योशी - मुझे प्यार करने और अपने परिवार में मेरा स्वागत करने के लिए बहुत-बहुत धन्यवाद!

मेरे मित्रों और संबंधियों का भी बहुत-बहुत धन्यवाद, जिन्होंने बीते समय में मुझे भरपूर सहयोग दिया और हर कदम पर प्रोत्साहित किया - आप सबने अपनी भूमिका निभाई, आप सबका शुक्रिया! जॉर्ज मिक्सा - मैं ईश्वर से प्रार्थना करता हूँ कि जिस तरह तुमने यू.एस. में मुझे 'लाइफ विदआउट लिम्ब्स' का मुख्यालय खोलने में मेरी मदद की उसी तरह तुम दूसरों की सहायता करते रहो।

'लाइफ विदआउट लिम्ब्स' के बोर्ड ऑफ डायरेक्टर्स व उनके परिवार के सदस्यों

का भी आभार : बाटा वुईचिक, डेविड प्राइस, डेनियल मार्खम, डॉन मैकमास्टर, टैरी मोर व जॉन फेल्प्स, आप सबका आभार। इसके साथ ही मैं 'लाइफ विदआउट लिम्ब्स' के सलाहकार बोर्ड को भी धन्यवाद देना चाहूँगा। निष्ठावान, परिश्रमी तथा विश्वास व आस्था से भरपूर 'लाइफ विदआउट लिम्ब्स' के स्टाफ को कैसे भूल सकता हूँ - आप सबका भी बहुत-बहुत धन्यवाद! अपना शानदार काम जारी रखें! इग्नाटियस हो, आपका भी आभार, जो आपने हमारे के हाँगकाँग 'लाइफ विदआउट लिम्ब्स' को संभालने में मदद की। नाज़ारेन के एपोस्टोलिक क्रिश्चयन चर्च व खास तौर पर पासाडेना को सहयोग के लिए बहुत-बहुत आभार! 'एटीट्यूड इज़ आल्टीट्यूड' के स्टाफ और टीम को सहयोग के लिए धन्यवाद, आप सब मेरे लिए प्रार्थना करते हैं और मुझ पर अपना विश्वास बनाए रखते हैं।

वेस स्मिथ और उनकी पत्नी साराह को विशेष धन्यवाद! वेस, मुझे तुमसे बेहतर लेखन साझेदार नहीं मिल सकता था, मुझे उन दोनों पुस्तकों के लेखन के लिए तुम पर गर्व है।

मैं अपने 'लिटरेरी एजेन्ट्स डुपरी मिलर एंड एसोसिएट्स' के जैन मिलर रिच और नेना मेडोनिया को एक बार फिर से धन्यवाद देता हूँ, जिन्होंने मुझ पर और मेरे उद्देश्य पर भरोसा किया। साथ ही मैं अपने प्रकाशक रैंडमहाउस के विभाग वॉटरब्रुक मल्टनोमा व उसकी शानदार टीम के सदस्यों, मिशेल पैल्गॉन, गैरी जेन्सन, स्टीव कॉब और ब्रूस नायग्रेन को भी धन्यवाद देता हूँ, जो न सिर्फ मेरे सहायक बने बल्कि मुझे बेहतर काम करने के लिए प्रोत्साहित भी किया।

आखिर में मैं उन सब लोगों को भी धन्यवाद देना चाहता हूँ जिन्होंने मेरे लिए, मेरी पत्नी के लिए और हमारी मिनिस्ट्री के लिए प्रार्थना की और हमें अपना वित्तीय सहयोग प्रदान किया। आप सबको बहुत-बहुत धन्यवाद, आपने 'लाइफ विदआउट लिम्ब्स' में हमारे लक्ष्यों को पूरा करने में बहुत मदद की।

इस पुस्तक के पाठकों पर ईश्वर की कृपा हो! मैं प्रार्थना करता हूँ कि मेरे शब्द आपके हृदय और मस्तिष्क को उन्मुक्त करें और आप भी अपने विश्वास और आस्था को साकार रूप देते हुए दूसरों के लिए प्रेरणा स्रोत बन सकें।

लेखक के विषय में

निक वुईचिक एक प्रेरक वक्ता, ईसाई धर्म प्रचारक, लेखक और एक गैर लाभकारी संस्था 'लाइफ विदआउट लिम्ब्स' के निर्देशक हैं। निक पूरी दुनिया के लोगों के लिए प्रेरणा के स्रोत हैं। वे नियमित रूप से, सामूहिक तौर पर लोगों को संबोधित करते रहे हैं, जिनमें वे उन्हें बाधाओं से पार पाने और अपने सपनों को पूरा करने के लिए प्रेरित करते हैं।

ऑस्ट्रेलिया में लंबे अरसे तक रहे निक अब अपनी पत्नी कानाए के साथ दक्षिणी कैलीफोर्निया में रहते हैं। आप उनसे निम्न वेबसाइट्स पर संपर्क कर सकते हैं।

वेबसाइट : www.LifeWithoutLimbs.org, www.AttitudeIsAltitude.com

तेजज्ञान फाउण्डेशन की जानकारी

तेजज्ञान फाउण्डेशन आत्मविकास से आत्मसाक्षात्कार प्राप्त करने का एक रास्ता है। इसके लिए सरश्री द्वारा एक अनूठी बोध पद्धति (System for Wisdom) का सृजन हुआ है। इस पद्धति को अन्तर्राष्ट्रीय मानक ISO 9001:2015 के आवश्यकताओं एवं निर्देशों के अनुरूप ढालकर सरल, व्यावहारिक एवं प्रभावी बनाया गया है।

इस संस्था की बोध पद्धति के विभिन्न पहलुओं (शिक्षण, निरीक्षण व गुणवत्ता) को स्वतंत्र गुणवत्ता परीक्षकों (Quality Auditors) द्वारा क्रमबद्ध तरीके से जाँचा गया। जिसके बाद इन पहलुओं को ISO 9001:2015 के अनुरूप पाकर, इस बोध पद्धति को प्रमाणित किया गया है।

फाउण्डेशन का लक्ष्य आपको नकारात्मक विचार से सकारात्मक विचार की ओर बढ़ाना है। सकारात्मक विचार से शुभ विचार यानी हॅपी थॉट्स (विधायक आनंदपूर्ण विचार) और शुभ विचार से निर्विचार की ओर बढ़ा जा सकता है। निर्विचार से ही आत्मसाक्षात्कार संभव है। शुभ विचार (Happy Thoughts) यानी यह विचार कि 'मैं हर विचार से मुक्त हो जाऊँ।' शुभ इच्छा यानी यह इच्छा कि 'मैं हर इच्छा से मुक्त हो जाऊँ।'

ज्ञान का अर्थ है सामान्य ज्ञान लेकिन तेजज्ञान यानी वह ज्ञान जो ज्ञान व अज्ञान के परे है। कई लोग सामान्य ज्ञान की जानकारी को ही ज्ञान समझ लेते हैं लेकिन असली ज्ञान और जानकारी में बहुत अंतर है। आज लोग सामान्य ज्ञान के जवाबों को ज़्यादा महत्त्व देते हैं। उदाहरण के तौर पर कर्म और भाग्य, योग और प्राणायाम, स्वर्ग और नर्क इत्यादि। आज के युग में सामान्य ज्ञान प्रदान करनेवाले लोग और शिक्षक कई मिल जाएँगे मगर इस ज्ञान को पाकर जीवन में कोई बड़ा परिवर्तन नहीं होता। यह ज्ञान या तो केवल बुद्धि विलास है या फिर अध्यात्म के नाम पर बुद्धि का व्यायाम है।

सभी समस्याओं का समाधान है- तेजज्ञान। भय से मुक्ति, चिंतारहित व क्रोध से आज़ाद जीवन है- तेजज्ञान। शारीरिक, मानसिक, सामाजिक, आर्थिक और आध्यात्मिक उन्नति के लिए है- तेजज्ञान। तेजज्ञान आपके अंदर है, आएँ और इसे पाएँ।

यदि आप ऐसा ज्ञान चाहते हैं, जो सामान्य ज्ञान के परे हो, जो हर समस्या

का समाधान हो, जो सभी मान्यताओं से आपको मुक्त करे, जो आपको ईश्वर का साक्षात्कार कराए, जो आपको सत्य पर स्थापित करे तो समय आ गया है तेजज्ञान को जानने का। समय आ गया है शब्दोंवाले सामान्य ज्ञान से उठकर तेजज्ञान का अनुभव करने का।

अब तक अध्यात्म के अनेक मार्ग बताए गए हैं। जैसे जप, तप, मंत्र, तंत्र, कर्म, भाग्य, ध्यान, ज्ञान, योग और भक्ति आदि। इन मार्गों के अंत में जो समझ, जो बोध प्राप्त होता है, वह एक ही है। सत्य के हर खोजी को अंत में एक ही समझ मिलती है और इस समझ को सुनकर भी प्राप्त किया जा सकता है। उसी समझ को सुनना यानी तेजज्ञान प्राप्त करना है। तेजज्ञान के श्रवण से सत्य का साक्षात्कार होता है, ईश्वर का अनुभव होता है। यही तेजज्ञान सरश्री महाआसमानी परम ज्ञान शिविर में प्रदान करते हैं।

सरश्री की आध्यात्मिक खोज का सफर उनके बचपन से प्रारंभ हो गया था। इस खोज के दौरान उन्होंने अनेक प्रकार की पुस्तकों का अध्ययन किया। अपने आध्यात्मिक अनुसंधान के दौरान उन्होंने लगभग सभी ध्यान पद्धतियों का भी अभ्यास किया। उनकी इसी खोज ने उन्हें कई वैचारिक और शैक्षणिक संस्थानों की ओर बढ़ाया। जीवन का रहस्य समझने के लिए उन्होंने **एक लंबी अवधि तक मनन करते हुए अपनी खोज जारी रखी, जिसके अंत में उन्हें आत्मबोध प्राप्त हुआ।** आत्मसाक्षात्कार के बाद उन्होंने जाना कि **अध्यात्म का हर मार्ग जिस कड़ी से जुड़ा है वह है— समझ (अंडरस्टैण्डिंग)।** उसके बाद उन्होंने अपने तत्कालीन अध्यापन कार्य को विराम लगाते हुए, लगभग दो दशकों से भी अधिक समय अपना समस्त जीवन मानव कल्याण के आध्यात्मिक विकास हेतु अर्पण किया है।

सरश्री कहते हैं, 'सत्य के सभी मार्गों की शुरुआत अलग-अलग प्रकार से होती है लेकिन सभी के अंत में एक ही समझ प्राप्त होती है। **'समझ' ही सब कुछ है और यह 'समझ' अपने आपमें पूर्ण है।** आध्यात्मिक ज्ञान प्राप्ति के लिए इस 'समझ' का श्रवण ही पर्याप्त है।' इसी समझ को उजागर करने के लिए उन्होंने आज तक **तीन हज़ार से अधिक आध्यात्मिक विषयों पर प्रवचन दिए हैं,** जिनके द्वारा वे अध्यात्म की गहरी संकल्पनाएँ सीधे और व्यावहारिक रूप में समझाते हैं। समाज के हर स्तर का इंसान सरश्री द्वारा बताई जा रही समझ का लाभ ले सकता है।

यह समझ हरेक को अपने अनुभव से प्राप्त हो इसलिए सरश्री ने **'महाआसमानी परम ज्ञान शिविर'** और उसके लिए आवश्यक कार्यप्रणाली (सिस्टम) की रचना

की है, **जिसका लाभ लाखों खोजी ले रहे हैं।** यह व्यवस्था आय.एस.ओ. (ISO 9001:2015) प्रमाणित है, जिसने अनेक लोगों को सत्य की राह पर चलने की प्रेरणा दी है। इसी समझ के प्रचार और प्रसार के लिए उन्होंने 'तेजज्ञान फाउण्डेशन' नामक आध्यात्मिक संस्था की नींव रखी है। इस संस्था का मुख्य उद्देश्य है– **'हॅपी थॉट्स द्वारा उच्चतम विकसित समाज का निर्माण'।**

विश्व का हर इंसान आज सरश्री के मार्गदर्शन का लाभ ले सकता है, जिसके लिए किसी भी धर्म, जाति, उपजाति, वर्ण, पंथ, रंग या लिंग का बंधन नहीं है। विश्व के हर कोने में बसे लोग आज तेजज्ञान की इस अनूठी ज्ञान प्रणाली (System for Wisdom) का लाभ ले रहे हैं। इस व्यवस्था के एक हिस्से के रूप में **लाखों लोग रोज़ सुबह और रात को ९ बजकर ९ मिनट पर विश्व शांति के लिए प्रार्थना करते हैं।**

क्या आपको उच्चतम आनंद पाने की इच्छा है? ऐसा आनंद, जो किसी कारण पर निर्भर नहीं है, जिसमें समय के साथ केवल बढ़ोतरी ही होती है। क्या आप इसी जीवन में प्रेम, विश्वास, शांति, समृद्धि और परमसंतुष्टि पाना चाहते हैं? क्या आप शारीरिक, मानसिक, सामाजिक, आर्थिक और आध्यात्मिक इन सभी स्तरों पर सफलता हासिल करना चाहते हैं? क्या आप 'मैं कौन हूँ' इस सवाल का जवाब अनुभव से जानना चाहते हैं?

यदि आपके अंदर इन सवालों के जवाब जानने की और 'अंतिम सत्य' प्राप्त करने की प्यास जगी है तो तेजज्ञान फाउण्डेशन द्वारा आयोजित 'महाआसमानी परम ज्ञान शिविर' में आपका स्वागत है। यह शिविर पूर्णतः सरश्री की शिक्षाओं पर आधारित है। सरश्री आज के युग के आध्यात्मिक गुरु और 'तेजज्ञान फाउण्डेशन' के संस्थापक हैं, जो अत्यंत सरलता से आज की लोकभाषा में आध्यात्मिक समझ प्रदान करते हैं।

महाआसमानी परम ज्ञान शिविर का उद्देश्य :

इस शिविर का उद्देश्य है, 'विश्व का हर इंसान 'मैं कौन हूँ' इस सवाल का जवाब जानकर सर्वोच्च आनंद में स्थापित हो जाए।' उसे ऐसा ज्ञान मिले, जिससे वह हर पल वर्तमान में जीने की कला प्राप्त करे। भूतकाल का बोझ और भविष्य की चिंता इन दोनों से मुक्त हो जाए। हर इंसान के जीवन में स्थायी खुशी, सही समझ और समस्याओं को विलीन करने की कला आ जाए। मनुष्य जीवन का उद्देश्य पूर्ण हो।

'मैं कौन हूँ? मैं यहाँ क्यों हूँ? मोक्ष का अर्थ क्या है? क्या इसी जन्म में मोक्ष प्राप्ति संभव है?' यदि ये सवाल आपके अंदर हैं तो महाआसमानी परम ज्ञान शिविर इसका जवाब है।

महाआसमानी परम ज्ञान शिविर के मुख्य लाभ :

इस शिविर के लाभ तो अनगिनत हैं मगर कुछ मुख्य लाभ इस प्रकार हैं-

* जीवन में दमदार लक्ष्य प्राप्त होता है।
* 'मैं कौन हूँ' यह अनुभव से जानना (सेल्फ रियलाइजेशन) होता है।
* मन के सभी विकार विलीन होते हैं।
* भय, चिंता, क्रोध, बोरडम, मोह, तनाव जैसी कई नकारात्मक बातों से मुक्ति मिलती है।
* प्रेम, आनंद, मौन, समृद्धि, संतुष्टि, विश्वास जैसे कई दिव्य गुणों से युक्ति होती है।
* सीधा, सरल और शक्तिशाली जीवन प्राप्त होता है।
* हर समस्या का समाधान प्राप्त करने की कला मिलती है।
* 'हर पल वर्तमान में जीना' यह आपका स्वभाव बन जाता है।
* आपके अंदर छिपी सभी संभावनाएँ खुल जाती हैं।
* इसी जीवन में मोक्ष (मुक्ति) प्राप्त होता है।

महाआसमानी परम ज्ञान शिविर में भाग कैसे लें?

इस शिविर में भाग लेने के लिए आपको कुछ खास माँगें पूरी करनी होती हैं। जैसे-

१) आपकी उम्र कम से कम अठारह साल या उससे ऊपर होनी चाहिए।

२) आपको सत्य स्थापना शिविर (फाउण्डेशन ट्रुथ रिट्रीट) में भाग लेना होगा, जहाँ आप सीखेंगे- वर्तमान के हर पल को कैसे जीया जाए और निर्विचार अवस्था में कैसे प्रवेश पाएँ।

३) आपको कुछ प्राथमिक प्रवचनों में भाग लेना है, जहाँ आप बुनियादी समझ आत्मसात कर, महाआसमानी परम ज्ञान शिविर के लिए तैयार होते हैं।

यह शिविर एक या दो महीने के अंतराल में आयोजित किया जाता है, जिसका

लाभ हज़ारों खोजी उठाते हैं। इस शिविर की तैयारी आप दो तरीके से कर सकते हैं। पहला तरीका- मनन आश्रम (पूना) में ५ दिवसीय निवासी शिविर में भाग लेकर, दूसरा तरीका- तेजज्ञान फाउण्डेशन के नजदीकी सेंटर पर सत्य श्रवण द्वारा। जैसे- पुणे, मुंबई, दिल्ली, सांगली, सातारा, जलगाँव, अहमदाबाद, कोल्हापुर, नासिक, अहमदनगर, औरंगाबाद, सूरत, बरोडा, नागपुर, भोपाल, रायपुर, चेन्नई, वर्धा, अमरावती, चंद्रपुर, यवतमाल, रत्नागिरी, लातूर, बीड, नांदेड, परभणी, पनवेल, ठाणे, सोलापुर, पंढरपुर, अकोला, बुलढाणा, धुले, भुसावल, बैंगलोर, बेलगाम, धारवाड, भुवनेश्वर, कोलकत्ता, राँची, लखनऊ, कानपुर, चंदीगढ़, जयपुर, पणजी, म्हापसा, इंदौर, इटारसी, हरदा, विदिशा, बुरहानपुर।

इनके अतिरिक्त आप महाआसमानी की तैयारी फाउण्डेशन में उपलब्ध सरश्री द्वारा रचित पुस्तकें या यू ट्यूब के संदेश सुनकर भी कर सकते हैं। मगर याद रहे ये पुस्तकें, यू ट्यूब के प्रवचन शिविर का परिचय मात्र है, तेजज्ञान नहीं। आप महाआसमानी परम ज्ञान शिविर में भाग लेकर ही तेजज्ञान का आनंद ले सकते हैं। आगामी महाआसमानी परम ज्ञान शिविर में अपना स्थान आरक्षित करने के लिए संपर्क करें : 09921008060/75, 9011013208

पुस्तकें प्राप्त करने के लिए नीचे दिए गए पते पर मनीऑर्डर द्वारा पुस्तक का मूल्य भेज सकते हैं। पुस्तकें रजिस्टर्ड, कुरियर अथवा वी.पी.पी. द्वारा भेजी जाती हैं।
पुस्तकों के लिए नीचे दिए गए पते पर संपर्क करें।

WOW Publishings Pvt. Ltd.

* रजिस्टर्ड ऑफिस - इ- 4, वैभव नगर, तपोवन मंदिर के नज़दीक, पिंपरी, पुणे - 411017

* पोस्ट बॉक्स नं. 36, पिंपरी कॉलोनी पोस्ट ऑफिस, पिंपरी, पुणे - 411017 फोन नं.: 09011013210 / 9623457873

आप ऑन-लाइन शॉपिंग द्वारा भी पुस्तकों का ऑर्डर दे सकते हैं।

लॉग इन करें - www.gethappythoughts.org

500 रुपयों से अधिक पुस्तकें मँगवाने पर 10% की छूट और फ्री शिपिंग।

www.ingramcontent.com/pod-product-compliance
Lightning Source LLC
LaVergne TN
LVHW040138080526
838202LV00042B/2947
9788184155686